国家出版基金项目
NATIONAL PUBLICATION FOUNDATION

沈德潛全集

④

（清）沈德潛 編著

賀嚴 整理

鳳凰出版社

本册目録

年譜

序……三
年譜……五

説詩晬語

序……七五
卷上……七七
一……七七
二……七七
三……七八
四……七八
五……七九
六……七九
七……七九
八……八〇
九……八〇
一〇……八〇
一一……八一
一二……八一
一三……八二

一四……八二
一五……八二
一六……八三
一七……八三
一八……八三
一九……八四
二〇……八四
二一……八四
二二……八五
二三……八五
二四……八五
二五……八六
二六……八六
二七……八六
二八……八七
二九……八七
三〇……八七
三一……八八
三二……八八
三三……八八
三四……八九
三五……八九
三六……八九
三七……九〇
三八……九〇
三九……九〇
四〇……九一
四一……九一
四二……九一
四三……九二
四四……九二
四五……九二

四六……九三
四七……九三
四八……九四
四九……九四
五〇……九四
五一……九五
五二……九五
五三……九六
五四……九六
五五……九六
五六……九七
五七……九七
五八……九七
五九……九八
六〇……九八
六一……九八
六二……九九
六三……九九
六四……九九
六五……一〇〇
六六……一〇〇
六七……一〇〇
六八……一〇一
六九……一〇一
七〇……一〇一
七一……一〇二
七二……一〇二
七三……一〇二
七四……一〇三
七五……一〇三
七六……一〇四
七七……一〇四

七八……一〇四
七九……一〇五
八〇……一〇五
八一……一〇五
八二……一〇六
八三……一〇六
八四……一〇六
八五……一〇七
八六……一〇七
八七……一〇七
八八……一〇八
八九……一〇八
九〇……一〇八
九一……一〇九
九二……一〇九
九三……一一〇
九四……一一〇
九五……一一〇
九六……一一一
九七……一一一
九八……一一一
九九……一一二
一〇〇……一一二
一〇一……一一二
一〇二……一一三
一〇三……一一三
一〇四……一一四
一〇五……一一四
一〇六……一一五
一〇七……一一五
一〇八……一一五
一〇九……一一六

一一〇……一一六
一一一……一一六
一一二……一一七
一一三……一一七
一一四……一一七
一一五……一一八
一一六……一一八
一一七……一一八
一一八……一一九
一一九……一一九
一二〇……一二〇
一二一……一二〇
一二二……一二一
一二三……一二一
一二四……一二一
一二五……一二二
一二六……一二二
一二七……一二三

卷下

一……一二四
二……一二四
三……一二五
四……一二五
五……一二五
六……一二六
七……一二六
八……一二七
九……一二七
一〇……一二七
一一……一二八
一二……一二八

一三……一二九
一四……一二九
一五……一二九
一六……一三〇
一七……一三〇
一八……一三〇
一九……一三一
二〇……一三一
二一……一三一
二二……一三二
二三……一三二
二四……一三三
二五……一三三
二六……一三三
二七……一三四
二八……一三四
二九……一三四
三十……一三五
三十一……一三五
三十二……一三五
三十三……一三六
三十四……一三六
三十五……一三六
三十六……一三七
三十七……一三七
三十八……一三七
三十九……一三八
四十……一三八
四十一……一三八
四十二……一三九
四十三……一三九
四十四……一三九

四十五……一四〇
四十六……一四〇
四十七……一四〇
四十八……一四一
四十九……一四一
五十……一四二
五十一……一四二
五十二……一四二
五十三……一四三
五十四……一四三
五十五……一四三
五十六……一四四
五十七……一四四
五十八……一四四
五十九……一四五
六十……一四五
六十一……一四五
六十二……一四六
六十三……一四六
六十四……一四六
六十五……一四七
六十六……一四七
六十七……一四七
六十八……一四八
六十九……一四八
七十……一四九
七十一……一四九
七十二……一五〇
七十三……一五〇
七十四……一五〇
七十五……一五一
七十六……一五一

七十七……一五一
七十八……一五二
七十九……一五二
八十……一五二
八十一……一五三
八十二……一五三
八十三……一五三
八十四……一五四
八十五……一五四
八十六……一五五
八十七……一五五
八十八……一五五
八十九……一五六
九十……一五六
九十一……一五七
九十二……一五七
九十三……一五七
九十四……一五八
九十五……一五八
九十六……一五九
九十七……一五九
九十八……一五九
九十九……一六〇

杜詩偶評

杜詩偶評序……一六三
杜詩偶評凡例……一六五
杜詩偶評卷一……一六七
五言古詩七十九首……一六七
遊龍門奉先寺……一六七
望嶽……一六八

奉呈韋左丞丈二十二韵 …… 一六八
同諸公登慈恩寺塔 …… 一六九
示從孫濟 …… 一六九
前出塞九首 …… 一七〇
送高三十五書記十五韵 …… 一七二
奉同郭給事湯東靈湫作 …… 一七二
後出塞五首 …… 一七三
自京赴奉先縣咏懷五百字 …… 一七四
述懷 …… 一七六
塞蘆子 …… 一七七
送長孫九侍御赴武威判官 …… 一七七
送樊二十三侍御赴漢中判官 …… 一七八
送從弟亞赴河西判官 …… 一七八
送韋十六評事充同谷郡防禦判官 …… 一七九
彭衙行 …… 一八〇
北征 …… 一八〇
玉華宫 …… 一八三
九成宫 …… 一八三
羌邨三首 …… 一八四
義鶻行 …… 一八五
畫鶻行 …… 一八五
贈衛八處士 …… 一八六
新安吏 …… 一八六
潼關吏 …… 一八七
石壕吏 …… 一八七
新婚别 …… 一八八
垂老别 …… 一八八
無家别 …… 一八九
夏日嘆 …… 一九〇
夏夜嘆 …… 一九〇
留花門 …… 一九〇

西枝邨尋置草堂地夜宿贊公土室二首 …… 一九一
佳人 …… 一九二
夢李白二首 …… 一九二
鐵堂峽 …… 一九三
鹽井 …… 一九三
寒硤 …… 一九四
法鏡寺 …… 一九四
青陽峽 …… 一九四
石龕 …… 一九五
鳳凰臺 …… 一九五
萬丈潭 …… 一九六
木皮嶺 …… 一九六
桔柏渡 …… 一九七
水會渡 …… 一九七
飛仙閣 …… 一九八
龍門閣 …… 一九八
劍門 …… 一九八
成都府 …… 一九九
遭田父泥飲美嚴中丞 …… 一九九
揚旗 …… 二〇〇
通泉驛南去通泉縣十五里山水作 …… 二〇〇
過郭代公故宅 …… 二〇一
山寺 …… 二〇一
太子張舍人遺織成褥段 …… 二〇二
草堂 …… 二〇三
四松 …… 二〇三
暇日小園散病將種秋菜督勤耕牛兼書觸目 …… 二〇四
述古 …… 二〇四
送重表姪王砯評事使南海 …… 二〇五

望嶽……二〇六
杜詩偶評卷二……二〇七
七言古詩七十首……二〇七
兵車行……二〇七
玄都壇歌寄元逸人……二〇八
高都護驄馬行……二〇八
天育驃騎圖歌……二〇九
醉時歌……二〇九
醉歌行……二一〇
送孔巢父謝病歸遊江東兼呈李白……二一一
飲中八仙歌……二一一
貧交行……二一二
曲江……二一二
白絲行……二一二
麗人行……二一三
樂遊園歌……二一四
渼陂行……二一四
秋雨嘆三首……二一五
驄馬行……二一六
奉先劉少府新畫山水障歌……二一六
悲陳陶……二一七
悲青坂……二一八
哀江頭……二一八
哀王孫……二一九
蘇端薛復筵簡薛華醉歌……二一九
洗兵馬……二二〇
瘦馬行……二二一
乾元中寓居同谷縣作歌七首……二二二
題壁上韋偃畫馬歌……二二三
戲題王宰畫山水圖歌……二二四
題李尊師松樹障子歌……二二四

戲韋偃爲雙松圖歌……二二五
枏樹爲風雨所拔歌……二二五
茅屋爲秋風所破嘆……二二六
杜鵑行……二二六
戲作花卿歌……二二七
觀打魚歌……二二七
又觀打魚……二二八
越王樓歌……二二八
海椶行……二二八
光禄坂行……二二九
陪王侍御同登東山最高頂宴姚通泉晚携酒泛江……二二九
短歌行……二三〇
桃竹杖引……二三〇
閬山歌……二三一
閬水歌……二三一
韋諷録事宅觀曹將軍畫馬圖……二三一
丹青引……二三二
憶昔……二三三
冬狩行……二三四
折檻行……二三四
古柏行……二三五
縛鷄行……二三五
觀公孫大娘弟子舞劍器行……二三六
後苦寒行二首……二三七
李潮八分小篆歌……二三七
王兵馬使二角鷹……二三八
魏將軍歌……二三九
發劉郎浦……二三九
朱鳳行……二四〇
白鳧行……二四〇
醉歌行贈公安顔少府請顧八

吾宗……二七〇
秋野二首……二七〇
課小豎鋤斫舍北果林枝蔓荒穢
净訖移床三首……二七〇
日暮……二七一
夜……二七一
曉望……二七二
月夜憶舍弟……二七二
熟食日示宗文宗武……二七二
又示兩兒……二七三
喜觀即到復題短篇……二七三
第五弟豐獨在江左近三四載寂
無消息覓使寄此……二七三
孤雁……二七四
公安縣懷古……二七四
泊岳陽城下……二七四
登岳陽樓……二七五
舟中夜雪有懷盧十四侍御弟……二七五
遣憂……二七五

杜詩偶評卷四……二七六

七言律詩五十八首……二七六
題張氏隱居……二七六
九日藍田崔氏莊……二七七
崔氏東山草堂……二七七
紫宸殿退朝口號……二七七
曲江對雨……二七八
送鄭十八虔貶台州司户，傷其臨
老陷賊之故，闕爲面别，情見
於詩……二七八
至日遣興奉寄北省舊閣老兩院
故人……二七九
蜀相……二七九

野老……二八〇
送韓十四江東覲省……二八〇
野人送朱櫻……二八〇
南鄰……二八一
和裴迪登蜀州東亭送客逢早梅相憶見寄……二八一
客至……二八一
賓至……二八二
恨別……二八二
秋盡……二八二
野望……二八三
聞官軍收河南河北……二八三
送路六侍御入朝……二八四
涪城縣香積寺官閣……二八四
登高……二八四
將赴荆南寄別李劍州……二八五
將赴成都草堂途中有作先寄嚴鄭公五首……二八五
登樓……二八六
宿府……二八七
閣夜……二八七
白帝城最高樓……二八八
秋興八首……二八八
咏懷古迹五首……二九一
諸將五首……二九三
夜……二九四
暮歸……二九五
返照……二九五
九日……二九五
又呈吴郎……二九六
吹笛……二九六
冬至……二九七

小寒食舟中作……二九七
五言長律十九首……二九八
冬日洛城北謁玄元皇帝廟……二九八
投贈哥舒開府翰二十韻……二九九
贈特進汝陽王二十韻……二九九
敬贈鄭諫議十韻……三〇〇
上韋左相二十韻……三〇一
喜聞官軍已臨賊境二十韻……三〇一
送蔡希魯都尉還隴右因寄高三十五書記……三〇二
遣興……三〇二
行次昭陵……三〇三
重經昭陵……三〇三
寄李十二白二十韻……三〇四
奉送嚴公入朝十韻……三〇四
傷春……三〇五
王閬州筵奉酬十一舅惜别之作……三〇五
春歸……三〇五
奉觀嚴鄭公聽事岷山沱江畫圖十韻……三〇六
謁先主廟……三〇六
南極……三〇七
東屯月夜……三〇七
五言絶句四首……三〇八
絶句……三〇八
復愁……三〇八
歸雁……三〇八
八陣圖……三〇九
七言絶句九首……三〇九
贈花卿……三〇九
戲爲六絶句……三一〇

書堂飲既夜復邀李尚書下馬月下賦……三一一
江南逢李龜年……三一一

浙江通省志圖說

圖說叙……三一五
全浙圖說……三一五
會城圖說……三一六
杭州府圖說……三一七
嘉興府圖說……三一八
湖州府圖說……三一九
寧波府圖說……三二〇
紹興府圖說……三二一
台州府圖說……三二二
金華府圖說……三二三
衢州府圖說……三二四
嚴州府圖說……三二五
温州府圖說……三二五
處州府圖說……三二六
錢塘江圖說……三二七
西湖圖說……三二八
天目山圖說……三二九
烟雨樓圖說……三三〇
太湖圖說……三三一
海防圖說……三三一
普陀山圖說……三三二
禹陵南鎮圖說……三三三
天台山圖說……三三四
雁蕩山圖說……三三五
玉環山圖說……三三六
仙霞嶺圖說……三三六

《舊唐書》考證

《舊唐書》卷一考證 …… 三四一
《舊唐書》卷四考證 …… 三四一
《舊唐書》卷五考證 …… 三四二
《舊唐書》卷六考證 …… 三四二
《舊唐書》卷八考證 …… 三四三
《舊唐書》卷九考證 …… 三四三
《舊唐書》卷十考證 …… 三四四
《舊唐書》卷十一考證 …… 三四五
《舊唐書》卷十二考證 …… 三四五
《舊唐書》卷十三考證 …… 三四六
《舊唐書》卷十四考證 …… 三四六
《舊唐書》卷十五考證 …… 三四七
《舊唐書》卷十六考證 …… 三四七
《舊唐書》卷十七下考證 …… 三四七
《舊唐書》卷十八下考證 …… 三四八
《舊唐書》卷十九上考證 …… 三四九
《舊唐書》卷十九下考證 …… 三四九
《舊唐書》卷二十上考證 …… 三五〇
《舊唐書》卷二十下考證 …… 三五〇
《舊唐書》卷二十一考證 …… 三五一
《舊唐書》卷二十二考證 …… 三五一
《舊唐書》卷二十三考證 …… 三五二
《舊唐書》卷二十四考證 …… 三五二
《舊唐書》卷二十五考證 …… 三五三
《舊唐書》卷二十六考證 …… 三五三
《舊唐書》卷二十七考證 …… 三五四
《舊唐書》卷二十八考證 …… 三五五
《舊唐書》卷三十考證 …… 三五五
《舊唐書》卷三十一考證 …… 三五六
《舊唐書》卷三十二考證 …… 三五六

《舊唐書》卷三十三考證……三五七
《舊唐書》卷三十四考證……三五七
《舊唐書》卷三十五考證……三五八
《舊唐書》卷三十六考證……三五八
《舊唐書》卷三十七考證……三五九
《舊唐書》卷三十八考證……三五九
《舊唐書》卷四十一考證……三六〇
《舊唐書》卷四十四考證……三六〇
《舊唐書》卷四十五考證……三六一
《舊唐書》卷四十六考證……三六二
《舊唐書》卷四十七考證……三六二
《舊唐書》卷四十九考證……三六三
《舊唐書》卷五十考證……三六三
《舊唐書》卷五十一考證……三六四
《舊唐書》卷五十三考證……三六五
《舊唐書》卷五十五考證……三六五
《舊唐書》卷五十六考證……三六六
《舊唐書》卷五十九考證……三六七
《舊唐書》卷六十考證……三六七
《舊唐書》卷六十三考證……三六八
《舊唐書》卷六十五考證……三六八
《舊唐書》卷六十七考證……三六八
《舊唐書》卷六十九考證……三六九
《舊唐書》卷七十一考證……三六九
《舊唐書》卷七十二考證……三七〇
《舊唐書》卷七十七考證……三七〇
《舊唐書》卷七十八考證……三七一
《舊唐書》卷八十三考證……三七一
《舊唐書》卷八十五考證……三七二
《舊唐書》卷八十六考證……三七二
《舊唐書》卷九十二考證……三七三
《舊唐書》卷九十三考證……三七三

《舊唐書》卷九十六考證……三七三
《舊唐書》卷一百二考證……三七四
《舊唐書》卷一百四考證……三七四
《舊唐書》卷一百六考證……三七四
《舊唐書》卷一百十考證……三七五
《舊唐書》卷一百十二考證……三七五
《舊唐書》卷一百十四考證……三七五
《舊唐書》卷一百十八考證……三七六
《舊唐書》卷一百十九考證……三七六
《舊唐書》卷一百二十二考證……三七七
《舊唐書》卷一百二十三考證……三七七
《舊唐書》卷一百二十八考證……三七八
《舊唐書》卷一百三十考證……三七八

《新唐書》考證

《唐書》卷七十六考證……三八一
《唐書》卷七十七考證……三八一
《唐書》卷七十八考證……三八二
《唐書》卷七十九考證……三八二
《唐書》卷八十考證……三八三
《唐書》卷八十四考證……三八三
《唐書》卷八十五考證……三八四
《唐書》卷八十七考證……三八四
《唐書》卷八十九考證……三八四
《唐書》卷九十二考證……三八五
《唐書》卷九十七考證……三八五
《唐書》卷一百一考證……三八六
《唐書》卷一百二考證……三八六
《唐書》卷一百七考證……三八七

《唐書》卷一百九考證 …… 三八七
《唐書》卷一百十一考證 …… 三八八
《唐書》卷一百二十五考證 …… 三八八
《唐書》卷一百三十考證 …… 三八八
《唐書》卷一百三十一考證 …… 三八九
《唐書》卷一百三十三考證 …… 三八九
《唐書》卷一百三十四考證 …… 三九〇
《唐書》卷一百三十八考證 …… 三九〇
《唐書》卷一百四十考證 …… 三九一
《唐書》卷一百四十一考證 …… 三九一
《唐書》卷一百四十六考證 …… 三九一
《唐書》卷一百五十一考證 …… 三九二
《唐書》卷二百一考證 …… 三九二
《唐書》卷二百六考證 …… 三九三

輯佚詩、文

佚詩 …… 三九七
序《賓坻志》寄懷洪明府 …… 三九七
論詩絶句 …… 三九八
題《春江待渡圖》 …… 三九八
闕題湖水渺無極 …… 三九九
題《聽雨詩》後 …… 三九九
闕題玉室金堂有路通 …… 四〇〇
對聯 …… 四〇〇
未見詩 …… 四〇一
江干月夜 …… 四〇一
擬劉安『桂樹叢生』 …… 四〇一
賦得『山水有清音』 …… 四〇一
妾薄命 …… 四〇二
闕題 …… 四〇二

佚文 …… 四〇三

《唐律清麗集》序 …… 四〇三
《青嶁詩集》序 …… 四〇四
《貞一齋集》序 …… 四〇六
《緑溪詩鈔》序 …… 四〇七
《南雪草堂詩集》序 …… 四〇九
《國子先生全集》序 …… 四一〇
《麻溪姚氏詩薈約選》原序 …… 四一一
《虞東先生文録》序 …… 四一三
《雙樹軒詩稿》序 …… 四一四
《吴遊紀略》序 …… 四一五
《米堆山人集》序 …… 四一六
《白華莊藏稿鈔》序 …… 四一七
《橘巢小稿》序 …… 四一九
《蔗畦詩稿》序 …… 四二〇
《蘭溪棹歌》序 …… 四二一
《立齋遺詩》序 …… 四二二
《荔崖詩鈔》序 …… 四二四
《守坡居士詩集》序 …… 四二五
《賜書堂集》序 …… 四二六
《賓坻縣志》序 …… 四二八
《蒲溪吟社三家詩鈔》題識 …… 四三〇
《丹橘林詩》序 …… 四三〇
題《南華山房詩鈔》 …… 四三二
《槐江詩鈔》序 …… 四三三
《秦存古先生詩》序 …… 四三五
《沈氏詩集録》序 …… 四三六
《白蒲子詩編》叙 …… 四三七
《碧簫詞》序 …… 四三九
《補瓢存稿》序 …… 四四〇
《月滿樓詩集》序 …… 四四一
《聯珠集詩》序 …… 四四三

《國朝六家詩鈔》序 …… 四四四
《十笏齋詩》叙 …… 四四五
《蘭藻堂集》序 …… 四四六
《蓄齋二集》序 …… 四四八
《虚白齋詩集》序 …… 四四九
《玉山詩鈔》序 …… 四五一
《香雪文鈔》序 …… 四五二
《西垣次集》序 …… 四五四
《孱守齋遺稿》序 …… 四五五
《咏花軒詩集》序 …… 四五六
《硯思集》序 …… 四五八
《隨園雅集圖題咏》 …… 四五九
《滄湄詩鈔》序 …… 四六〇
《分干詩鈔》序 …… 四六一
《遼詩話》序 …… 四六二
《午夢堂集》序 …… 四六三
《南州詩略》序 …… 四六四
《周易詮義》序 …… 四六五
《香樹齋詩續集》序 …… 四六六
《敬亭詩草》序 …… 四六八
《叢桂軒詩鈔》序 …… 四六九
《樸廬詩稿》《題畫詩鈔》《林屋詩餘》序 …… 四七〇
《國進練音集》序 …… 四七一
《止心樓詩》序 …… 四七二
《國朝賦楷》叙 …… 四七三
《賦鈔箋略》序 …… 四七五
《賦匯録要箋略》序 …… 四七六
《四焉齋詩集》序 …… 四七七
《石帆詩集》序 …… 四七九
陳弘謀《培遠堂偶存稿》序 …… 四八〇
《停雲集》序 …… 四八一

《重刊石臼集》序 …… 四八三
《飛鴻堂印譜》序 …… 四八四
《文氏族譜續集》序 …… 四八五
《洞庭明月灣吴氏世譜》序 …… 四八六
鄭節母高恭人五十壽序 …… 四八八
跋明仇實父文衡山《西厢傳奇》書畫合册 …… 四八九
跋冒辟疆姬人花卉册 …… 四九〇
國朝沈德潛廣仁堂文昌閣碑記 …… 四九一
國朝沈德潛安濟堂記 …… 四九三
國朝沈德潛重建吕榮公東萊先生合祠記 …… 四九四
國朝沈德潛廣鄉賢祠記 …… 四九六
國朝沈德潛張孝子祠記 …… 四九七
國朝沈德潛西山節烈祠記 …… 四九八
國朝沈德潛顧貞孝先生祠田記 …… 五〇〇
秀峰小像讚 …… 五〇一

未見文 …… 五〇二

永仁堂記 …… 五〇二
同仁堂記 …… 五〇二
水僊廟記 …… 五〇三
徐靖節公祠記 …… 五〇三
韓貞文先生祠記 …… 五〇三
靈鷲教寺記 …… 五〇四
怡雲山莊記 …… 五〇四
勺湖記 …… 五〇四
松筠堂記 …… 五〇五
月湖丙舍記 …… 五〇五
鄉賢祠記 …… 五〇五
七賢祠記 …… 五〇六

重修虎丘天王殿記……五〇六
李公徽漕紀德碑……五〇六
《四書釋義》序……五〇六
《四書文稿》序……五〇七
《葉翥鳳詩》序……五〇七
《吾匏亭詩集》序……五〇七
《揚州休園志》序……五〇八
《删餘詩草》序……五〇八
《龍山草》序……五〇九
《李念慈詩》序……五〇九
《攬雲軒詩鈔》序……五〇九
《陳養愚集》序……五一〇
《蘇古儕詩》序……五一〇
《秦嘉銓集》序……五一一
《餘閑草堂集》序……五一一
《餐霞閣詩集》序……五一一
《迂村詩鈔》序……五一二
《竹素園詩集》序……五一二
《宋顧樂遺詩》序……五一二
《易經簡易録》序……五一三
《沈氏詩集録》序……五一三
《淩秀軒詩鈔》序……五一三
《馬鞍山懷舊詩》序……五一三
《薩哈岱集》序……五一四
《唐八家詩》序……五一四
《硯北詩草》序……五一四
黄子久《富春山居圖》跋……五一五
沈瑞文傳……五一五
俞永懷傳……五一五
顧節婦傳……五一六
朱節婦傳……五一六
鄒節婦傳……五一六

陸節婦傳……五一七
張節婦傳……五一七
徐述夔傳……五一七
逸民李魁春墓志銘……五一八
趙錫禮墓志銘……五一八
山人王暈墓志銘……五一八
僉都御史王材任墓志銘……五一九
贈杭州知府邵韡墓志銘……五一九
贈文林郎陳時夏墓志銘……五一九
州司馬陳公公揩墓志銘……五一九
議叙助教贈中憲大夫蔣君墓表……五二〇
《餘韋齋詩》序……五二〇
《徐友竹印譜》序……五二〇
《百城樓記》……五二一
郭月巖太史墓志銘……五二一
許上舍墓志銘……五二一
吴濟儒《四書文》序……五二一

年譜

序

大宗伯沈公手次《年譜》，紀少之攻苦力學、遇合淹遲，晚之遭逢帝眷、恩施稠叠。無虚語、無矜辭，質而不華，簡而能該，洵儒林之典則也。而論者遂謂公前否後泰，霄壤相懸。不知公六十年以前固未嘗以爲否，六十年以後亦未嘗以爲泰也。公厚倫敦本，忠信孚朋，經明行修，屢進屢抑，確然自守，不怨不尤，徧覽群書，而析義理之中，若將終身。海内士大夫，無論識與不識，皆中心誠服，仰公爲道德之宗、人倫之範，固未嘗否也。迨入翰林，躋卿貳，掌文衡，君臣魚水。直陳民瘼，推轂賢良，表彰前哲。予告歸田，晋階大宗伯，初不以爵位自尊。與鄉鄰説孝友、生徒論文章，暇則抱卷哦咏，蕭然若寒士，如未嘗泰也，何霄壤之有？

詒禄炙公休風，餘五十年。公嘗屈指後進中，奉教久而知心深者，無如詒禄，屬爲之序。兹《譜》之傳，既可爲讀書守道者勸，且以見學高望隆、明良交泰之盛，有迥非前代可及者。異日，史氏亦當有所采焉。

乾隆甲申夏五後學顧詒禄謹序

年譜

長洲沈德潛歸愚自訂

我沈氏本吴興人。自處士始長，諱壽四公，於前明洪武時來吴，卜居葑門外之竹墩，遂爲遷吴始祖。

二傳祖諱熾，字岑雲。明初人，材官，任黄州司馬。

三傳祖諱官五，孝子。

四傳祖諱天庸。

五傳祖諱見原，庠生。

六傳祖諱乾始。

七傳祖諱勲，字有虔，一字愛筠。成化中選貢，官國子助教。歸里時，商文毅公輅賦《竹泉春雨》詩贈行。嘗散財賑荒，後遇盜劫，盜知姓名，即向時救己之死者，羅拜而去，見《長洲縣志》中。

八傳祖諱濟，字懷竹，長洲廩生。

高祖諱植，字葑野，府學廩貢生。

曾祖諱世烈，字弘野，國學生，鄉飲介賓。誥贈内閣學士兼禮部侍郎，晋贈光禄大夫禮部尚書。

祖諱欽圻，字得輿，長洲生。守戴良、周黨之志，隱居教授。臨没，曰：『我家德薄，不以富貴功名望子孫，願鄉里稱善人足矣！』誥贈内閣學士、兼禮部侍郎，晋贈光禄大夫，禮部尚書。

考諱鍾彦，字美初。家無擔石，苦志課誦，游衍藝苑，不求声聞。易簀時曰：『我無他言，即先訓所云爲善，後人世守可也。』誥贈内閣學士、兼禮部侍郎，晋贈光禄大夫，禮部尚書。

康熙十二年癸丑十一月十七日辰時，先妣誥贈夫人，晋贈一品夫人褚太夫人，生子，即德潛。

十三年甲寅，年二歲。

周歲日，先祖買圖章二方，一『沈潛之印』，一『玉堂學士』。心竊喜，於『潛』字上增一『德』字，因命名曰『德潛』。

十四年乙卯，年三歲。

十五年丙辰，年四歲。

十六年丁巳，年五歲。

初識字，先祖教以平上去入之聲，及一切諧声、會意、轉注，略能領悟。

五月，患瘧，九月始愈，寒熱時繼。祖妣誥贈一品夫人蔣太夫人抱置身上，盛暑亦然。此恩此德，終身不能忘也。

十七年戊午，年六歲。

初讀書，先祖問以平上去入，及某平声下有入，某平声下無入，一一應對。又問：『何以無入？』曰：『去声下不能有声也。』先祖曰：『是兒他日可成詩人。』賜五言一律。

十八年己未，年七歲。

七月，飛蝗蔽天，食禾殆盡。

八月，隨先祖至薔澤河宋氏讀書。

十九年庚申，年八歲。

隨先祖至宋氏館。

三月，先祖病歸。四月，辭世。

是歲淫雨不息，無麥禾。

七月，隨先嚴至湯氏館讀書。湯名光啓，字式九，工畫花卉，誼甚厚，先祖之喪，佽助成禮。

二十年辛酉，年九歲。

時水旱之後，米價一石三兩。家中童奴逃散，戚族無依，先妣簪珥衣服易盡。先祖妣、先妣，每日各成燭心千枝易食，暑寒不休。有不給，買豆麥屑雜飯中。德潛館中歸，見之，淚下。先妣曰：『吾兒食苦慣，異日處逆境，不爲憂也。』嘗有青烏家過竹墩，左右謂此間水勢環合，宜有人文之秀。先妣聞之，私自喜，謂其言果然應在我家。然是時德潛只完『四書』《書經》，時作兒童之戲。事後思之，殊自媿也。

二十一年壬戌，年十歲。

仍在湯氏讀書。湯氏喜讌客，常延吳中老蒼。予因見褚蒼書篆、顧云美苓、文子豹止、王勤中武、邱三近正詣諸公。是歲，予讀《易》《詩》二經。

冬月，先嚴辭湯氏館歸。

二十二年辛亥，年十一歲。

先嚴家中授徒。先是荒歉，時先祖妣謂先嚴曰：『家中食用不累，汝所得館穀，積以置膳田可也。』是歲，長戚蔣氏托先嚴理家，予代爲課徒，以少佐饔飧。課徒暇日，讀《左傳》、韓文一二篇，略有領會。夜讀唐律絶詩幾章。

二十三年甲子，年十二歲。

仍代先嚴課徒，讀古文選本，至李陵《答蘇武書》、魏征《十思疏》、李華《弔古戰場文》、胡詮《彈秦檜》、王倫孫《近封事》等篇，若有所得，竊意他時亦能結撰古文，是吾願也。時湯文正公斌撫吴，正己正物。又連逢歲稔，予雖童年，亦知有生人之樂。

二十四年乙丑，年十三。

仍代課徒，仍讀古文。然時作嬉娱，不能如向日之專矣，先嚴時加扑抶。

十月，先妣染風寒，疾近瘵，時切憂心。

二十五年丙寅，年十四。

四月，先妣辭世，年衹三十有一。德潛竟爲無母之兒，眼淚中度日矣！

六月，先祖妣相繼辭世。治喪後，先嚴復之蔣氏，晨出夜歸。予與幼妹二人衣食不周，伶仃萬狀，家業依然不振。

二十六年丁卯，年十五。

困苦不暇讀書，惟取張江陵《小通鑑》，時一流覽。

二十七年戊辰，年十六。

讀《孫》《吴》《尉繚子》三書，私作《戰守論》一篇、《樂毅論》一篇。先嚴見之曰：『我誤此兒也。』旋與東鄰俞曾在兄議延師，俞因薦渠表兄施星羽先生，遂聘定。先生諱燦，字星羽，長洲生，孝友狷介，堪爲人師。

二十八年己巳，年十七。

先嚴賜字確士。

二月，施師來課時藝，先正、國朝文間讀。讀之，若吾故物。數十篇後，并欲分所讀文之高下，不自知爲妄也。

四月，篇成，師有駁、有賞。嘗私謂曾在兄曰：『沈生文易於遇合，不似吾輩之艱難。』予聞之竊自喜。

是歲，與曾在兄季妹締姻。

二十九年庚午，年十八。

時文、八家間讀。曾詠絶句四章，師止之曰：『勿荒正業，俟時藝工，以博風雅之趣可也。』冬月，師知家嚴無力，遂辭館歸。師弟依依，幾於泣下。

三十年辛未，年十九。

受業蔣師，師諱濟選，字覺周，長洲生。端方正直，五經紛綸，時館於濟東道宋公諱廣業家。每逢講期，聽講者衆，館舍幾不能容。宋公子育民與予善，謂：『唐有沈宋，我二人他日成名，亦當以沈宋稱。但唐之沈宋人品庸劣，吾輩磊磊落落，有所樹立，並稱沈宋，是所願也。』予曰：『兄言是也。』

是歲，縣府試俱録，始應院試。

三十一年壬申，年二十。

院試應長、吴二縣學使者，學士許公諱汝霖。於録取二十五名外，批示備卷十餘名，批予吴縣卷云：『首篇合格，次析理未精。』首題『父作之合』，下二節，次題『知其性也。』句雖未采録，因此竊自勵也。

是歲，育民驟亡，同學多哭失聲者。

三十二年癸酉，年二十一。

巡撫商邱宋公諱犖觀風，取二名。總河遂寧張公諱鵬翮觀風，取二名。藩臺山左張公諱志棟觀風，取一名。

五月後，鈔讀《史記》、《漢書》，暇讀漢魏樂府，學成古文。

三十三年甲戌，年二十二。

縣試取六名，府試取五名，院試取二十名，爲長洲博士弟子員。學使者，參議猗氏邵公，諱嗣堯。理學名臣，剛正特立，江南學臣之清介自公始也。

七月中，施師辭世，設位哭之。

三十四年乙亥，年二十三。

館句容籍周氏。從學者張生渭徵，視予猶父。科試三等六名，學使者少司馬遂寧張公。

十二月，贈夫人、晋贈一品夫人俞氏歸。俞長齋，親操井臼，有王孺仲妻之風，稱同志焉。

三十五年丙子，年二十四。

館周氏。周朱恭季奕恂、陳師洛世治倡和詩篇。

七月，之句容録遺。連旬大雨，至二十日，四山出蛟，共四十餘處，雷霆助之，水暴漲丈許。

城外漂没無算，城中人多受傷。應試人有溺死者，予僅而免。

八月朔，至省赴試歸。

三十六年丁丑，年二十五。

先嚴葬先祖、先祖妣、繼祖妣、先妣於王家田之姜村，自封壽穴。人謂葬地不吉，應喪子。衆勸遷葬，予謂：『我家本無求福，不須吉地。且命賦於天，非地所能生死也。』後卒無恙。

秋，歲試一等廿一名。學使者，少宗伯滏陽張公諱榕端。

三十七年戊寅，年二十六。

館於家，多從學者。

四月，應張岳未景崧家詩文會。岳未偕予請詩學於横山葉先生。先生諱燮，字星期，爲詩古文名家。

冬，科試二等一名。

三十八年己卯，年二十七。

館大姚邨張氏。

秋，應省試歸，榜首桐城方靈皋苞，得人爲盛。

是歲，與徐龍友夔定交。

三十九年庚辰，年二十八。

仍館於家。

秋，扶病。歲試一等十三名，學使者張公諱泰交。

四十年辛巳，年二十九。

館尤鳴佩家。太史西堂先生，鳴佩世父也，見予《北固懷古》《金陵咏古》，及《景陽鐘歌》等篇，謂令嗣滄湄宫贊曰：『此生他日詩名不在而輩下。』予聞之，竊自惡也。

三月，長女生。科試二等。

四十一年壬午，年三十。

滄湄先生每以詩索和，見予《吴江道中》詩有『湖寬雲作岸，邑小市侵橋』句，曰：『何減劉文房！』見《和亦園書興》詩有『半壁夕陽山雨歇，一池新漲水禽來』句，曰：『何減許丁卯！』張匠門先生見予《擬古樂府》一册，曰：『古調不彈，此伯牙琴絃也！』予恐負諸賢歎賞，益思致力於詩。

秋應省試。

四十二年癸未，年三十一。

秋，横山先生卒。先是，先生以所製詩、古文，并及門數人詩，致書於王漁洋司寇。至是，漁洋答書，極道先生詩文特立成家，絶無依傍。諸及門中，以予與張子岳未、永夫，不止得皮得骨，直已得髓。又謂河汾之門，詎以將相爲重？滔滔千言，惜先生不及見矣！

九月，歲試取二等，學使刑侍韓城張公諱廷樞。

十月，先嚴五十壽辰。

四十三年甲申，年三十二。

館中無事，賦詩自娱。科試一等。

冬月，江陰翁子霽堂過予定交。

四十四年乙酉，年三十三。

彭侍講南畇先生招予會文，首題『不逆詐』一節，次題『水由地中行』二句。評定合格卷三，予與徐達夫殿撰、習載展宫詹，謂三人俱可中，約略沈生居先。是科達夫中式，甲午載展中式，遲至三十三年，予始中秋闈，可感也！秋赴省試。

四十五年丙戌，年三十四。

館滄湄先生家，課徒暇，講求聲律。予詩成，先生必指瑕賞瑜。先生詩成，亦邀予評定。一字未安，輒改。前輩中無此虚懷也！

歲試，學徒昭嗣入泮，名秉元，予試三等。學使者，山西侍講魏公諱學誠。

四十六年丁亥，年三十五。

予與張子岳未、徐子龍友、陳子匡九睿思、張子永夫錫祚，結城南詩社。每課五題，古體五言、七言各一，律體五言、七言各一，絶句一，或五言、或七言。面成一詩，餘俱補成，一月一舉，社中序齒批閱。匡九嘗謂己詩如南粤趙佗，獨霸一方，不奉朝請；龍友詩如孫策用兵，幾同項羽，但恐中道摧折；永夫詩如殘雪在嶺，孤鶴唳空；岳未詩如金碧樓臺，無問賢愚，咸思登眺；謂予詩如文叔用兵，遇小敵怯、遇大敵勇。聞其談諧，一座笑樂。

冬月，科試復列三等。

四十七年戊子，年三十六。

春月，始游鄧尉、銅井、西磧諸山，至漁洋山乃歸，作《游漁洋山記》。

秋，應省試。

四十八年己丑，年三十七。

春月，同謝立夫有煇、曾葉生介福、樾亭上人岑霽，同之杭州。遍遊西湖，以韜光、飛來峰爲最勝。寓靈隱寺，與周子允武永銓、弟欽萊準定交，遂成詩友。欽萊旋改字迂村，情好尤密，垂五十年。

秋，歲試一等七名，學使者，爲宮允海寧顓木楊公諱中訥。

四十九年庚寅，年三十八。

予婦年四十，贈以詩云：『顧我無才勞馬磨，憐君有淚灑牛衣。』又云：『曉寒龜手親提瓮，夜永篝燈伴著書。』又云：『出塞未須愁失馬，過河曾爲泣枯魚。』皆非虛語也。

秋月，下利，幾殆，昏去者三。先嚴檢方書，以服參療之，兩月始安。

五十年辛卯，年三十九。

二月，學使者太史銅仁張公諱元臣科試，予復三等。

秋，省試，文已入彀矣，主試趙太史諱晋，於春秋房無憑文去取者，搜得要人，將上草榜而復去之，命實不猶，無可憾也。房考霑化李爲予詳述闈中事，自云無力與争，甚媿，贈膏火資，聊以贖己㥶云。

五十一年壬辰，年四十。

更字歸愚。

何義門太史珍予律詩，爲顧子嗣宗言之，嗣宗先聞張匠門太史言。至是，攜詩稿來索校勘，予悉心點定之，遂成至交。

十一月，宫庶江夏胡公京蒙諱潤來試士，予列二等。

寓中遇母難日，詩云：『真覺光陰如過客，可堪四十竟無聞。中宵孤館聽殘雨，遠道佳人合暮雲。』第四語爲一州七邑諸名流也。

小除夕，胡公邀往。新歲之江陰署中，選《萬壽作人詩》。

明年春月，添恩科，並閱通省遺才試卷。

五十二年癸巳，年四十一。

元旦次日，同朱子恭季、陳子師洛之江陰，隨學使之句容署閱卷、選詩。

二月朔，赴省應試歸，館錢萬榮家。

四月，合家染疫，先嚴尤危。禱於天，因服參回生。

冬月，六十壽辰，拜祝者遠及他郡邑。崇明施覺庵吏部、金壇王丈耘渠、吴江計丈希深、太倉家臺臣丈，餘不能悉録。

五十三年甲午，年四十二。

正月，科試一等第六，食餼。

秋闈，學徒尤秉元中式。

冬，蔣師卒，同門設位以哭。

五十四年乙未，年四十三。

館廣南籍方蕒朔家。方係九谷先生諱殿元子，以詩學世其家。弟東華尤愛客，四方詩人來吴者，每到方氏廣歌堂。予因識蜀中費厚蕃弟滋衡、廣南梁孝穉、山陰楊可師、錢唐家方舟、無錫杜雲川太史諸人。

四月，歲試二等。學使者，侍講學士閩中余公諱正健，清正與猗氏邵公同。

是歲，予批選唐詩十卷，名《别裁》。

冬十一月，娶妾朱氏。

五十五年丙申，年四十四。

前一年，章有源次子樹邛，字次聞，與長女締姻，正月，送來讀書。陳子樹滋借所選唐詩去。

八月初三生子，乳名攀。

十一月，科試二等，學使者，宫允閩中林公諱之濬，因俞公陞任京兆尹去也。

是歲，予刻詩稿起，名《竹嘯軒》。又刻時藝，名《歸愚四書文》。

五十六年丁酉，年四十五。

三月，方蕡朔長子燮字孟調，與撫養姪女締姻。

七月，赴省試。時金陵文會，與會者儲六雅、王耘渠、王罕皆、曹諤庭、束聚五、荆其章、蔡芳三、顧天山、顧嗣宗諸公。時藝、詩、古文各一場，後補送，猶有前代《壬申文選》之風也。

十月，唐詩選本樹滋從廣南刻成，寄來，囑予補序。是月，選《古詩源》起。

五十七年戊戌，年四十六。

予同東華樾亭上人之杜雲川太史家。明日，同遊惠山，至石林精舍，晤天鈞道人。過貫華閣忍草庵，尋碧山吟社遺址，各系以詩，亦韵事也。

三月，江鎮道柏鄉魏公念庭諱荔彤來吴，見予詩文，聘往課子。

五月，歲試取二等，學使者，太史昆明謝公諱履厚。

六月，赴魏氏館，學徒二人：士敏、壯徵，一國學生，一諸生。館課甚簡，因肆力於詩、古文。

文成六十餘篇，詩成百餘首。暇日，出遊金、焦、北固，識詩人余京字文圻，時相倡酬。魏公見其詩，欲召之。見余曰：『往役，義也。以詩爲羔雁，非義也。』魏公益重之。

十一月，撫女歸方氏。學使發題試古學、古文、詩、賦共五題，予作全卷。

五十八年己亥，年四十七。

二月，同壻次聞赴館。選《古詩源》完。前此，批泰州牧宋强齋文百篇。强齋名生，河南解元，施愚山所取士。至是，以書來，云『當吾世與先生並生，余之幸也。與先生並生而牽於職守，不得見先生，余之不幸也』云云。强齋何有是言？緣霽堂翁子在署中，時相推激，故不免出於過情也。學使出古學案，予名第一。

七月，得先嚴患病信，急歸，已斷飲食。本中暑未清，諸醫誤認虚症，以八味湯參術治之，日甚一日。不孝禱於城隍神及關公，夜請命於天，乞減己算以全父命，均不應。至晦日夜亥刻，囑不孝曰：『我無他言，願汝爲善人足矣！』遂逝。總之不孝，有虧子道，未知醫理，故少歲爲無母之人，中年又爲無父之人。天降之罰，諸庸醫何足云也！

九月上旬治喪，中旬十六日啓壽域下窆。壙中暖而潤，有藤蟠結，人云吉地。自逝日至葬日，天氣晴和，未嘗遇雨，人謂作善之報云。

五十九年庚子，年四十八。

仍赴京江館。

四月，士敏、壯徵將歸柏鄉應試，予辭歸。魏公堅留，曰：『兒子雖去，我老友受切磋可也。』及見予南徐《寓中作歌》六首，知歸志已決，允辭。將別，題予《萬峰獨立圖》云：『峰峰卓立斷躋攀，筇屐逍遥鳥道間。試問此翁登眺後，何人更上萬重山。』又贈詩二章，末云：『他時旌節臨吾土，便合掃門迎故人。』

五月，歸，旋館於施偉士家。

六十年辛丑，年四十九。

魏念庭以所注《莊》囑逐篇加評。如其命報之，又成《讀莊子篇》，念庭來書，謂一字不改付刻。然自題：『先生注《莊》，與余或同或異。相視而笑，莫逆於心可也。』

九月，朱子受采邀遊陽山。登絶頂，下過大石，壁上鐫石田翁、史明古五言古詩。讀竟，下尋滴水巘而還，亦勝遊也。

十一月，次聞壻來就婚。

十二月，刻時文稿成。

六十一年壬寅，年五十。

刻詩稿成，刻古文稿起。

三月，聯北郭詩社。魏念庭以所注《老子》來索評，如前。

十月，之湖州，遊峴山、道場山、何山、弁山諸勝。

十一月，生辰，途中成詩二律。聞聖祖仁皇帝升遐，六十一年深仁厚澤，普天漸被。哀詔到日，㡳倪哭泣，如喪慈父母。旋頒世宗憲皇帝即位詔，恩欵稠叠，民顒顒翹望焉。

雍正元年癸卯，年五十一。

四月鄉試，因會試移八月也。試事畢，先遊城内烏龍潭、清凉山，謁卞忠貞祠。次遊城外雞鳴山、臺城，觀萬石卧鐘。次拜孝陵，探靈谷、倒出泉諸勝。文雖不遇，暢遊而歸。舊徒魏壯徵北闈中式。

七月，王丈耘渠來吴，招予至程湧虹家。酒半，謂予曰：『子詩我熟者幾半，而無一言相贈，何也？』恐予不信，座間誦如瀾翻。予深知己之感，明日作長歌一章贈之。

二年甲辰，年五十二。

二月，恩科鄉試。試日，文疇躇滿志，以失寫年號，不能終場。

三月，赴生田王子鶴書家，館徒名嶅，賓主歘洽。

七月，郡司馬温理齋諱而遜見予詩文，來聘課徒。予辭王氏，允之，挈徒往。

八月，學使者少司馬法公淵若諱海來。歲試，予投卷後，明晨，命入院閲生童文，凡九日，所閲文咸當意。案取一等第一，評『理學到家』，予烏敢當也！

冬月，浙撫李公鹿山諱馥去官寓吴，以詩稿索動筆札中，詞極謙下，直筆應之。公枉過，曰：『余入仕後始作詩，自知膚淺。見者俱極推許，余自疑。今先生去多取少，見直道在人也。』遂定交，略分位焉。

是年，蟲灾、風灾、霜灾。

三年乙巳，年五十三。

温公轉太倉州任，因館太倉。

七月，聞徐子龍友殁於廣南，失一良友矣！

八、九兩月，閱太倉、嘉定、崇明考卷。

十月，學使閣學海鹽俞公叔穎諱兆晟按崑科試，取予一等第一。原卷評：『融化經言，佐以議論。董醇、賈茂，兩者兼之。』覆卷評：『金石奏而蟋蟀之鳴自破。』進見日，謂：『子文寄浙中，到處鈔謄矣！』相待有國士之目。

歲終，《古詩源》刻成，選《明詩》起。

四年丙午，年五十四。

温公陞蘇州守，館在署中。

二月，元和令江公之煒聘修志書，予分得學校、水利、人物、藝文，矢公矢慎。越二載，共成此書。後爲俗子改壞，有俟重修，可惜也！

八月，省試一二場，文已入彀矣。三場首策，爲收卷吏徐姓者以水洗去印上一字，遂致堂貼。其人舊爲武童，予所保結，已騎射，而欲倩人作文，啖予以利，予力拒之。至是爲吏報復，亦予之命也！房考金匱令王諱喬林深爲惋惜。

是歲秋月霪雨，至明春始霽，遂成大無。

五年丁未，年五十五。

三月，同學彭翰文啓豐中會元。四月，殿試，復第一人。祖孫會狀，宇内榮之。

府試，予閱元和、吴江、常熟、昭文四縣。元和第一李炯，吴江第一黄汝德，常熟第一謝祖庚，昭文第一陸國瑛。後四人皆中式，而祖庚、國瑛，與予南北同年，亦佳話也。

七月，過蘭雪堂王氏，看素蘭，主人遴汝出定武《蘭亭》、武岡《淳化帖》、宋徽宗御畫，黄荃、郭熙、趙昌、范寬諸畫本，及宋高、孝、寧三宗宮扇御書，最後看元人襍畫，如遊寶山而歸矣！

八月，歲試二等一名。學使者，殿撰學士東昌鄧公諱鍾岳。後與予同官左右禮侍，凡二年。

六年戊申，年五十六。

攀兒取名種松，字樊成。

四月朔，松兒生母朱氏歿。瘵疾四年，勞苦備嘗，未嘗一日歡娱也。

五月，施覺庵先生辭世，吴中失一正人。

九月，盧生景程名駿聲辭世。十八年師弟，情同骨肉。喪予之痛，惡能已耶！

十月，温公陞任觀察去，解館歸。

十一月，科試取一等三名。

七年己酉，年五十七。

正月，之虞山。從興福寺破龍澗上山，至絶頂，望海墩，下，過劍門，至拂水巖，遇雨。下山，作《雨中遊虞山記》，黄遵古作圖，王僉憲子重諱材任贈詩，倡和連日，歸。

四月，移居木瀆山塘。愛其山水之秀、人物之樸也。

八月，赴省試歸，與諸同人遊茶塢山、牛眠堰等處，歸作遊記。

冬月，學使鄧公招往江陰，欲薦予大優，謂可得縣令。自忖無作外吏才，辭之。

八年庚戌，年五十八。

正月，同盛子庭堅遊篁村竹塢，過落木庵、古龍庵等處。歸，過北峰，得支道林葬衣冠塔，有『永和六年十一月初一日第一代傳法僧』十六字，在右軍修禊前也，字渾樸可貴。

二月，仍館鶴書家。學使宮詹，桐城張公葯齋諱廷璐，於五月按蘇。月課、歲試，予名俱第一。進見時，蒙許『文行並高』，予何敢當？惟自勗而已。

七月，内子六十，贈以詩，有『長齋非佞佛，達理不關書』句，道其實也。

是年，專攻時文，共得百篇。

九年辛亥，年五十九。

正月，寓古龍庵，成《説詩晬語》二卷，付嗚謙上人。北平少宰崑圃黄公來遊鄧尉，相遇於四宜堂，曰：『想慕數年，於遊山相見，猶鳳皇芝草也。』下士同鹿山李公。

三月，浙督李公聘脩《浙江通志·西湖志》。赴館，總裁學士沈公西園諱翼機、太史傅公閬陵諱王露、陸公聚緱諱奎勳，囑先修《湖志》，分水利、名勝、祠墓、志餘四門，徧覽載籍。時率松兒往來湖上，到處尋訪。回憶前遊，相距二十三年，猶夢寐也。同人會合，時相倡酬，尤契合者，方文舟、張存中、陳葆林、諸襄七、厲太鴻、周蘭坡、王介眉諸公，不必出門求友矣。

八月十八，出正陽門觀潮。未刻，潮自龕、赭兩山間入。始如白線，或斷或續。少頃，如雷怒、如萬馬奔騰，高二丈餘。分如銀山兩座，駕空而來，至富陽始平。真天地偉觀也！

十月，所分志成，又分《通志圖説》。歲暮，松兒與蔣氏締姻，係天休表弟女。

十年壬子，年六十。

二月初，趙谷林招遊西溪。自松木塲沿溪而行，兩岸竹林梅花，或斷或續，溪流活活，山色如黛。至永興寺，有馮開之先生手植緑梅，枯而復生，枝有艾蒳。次及溪樵庵、雨花庵。一路人行，如入竹海中，衣襟皆緑。有西湖之秾麗，不可無西溪之静深也！

三月，《圖説》成，即辭歸。

四月，科試，名在第一。試『古學震澤賦』、『詩學源流論』、范文正公『祠堂碑記』、『玉山晴望』、『姑蘇懷古』五題，名復第一。科試卷評：『理境通明，從容合節，策亦原委瞭然。』古學卷評：『諸體並擅精能，鼓吹六籍、斧藻郡言，洵藝林鉅手也。』

閏五月，織造海公保聘脩《通鑑》，有情有文。

七月，次聞婿病歿。相依者十七年，忽遭慘變。雖有遺腹，男女未知，極人生之不幸矣！

八月，省試，門生中式者三：謝于蕃、浙闈金燾、北闈温葆經；副榜一：彭廷掄。予仍不遇。

十月，松兒完婚。

十一月，予母難日，爲周甲辰，顯揚無期，流涕而已！聞學使張公晋少宗伯聯任。

十一年癸丑，年六十一。

正月，歸章門女生遺腹男，大幸事也，名日照。

是月，予取陳氏妾。

二月，海公閲兵京口，予同往。時惠仲孺學士去學使任，脩京江城，往晤。絶不談困苦顛連，而以得暇窮經爲喜，若去官放廢，天適成其稽古之力者，吾鄉讀書種子也！後上知其清節受謗，召還。

四月，學使張公月課，八月，歲試，予名俱第一。評月課卷云：『虬枝鐵幹，蒼翠摩空。盤盤元氣生雲烟，千年脂髓化靈珀，此物此志也！』評歲試卷：『古槎架險，體質蒼堅，不屑與落蕊漂蘋争妍鬬媚。』邀進見，行賓主禮，命點勘詩稿、作序，易稱『先生』，蓋異數也。

九月，妻兄俞曾在兄去世，親戚中失一謹慎助我之人。

十二年甲寅，年六十二。

三月，幼妹歸羅氏。　時詔舉博學鴻辭，縣令沈諱光曾以札幣來聘，予以學術淺陋辭。　文宗召往堅命，應詔。

五月，督、撫、學三院考試，題係硃批，上諭：『頌時雨賦』、『一實萬分論』、『三才萬象共端倪』、長律十二韻。　與試三十一人，取六人，予名第三。　第一，孫見龍，癸巳會元；　第二，孫天寅，舉人；　第四，倪承茂；　第五，吴龍見；　第六，朱厚章。　期明年，具題赴京。

八月，所纂《通鑑》成，辭海公歸，《明詩别裁》成。

十三年乙卯，年六十三。

時下詔發帑，修歷代忠臣賢士祠墓。　制府高文良公諱其倬，以前明大銀臺徐公念揚諱如珂未有顯績，欲議不與名賢之列。　予進見，力言其持身之正，且吴中擊殺緹騎事。　魏忠賢欲多殺吴民以示威，公與魏私人顧秉謙言：『吴民豈肯駢首就戮？ 持之急，必發相公祖墓。　奈何』？ 秉謙泣請於魏，止戮五人，有隱德於吳甚鉅。公允予言，入告祠墓並脩。

四月，予偕同郡倪稼咸、武進吳恂士入都，松兒隨行。

定寓後，日課古學。四方名流時會合，不荒正業也。

八月，薦舉諸生許應北闈試，予循例入場，不遇。

二十有三日，大行皇帝升遐，衆大臨於順天府。

越日，今上即位，以明年爲乾隆元年。未一月，用人、行政咸有堯舜氣象！如行三年喪，蠲免雍正十二年以前積欠，召還朱可亭軾、楊賓實名時諸正人，禁止天下言祥瑞者，解散僧人羽流，議減關政鹽政等項，古所云『立斯立，導斯行，綏斯來，動斯和』，非虚語也。吾儕何幸，生當其世耶！閲南鄉試録，門人干令儀中式。

十二月，移寓彭芝庭宫允家，松兒課其二子紹謙、紹觀，家椒園名廷芳來受業。

乾隆元年丙辰，年六十四。

仍日課古學，暇日，同霽堂之程子蓴江寓樓，閲蔡君謨書札、黄山谷書《藺相如列傳》、司馬端衡、米虎兒合作山水、黄大癡《富春山居圖》、梅道人《夏山欲雨圖》，皆希世珍，從安氏三房借得者。所嫌主非其人，殊爲可惜。

八月，應北闈試，不遇。

九月，御試保和殿，《五六天地之中合賦》、《山雞舞鏡詩》七言長律十二韵、《黄鐘萬事根本論》。二場經解一、史論一。閱卷者，鄂文端爾泰、張文和廷玉二相公，少宰邵基。取一等五人、二等十人，椒園姪中二等。予失寫題中字，以不合格，不遇。同稼咸歸舟中，有附舟棄妾死，斂金以殮，俾其遺櫬還故鄉，予與稼咸作《妾薄命》詩吊之。到家，雖失意歸，歌吟嘯呼，無戚戚容也。學使張公歲試按崑，進見，慰勞再三，謂：『古今晚遇者多，仍宜應試。』感公誠懇，從其命。是科，門人王琢如其章南闈中式。

二年丁巳，年六十五。

館舊徒蔣子宣重光家。批《唐宋八家文》，選《明墨》及《和声》二集。師弟切磋，怡然樂也。會榜發，中門下士二人：一王其章，一温葆經。

六月，李芥軒子天根乞草尊人墓志。芥軒，無錫詩人。天爵自尊，真誠待物。晚盲於目，詩益工。與予交三十餘年，膠漆契也。《志銘》中，自信無失實語。

九月，同黄子若木之西洞庭。旬日，遊石公山、明月灣，訪毛公壇，入包山，經林屋洞，過消夏灣，上縹緲峰。望大小龍渚，無境不佳。而石公山脚三面空中，多竅，或如堂皇，或如象鼻，蟠龍、行，路無婦人、無乞丐、無催租隸、無爲僕妾者，武陵桃源，疑即在此間云。

飛禽、走獸之類，幾不可狀。林屋洞門爲水所漬，不能入也。居民以田園樹藝爲業，重氣誼、敦本

三年戊午，年六十六。

三月，張公科試，名第一，評文：『非腹笥不辦，而一往疎古。近曾子固，學西漢人文字。』進見，付第三。次歲，科文批選頒行，多有聲有光者。

五月，大中丞昆明楊公諱永斌延予入署，閱觀風卷，兩月甫畢。公内任少宗伯，即辭出。

八月，省試。

九月，榜發，中第二名。至是，共踏省門一十七回矣！主考少司寇安州陳公名德華、宫詹嘉善許公名王猷、房考武進令趙公名錫禮，皆正人也。論、表、五策，主司謂寢饋融浹於古，皆進呈。

十一月，歲科卷刊刻告成，張公還朝。公涖任九年，未嘗輕辱一士人。與相接，如坐春風中。去任後，士林思慕之。十二月，同倪稼咸兄姪綬維計偕北上。

四年己未，年六十七。

一路到京，同稼咸倡和，共五十餘章，已成秩矣。

二月，應春官試，中六十五名。總裁大學士泰安趙公諱國麟、冢宰江西甘公諱如來、少司寇長白留公諱保、少司馬上海凌公諱如焕、房考學士閩中吴公諱履泰、對房侍御廣西陳公諱仁，皆正人。殿試，二甲第八，爲莊有恭榜進士。臚唱日，成詩，落句云：『天半倘逢雲五色，魏公碩望在同朝。』賜坊儀文綺，有句云：『千絲織作憐寒夜，九宇輸將識苦心。』

朝考第三，看驗日，諸王大臣六人，大司寇尹公繼善云：『第八名爲江南老名士，極長於詩。』大學士張文和公云：『文亦好。』因挑選一等内。

五月，皇上御勤政殿，引見新進士。越日，欽點庶吉士，老年草野之士得與館選。有句云：『許親香案稱仙吏，望見紅雲識聖人。』紀君恩也。

六月，欽點教習師，大司寇尹公、少司寇今大學士劉公統勳。劉公憂歸，旋點少宗伯吴公家騏。

八月，館課第一，尹公謂：『論説與贊顛撲不破，不得以辭華目之。』

十一月，乞假歸里。

五年庚申年，六十八。

仍課徒於吴江同里袁氏，從學者，袁生質中、吴生南勤，教學相長。予成時藝，復得數篇，外人來嬲者稀，此間頗有樂趣也。

五月，於北濠趙氏閲趙子昂臨《黄庭》、蘇東坡《橘頌》，宋、元、明人跋甚多，皆真跡。又閲宋元人畫團扇，係李營邱、郭忠恕、郭熙、范寬、馬遠、李唐、劉松年、趙大年、蕭照、夏珪、黄子久、趙仲穆、盛子昭諸人，本項子京家物，趙氏雄於貲，得而有之。然雲煙過眼，不知能守與否也。

七月，内子年七十，贈以詩云：『苦諳黄蘗味，澹采白蘋花。』落句云：『殷勤勸偕隱，肯戀七香車。』皆紀實語。是月，詩、古文稿刻成。

九月，家椒園太史書來，云同人想望，宜早赴詞館。

十二月，買舟北行。

六年辛酉，年六十九。

二月，入詞館。教習師爲大冢宰、今大學士鐵崖史公貽直、大司寇阿公克敦，勤於館課，予共成賦四十餘篇，而《中和節進農書》、《大狩禮成》、《太學石鼓》、《經經緯史》諸賦，爲館師獎賞者。

四月，松兒來京應試，並考職。

九月，妾陳氏來。是月，北榜發，中門生凌來吉鈞、北人王莊閎，南榜中門生李勉百繩。

冬月，續刻古文稿、續批八家文百餘篇。

七年壬戌，年七十。

四月十九日，散館，御試題《王屋非堯心賦》、《春蠶作繭詩》五言八韵限『咸』字。上御寶座，命諸臣俱坐。作文，見臣德潛年老，詢及姓名、籍貫。越三日，等第分，第一裘曰修，德潛名第四，留館。

六月九日，輪班引見，共十人。上諭張中堂云：『沈德潛係老名士，有詩名。』命和《消夏十詠》五律，餘願和者和。時同和者編修裘曰脩、蔣麟昌、鞠遜行，檢討廖鴻章、陳世烈，於内閣軍機房分給筆札，賜飯及瓜果。午刻走筆，未刻和就，進呈。明日，頒賞德潛紗二、葛紗二，餘二匹、一匹有差。

七月，侍班。命和《討源書屋恭瞻皇祖御筆》，七言二律。

九月，命和《落葉》詩七言六律。君倡臣賡，幾同《卷阿》之『矢音』也。是月，輔臣傳諭校勘新舊《唐書》，分脩《明史綱目》。母難日，同館諸公多贈詩者。

八年癸亥，年七十一。

先校《舊唐書》，無間日夕。

二月引見，命和《紙鳶》七言一律。

三月，命和《柳絮》七言五律。連前和《落葉》詩，内府俱勒石。又命和《喜雨》七言二律。晦日，御試翰詹諸臣於正大光明殿，賦《藏珠於淵》、論《禮以養人爲本》、詩《折檻旌直臣》五言八韵，得『交』字。等第分，一等三名，王會汾第一。二等九名，德潛名第五。三等二十七名，餘四等。王與裘曰修、萬承蒼以編脩晋侍讀學士，德潛晋左春坊左中允，賞賚亦分等差。

五月，晋翰林院侍讀。

六月，晋左庶子，掌坊。

九月，晋侍講學士。

十二月，授日講起居注官。

一歲之中，君恩裯疊，不知何以報稱，竊自懼也。

是歲，聖駕侍皇太后之盛京，謁三陵，恭撰樂府十章進呈，上命付文穎館以備編刻。

九年甲子，年七十二。

正月，校勘《舊唐書》畢，每卷後有考證，繕寫進呈。自是，校《新唐書》起。

二月，上謁泰陵，點講官侍班。老年學跨馬，詣陵，俟上行禮，班次在中堂下。上舉哀，諸臣俱哀。禮畢，隨駕歸。

六月，晉詹事府少詹事，欽點湖北正主考，御史西有年成副之。晦日起程，一路卻負弩迎者。過柏鄉，憶魏念庭觀察舊有『旌節臨吾土』二語，今詩讖果然，而觀察云亡久矣，因作詩志慨焉。經比干墓、岳忠武、楊忠烈祠，皆瞻拜。過漢口，千檣櫛比，樓閣三層，如金閶風景。舟行過晴川閣，望黄鶴樓，崔顥題詩歷歷在目前也。

入闈試士，首題『周有八士』一節，次題『人道敏政』二節，三題『假千木踰垣而辟之』三節。出題後，予與西御史先作文三篇。翼日，予又作首題文二篇，以示格法之變。命房考並作首題文，爲之評定，俾其不迷心目也。卷共五千八百餘，文之入彀者秖四十有三。因與西御史及房考夏君封泰分搜各房，得文之佳者七卷，最後復得二卷，以足其數。而二名、二十五名並在落卷中。榜發，聞多楚中知名之士，而二名危應奎、二十五名杜官德。拆號時，大中丞晏公斯盛云：『得此二士，一榜有光。』予因斯語知佳文往往在落卷中，而江南卷多，不能徧搜，爲恨事也！

出闈後，登黄鶴樓，望鸚鵡洲，吊禰處士，晤一百三十九歲翁湯雲山，皆有詩，此行差不負南征矣。既復命，聞南闈解元係門人薛觀光，文體雅正，卜風氣有將轉之機，爲之深喜。惟葯齋張公辭世，文章知己，失所景仰，不禁愴恨焉。

十一月，命松兒南還，一以省母，一以葬俞曾在兄夫婦，以舊曾勉予讀書也。

十年乙丑，年七十三。

正月，校《新唐書》畢，進呈。

二月，上謁景陵，仍點侍班。過薊州，至馬蘭峪，行禮與謁泰陵同。隨駕歸，過盤山，上宿行宫，予與同官由下盤上中盤，一路流泉、古松、怪石，如南方景。有李將軍舞劍臺，相傳李靖，然征遼者李勣，非靖也。恭和御製八章，還京。

四月，會榜發，中門下士二人：一顧聯，一高玉駒。顧入詞林，高銓部主事。

五月，旨晋德潛詹事府詹事，謝恩。上召見於勤政殿，問及年紀、詩學、兒子幾人，又云：『陞汝京堂，酬汝讀書苦心。』並論及歷代詩之源流升降，又云：『張鵬翀才捷於汝，而風格不及於汝。』最後問及蘇州年歲，潛一一奏對，乃出。君恩如高厚也！明日，進古文、詩鈔，賜府紗二匹。

六月輪班，上又召見，問去年湖北典試事，及民風土俗，並及百四十歲老人親見其人與否，潛奏對如前。又出御製《補亡》詩六章，及《讀〈貞觀治要〉》、《未央宮瓦》二詩，命和。越日，和進，賜葛紗二匹。

七月，旨命稽察左翼覺羅四學。

八、九兩月，上秋審班，細閱囚籍，釋絞罪中可矜四人。秋審未畢，欽點武會試副總裁，正係少司空涂逢震。入闈，半月，中進士八十六名，會元李經世係辛酉解元。殿試，賜董孟第一人，李經世第二。後董至滇中提督，武備勝也。

十一月，和御製《落花》詩六首，進呈，賜緞一匹。

十一年丙寅，年七十四。

三月，家中札來，知俞淑人於正月二十六日辭世。貧賤夫妻，備嘗清苦，臨歿時寡女奉含飯，予與松兒不及一見，可悲也。予即欲乞假歸，適聞信日，皇上授臣德潛爲内閣學士，受恩愈深，不敢遽請。急命松兒南還，以盡子道，予暫留内閣。

四月，皇上賜《覺生寺大鐘歌》，即用臣德潛元韵。君和臣韵，古未有也。

七月，夜夢俞淑人，醒而成詩，有『三年我未看瓜苦，四紀君惟饜薺甘』。抱病但聞辭藥石，蓋棺始得易衣簪』句。進呈新詩，此詩未删。上見之，御門日，上謂：『汝既悼亡，何不歸家料理？』

感上恩諭，即進摺假歸，並請開缺。旨准假，不必開缺，例乞假者，槩不與朝中事。

八月，上讌羣臣於瀛臺，仍詔赴讌。是日，命三十八人入涵元殿，餘入崇雅殿，入涵元殿者賜坐。設宴作樂，樂止，進膳，伶人演柏梁體賦詩事。命内侍斟諸臣酒，上又手賜十一人酒，五中堂、三尚書、一侍郎、兩閣學，召德潛至御座旁飲酒。上云：『汝和《生秋》詩甚佳，今日詩須更好。』叩首，復坐。再作樂，席散，泛舟至流杯亭，君臣聯句，復飲酒賦詩。詩成，賞賚有差。明日，諸臣謝恩。召德潛至西暖閣，謝恩畢，謹奏云：『臣自讀四子書及成制義，皆臣父教訓。今臣蒙天恩，泥塗中拔至二品，而臣父尚屬草茅。』語至此，嗚咽不能出聲。上見德潛淚下，云：『即當誥封。』德潛三叩首出，隨傳旨，本身外誥封曾祖、祖、父三代，真異數也！

陛辭日，賜五言八韻，起二語云：『我愛德潛德，淳風挹古初。』又賜五律一章，題云：『沈德潛爲父請封，陳親遺訓，声淚俱下，此所謂終身之慕乎？甚嘉，憫焉。』中一聯云：『奚用悲寥落，應知遂顯揚。』大學士張捧出，諸大臣見之，謂：『稽古之榮，近今罕聞！』錢司寇香樹贈詩云：『帝愛德潛德，我羨歸愚歸。』尤藝林傳誦也。

十一月，到家，已移居城中矣。擇日，恭上三代誥命，焚黄墓所，役工建坊。遠近觀者咸嘖嘖歎息，何啻合閭巷人！

十二年丁卯，年七十五。

正月，到二棄草堂，拜葉横山師之位。時老門生存者九人：葉太史定湖年八十一，顧來章七十九，張少弋七十六，予七十五，謝滄湄七十一，李客山、家穎谷、薛一瓢俱六十九，周上庠六十八。恰逢香山之數，年亦相近，一時盛事也。

二月，葬贈夫人俞於顯考贈閣學穴之昭，副室朱從葬焉，予亦封生壙於中。詩人所云『百歲之後，歸於其室』也。

四月，辭衆啓行。

六月，陛見。皇上云：『汝滿假即來，可云急公。今命汝入上書房，輔導諸皇子，授汝禮部侍郎。』既出，賜以詩，起句云：『朋友重然諾，况在君臣間。』落句云：『兒輩粗知書，相期道孔顔。』知德潛老於教授也。入上書房，諸皇子、親王皆英敏。講經、史，聞一知二。作詩、古文，漸合體裁。有所删潤，一一領略。凡入上書房者，五更二點必赴，申時二刻方出。皇上憫德潛年老，召諭云：『汝天明始來，午時二刻即出。以身教，不專以言教也。』正課暇時，命賦詩。如《三希堂歌》、韓幹《照夜白》、黄公望《山居》、龔開《瘦馬》、牟益《搗衣》、徐賁《山水》之類，古近體兼有之。自是賡和題詠甚多，不復紵記矣。

北榜發，門人中式二人：汪存寬三名，王世琪十五名，皆能文者。

歲將除，上召至乾清宫左廂，觀上手書『福』字，次第頒賜，以示寵榮，作五言六韵詩紀之。

十三年戊辰，年七十六。

三月，欽點會試總裁，大司馬陳公大受，爲正少宰，蔣公溥、少司馬鄂公容安，與德潛俱副。初六入闈，初七欽命四書題三，首題『好人之所惡』一節，次題『子曰嗚呼，曾謂泰山不如林放乎』，三題『魯群之宋』二句。試士日，予作擬程三篇，四總裁分省閱文，迴避本省。予鬮得江西、廣東、山西、陝西、盛京。十四日，傳入大行皇后崩信，儀注到闈中，易服舉哀。後逐日校閱，江西中二十七名，前後場並佳者三人：楊方立、劉宗魏、曹發先；廣東中十七名，前後場並佳者二人：林明倫、陳慶升；山西中十七名，五策俱佳者宋鑒一人；陝西中十三名，彼卷中分高下而已；盛京中一人朱崧，四書文可觀。通榜共二百六十二人，會元鄭忬，江南靖江人，係陳總裁所閱者。榜發後，旋之乾清宫復命。出，易服，至皇后停梓宫處哭臨。殿試日，未明入朝，點中式鄉貢士名，隨入提調。收卷時，閱梁國治對策文與書法俱佳。臚唱日，賜進士第一人，自喜老眼未花也。朝考日，旨復令閱卷。

六月，上成《悼孝賢皇后》詩，命南書房諸臣與德潛同和。中有『兒』字、『亡』字二韻，難於措辭。予賡和云：『普天俱灑淚，老耄似童兒。海外三山杳，宮中一鑑亡。』命即寫卷後，傳觀衆臣，示妥適也。前此，察典，自陳不職，願讓位於學士齊召南。是歲，上知德潛患噎，命解部務，齊召南任之，德潛專在上書房行走，食原品俸。上準徐元夢、楊名時例以待德潛，體卹至矣。歲暮，賜『福』字如前。

十四年己巳，年七十七。

患噎未愈。上命大司馬梁詩正傳旨：『沈德潛不必到上書房，許其歸里，享林泉之樂。朕與之以詩始，亦以詩終。』令其校閱詩稿，校畢起行。』梁公捧御製十二本到德潛處。奉旨後，逐日恭閱，閱過四本，先繳進。上召見云：『汝所改幾處，俱依汝。唯《大鐘歌》中云「道衍儼被榮將命」，汝改「榮國」，因道衍封榮國公也。榮將本黄帝時鑄鐘人，汝偶然誤會，然古書正讀不盡，有我知汝不知者，亦有汝知我不知者。餘八本盡心校勘，不必依回。』旋出，賜臣五言長律一首，起云：『清時舊寒士，吴下老詩翁。』結云：『近稿經商榷，相知見始終。』皇上冲然若谷之懷，古帝王所未有也。恭閲畢，繳進。上後召見云：『我一見汝便知好人，汝回去與鄉鄰講説孝弟忠信，便是汝之報國。』又云：『賜汝扁額原是「詩壇耆宿」，既而改「耆碩」，見年老之人堅固自守，同於碩果不食，以後更發榮滋長也。』又云：『我五十壽時一定來京拜祝。』又云：『有摺子於巡撫處進，君臣之間，同於家人父子矣。』明日，恭進四詩，陛辭良久，内侍捧出扁額一、御畫一、緞綾各四疋、人參二斤治噎、大食丸一十六，最後又傳出御製用陛辭韵四律。首章落句云：『高尚特教還故國，清標終惜去朝班。』次章落句云：『爾自一舟歸浩蕩，望窮潞水暮川虚。』三章中云：『笑予結習多難遣，嘉汝臨文不忘箴。』四章中云：『盡有煙霞爲供養，正賒歲月入謳歌。』君恩優渥，幾於略分，在旁觀亦皆歔欷感歎也。出都日，皇子親王俱送詩文路費，朋舊門生餞別於都亭，有送至百餘里者。

六月，歸里，知四月中得孫，時朋交親族來者，與都中送行相等。投贈詩篇，類於束筍，宴會幾無虚日，誼何篤也。予於向日諸同學一一往晤，以叙舊情。

八月，虎邱塔影園文讌，遠近交至，予成詩四律，以續梅村文讌之後。

九月，同周迂村、張石帆、徐無執諸子爲西山之遊。從拈花、積翠、茅蓬，抵鄧尉山，宿還元閣。次日，經司徒廟、六浮閣、萬峰臺、石壁等處。又次日，入米堆山，穿上陽村、錢家磡，沿太湖濱，一路歸。同遊者俱有詩，並相訂明年爲黄山、天台之遊。聖諭所云『享林泉之樂』者，此其始基也。

十一月，閱邸鈔，見皇上求經學貫通之士，云『故尚書蔡聞之、宗丞任啓運經學湛深。近者侍郎沈德潛學有本原，迥异獺祭爲工、剪采成花者』。捧讀之下，感激涕零，惜耄年無能奮勉已。

十五年庚午，年七十八。

正月，同周子迂村爲黄山之遊。雪後，經七里灘釣臺，拜嚴陵先生祠。過淳安，晤方文舟，追憶二十年前同志館中，如話三生也。

二月，入歙縣界，寓梁下古寺中。登紫陽山，拜朱夫子像。翼日，梁下至潛口，一路行桃花流水間。又行三十里，宿村店。次日，行亂山中，下臨大溪，一綫容足，幾不受趾。三十里至楊村，度四大嶺。又行三十里，宿茅蓬，已至黄山麓矣。早浴硃砂泉，温和潔清，凡垢自滌。午至慈光寺，凡硃砂、天都、蓮花、鉢盂，叠嶂諸峰，一望在目。寺有木蓮花一株，僧云明神宗太后開山時所賜海外物，寰中無第二本也。留宿。次早，辭慈光，步步向上，賴山僧扶掖以行。過老人峰，穿横雲洞、天都峰趾。峰陡下九百餘仞，爲三十六峰之首。過此，從洞中穿者三，裂罅中者又二。洞邊有迎、送二松，洞中有黄龍出。洞松裂處有卧龍松、破石松，皆千餘年物。予雖悚惕，時未嘗不倚壁遇目也。過斷凡橋，上小心坡，躡木梯至文殊院。前有臺，憑虚而望，三十六峰，一一回巧獻技，若造化無此理者。扁云『到者方知』，非虚奬也，因棲宿。次日，大霧。又次日，晨見雲海峰。峰出雲，平鋪無際中露峰尖，疑島中有國。日光微漏，忽幻青紅，不啻東坡喜見海市矣。雲海散，與山僧過蓮花峰下，上百步雲梯，穿鰲魚洞，上光明頂，至師子林。遥望，始信峰、石笋矼千刃攢天，無筍不奇，無奇不秀，不知化工費幾許鎸鑱也。已到山頂，共四十里，寺僧留宿。停一日，從山背度嶺而下，用布絡胸者三，攝衣涉水者三。十餘里至皮蓬，又十餘里至雲谷，又八里至苦竹溪，又八里至湯口，又五里仍回茅蓬，再浴湯泉而宿。是役也，扶掖予者全賴山僧，而迂村不煩撫掖，體瘦神充，真不可及已。歸途渡錢塘江，上越王臺，謁禹陵南鎮，遊吼山蘭亭，訪賀監故居而返。到家，值歸方門女辭世，哭之。又知皇長子薨凶問。一摺進挽章，一摺請聖安。

五月，寓木瀆汪氏園。

七月，成萬壽詩册，進呈，祝皇上四十聖壽，並進新詩一册。

八月，批摺回，賜緞紗各二匹，又御製七言律一章，中云：『起我七言真借爾，嘉卿一念不忘君。』落句云：『爲語餘年勤愛護，來春吴會共論文。』明年，聖駕南巡，故預爲期也。

九月，秋闈榜發。門人中式者長洲時敷五，吴縣吴翀，青浦張宏燧三人。北榜蔣棅、申世銑二人。是月，爲天台之遊。渡淛江，至嵊縣，過大佛寺、清凉寺、萬年寺。一路幽邃平坦，可乘肩輿。與黄山境異，而石梁、華頂絶勝。石梁梁跨兩崖，劍脊積蘚，瀑布如雨，白龍争赴梁下，跳珠濺沫，晝夜如奔雷轉轂声，即俗所稱藍橋也。寺僧祀賈似道於亭中，殊爲穢跡，雖傾萬斛泉不能洗濯矣。華頂台山之頂，四面環山，重重包裹，與蓮瓣相似，而中間最高一峰儼如蓮臺。予到日，寺僧云：『十月朔可觀日月同度。』然或值陰雨，或雲氣幛翳，即不得見，惟有緣者遇之。』夜宿至丑候，上絶頂拜經臺。天未明，紅光萬道，散佈海面，動蕩久之，頃如紅盆湧上。乍上時，先上淡色一痕，日已升，月魄旋没，即所云同度也。明晨，雲霧迷空，對面不見人矣。方欲徧遊瓊臺、雙闕、赤城、天姥諸勝，而驛遞適至，云有旨頒到，宜亟歸接，於是不能如黄山之暢遊。既接旨，知賜初刻御製詩集四套，共二十四本，御書墨刻十二册，又命和御製詩一百四章，旨云：『於便中和之，接駕日面呈，不必迫窘詰屈爲也。』隨繕摺謝恩。

十二月，兒婦蔣辭世，哭之。一歲之中兩得遊山之樂，屢值死亡之哀，少陵云『少壯幾時奈老何，向來哀樂何其多』，不信然乎！

十六年辛未，年七十九。

正月，皇上批摺子回，賜『福』字。巡撫王公諱師延予掌紫陽書院教。

二月，接駕於清江直隸廠，繳進恭和御詩。旋召見於武帳中，垂問身體康健、吴民勞苦否，隨一一奏對。上頷首，諭令先回。頃之，賜綢緞各二疋、參一斤、貂皮四張。次日，賜七言詩一首，中云：『玉皇案吏今煙客，天子門生更故人。別後詩裁經細檢，當前民瘼聽頻陳。』第四語緣昨陳奏民間疾苦也。上渡江後，先幸吴中，次浙江，次金陵，德潛俱隨駕。駐蹕西湖時，賜『道存風雅』額。幸金山時，又賜和《山居雜興》十章，又賜《題紫陽書院》五古。德潛奉命恭閱御詩三本，恭和御書十有二章。最後，旨諭在籍食原品俸。惜臣之貧，勵臣之節，媿無以報稱也！

四月，送駕，至揚州，召見於高旻寺行宮。慰勞云：『汝年老，不必遠送。凡年老諸臣，汝傳旨俱不必再送。』又云：『人言吴民浮薄，看來甚有誠意。』奏云：『吴民最易感動，我朝重熙累洽，皇上深仁厚澤，雖田夫村婦亦俱歡呼愛戴，何況臣工士林！』上意甚悦，又云：『西湖、金陵詩另著人寄來，汝和就進呈可也。』良久出。次日，遵旨同舊。廣撫王謩、太僕卿蔣璉送駕歸。途次，知御試詩賦取中一等六名，上下江各三人，賜舉人，以中書用。門生中式者錢大昕、褚寅亮二人，亦異數也。會榜發，門生蔣棉中式，入翰林。

五月，到紫陽書院。先拜至聖，次謝恩，次拜朱夫子位。成規條十則，每月一課，四書題二，當日繳。古文、詩題各一，五日繳。諸生中多英邁者。

六月，和御詩畢，進呈，恭請聖安。

七月，批摺回。一批『詩留覽』，一批『朕安，汝亦安否』。

八月，撫臣王公師卒於位。病劇，云：『草我墓志，須乞沈少宗伯。』司道述其言，來請，以予不作酹應諛辭也。

十月，啓行，往祝聖母六旬萬壽。

十一月，到京，進萬壽册。上即召見，賜坐，問年歲、米價，及封疆大臣。奏對畢，知是日皇上上皇太后册寶，即辭出，隨羣臣朝賀。二十五日，萬壽辰至，壽康宫行禮，隨至太和殿行禮，爲頒詔也。次日，召至南書房，命題韓滉《七才子圖》，又題御書《無逸篇》後，又題御畫《古幹梅》。題畢，進呈明待詔文徵明像。上即題七言一律，命南書房諸臣屬和，又賜『德藝清標』扁額。次日，上賜貂裘，諭明春和暖南還，發出回鑾後詩一本，命校閱。

十二月朔，到静安莊，謁皇長子停金棺處，拜哭而返。又五日，恭閲御詩完，繳進。望日，召見養心殿，賜坐，許賜御製詩序。二十五日，上召入内廷，命觀歸愚詩序，文中稱『歸愚叟』，並云『他日見訪山居，即以爲愚公谷也』等語。從古無君序臣詩者，傳之史册，後人猶歎羡矣！明日，謝恩，召賜『福』字，依然在位時云。

十七年壬申，年八十。

正月朔有九日，上召賦雪獅聯句詩，詩成，賜出御製詩序手卷，御書『鶴性松身』扁額，藏佛一尊，紅結頂貂帽一、銀鼠蟒袍一、天馬補服一、椰子素珠一、嵌玉如意一、錦墊一，爲德潛稱壽。君稱臣壽，亦格外施恩，史册所未有也。次日，小宴重華宫。上成七言二律，諸臣即席和韵，共一十六人。望日，上仍用小宴重華宫韵賦二律，賜德潛重和。次日，召赴圓明園，上與論人臣體用，謹奏對：『體用兼備。如姚、宋、韓、范諸公，可以維持廟社。有體無用，猶不失明理之人，但不可寄以重任耳。若無體而妄談作用，恐有狂躁僨事者。』上以爲然。申刻，賜讌正大光明殿，作樂演劇。入夜，命往御園看鞦韆、煙火。次日，賦二律八絶句，進呈，上嘉覽焉。

二月朔，進陛辭日期摺子，蒙恩召見，賜送行七律一章，又賜白金二百兩，以爲路費。祝臣子之壽康，訂他年之再見，温言霽容，不啻慈父母也。越七日，放棹南還。過宿遷，見南北試録，書院中共中四人：南榜吴昌宗聞、朱梃、徐伸，北榜顧祁。江南主考邵樹本，係戊辰門生。到家後，仍赴書院，按期課文。先是，保寧太守陸暗亭鐫予《批選唐宋八家文》，至是，五月告成。

七月，予將前此所刻詩、古文，各删存二十卷，重付開雕。衆善士於是月創永仁堂，施棺，延予爲監堂，此比掩骼埋胔尤切要也，應之。請於大中丞莊公，先撥入官田三十餘畝，竢以次振興。

八月，傅太史閬陵删訂《西湖志》十卷，係向日同修者，乞予代奏上呈。

九月，上題三絶句代序，賜緞綾各二匹，命二臣分受之。

十月，高中堂諱斌遺弁賚到御賜《三希堂法帖》三十二册，比宋之《淳化閣帖》較增二倍餘矣。

十一月，母難日不敢云壽，而戚屬、門生、故舊有越千百里，舟車沓至者，見古道之在今人也。歲將除，襆被入山，宿汲雲庵。終日對雪，心無一事，皎如太虚，一年中無幾日云。

十八年癸酉，年八十一。

正月，恭校御詩，繕摺請安。

三月，御批：『回覽汝奏牘，如接晤言。』

四月，文待詔裔孫含，欲建專祠供奉御詩、御額，吴中佽助。無幾，事將已，予致書轉運使吴君嗣爵，揚人士樂助倍於吴中，祠乃落成，情轉篤於故鄉也。

六月，命松兒起建御書樓及宗祠於竹墩故居，經營伊始。

八月，袁君顧尊來，予謂：『予生平知己，惟徐子龍友、李子芥軒、翁子霽堂、周子迂村，門生中惟張生渭徵、尤生昭嗣、蔣生子宣、盧生景程，戚屬中惟俞兄曾在與君。今龍友、静山、渭徵、昭嗣、景程、曾在俱成古人。霽堂爲諸侯客，行踪無定。迂村遭家難，相對略無歡容。子宣卧病，不能行步。明年祠宇成，我時當往來故居。與君衡宇相望，晨夕過從，共尋少時釣遊處。暮年常聚，惟吾兩人也。』時月之晦日，乃別去，三日而顧尊暴卒矣。人命不常，一至於此，而今而後，苕溪左右，誰可與言者耶！爲之凄惋累日。

秋榜發，書院中中式者錢榮華、封祝、陳汝薪、陳王賓、劉慧遠、顧顗遇，共得六人。

十月，選刻《紫陽書院課藝》告成，潘生森千刻予所定《杜詩偶評》亦成。

十九年甲戌，年八十二。

二月，莊大中丞交到御詩一本，並御賜『福』字。

三月，恭閲御詩畢，繕摺進呈。

四月，御批奏摺回。會榜發，門生中式者王鳴盛、錢大昕、王昶、錢策、汪存寬、危映奎，共六人，危係湖北所取士也。殿試，王鳴盛賜第二人，授編修。錢大昕、汪存寬授庶吉士。

五月，評選《國朝詩別裁集》起。

九月，進辭俸摺，以天恩高厚，報稱無由也。上不允辭，益中心兢惕矣。

十月，到范氏義莊，觀文正公手書《伯夷頌》，端莊秀挺，如其爲人。後有晏元獻、文潞公、富鄭公、蔡忠、惠程、明道諸先賢題詠，遞至元、明、本朝名人，而中間秦檜、賈似道亦有題跋。檜欲與韓范論心，真不知人間有羞耻事矣！或謂當割棄之，予謂忠姦並列，俾閲者當下猛省，是亦法戒之一也，因作記，遺其後人。

十一月，新建祠宇落成，以所刻御賜詩、文，共文石四十有一方嵌諸壁間。是歲，院中肄業多至百四十人，莊公延閩中廖太史南崖名鴻章同任講席。

二十年乙亥，年八十三。

元日，成時文一篇，桑榆暮景，猶似青燈有味時也。元宵後，莊大中丞入覲回，往請聖安，知皇上眷念微臣，屢問眠食步履，並賜『福』字。次日，莊公賫御詩二本到書院中，命緩緩校閲。

二月，恭閲畢，繕摺，仍託莊公代題。

三月，批摺回，賜宫緞四匹。是月，聞霽堂歿於金陵高方伯署中。五十餘年相與，方有耦耕葑溪之約，而此願竟虚，又失一知心友矣，哭之。

四月中，連綿陰雨。

至六月，晴霽日稀，中下田俱在水中，高仰者猶可望有收也。

七月下旬，蟲灾到處，蟊賊螟螣，朋類糾結，所過俱成屋茅。又加以風灾，繼以霜灾，間有刈獲，朽腐不堪，雖鵝鴨亦不食也，民情皇皇。既聞皇上有摺漕之旨，又聞上憫江浙荒歉，暫停南巡。不必監門圖繪，而民艱洞悉深宫矣，民情始安。

二十一年丙子，年八十四。

荒歉以後，民食榆皮，兼掘山粉。因之，沴疫大行，死人載路。予有句云：『無方謀粒食，到處棄童兒。』又云：『故鬼連新鬼，招魂不返魂。』紀實語也。

三、四月中，周迂村準、盛青嶁錦、汪山樵俊、朱木鳶受新相繼殂謝，豈詩人之厄，亦應在凶歲耶！

插蒔後，六月無雨，禾欲枯。富户賑貧不能齊力，長官督責，吏役侵漁。正當危迫之時，而天降大雨二日夜，四野霑足，禾苗勃興，倍於他歲。

七月後成兩番景象矣。

八月，傳到鄉試題，首題『攝齊升堂』一節，予擬墨一篇，榜發書院中。中式者司馬夢祥、袁鈺、潘凱，北榜徐作梅、張光焯，共五人。江南主考馮浩，係戊辰門生，予因往晤。制府尹師邀主考將軍監臨，與予同遊攝山、棲霞山。深邃秀削，無石不奇，無松不古。松有六朝，至今兩人合抱者。最勝爲紫峰閣萬松臺，到頂五里，俯瞰大江，金陵諸山無與比埒也。予成五言古六章，尹師和就。

十二月，尹師入覲回，公事至吳，往晤。師述見皇上時，問及棲霞之勝，因呈倡和詩，上頃即和就，真天縱才也！師於是日往靈巖、鄧尉等處省視行在所，予隨往，閱日各解散歸。

是歲，春夏日，予每在憂悸中，秋冬日，每在安恬中，境遇之不常如此。

二十二年丁丑，年八十五。

正月，抱病。

二月，病未痊，至直隸廠迎駕，召見武帳中。德潛謝恩畢，代吳中百姓謝再生之恩，備陳民間疾苦。天顏甚悦，賜詩一幅，有『星垣帝友豈無友，吳下詩人尚有人』句。諭『明日還有旨，汝有病先行，蘇州再見可也』，遂辭出，夜行到家，閱抄，見加尚書之旨云：『禮部侍郎沈德潛，致政歸里，年逾八旬，實稱蓬瀛人瑞。今來接駕，着加禮部尚書職銜，以示眷念老臣之意。』天恩優渥，蔑以加矣！駕臨蘇州，召見靈巖行宫，賜坐，問高年有學問者還有幾人，以少司成顧棟高、進士方棨如對。上詳問履歷，記之。又問：『汝有時文稿否？有，不妨進呈。』良久出。明日，進時文一部、卷軸六種。上於時文外收唐寅《山水》卷一，旋發出宫緞八匹、端硯一方。拜賜，歸。次日，復召見，云：『汝之時文應得力先正。』又云：『汝病乍安，不必隨駕。』奏云：『戀主情深，忘其爲病也。』因隨至西湖，隨至金、焦二山，於途次恭閲御詩二本。至維揚，知金陵召試古學，共録七名。下江五名：王昶、曹仁虎、吴省欽、褚廷璋、徐曰璉，皆書院中人；上江二名：韋謙恒、吴寬，寬本舊門人，亦盛事也。送駕歸，盡三月矣。

四月，會榜發，門生中中式陳詮一人。蔣恒軒大司農寄御詩來共百六十餘章，奉旨命和。

至五月盡和畢，進呈。先是，二月迎駕時，已奏辭書院掌教矣，諸生吴山秀等於大中丞處具呈乞留，愛公允衆請，詣院面留，謂：『爲國作人，即是文章報國，此正公之素心，上必不以爲非也。』予鑒其誠，仍留課士。

九月，粤西榕門陳大中丞撫吴。陳公研窮碩學，於明理之外務期寔用。凡水利、農田、兵刑、備荒諸政，必悉心講求。每試四書一題，或論、或策，一題評定後，必作題解一篇以示諸生。公與掌教共之，而南崖太史胸有經畫，隨大小扣而皆鳴，書院中不止求文辭之工已。

冬月，批選《國朝詩》畢。

二十三年戊寅，年八十六。

三月，至西洞庭蔡氏，重遊石公山、包山寺、大小龍渚、石蛇等處，可云暢遊。惟包山麓有姦臣黄潛善墓，松楸鬱欝，穢跡未平，不無恨恨耳。

八月，日本臣高彝海外寄書，千有餘言，溯詩學之源流，詆諆錢牧齋持論不公，而以予爲中正。又贈詩四章，願附弟子之列，並欲乞獎借一言。意非不誠，然外夷不宜以文字通往還也，因不答以拒之，師文衡山不以書畫予遠夷意。

九月，刻顯考分隸書，共文石十八方，亦嵌諸壁，顯曾祖墓建坊亦於是月告成。

二十四年己卯，年八十七。

二月，沛縣令門生荆如宗爲章外孫日照捐太學生，因前此公事曾三宿其家，誠古道也。

四月，蔣子蟠猗設後己卯送春讌。前六十年，尊人綉谷集，名賢送春。當日，最長者爲尤西堂、朱竹垞兩太史。張匠門太史尚爲鄉貢士，惠天牧學士、徐澂齋太史並爲諸生。畫師則王石谷、楊子鶴、目存上人。予年二十七，居末坐。蟠猗才二歲，未能見客也。賦詩作畫，極一時之盛。今又逢己卯，蟠猗已逾六旬，而予之末坐者頽然矣。諸君在席者相與賦新詩、談往事，而存素王子作繪，以續前人畫圖。吴中喧傳，以爲佳話也。

閏六月，閱邸鈔，知去秋雨後，直至六月無雨。皇上命官發粟平糶，请理刑獄，炎歊步禱，爲文自責，比於湯之桑林。天心降鑒，小暑大雨，遠近遍及。上命給助耔本，藝粱、藝菽，可望有秋。見至誠昭格，捷於影響也，因作頌以紀其實。

九月，蔣生子宣刻《國朝詩》告成。榜發，書院中中式者陸錫榮、吴鼎科、鄧安道、費弘勳四人。北榜金士松一人。望後三日，盛澤計洪陶次子與幼女締姻。

十月，上頒墨妙軒帖四卷，諭『不必謝恩』。蔣中堂恒軒傳上恩旨，謂：『尚書沈德潛、侍郎錢陳羣，明年不必來京祝壽。』緣南巡有期，相見不遠，迎駕日並許瞻仰慈顔，老年人無煩跋涉也。先寄一信，還當頒發諭旨。跪讀之下，感激五中，恐古君臣間尠有此受恩者矣。

二十五年庚辰，年八十八。

正月，生第二孫。

二月，樹華表於祖墓，演劇，請墳鄰八十餘家，遠近歡悦。

三月，歸章門女六十壽。松兒重刻《國朝詩別裁集》，以蔣氏刻本謬字太多也。前一歲，進

《蕩平西域》雅詩十有四章，表皇上聖武，布昭不越五年，拓地二萬餘里，成聖祖、世宗未竟之功也。摺回，上批改五字，緣譌認『準夷』爲『策陵』，『總台吉』爲『四大台吉』，旨云：『沈德潛爲南方老成之士，不應錯誤，故特諭正之。』君之於臣，如父師之教其弟子矣。

四月，門生畢沅、金士松成進士。

五月，殿試，賜畢沅一甲第一人，授修撰，金士松爲庶常。

七月，恭進頌言一十四章，祝皇上五旬萬壽。

摺回，八月，賜緞二匹，賜緞日添第三孫。

九月，浙榜發書院中，中式二人：唐琪、潘瑛，副榜一人邱季思。南榜發書院中，中式六人：薛起鳳、陳師集、陳初哲、沈士駿、蔡大鏞、段玉裁。典試者，錢汝誠、朱丕烈，皆戊辰門生也。北榜發書院中，中式陳基德、汪爲善、舊門生陳庸，共三人。

十月，撫院陳公處附進請聖安摺。

十一月，御批回：『朕安，卿亦佳否？』

十一月，松兒娶吴江周相國裔女爲繼室。

十二月，予請清河道宋君魯儒、鄉貢士張君集成，國學顧君禄百共理永仁堂事。前此，借水神閣，施棺堂未建也。至此，議建堂而經費未足，予與宋清河向織造安公商之，安公慨然樂助。與人爲善，人有同心，亮哉！

二十六年辛巳，年八十九。

二月，《增訂國朝詩》刻成。

三月，選刻盛青嶁詩。

四月，元和令許君治，延顧子禄百修改《縣志》雍正戊申歲志，已葺成，固矢公矢慎者。後兩番爲白腹人私改，舛譌不堪，已三十三年矣。中間作令者秪重刀筆筐篋，何暇及此。適湖北許君來，予同年友也。告之以故，許知顧子博雅，故任之，予略爲檢點，復還舊觀，行有日也。前歲冬月，選刻《紫陽書院課藝》二集，至是六月，漸次告成。

八月，賜御製詩二集八函，浙撫莊公遣弁賫來。旨先賜上書房南書房諸臣，餘俱未及頒也。

九月，祝皇太后七旬聖壽，啓行。

十月盡，到京。

十一月，進呈《歷朝聖母圖册》、《國朝詩選》。上召見慰勞，賜緞一匹。十四日，命與九老會。賜杖一、緞四匹、如意一、手鑪一、鼻煙壺一、象牙盒一、茶盤一、荷包六、素珠一，命工圖象，凡九老三班在位九人、在籍九人、武臣九人。皇太后賜緞四匹、素珠一、挂如意一、荷包六。十五日，接太后駕及皇上駕。二十二日，到太后宫行禮。與九老會者復賜緞六匹。二十四日，賜遊香山，符香山九老之數。二十七日，發出御詩三本，命校閲。

十二月朔又三日，校閲畢，恭繳。皇上召見，諭：『明年迎駕送駕，不必出蘇州界。』又諭：『《國朝詩選》不應以錢謙益冠籍，又錢名世詩不應入選，慎郡王詩不應稱名，今已命南書房諸臣删改，重付鎸刻，外人自不議論汝也。』體卹教誨，父師不過如此矣。果親王、皇四子、皇五子、皇六子俱贈詩、贈帛、授粲。初六日，起身南還。諸門生設席贈費，有送至四十里外者。夜大雪，連三日在雪中行。十五日，至開山驛，遇椒園臬司，同宿驛中。四年相别，情倍依依也。於途見泰山積雪，誠宇内大觀。自此，日在冰雪風霜中。八十九老人早行晚宿，居然無恙，既自笑，亦自慰矣。二十七日，至淮城。明日，因河道凍合，寓程氏義莊，時多雪中送炭者。京中起身後，在路共得詩二十四章，連京中詩，粗成卷帙。

二十七年壬午，年九十歲。

正月上日，阻水淮陰。十日，凍稍解，買舟，一路打冰。八日，夜到家。

二月朔有九日，同錢尚書陳羣舟行迎駕。十有九日，接駕常州白家橋。召見，御舟賜坐，體卹備至，諭：『同陳羣各回本境。』越二日，駕臨蘇州，德潛侍班於行宫前。上諭：『老年人宜安息，不必遠迎遠送。』翼日，賜『九帙詩仙』扁額，又詩二律。其一與錢尚書同賜者，起云：『二老江浙之大老，新從九老會中回。』天恩優渥，不敢當也。隨鑾至浙，仍如前諭歸里。上從浙回蘇，召見，賜坐。語如慈父母之愛子，云：『送朕只在關外。』命内監扶掖出宫，古君臣間罕此隆禮也！是役也，共和御製一十八章。上賜緞匹、古硯、果品、生魚，恩禮稠叠，不復記憶。自後無事。

九月中，遊棲霞。遇雨宿般若臺，明日微雨，遍遊前此同諸當路遊，祇及山之半也。雨中探勝，逐境遊目，輿夫倜快，恐山靈亦复笑人，成古詩一十二章，視前詩倍之。鄉榜發，書院中中式六名：汪元亮、劉大年、朱棟、沈漢、李鋒、錢青。北闈中式三名：朱焕、金學詩、張希純。

十月，晋贈四代，誥命頒到，顯曾祖、顯祖、顯考並贈光禄大夫、禮部尚書，顯曾祖妣、顯祖妣、顯妣、亡室並贈一品夫人。焚黄墓所，觀者歎『作善之報』，君恩之重焉。

十一月，望後二日，係九十生辰。賓朋稱祝，有泛淛水、越江淮至者，略如八十歲時。然遇母難辰，中心戚若。德業無成，恐多年多辱，人爵之榮，未足稱顯揚也。桑榆返照，倍惜景光。惟存行百里者半九十里之心，聊以自警而已。

二十八年癸未，年九十一歲。

四月，御製《和德潛攝山詩》十二章，御書長卷以賜。

八月，《增訂唐詩别裁集》刻成，共二十卷。

十二月，第四孫生。

二十九年甲申，年九十二歲。

六月，御賜繙繹《書經》一部，御纂《春秋直解》一部。

十月十二，下堂蹉跌，右股受傷，痛深昏瞶。百方毉治，不效，服參久之，始省人事，已同習鑿齒爲半人矣。

三十年乙酉，年九十三歲。

正月，第五孫生。

二月，第六孫生。二十五日，同錢尚書陳羣扶病前往迎聖駕於武進之白家橋。上見二老扶杖跪迎，傳諭云：『如此老年，可不必遠來。今已天晚，至蘇州行宫召見可也。』二十五日，上進行宫，召見於修竹吾廬。備問疾痛，並及子孫，潛一一奏對。天顔喜悦，云：『有人參賜卿療疾，只宜在家養静，不必送迎。』良久乃出，旋賜人參一斤。明日，賜緞四疋、詩二律，其一與錢尚書同賜者。

閏二月四日，駕往浙中。十二日，内閣傳諭：『沈德潛、錢陳羣，江浙耆宿也，並以卿貳，予告里居。曩者，省方東南，存問所及，特晉尚書階，優頒廩禄。兹時巡涖止，二人扶杖迎謁。耄耋而神明不衰，朕甚嘉焉。其各加太子太傅，以寵異之。沈德潛之孫、錢陳羣之幼子，並賜舉人，一體應禮部試。二臣益欣愉恬養，以躋期頤，副朕優高年、眷舊臣之意。欽此！』聞命之下，感激涕零，旁觀亦俱鼓舞踴躍，傳爲異數者。十九日，上諭沈德潛、錢陳羣並改食正一品俸，又賜御臨蘇軾制草。二十六日，召見行宫。上問民情，愛戴出於誠心，恐閭閻不無疾苦。潛對：『誠如聖諭，因屢蒙蠲逋截漕，民間得以休息，宜男婦老少感入肌髓也。』又諭：『潛不必遠送，只在宫門左右。回家調理，葆養天和。』君恩之厚，如戴履天地之高厚，而莫能報效者也。

三月，舉九老會。

四月，第七孫生。門生貢士王廷魁爲予鎸御賜詩文及恭和御製，始乾隆二十三年，至三十年，前後共六卷。卷後恭成跋語，以道颺聖德，並志君臣遇合之隆、賡颺之盛。至是告成。

五月，第八孫生。

九月，南闈榜發，書院中中式八人：沈鐄、蔣麟書、徐藻、周夢棠、周贊、魏模、王莘槐。北闈中式二人：韓暢、張塤。南副榜二人：李世樞、沈大中。北副榜三人：沈杲之、褚超、顧何昌。

是月，衆門生謂予迭受君恩，明良一德，宜建坊以垂永久。具呈督撫，並允所請。建坊滄浪亭北、文待詔祠之左，以御賜詩比文徵明，有『書畫雖輸詩勝彼，功名已過壽如他』句也，宇共六楹。坊之後建御詩亭，環列圍墻。於十一月落成，約費八百餘金。

十二月，賜《御製文》初集，共三十卷。第九孫生。

三十一年丙戌，年九十四歲。

正月，松兒率熙孫上京會試，具摺恭謝天恩，並請聖安。御批：『覽卿奏謝，知體健足痊，爲慰。』

六月，兒孫歸。

十一月，上賜御畫墨梅。

三十二年丁亥，年九十五歲。

正月，具摺請聖安。上賜人參一斤、御詩一律，云：『乙酉別餘念到今，開囊喜接遠來音。知常康健仍能詠，防損精神免校吟。通體清新託梅萼，延齡資助賜人參。百年擬謁金門賀，定得如期遂此心。』

八月，熙孫媳何氏來歸，第十孫生。

三十三年戊子，年九十六歲。

正月，得張擇端《清明易簡圖》真本，外流傳者多贗本。繕摺恭請聖安，圖亦並進。旨批回：『朕安，卿亦佳否？』又御批進畫摺云：『既係尤蹟，卿宜有詠。若能親書，若能成佳話。寫來内廷裝池可也。』賜五言古詩一章，人參一斤。承旨，成七言古詩一章，並詳述圖之始末，進呈，謝恩。上批：『欣悦覽之。』

四月，第五孫殤。

五月，第十一孫生。

九月，南榜發，書院中中式十人：楊昌霖、徐蘭森、沈起鳳、童高中、顧葵、林蕃鍾、曾廷楷、張鳳翼、潘元揚、陸學遜。北榜中式一人：蔣謝庭。

十一月，第十二孫生。

三十四年己丑，年九十七。

正月，孫媳何氏去世。

四月，宫傅錢陳羣來傳上諭，閔臣年届期頤，勿涉長途。明年皇上六旬萬壽，只在本地，率衆叩祝。反覆曲折，覺高厚之恩無微不至，讀之感泣！又奉到御批奏摺，賜御詩一律。

五月，殿試，書院門生陳初哲賜第一甲第一人，授修撰。又奉到御批奏摺『聖心喜悦』。並奉上諭，命臣亦勸錢陳羣不必入京恭祝。即赴嘉禾傳旨，選《紫陽書院課藝三集》。前歲冬月，選《宋元三家詩》，至是七月告成。

八月十三日，同在籍臣彭啓豐、韓彦、曾許集，叩祝皇上萬壽，共紀七言律詩二首，相與歌詠太平，道揚聖德。望百老臣恭逢聖誕，不勝鼓舞歡忭之至也！

說詩晬語

序

辛亥春，讀書小白陽山之僧舍。塵氛退避，日在雲光嵐翠中。几上有山，不必開門見山也。寺僧有叩作詩指者，時適坐古松亂石間，聞鳴鳥弄晴，流泉赴壑，天風送謖謖聲，似唱似答，謂僧曰：『此詩歌元聲，爾我共得之乎！』僧相視而笑，既復乞疏源流升降之故，重卻其請。每鐘殘鐙炧候，有觸即書。或準古賢、或抽心緒，時日既積，紙墨遂多。命曰『晬語』，擬之試兒晬盤，遇物雜陳，略無詮次也。然俱落語言文字跡矣！

歸愚沈德潛題於聽松閣

說詩晬語卷上

一

詩之為道，可以理性情、善倫物、感鬼神、設教邦國、應對諸侯，用如此其重也。秦、漢以來，樂府代興；六代繼之，流衍靡曼；至有唐，而聲律日工、託興漸失，徒視為嘲風雪、弄花草、遊歷燕衎之具，而詩教遠矣。學者但知尊唐而不上窮其源，猶望海者指魚背為海岸，而不自悟其見之小也。今雖不能竟越三唐之格，然必優柔漸漬，仰溯《風》、《雅》，詩道始尊。

二

事難顯陳、理難言罄，每託物連類以形之；鬱情欲舒、天機隨觸，每借物引懷以抒之；比興互陳，反覆唱歎，而中藏之歡愉慘戚，隱躍欲傳，其言淺、其情深也。倘質直敷陳，絕無蘊蓄，以無情之語而欲動人之情，難矣！

王子擊好《晨風》，而慈父感悟；裴安祖講《鹿鳴》，而兄弟同食；周盤誦《汝墳》，而為親從征。此三詩別有旨也，而觸發乃在君臣、父子、兄弟，唯其可以興也。讀前人詩而但求訓詁，獵得詞章記問之富而已，雖多奚為？

三

詩以聲為用者也，其微妙在抑揚抗墜之間。讀者靜氣按節、密詠恬吟，覺前人聲中難寫、響外別傳之妙，一齊俱出。朱子云『諷詠以昌之，涵濡以體之』，真得讀詩趣味！

四

古人意中有不得不言之隱，借有韻語以傳之。如屈原《江潭》、伯牙《海上》、李陵《河梁》、明妃《遠嫁》，或慷慨吐臆、或沈結含悽，長言短歌，俱成絕調。若胸無感觸，漫爾抒詞，縱辦風華，朌然無有。

五

有第一等襟抱、第一等學識，斯有第一等真詩。如太空之中，不著一點；如星宿之海，萬源湧出；如土膏既厚，春雷一動，萬物發生。古來可語此者，屈大夫以下數人而已。

六

以詩入詩，最是凡境。經、史、諸子，一經徵引，都入詠歌，方別於潢潦無源之學。曹子建善用史，謝康樂善用經，杜少陵經、史並用。但實事貴用之使活，熟語貴用之使新，語如己出，無斧鑿痕，斯不受古人束縛。

七

詩貴性情，亦須論法。亂雜而無章，非詩也。然所謂法者，行所不得不行，止所不得不止，而起伏照應、承接轉換，自神明變化於其中。若泥定此處應如何，彼處應如何，如磧沙僧解《三體唐詩》之類，不以意運法，轉以意從法，則死法矣。試看天地間水流雲在，月到風來，何處著得死法！

八

曾子固下筆時目中不知劉向，何論韓愈？子固之文，未必高於中壘、昌黎也，然立志不苟如此。作詩須得此意。

九

賈生《惜誓篇》曰：『黄鵠一舉兮，見山川之紆曲；再舉兮，睹天地之方員。』作文作詩，必置身高處，放開眼界，源流升降之故，瞭然於中，自無隨波逐浪之弊。

一〇

詩不學古，謂之野體。然泥古而不能通變，猶學書者但講臨摹，分寸不失，而己之神理不存也。作者積久用力，不求助長，充養既久，變化自生，可以換卻凡骨矣。

二

《康衢》、《擊壤》，肇開聲詩。上自陶唐、下暨秦代，凡經、史、諸子中，有韻語可采者，當歌詠之，以探其原。

三

《三百篇》中，四言自是正體。然詩有一言，如《緇衣》篇『敝』字、『還』字，可頓住作句是也；有二言，如『鱨鯊』、『祈父』、『肇祀』是也；有三言，如『螽斯羽』、『振振鷺』是也；有五言，如『誰謂雀無角』、『胡為乎泥中』是也；有六言，如『我姑酌彼金罍』、『嘉賓式燕以敖』是也；至『父曰嗟予子行役』、『以燕樂嘉賓之心』則為七言；『我不敢傚我友自逸』則為八言。短以取勁、長以取妍，疎密錯綜，最是文章妙境。

一三

《二南》，美文王之化也。然不著一脩、齊、治、化字，沖瀞愉夷、隨興而發。有知如婦人、無知如物類，同際太和之盛，而相忘其所以然，是王風皞皞氣象。

一四

詩有不用淺深、不用變換，略易一、二字，而其味油然自出者，妙於反覆咏歎也。《芣苢》、《殷其靁》後，張平子《四愁》得之。

一五

《雄雉》末章，進君子以禔身善世之道，猶所云萬里之外，以身為本也。漢《東門行》：『今時清廉，難犯教言，君獨自愛莫為非。』重言以丁寧之，去風人未遠。

一六

諷刺之詞，直詰易盡，婉道無窮。衛宣姜無復人理，而《君子偕老》一詩，止道其容飾衣服之盛，而首章末以『子之不淑，云如之何』二語逗露之。魯莊公不能為父復讐，防閑其母，失人子之道，而《猗嗟》一詩，止道其威儀技藝之美，而章首以『猗嗟』二字譏歎之。蘇子所謂『不可以言語求而得，而必深觀其意』者也，詩人往往如此。

一七

州吁之亂，莊公致之，而《燕燕》一詩，猶念『先君之思』；七子之母，不安其室，非七子之不令，而《凱風》之詩，猶云『莫慰母心』。温柔敦厚，斯為極則。

一八

人有不平於心，必以清比己、以濁比人，而《谷風》三章轉以涇自比、以渭比新昏，何其怨而不怒也？杜子美『在山泉水清，出山泉水濁』亦然。

一九

《匏有苦葉》，刺淫亂也。中惟『濟盈不濡軌』二句，隱躍其詞以諷之。其餘皆説正理，使人得聞正言，其失自悟。

二〇

莊姜賢而不答，由公之惑於嬖妾也。乃《碩人》一詩，備形族類之貴、容貌之美、禮儀之盛、國俗之富，而無一言及莊公，使人言外思之，故曰『主文譎諫』。

二一

《陟岵》，孝子之思親也。三段中但念父、母、兄之思己，而不言己之思父、母與兄。蓋一説出，情便淺也。情到極深，每説不出。

二二

政繁賦重，民不堪其苦。而《萇楚》一詩，唯羡草木之樂，詩意不在文辭中也。至《苕之華》，明明説出，要之並為亡國之音。

二三

《鴟鴞》詩連下十『予』字，《蓼莪》詩連下九『我』字，《北山》詩連下十二『或』字，情至，不覺音之繁、詞之複也。後昌黎《南山》用《北山》之體而張大之下五十餘『或』字。然情不深而侈其詞，只是漢賦體段。

二四

顔之推愛『蕭蕭馬鳴，悠悠旆旌』，謝玄愛『昔我往矣，楊柳依依』四語，予最愛《東山》三章『我來自東，零雨其濛。鸛鳴於垤，婦歎於室』、末章『其新孔嘉，其舊如之何。』後人閨情，胎源於此。又愛『蒹葭蒼蒼，白露為霜。所謂伊人，在水一方』，蒼涼瀰渺，欲即轉離，名人畫本，不能到也。

明陳臥子謂秦人思西周之詩，卓然特見。

二五

大小《雅》皆豐、鎬時詩也。何以分大小？曰：音體有大小，非政事有大小也。雜乎《風》之體者為小，純乎《雅》之體者為大。試詠《鹿鳴》、《四牡》諸詩，與《文王》、《大明》諸詩，氣象迥然各別。

二六

宣王，中興主也，然其後或宴起、或料民，至廢魯嫡、殺杜伯，而君德荒矣。詩人於東都朝會時，終之以『允矣君子，展也大成』，何識之遠而諷之婉也？漢人《長楊》、《羽獵》，那能有此？

二七

《鶴鳴》本以誨宣王，而拉雜詠物，意義若各不相綴。難於顯陳，故以隱語為開導也。漢枚乘奏吴王書本此。

二八

《斯干》考室,《無羊》考牧,何等正大事,而忽然各幻出占夢。本支百世、人物富庶,俱於夢中得之。恍恍惚惚,怪怪奇奇。作詩要得此段虚景。

二九

《巷伯》惡惡,至欲『投畀豺虎』、『投畀有北』,何嘗留一餘地?然想其用意,正欲激發其羞惡之本心,使之同歸於善,則仍是温厚和平之旨也。《牆茨》、《相鼠》諸詩,亦須本斯意讀。

三〇

《大東》之詩,歷數天漢牛斗諸星。無可歸咎、無可告訴,不得不悵望於天!若此時之天,非西周盛王時之天者然。司馬子長云:『勞苦倦極,未嘗不呼天。』得之矣。

三一

《文王》七章，語意相承而下。陳思王《贈白馬王》詩，顔延之《秋胡行》，祖其遺法。

三二

古人祝君如《卷阿》之詩，稱道願望至矣。而頌美中時寓責難，得人臣事君之義。魏人公宴，唐人應制，滿簡浮華耳。

三三

美盛德之形容，故曰《頌》。其詞渾渾爾、穆穆爾，不同《雅》音之切響也。《記》曰：『清廟之瑟，朱絃而疏越，一唱而三歎，有遺音者矣。』故可以感格鬼神。

三四

魯，諸侯也，安得有《頌》？至魯有《頌》，且祀后稷以配天，非禮矣。今讀《駉》以下四篇，皆僖公之詩。先儒謂季孫行父請於周而作《頌》。知東遷以上，魯無《頌》也。即謂《頌》之變亦可。

三五

《周頌》和厚、《魯頌》誇張、《商頌》古質，此《頌》體之别。

三六

《離騷》者，詩之苗裔也。第詩分正、變，而《離騷》所際獨變，故有侘傺噫鬱之音，無和平廣大之響。讀其詞、審其音，如赤子婉戀於父母側，而不忍去。要其顯忠斥佞，愛君憂國，足以持人道之窮矣。尊之為經，烏得為過？

三七

《楚辭》託陳引喻，點染幽芬於煩亂瞀憂之中，令人得其悃款悱惻之旨。司馬子長云：『一篇之中，三致意焉。』深有取於辭之重節之複也。後人穿鑿注解，撰出提挈照應等法，殊乖其意。

三八

騷體有少歌，有倡，有亂。歌詞未申發其意為倡；獨倡無和，總篇終為亂。盖言之不足，故長言之；長言之不足，故反覆詠歎之也。漢人五言興，而音節漸亡。至唐人律體興，第用意於對偶平仄間，而意言同盡矣。求其餘情動人，何有哉？

三九

《天問》一篇，雜舉古今來不可解事問之。若己之忠而見疑，亦天實為之。思而不得，轉而為怨；怨而不得，轉而為問；問君問他人不得，不容不問之天也。此是屈大夫無可奈何處。

四〇

《九歌》哀而艷；《九章》哀而切。《九歌》託事神以喻君，猶望君之感悟也；《九章》感悟無由，沈淵已決，不覺其激烈而悲愴也。

四一

《卜居》、《漁父》兩篇，設為問答，以顯己意。《客難》、《解嘲》之所從出也。詞義顯然，楚辭中之變體。

四二

屈原、微、箕，皆同姓之臣，《離騷》二十五，與《麥秀》之歌，辭不同而旨同。有《詩説》、《離騷説》另出，此録其大旨二十七則。

四八

五言古，長篇難於鋪敘，鋪敘中有峰巒起伏，則長而不漫；短篇難於收斂，收斂中能含蘊無窮，則短而不促。又長篇必倫次整齊，起結完備，方為合格；短篇超然而起，悠然而止，不必另綴起結。苟反其位，兩者俱傎。

四九

龐言繁稱，道所不貴。蘇、李詩，言情款款，感悟具存，無急言竭論，而意自長、神自遠，使聽者油油善入，不知其然而然也，是為五言之祖。蘇、李之別，諒無會期矣，而云『安知非日月，弦望自有時』，何怊悵而纏綿也！後人如何擬得！

五〇

《古詩十九首》，不必一人之辭、一時之作。大率逐臣棄妻、朋友闊絕、遊子他鄉、死生新故之感。或寓言、或顯言、或反覆言。初無奇闢之思，驚險之句。而西京古詩，皆在其下。是為《國風》之遺。

五一

《廬江小吏妻》詩共一千七百四十五言，雜述十數人口中語，而各肖其聲口性情，真化工筆也。中別小姑一段，悲愴之中，自足温厚。唐人《棄婦篇》直用其語云：『憶我初來時，小姑始扶床。今別小姑去，小姑如我長。』下節云：『殷勤養公姥，好自相扶將。』而忽轉二語云：『回頭語小姑，莫嫁如兄夫。』輕薄之言，了無餘味，此漢、唐詩品之分。

五二

漢五言一韻到底者多，而『青青河畔草』一章，一路换韻，聯折而下，節拍甚急，而『枯桑知天風』二語，忽用排偶承接。急者緩之，是神化不可到境界。

資塗澤，先失詩人之旨。

五九

漢、魏詩只是一氣轉旋，晉以下始有佳句可摘。此詩運升降之別。

六〇

陶公以名臣之後，際易代之時，欲言難言，時時寄託，不獨《詠荆軻》一章也。六朝第一流人物，其詩自能曠世獨立。鍾記室謂其原出於應璩，目爲中品。一言不智，難辭厥咎已。

六一

晉人多尚放達，獨淵明有憂勤語、有自任語，有知足語、有悲憤語，有樂天安命語、有物我同得語，倘幸列孔門，何必不在季次、原憲下？

六二

詩至於宋，性情漸隱，聲色大開，詩運一轉關也。康樂神工默運，明遠廉俊無前，允稱二妙。延年聲價雖高，雕鏤太過，不無沈悶，要其厚重處，古意猶存。

六三

前人評康樂詩，謂：『東海揚帆，風日流利。』此不甚允。大約匠心獨造，少規往則，鉤深極微，而漸近自然，流覽閒適中，時時浹洽理趣。劉勰云：『老莊告退，而山水方滋。』遊山水詩，應以康樂為開先也。

六四

陶詩合下自然，不可及處，在真、在厚；謝詩經營而反於自然，不可及處，在新、在俊。陶詩勝人在不排；謝詩勝人正在排。

六五

鮑明遠樂府，抗音吐懷，每成亮節。《代東門行》、《代放歌行》等篇，直欲前無古人。

六六

齊人寥寥，謝玄暉獨有一代，以靈心妙悟，覺筆墨之中、筆墨之外，別有一段深情名理。元長王融諸人，未齊肩背。

六七

蕭梁之代，君臣贈答，亦工艷情，風格日卑矣。隱侯沈約短章，略存古體；文通江淹、仲言何遜，辭藻斐然，雖非出群之雄，亦稱一時能手。陳之視梁，抑又降焉。子堅陰鏗、孝穆徐陵，略具體裁，專求佳句，差強人意云爾。

六八

梁、陳、隋間，專尚琢句。庾肩吾云『雁與雲俱陣，沙將蓬共驚』、『殘虹收宿雨，缺岸上新流』、『水光懸蕩壁，山翠下添流』，陰鏗云『鶯隨入户樹，花逐下山風』，江總云『露洗山扉月，雲開石路煙』，隋煬帝云『鳥驚初移樹，魚寒欲隱苔』，皆成名句。然比之小謝『天際識歸舟，雲中辨江樹』，痕迹宛然矣。若淵明『采菊東籬下，悠然見南山』、『平疇交遠風，良苗亦懷新』，中有元化，自在流出，烏可以道里計？

六九

梁時横吹曲，武人之詞居多，北音競奏，鉦鐃鏗鏘。《企喻歌》、《折楊柳歌詞》、《木蘭詩》等篇，猶漢、魏人遺響也。北齊《敕勒歌》，亦復相似。

七〇

北朝詞人，時流清響。庾子山才華富有，悲感之篇，常見風骨。爾時徐、庾並名，恐孝穆華詞，瞠乎其後矣。

七一

子山詩不專造句，而造句亦工。《步虛詞》云：『漢帝看桃核，齊侯問棗花。』《軍行》云：『塞迴翻榆葉，關寒落雁毛。』《從軍》云：『地中鳴鼓角，天上下將軍。』《法筵》云：『佛影胡人記，經文漢語翻。』《酬薛文學》云：『羊腸連九阪，熊耳對雙峰。』少陵所云『清新』者耶？而武林陳允倩謂老杜不能青出於藍，直是亦步亦趨。未免揚許失實。

七二

隋煬帝艷情篇什，同符後主，而邊塞諸作，鏗然獨異，剥極將復之候也。楊素幽思健筆，詞氣清蒼。後此射洪陳子昂、曲江張九齡，起衰中立，此為勝、廣云。

七三

古今流傳名句，如『思君如流水』、如『池塘生春草』、如『澄江靜如練』、如『紅藥當階翻』、如

『月映清淮流』、如『芙蓉露下落』、如『空梁落燕泥』，情景俱佳，足資吟詠。然不如『南登霸陵岸，回首望長安』，忠厚悱惻，得『遲遲我行』之意。

七四

唐顯慶、龍朔間，承陳、隋之遺，幾無五言古詩矣。陳伯玉力掃俳優，仰追曩哲，讀《感遇》等章，何啻黄初、正始間也？張曲江、李供奉繼起，風裁各異，原本阮公。唐體中能復古者，以三家為最。

七五

蘇、李《十九首》後，五言最勝。大率優柔善入，婉而多風。少陵才力標舉，縱横揮霍，詩品又一變矣。要其感時傷亂，憂黎元，希稷契，生平抱負，悉流露於楮墨間，詩之變、情之正也。宜新寧高氏，別為大家。

七六

五言長篇，固須節次分明，一氣連屬。然有意本連屬，而轉似不相連屬者，敘事未了，忽然頓斷，插入旁議，忽然聯續，轉接無象，莫測端倪，此運《左》、《史》法於韻語中，不以常格拘也。千古以來，且讓少陵獨步。

七七

少陵《新婚别》云『嫁女與征夫，不如棄路傍』，近於怨矣，而『君今往死地』以下，層層轉换，勉以努力戎行，發乎情、止乎禮義也。《羌村》首章，與《綢繆》詩『今夕何夕？見此良人』、『見此粲者』，《東山》詩『有敦瓜苦，烝在栗薪』，同一神理。

七八

陶詩胸次浩然，其中有一段淵深樸茂不可到處。唐人祖述者，王右丞有其清腴，孟山人有其閑遠，儲太祝有其樸實，韋左司有其沖和，柳儀曹有其峻潔，皆學焉而得其性之所近。

七九

才大者聲色不動，指顧自如，太白五言妙於神行，昌黎不無蹶張矣，取其意規於正，雅道未澌。

八〇

孟東野詩，亦從《風》、《騷》中出，特意象孤峻，元氣不無斫削耳。以郊、島並稱，銖兩未敵也。元遺山云：『東野窮愁死不休，高天厚地一詩囚。江山萬古潮陽筆，合在元龍百尺樓。』揚韓抑孟，毋乃太過？

八一

韓、孟聯句體，可偶一為之，連篇累牘，有傷詩品。

八二

《大風》、《柏梁》，七言權輿也。自時厥後，如魏文《燕歌行》、陳琳《飲馬長城窟》、鮑照《行路難》，皆稱傑構。唐人起而不相沿襲，變態備焉。學七言古詩者，當以唐代為楷式。

八三

班史《東方朔傳》云：『八言七言上下。』然東方詩不傳，而八言體，後人亦無繼之者。

八四

文以養氣為歸，詩亦如之。七言古或雜以兩言、三言、四言、五六言，皆七言之短句也。或雜以八九言、十餘言，皆伸以長句，而故欲振蕩其勢，迴旋其姿也。其間忽疾、忽徐，忽翕、忽張，忽渟瀠、忽轉掣，乍陰乍陽，屢遷光景，莫不有浩氣鼓蕩其機，如吹萬之不窮，如江河之滔漭而奔放，斯長篇之能事極矣。四語一轉，蟬聯而下，特初唐人一法，所謂『王楊盧駱當時體』也。

八五

歌行起步，宜高唱而入，有『黄河落天走東海』之勢。以下隨手波折，隨步換形，蒼蒼莽莽中，自有灰線蛇蹤，蛛絲馬跡，使人眩其奇變，仍服其警嚴。至收結處，紆徐而來者，防其平衍，須作斗健語以止之；一往峭折者，防其氣促，不妨作悠揚搖曳語以送之，不可以一格論。

八六

轉韻初無定式，或二語一轉，或四語一轉，或連轉幾韻，或一韻疊下幾語。大約前則舒徐，後則一滚而出，欲急其節拍以為亂也。此亦天機自到，人工不能勉強。

八七

詩篇結局為難，七言古尤難。前路層波疊浪而來，略無收應，成何章法？支離其詞，亦嫌煩碎。作手於兩言或四言中，層層照管，而又能作神龍掉尾之勢，神乎技矣。

八八

高、岑、王、李頎四家，每段頓挫處，略作對偶，於局勢散漫中求整飭也。李、杜風雨分飛，魚龍百變，讀者又爽然自失。

八九

太白想落天外，局自變生，大江無風、濤浪自湧，白雲卷舒、從風變滅，此殆天授，非人力也。集中《笑矣乎》、《悲來乎》、《懷素草書歌》等作，開出淺率一派，王元美稱爲百首以後易厭，此種是也。或云：此五代庸妄子所擬。

九〇

少陵歌行，如建章之宫，千門萬户；如鉅鹿之戰，諸侯皆從壁上觀，膝行而前，不敢仰視；如大海之水，長風鼓浪，揚泥沙而舞怪物，靈蠢畢集。與太白各不相似，而各造其極。後賢未易追逐。

夔州以後，比之掃殘毫穎，時帶頹秃。

九一

少陵有倒插法，如《送重表侄王砅評事》篇中『上云天下亂』云云、『次云最少年』云云，初不説出某人，而下倒補云：『秦王時在座，真氣驚户牖。』此其法也。《麗人行》篇中，『賜名大國虢與秦』、『慎莫近前丞相嗔』，亦是此法。又有反接法，《述懷篇》云：『自寄一封書，今已十月後。』若云『不見消息來』，平平語耳，此云：『反畏消息來，寸心亦何有。』斗覺驚心動魄矣。又有透過一層法，如《無家别》篇中云：『縣吏知我至，召令習鼓鼙。』無家客而遣之從征，極不堪事也，然明説不堪，其味便淺，此云：『家鄉既蕩盡，遠近理亦齊。』轉作曠達，彌見沉痛矣。又有突接法，如《醉歌行》突接『春光澹沲秦東亭』，《簡薛華醉歌》突接『氣酣日落西風來』，上寫情欲盡未盡，忽入寫景，激壯蒼涼，神色俱王，皆此老獨開生面處。

九二

二句一轉，秦皇《嶧山碑》文法也，元次山《中興頌》用之，岑嘉州《走馬川行》亦用之，而三句一轉中，又句句用韻，與《嶧山碑》又別。

九三

歌行轉韻者，可以雜入律句，借轉韻以運動之，純綿裹針，軟中自有力也。一韻到底者，必須鏗金鏘石，一片宮商，稍混律句，便成弱調也。不轉韻者，李、杜十之一二，李如《粉圖山水歌》，杜如《哀王孫》、《瘦馬行》類。韓昌黎十之八九。後歐、蘇諸公，皆以韓為宗。

九四

或問：『何者古詩中律句？』曰：『不露文章世已驚，未辭剪伐誰能送？』『何者別於律句？』曰：『五岳祭秩皆三公，四方環鎮嵩當中。』

九五

七字每平仄相間，而義山《韓碑》一篇中，『封狼生貙貙生羆』，七字平也；『帝得聖相相曰度』，七字仄也。氣盛則言之短長與聲之高下皆宜。

九六

昌黎豪傑自命，欲以學問才力跨越李、杜之上，然恢張處多，變化處少，力有餘而巧不足也。獨四言大篇，如《元和聖德》、《平淮西碑》之類，義山所謂句奇語重，點竄塗改者，雖司馬長卿亦當斂手。

九七

白樂天詩，能道盡古今道理，人以率易少之。然《諷諭》一卷，使言者無罪，聞者足戒，亦風人之遺意也。惟張文昌、王仲初樂府，專以口齒利便勝人，雅非貴品。

九八

仲初《當窗織》云：『當窗卻羨青樓倡，十指不動衣盈箱。』人即無志節，何至羨青樓倡耶？文昌《節婦吟》云：『感君纏綿意，繫在紅羅襦。』贈珠者知有夫而故近之，更褻於羅敷之使君也，猶感其意之纏綿耶？雖云寓言贈人，何妨圓融其辭？然君子立言，故自有則。

九九

李長吉詩，每近《天問》、《招魂》，楚《騷》之苗裔也。特語語求工，而波瀾堂廡又窄，所以有山節藻棁之誚。杜牧之謂：『賀且未死，少加以理，可以奴僕命《騷》。』果天假以年，所造遂止此乎？

一〇〇

王元美云：『奇過則凡。』學長吉者宜知之。

一〇一

五言律，陰鏗、何遜、庾信、徐陵已開其體。唐初人研揣聲音，穩順體勢，其製乃備。神龍之世，陳、杜、沈、宋，渾金璞玉，不須追琢，自然名貴。開、寶以來，李太白之明麗，王摩詰、孟浩然之自得，分道揚鑣，並推極勝。杜子美獨闢畦徑，寓縱横排奡於整密中，故應包涵一切。終唐之世，變態雖多，無有越諸家之範圍者矣。以此求之，有餘師焉。

一〇二

起手貴突兀。王右丞『風勁角弓鳴』，杜工部『莽莽萬重山』、『帶甲滿天地』，岑嘉州『送客飛鳥外』等篇，直疑高山墜石，不知其來，令人驚絶。

一〇三

中聯以虚實對、流水對為上。即徵實一聯，亦宜各换意境。略無變换，古人所輕。即如『蟬噪林逾静，鳥鳴山更幽』，何嘗不是佳句，然王元美以其寫景一例少之。至『圓荷浮小葉，細麥落輕花』，宋人已議之矣。

一〇四

三、四語多流走，亦竟有散行者，然必有不得不散之勢乃佳。苟艱於屬對，率爾放筆，是借散勢以文其陋也。又有通體俱散者，李太白《夜泊牛渚》、孟浩然《晚泊潯陽》、釋皎然《尋陸鴻漸》等章，興到成詩，人力無與，匪垂典則，偶存標格而已。外是：八句平對，五六散行，前半扇對之式，皆極詩中變態。

一〇五

三、四貴勻稱，承上斗峭而來，宜緩脈赴之；五、六必聳然挺拔，別開一境，上既和平，至此必須振起也。崔司勳《贈張都督》詩：『出塞清沙漠，還家拜羽林。』和平矣，下接云：『風霜臣節苦，歲月主恩深。』杜工部《送人從軍》詩：『今君度沙磧，累月斷人煙。』和平矣，下接云：『好武寧論命？封侯不計年。』《泊岳陽城下》詩：『岸風翻夕浪，舟雪灑寒燈。』和平矣，下接云：『留滯才難盡，艱危氣益增。』如此拓開，方振得起。温飛卿《商山早行》，於『雞聲茅店月，人跡板橋霜』下，接『槲葉落山路，枳花明驛牆』；周處士朴賦《董嶺水》，於『禹力不到處，河聲流向西』下，接『過衙山色遠，近水月光低』，便覺直塌下去。

一〇六

中一聯不宜純乎寫景，如『明月松間照，清泉石上流。竹喧歸浣女，蓮動下漁舟。』景象雖工，詎為模楷？至宋陸放翁，八句皆寫景矣。

一〇七

收束或放開一步，或宕出遠神，或本位收住。張燕公：『不作邊城將，誰知恩遇深？』就夜飲收住也；王右丞：『君問窮通理，漁歌入浦深。』從解帶彈琴宕出遠神也；杜工部：『何當擊凡鳥，毛血灑平蕪。』就畫鷹說到真鷹，放開一步也。就上文體勢行之。

一〇八

唐玄宗『劍閣横雲峻』一篇、王右丞『風勁角弓鳴』一篇，神完氣足，章法、句法、字法俱臻絕頂，此律詩正體。而太白：『五月天山雪，無花只有寒。笛中聞折柳，春色未曾看。』一氣直下，不就羈縛。右丞：『萬壑樹參天，千山響杜鵑。山中一夜雨，樹杪百重泉。』分頂上二語而一氣赴之，尤為龍跳虎卧之筆。此皆天然入妙，未易追摹。

一〇九

大曆後漸近收斂，選言取勝，元氣未完，辭意新而風格自降矣。劉隨州工於鑄語，不傷大雅，然『老至居人下，春歸在客先』，『萬里通秋雁，千峰共分陽』，名俊有餘，自非盛唐人語。

一一〇

賈長江：『秋風吹渭水，落葉滿長安。』温飛卿：『古戍落黄葉，浩然離故關。』卑靡時乃有此格。後惟馬戴亦間有之。

一一一

七言律，平敘易於徑遂，雕鏤失之佻巧，比五言為尤難。貴屬對穩，貴遣事切，貴捶字老，貴結響高，而總歸於血脈動蕩，首尾渾成。後人祇於全篇中爭一聯警拔，取青妃白，有句無章，所以去古日遠。

一一二

沈雲卿《龍池樂章》，崔司勳《黃鶴樓》詩，意得象先，縱筆所到，遂擅古今之奇。所謂章法之妙，不見句法；句法之妙，不見字法者也。

一一三

雲卿《獨不見》一章，骨高氣高，色澤情韻俱高，視中唐『鶯啼燕语報新年』詩，味薄語纖，遂分上下。

一一四

王維、李頎、崔署、張謂、高適、岑參諸人，品格既高，復饒遠韻，故為正聲。老杜以宏才卓識，盛氣大力勝之。讀《秋興》八首、《詠懷古跡》五首、《諸將》五首，不廢議論、不棄藻績、籠盖宇宙、鏗戛韶鈞，而横縱出没中，復含醞藉微遠之致，目為大成，非虚語也。明嘉、隆諸子，轉尊李頎。鍾、譚於杜律中轉斥《秋興》諸篇，而推「南極老人自有星」幾章，何啻噞噏！

一一五

大曆十子後，劉夢得骨幹氣魄，似又高於隨州。人與樂天並稱，緣劉、白有《倡和集》耳，白之淺易，未可同日語也。蕭山毛大可尊白詘劉，每難測其指趣。

一一六

柳子厚哀怨有節，律中《騷》體，與夢得故是敵手。

一一七

義山近體，襞績重重，長於諷諭。中多借題攄抱，遭時之變，不得不隱也。《詠史》十數章，得杜陵一體。至云：『但須鸑鷟巢阿閣，豈假鴟鴞在泮林！』不媿讀書人持論。

一一八

温、李擅長，固在屬對精工，然或工而無意，譬之剪綵為花，全無生韻，弗尚也。義山『此日六軍同駐馬，當時七夕笑牽牛』，飛卿『回日樓臺非甲帳，去時冠劍是丁年』，對句用逆挽法。詩中得此一聯，便化板滯為跳脱。

一一九

晚唐人詩：『鷺鷥飛破夕陽煙』、『水面風回聚落花』、『芰荷翻雨潑鴛鴦』，固是好句，然句好而意盡句中矣。又張蠙《洞庭湖》詩：『青草浪高三月渡，绿楊花撲一溪煙』，『绿楊』一語，分明郵港小景，賦洞庭湖宜爾邪？『破』字、『聚』字、『潑』字、『撲』字，求新在此，不登大雅之堂正在此。

一二〇

長律所尚，在氣局嚴整，屬對工切，段落分明，而其要在開闔相生，不露鋪敘轉折過接之跡，使語排而忘其為排，斯能事矣。唐初應制、贈送諸篇，王、楊、盧、駱、陳、杜、沈、宋、燕、許、曲江，並皆佳妙。少陵出而瑰奇鴻麗，一變故方，後此無能為役。元、白滔滔百韻，俱能工穩，但流易有餘，鎔裁未足，每為淺率家效顰。温、李以下，又無論已。七言長律，少陵開出，然《清明》等篇已不能佳，何況學步餘子？

一二一

絕句，唐樂府也。篇止四語，而倚聲為歌，能使聽者低徊不倦。旗亭伎女，猶能賞之，非以揚音抗節，有出於天籟者乎？著意求之，殊非宗旨。

一二二

五言絕句，右丞之自然，太白之高妙，蘇州之古澹，並入化機。而三家中，太白近樂府，右丞、蘇州近古詩，又各擅勝場也。他如崔顥《長干曲》、金昌緒《春怨》、王建《新嫁娘》、張祜《宮詞》等篇，雖非專家，亦稱絕調。

一二三

七言絕句，以語近情遥，含吐不露為主。只眼前景、口頭語，而有弦外音、味外味，使人神遠。太白有焉。

一二四

王龍標絕句，深情幽怨，意旨微茫。『昨夜風開露井桃』一章，只説他人之承寵，而己之失寵，悠然可思，此求響於弦指外也。『玉顔不及寒鴉色』兩言，亦復優柔婉約。

一二五

『秦時明月』一章，前人推獎之而未言其妙。蓋言師勞力竭，而功不成，繇將非其人之故，得飛將軍備邊，邊烽自熄，即高常侍《燕歌行》歸重『至今人説李將軍』也。防邊築城，起於秦、漢，明月屬秦，關屬漢，詩中互文。

一二六

李滄溟推王昌齡『秦時明月』為壓卷，王鳳洲推王翰『蒲萄美酒』為壓卷，本朝王阮亭則云：『必求壓卷，王維之「渭城」、李白之「白帝」、王昌齡之「奉帚平明」、王之涣之「黄河遠上」，其庶幾乎？而終唐之世，亦無出四章之右者矣。』滄溟、鳳洲主氣，阮亭主神，各自有見。愚謂：李益之『回樂峰前』、柳宗元之『破額山前』、劉禹錫之『山圍故國』、杜牧之『煙籠寒水』、鄭谷之『揚子江頭』，氣象稍殊，亦堪接武。

一二七

詩有當時盛稱而品不貴者，王維之『白眼看他世上人』、張謂之『世人結交須黄金』、曹松之『一將功成萬骨枯』、章碣之『劉項原來不讀書』，此粗派也。朱慶餘之『鸚鵡前頭不敢言』，此纖小派也。張祜之『淡掃蛾眉朝至尊』、李商隱之『薛王沉醉壽王醒』，此輕薄派也。又有過作苦語而失者，元稹之『垂死病中驚起坐，暗風吹雨入船窗』，情非不摯，成蹙蹶聲矣。李白『楊花落盡子規啼』，正不須如此説。

説詩晬語卷下

一

宋初臺閣倡和，多宗義山，名『西崑體』以義山為『崑體』者非是。梅聖俞、蘇子美起而矯之，盡翻窠臼，蹈厲發揚，才力體製，非不高於前人，而淵涵渟滀之趣，無復存矣。歐陽七言古專學昌黎，然意言之外，猶存餘地。

二

王介甫才力頗張，而意味較薄，《桃花源》一篇外，良楛互見矣。王逢力求生新，亦同時之錚錚者。

三

蘇子瞻胸有洪爐，金銀鉛錫，皆歸鎔鑄。其筆之超曠，等於天馬脱羈，飛僊遊戲，窮極變幻，而適如意中所欲出，韓文公後，又開闢一境界也。元遺山云：『只知詩到蘇黄盡，滄海横流卻是誰？』嫌其有破壞唐體之意，然正不必以唐人律之。蘇門諸君子，清才林立，並入寰中，猶之邾、莒已。蘇詩長於七言，短於五言；工於比喻，拙於莊語。

四

《劍南集》原本老杜，殊有獨造境地，但古體近粗，今體近滑，遜於杜之沈雄騰踔耳。明代楊君謙、本朝楊芝田專録其歎老嗟卑之言，恐非放翁知己。

五

放翁七言律，隊仗工整，使事熨貼，當時無與比埒。然朱竹垞摘其雷同之句，多至四十餘聯。

緣放翁年八十餘，『六十年間萬首詩』後，又添四千餘首，詩篇太多，不暇持擇也。初不以此遂輕放翁，然亦足為貪多者鏡矣。

八句中上下時不承接，應是先得佳句，續成首尾，故神完氣厚之作，十不得其二三。

六

南渡後詩，楊廷秀推尤、蕭、范、陸四家，謂尤延之袤、蕭東夫德藻、范致能成大、陸務觀游也。後去東夫，易以廷秀，稱尤、楊、范、陸，蕭幾不能舉其名氏，而詩亦散逸矣。傳其《詠梅》云：『百千年蘚著枯樹，一兩點花供老枝』，又云：『湘妃危立凍蛟背，海月冷挂珊瑚枝』，意孑孑求新，而入於澀體者耶？

七

朱子五言，不必嶄絕凌厲，而意趣風骨自見，知為德人之音。

八

『西江派』黄魯直太生，陳無己太直，皆學杜而未嚌其炙者。然神理未浹，風骨獨存。南渡以下，范石湖變為恬縟，楊誠齋、鄭德源變為諧俗，劉潛夫、方巨山之流，變為纖小；而四靈諸公之體，方幅狹隘，令人一覽易盡，亦為不善變矣。

九

蘇、李數篇，老杜奉為吾師，不朽之作，不必務多也。楊誠齋積至二萬餘，周益公如之。以多為貴，無如此二公者。然排沙簡金，幾於無金可簡，亦安用多為哉？

一〇

宋末謝皋羽《晞髮集》，意生語造，古體欲獨闢町畦，方之元和時，在盧仝、劉叉之列。

一一

宋詩中如『卷簾通燕子，織竹護雞孫』、『為護貓頭筍，因編麂眼籬』、『風來嫩柳摇官绿，雲起奇峰湧帝青』、『遠近筍爭滕薛長，東西鷗背晉秦盟』，皆卑卑者。至『若見江魚應慟哭，此中曾有屈原墳』，則怪矣。『脚跟頭上兩青天』、『月子灣灣照九州』，則俚矣。學宋人者，並無宋人學問，而但求工對偶之間如『木上座』、『竹夫人』、『趙盾日』、『展禽風』之類，曲摹里巷之語，舍大聲而愛《折楊》、《皇荂》，宜識者之不欲觀也。擴清俗諦，以求大方，斯真宋詩出矣。

『春水渡旁渡，夕陽山外山』，何工於著景也！『客遊兒廢學，身拙婦持家』，何工於言情也！此種何嘗不是宋詩？

一二

《谷音》一卷，系宋遺民詩，皆不落塵溷，清鏘可誦者。《月泉吟社》一卷，便不足觀。

一三

《中州集》，錢牧齋極為奬激。然可取者，元裕之小序。詩品薄弱，又在南宋諸公下也。集中所傳，如：『好景落誰詩句裡？蹇驢駝我畫圖間』，好句不過爾爾。王元美謂直於宋而太淺，質於元而少情，豈苛論哉？

一四

元裕之七言古詩，氣王神行，平蕪一望時，常得峰巒高插、濤瀾動地之概，又東坡後一能手也。絕句寄託遥深，如《出都門》、《過故宫》等篇，何減讀庾蘭成《哀江南賦》？

一五

虞、楊、范、揭四家，詩品相敵，中又以『漢廷老吏』伯生自評其詩為最。他如吳淵穎之兀奡、迺易之之流利、薩天錫之穠鮮耀艷，故應並張一軍。趙王孫暨金華諸子，聲價雖高，未宜方駕。

一六

鐵崖樂府，詆訿者比於妖魅。然廉折稜稜，異於男子而巾幗服者。論宋、元詩，不必過於求全也。鐵門諸子中，玉笥生亦復可采。過此以往，近乎填詞，等之自鄶已。

一七

元季都尚詞華，劉伯温獨標骨幹，時能規撫杜、韓。高季迪出入於漢、魏、六朝、唐、宋諸家，特才調過人，步蹊未化，故變元風則有餘，追大雅猶不足也。要之，明初辭人，以二公為冠，袁景文凱次之，楊孟載基次之，張志道以寧次之，徐幼文賁、張來儀羽又次之。高、楊、張、徐之名，特並舉於北郭十子中，初非通論。

一八

張志道《送阮子敬》一篇，連跗接萼，神似《飲馬長城》詩。袁景文《題蘇李泣別圖》，神韻雙絕，應在劉賓客、李庶子間。

一九

高典籍棅長於五言，如：『海國霜氣涼，秋聲落遥野。飛雨霞際晴，夕陽雁邊下。』風致疑出常建。閩中林子羽輩，未之或先。

二〇

永樂以還，崇臺閣體，諸大老倡之，衆人應之，相習成風，靡然不覺。李賓之東陽力挽頹瀾，李夢陽、何繼之，詩道復歸於正。

二一

李獻吉雄渾悲壯，鼓蕩飛揚；何仲默秀朗俊逸，迴翔馳驟。同是憲章少陵，而所造各異，駸駸乎一代之盛矣。錢牧齋信口掎摭，謂其摹擬剽賊，同於嬰兒學語，至謂讀書種子，從此斷絕。

此為門户起見，後人勿矮人看場可也。

兩人學少陵，實有過於求肖處。録其所長，指其所短，庶足服北地、信陽之心。

二二

徐昌穀大不及李，高不及何，而倩朗清潤，骨相嶔嵚，自能獨尊吴體。邊庭實、王子衡，同羽翼李、何，而地位少下。康對山涉筆膚庸，一往易盡。七子之名，不必存也。

二三

僧雪江《送王伯安謫龍場驛丞》云：『蠻煙瘦馬經荒驛，瘴雨寒雞夢早朝。』上句寫遠竄景色，人猶能之，下則文成之忠愛俱見矣。又趙鶴《登岱》云：『山壓星辰從下看，海浮天地自東回。』胸中不知吞幾雲夢也！

二四

楊用修負高明伉爽之才、沈博絕麗之學，隨物賦形，空所依傍。讀《宿金沙江》、《錦津舟中》諸篇，令人對此茫茫，百端交集。李、何諸子外，拔戟自成一隊。

二五

五言非用修所長，過於穠麗，轉落凡近也。同時有薛君采蕙，稍後有高子業叔嗣，並以沖淡為宗。五言古風，獨饒高韻。後華子潛察希韋、柳之風，四皇甫沖、涍、汸、濂仰三謝之體，雖未穿溟涬，而氛垢已離，正、嘉之際稱爾雅云。

二六

王元美天分既高，學殖亦富，自珊瑚木難及牛溲馬勃，無所不有。樂府古體，卓爾成家；七言近體，亦規大方。而鍛煉未純，且多酬應牽率之態。

二七

李于鱗擬古詩，臨摹已甚，尺寸不離，固足招詆諆之口。而七言近體，高華矜貴，脱去凡庸，正使金沙並見，自足名家。過於回護與過於掊擊，皆偏私之見耳。

二八

謝茂秦古體，局於規格，絶少生氣。五言律句烹字鍊、氣逸調高。集中『雲出三邊外，風生萬馬間』、『人吹五更笛，月照萬家霜』、『絶漠兼天盡，交河蕩日寒』、『夜火分千樹，春星落萬家』，高、岑遇之，行當把臂。七言《送謝武選》一章，隨題轉摺，無跡有神，與高青丘《送沈左司》詩，並推神來之作。

二九

王、李既興，輔翼之者，病在沿襲雷同；攻擊之者，又病在翻新弔詭。一變為袁中郎兄弟之詼諧，再變為鍾伯敬、譚友夏之僻澀，三變為陳仲醇、程孟陽之纖佻。回視嘉靖諸子，又古民之三疾矣。論者獨推孟陽，歸咎王、李，而並刻論李、何為作俑之始。其然，豈其然乎？

三十

萬曆以來，高景逸攀龍、歸季思子慕五言，雅淡清真，得陶公意趣。仁義之人，其言藹如也。

三十一

詩至鍾、譚諸人，衰極矣。陳大樽璺闢榛蕪，上窺正始，可云枇杷晚翠。

三十二

寫竹者必有成竹在胸，謂意在筆先，然後著墨也。慘澹經營，詩道所貴。倘意旨間架，茫然無措，臨文敷衍，支支節節而成之，豈所語於得心應手之技乎？

三十三

古人不廢鍊字法，然以意勝而不以字勝，故能平字見奇、常字見險、陳字見新、朴字見色。近人挾以鬬勝者，難字而已。

三十四

點染風花，何妨少為失實？若小小送別，而動欲沾巾；聊作旅人，而便云萬里。登陟培塿，比擬華、嵩；偶遇庸人，頌言良哲。以至本居泉石，更懷遯世之思；業處歡娛，忽作窮途之哭。準之立言，皆為失體。《記》曰：『志之所至，詩亦至焉。』本乎志以成詩，惡有數者之患？

三十五

用意過深、使氣過厲、抒藻過穠，亦是詩家一病。故曰：『穆如清風。』

三十六

意主渾融，惟恐其露；意主蹈厲，惟恐其藏。究之恐露者，味而彌旨；恐藏者，盡而無餘。

三十七

朱子云：『楚詞不皆是怨君，被後人多説成怨君。』此言最中病痛。如唐人中，少陵故多忠愛之詞，義山間作風刺之語，然必動輒牽入，即偶爾賦物，隨境寫懷，亦必云主某事、刺某人，水月鏡花，多成粘皮帶骨，亦何取耶？

三十八

鍾伯敬云：『但欲洗去故常語。然別開一徑，康馗有弗踐者焉。故器不尚象，淫巧雜陳；聲不和律，艷詄競響。』此持論極善，且似自砭其失處。蓋詩當求新於理，不當求新於徑。譬之日月，終古常見，而光景常新，未嘗有兩日月也。

三十九

援引典故，詩家所尚。然亦有羌無故實而自高，臚陳卷軸而轉卑者。假如作田家詩，只宜稱情而言，乞靈古人，便乖本色。

四十

嚴儀卿有『詩有别才，非關學也』之説。謂神明妙悟，不專學問，非教人廢學也。誤用其説者，固有原伯魯之譏。而當今談藝家，又專主漁獵，若家有類書，便成作者。究其流極，厥弊維鈞。吾恐楚則失矣，齊亦未為得也。

四十一

擬古詠懷，斷不宜入近世事與近世字面，錦葛同裘，嫌不稱也。若本敘述近事，即方言謡諺，不妨引入，顧用之何如耳。

四十二

樂府中不宜雜古詩體，恐散朴也，作古詩正須得樂府意。古詩中不宜雜律詩體，恐凝滞也，作律詩正須得古風格。與寫篆八分不得入楷法，寫楷書宜入篆八分法同意。

四十三

詠古詩未經闡發者，宜援據本傳，見微顯闡幽之意。若前人久經論定，不須人云亦云。王摩詰《西施詠》、李東川《謁夷齊廟》，或別寓興意、或淡淡寫景，以避雷同剿説，此別行一路法也。

四十四

太沖《詠史》，不必專詠一人、專詠一事，己有懷抱，借古人事以抒寫之，斯為千秋絶唱。後人粘著一事，明白斷案，此史論，非詩格也。至胡曾絶句百篇，尤為墮入惡道。

四十五

懷古必切時、地。老杜《公安縣懷古》中云：『灑落君臣契，飛騰戰伐名。』簡而能賅，真史筆也。劉滄《咸陽》、《鄴都》、《長洲》諸詠，設色寫景，可互相統易，是以酬應為懷古矣。許渾稍可觀，然落句往往入套。

四十六

遊山詩，永嘉山水主靈秀，謝康樂稱之；蜀中山水主險隘，杜工部稱之；永州山水主幽峭，柳儀曹稱之。略一轉移，失卻山川真面。

四十七

詠物，小小體也。而老杜《詠房兵曹胡馬》則云：『所向無空闊，真堪託死生。』德性之調良，俱為傳出。鄭都官《詠鷓鴣》則云：『雨昏青草湖邊過，花落黃陵廟裏啼。』此又以神韻勝也。彼胸無寄託，筆無遠情，如謝宗可、瞿佑之流，直猜謎語耳。

四十八

唐以前未見題畫詩，開此體者老杜也，其法全在不粘畫上發論。如題畫馬、畫鷹，必說到真馬、真鷹，復從真馬、真鷹開出議論，後人可以為式。

又如題畫山水，有地名可按者，必寫出登臨憑弔之意。題畫人物，有事實可拈者，必發出知人論世之意。本老杜法推廣之，才是作手。

四十九

古人詠雪多偶然及之。漢人『前日風雪中，故人從此去』，謝康樂『明月照積雪』，王龍標『空山多雨雪，獨立君始悟』，何天真絕俗也！鄭都官『亂飄僧舍茶煙濕，密灑歌樓酒力微』，已落坑塹矣。昌黎之『凹中初蓋底，凸處盡成堆』、張承吉之『戰退玉龍三百萬，敗鱗殘甲滿天飛』，是成底語？

東坡尖叉韻詩，偶然遊戲，學之恐入於魔。

五十

詠梅詩應以庾子山之『枝高出手寒』、蘇東坡之『竹外一枝斜更好』為上。林和靖之『雪後園林才半樹，水邊籬落忽横枝』、高季迪之『流水空山見一枝』，亦能象外孤寄，餘皆刻畫矣。杜少陵之『幸不折來傷歲暮，若為看去亂鄉愁』，此純乎寫情，以事外賞之可也。

五十一

東坡詩『幽尋盡處見桃花』，又云『竹外桃花三兩枝』，自是桃花名句。

五十二

隱侯云『彈丸脱手』，固是詩家妙喻。然過熟則滑。唯生熟相濟，於生中求熟，熟處帶生，方不落尋常蹊徑。

五十三

一首有一首章法，一題數首，又合數首為章法。有起、有結，有倫序、有照應，若闕一不得、增一不得，乃見體裁。陳思《贈白馬王》、謝家兄弟酬答、子美《遊何將軍園》之類是也。又有隨所興觸，一章一意，分觀錯雜，總述纍纍。射洪《感遇》、太白《古風》、子美《秦州雜詩》之類是也。後人一題至十數章，甚或二三十章。然意旨辭采，彼此互犯，雖構多篇，索其旨歸，一章可盡，不如割愛之為愈已。

五十四

詩不可不造句。江中日早，殘冬立春，亦尋常意思，而王灣云：『海日生殘夜，江春入舊年。』一經錘鍊，便成警絕，宜張曲江懸以示人。

五十五

詩中韻脚，如大廈之有柱石，此處不牢，傾折立見。故有看去極平，而斷難更移者，安穩故也。安穩者，牢之謂也。杜詩：『懸崖置屋牢。』可悟韻脚之法。

五十六

對仗固須工整，而亦有一聯中本句自為對偶者。五言如王摩詰『赭圻將赤岸，擊汰復揚舲』，七言如杜必簡『伐鼓撞鐘驚海上，新妝袨服照江東』、杜子美『桃花細逐楊花落，黄鳥時兼白鳥飛』之類，方板中求活，時或用之。

五十七

律詩起句，可不用韻，故宋人以來，有入別韻者。然必於通韻中借入，如冬韻詩起句入東，支韻詩起句入微，豪韻詩起句入蕭、肴是也。若庚、青韻詩，起句入真、文；寒、删、先韻詩，起句入覃、鹽、鹹，亂雜不可為訓。

五十八

寫景寫情，不宜相礙。前説晴，後説雨，則相礙矣。亦不可犯複，前説沅澧，後説衡湘，則犯複矣，即字面亦須避忌字同義異者。或偶見之，若字義俱同，必從更易。如『暮雲空磧時驅馬』、『玉靶角弓珠勒馬』，終是右丞之累。

五十九

杜詩云：『新詩改罷自長吟。』改則弊病去，長唫則神味出。

六十

詩中高格，入詞便苦其腐；詞中麗句，入詩便苦其纖，各有規格在也。然腐之為病，填詞者每知之；纖之為病，作詩者未盡知之。

六十一

古人同作一詩，不必同韻，即同韻，亦在一韻中，不必句句次韻也。自元、白創始，而皮、陸倡和，又加甚焉。以韻為主，而以意相從，中有欲言，不能通達矣。近代專以此見長，名曰和韻，實則趁韻，宜血脈橫亘，句聯意斷也。有志之士，當不囿於俗。

六十二

毛穉黄云：『詩必相題，猥瑣、尖新、淫褻等題，可無作也；詩必相韻，故拈險俗生澀之韻，可無作也。』昏昏長夜，得此豁然。

六十三

雜體有大言、小言、兩頭纖纖、五雜組、離合、姓名、五平、五仄、十二辰、回文等項，近於戲弄，古人偶為之，然而大雅弗取。

六十四

人謂詩主性情，不主議論，似也，而亦不盡然。試思二《雅》中何處無議論？杜老古詩中，《奉先》、《詠懷》、《北征》、《八哀》諸作，近體中，《蜀相》、《詠懷》、《諸葛》諸作，純乎議論。但議論須帶情韻以行，勿近傖父面目耳。戎昱《和蕃》云：『社稷依明主，安危託婦人。』亦議論之佳者。

六十五

不讀唐以後書，固李北地欺人語。然近代人詩，似專讀唐以後書矣。又或舍九經而徵佛經，舍正史而搜稗史、小説。且但求新異，不顧理乖，淮雨別風，貽譏蹐駁。不如布帛菽粟，常足厭心切理也。

六十六

錢、郎贈送之作，當時引以為重。應酬詩，前人亦不盡廢也。然必所贈之人何人、所往之地何地，一一按切，而復以己之情性流露於中，自然可詠可歌，非幕下張君房輩所能代作。

六十七

《詩》本六籍之一，王者以之觀民風、考得失，非為艷情發也。雖『四始』以後，《離騷》興美人之思、平子有定情之詠，然詞則託之男女，義實關乎君、父、友、朋。自梁、陳篇什，半屬艷情，而唐末香奩，益近褻嫚，失好色不淫之旨矣。此旨一差，日遠名教。

六十八

詩貴寄意，有言在此而意在彼者。李太白《子夜吴歌》，本閨情語，而忽冀罷征；《經下邳圯橋》，本懷子房，而意實自寓；《遠別離》，本詠英、皇，而借以咎肅宗之不振、李輔國之擅權。杜少陵《玉華宮》云：『不知何王殿，遺構絕壁下？』傷唐亂也；《九成宮》云：『巡非瑶水遠，跡是雕牆後。』垂夏、殷鑒也。他若風貴妃之釀亂，則憶王母於宮中；刺花敬定之僭竊，則想新曲於天上。凡斯託旨，往往有之，但不如《三百篇》有小序可稽，在讀者以意逆之耳。

六十九

漢人《羽林郎》篇：『頭上藍田玉，耳後大秦珠。一鬟五百萬，兩鬟千萬餘。』《陌上桑》篇：『頭上倭墮髻，耳中明月珠。緗綺為下裙，紫綺為上襦。』《焦仲卿妻》篇：『腰若流紈素，耳著明月璫。指如削葱根，口如含珠丹。』何工於賦美人也！而其原出於《碩人》之美莊姜。古人重其行，兼及其容，婦容不與德、言、工並列耶？

七十

唐時五言以試士，七言以應制。限以聲律，而又得失諛美之念，先存於中，揣摩主司之好尚，迎合君上之意旨，宜其言之難工也。錢起《湘靈鼓瑟》、王維《奉和聖製雨中春望》外，傑作寥寥，略觀可矣。

七十一

何景明《明月篇序》，大意謂：子美七言詩，詞固沈著，而調失流轉，不如唐初四子者音節可歌。蓋以子美為歌詩之變體，而四子猶《三百》之遺風也。然子美詩每從《風》、《雅》中出，未可執詞調一節以議之。王阮亭《論詩》云：『接跡風人《明月篇》，何郎妙悟本從天。王楊盧駱當時體，莫逐刀圭誤後賢。』能不被前人瞞過。

七十二

杜詩：『江山如有待，花柳自無私』、『水深魚極樂，林茂鳥知歸』、『水流心不競，雲在意俱遲』，俱入理趣。邵子則云：『一陽初動處，萬物未生時。』以理語成詩矣。王右丞詩不用禪語，時得禪理，東坡則云：『兩手欲遮瓶裏雀，四條深怕井中蛇。』言外有餘味耶？

七十三

王右軍作字不肯雷同，《黄庭經》、《樂毅論》、《東方畫像贊》，無一相肖處，筆有化工也。杜詩復然，一千四百餘篇中，求其詞意犯複，了不可得，所以推詩中之聖。

七十四

杜詩別於諸家，在包絡一切，其時露敗缺處，正是無所不有處。評釋家必代為辭説，或周遮徵引以斡旋之，甚有以時文法解説杜詩，斷斷於提伏串插間者。浣花翁有知，定應齒冷。

七十五

殷璠云：『名不副實，才不合道，縱權壓梁、竇，吾無取焉。』芮挺章云：『道苟可得，不棄於廝養；事非適理，何貴於膏粱？』真能特立不昧心語。

七十六

高仲武以郎士元『暮蟬不可聽，落葉豈堪聞』謂工於發端。然『暮蟬』、『落葉』有兩景乎？『不可聽』、『豈堪聞』有兩意乎？此持論未當處。

七十七

曹子建《棄婦篇》，筆妙何減《長門》？然二十四語中，重二『庭』韻、二『靈』韻、二『鳴』韻、二『成』韻。古人雖有之，不得引為口實。

七十八

古人有誤用事實處：弦高本犒秦師，謝康樂云：『弦高犒晉師。』《莊子》：『柳生左肘？』柳，瘍類也。王右丞《老將行》云：『今日垂楊生左肘。』是以瘍為樹矣。又『衛青不敗由天幸』句，誤用霍去病事，而高常侍《送渾將軍出塞》亦云：『衛青未肯學孫吴。』同時誤用，未知何故？

七十九

張承吉以《金山詩》折服徐凝，然中惟頷聯稍勝。『樹影中流見，鐘聲兩岸聞』，寫景太窄；結語『因悲在城市，終日醉醺醺』，何村俗也！東坡貶徐凝『一條界破青山色』為惡詩，而不指摘承吉，或偶然未及爾？

八十

姜白石《詩説》一篇之妙，全在結句。如截奔馬，辭意俱盡；如臨水送將歸，辭盡意不盡。又有意盡辭不盡，剡溪歸棹是也；辭意俱不盡，温伯雪子是也。微妙語言，諸家未到。

八十一

唐詩選自殷璠、高仲武後，雖不皆盡善，然觀其去取，各有指歸。唯王介甫《百家詩選》，雜出不倫。大旨取和平之音，而忽入盧仝《月蝕》；斥王摩詰、韋左司，而王仲初多至百首，此何意也？勿怖其盛名，珍為善本。

八十二

韋穀《才調集》選，固多明麗之篇。然如《會真詩》及『隔牆花影動』等作，亦采入太白、摩詰之後，未免《雅》、《鄭》同奏矣。奈何闡揚其體，以教當世耶？

八十三

方虚谷《瀛奎律髓》，去取評點，多近凡庸，特便於時下捉刀人耳。《鼓吹》一書嫁名元遺山者，尤為下劣。學者以此等為始基，汩没靈臺，後難洗滌。昔康崑崙學琵琶，段師令其十年不近樂器，洗盡邪雜，方許受教。作詩家毋誤入路頭，為康崑崙之續也。

八十四

司空表聖云：『不著一字，盡得風流。』『采采流水，蓬蓬遠春。』嚴滄浪云：『羚羊挂角，無跡可求。』蘇東坡云：『空山無人，水流花開。』王阮亭本此數語，定《唐賢三昧集》。木玄虛云：『浮天無岸。』杜少陵云：『鯨魚碧海。』韓昌黎云：『巨刃摩天。』惜無人本此定詩。

八十五

韓子高於孟東野，而為雲為龍，願四方上下逐之；歐陽子高於蘇、梅，而以黄河清、鳳凰鳴比之；蘇子高於黄魯直，而已所賦詩云：『效魯直體』以推崇之。古人胸襟廣大爾許。

八十六

《記》曰：『寬而靜，柔而正者，宜歌《頌》；廣大而靜，疏達而信者，宜歌《大雅》；恭儉而好禮者，宜歌《小雅》；正直而靜，廉而謙者，宜歌《風》。』凡習於聲歌之道者，鮮有不和平其心也。今人忌才揚己，揎拳露臂，觀其意氣，可覘所養矣。

八十七

負罪引慝，思古無訧，際人倫之窮者，何厚於自責也？即涕泣關弓，情非得已，然惟餘怨艾之意，不聞訶讓之詞。乃有遭讒異於正則，處變異於《小弁》，而忿語詩情，動相譏議，小則見絕於友朋，大則獲戾於君父，君子憂之矣！盡言翹過，國佐已然。綴文之士，其知所節焉。

八十八

性情面目，人人各具。讀太白詩如見其脱屣千乘；讀少陵詩，如見其憂國傷時。其世不我容，愛才若渴者，昌黎之詩也；其嬉笑怒駡，風流儒雅者，東坡之詩也。即下而賈島、李洞輩，拈其一章一句，無不有賈島、李洞者存。倘詞可餽貧，工同鞶帨，而性情面目，隱而不見，何以使尚友古人者讀其書想見其為人乎？

八十九

美人、佳人，初無定稱。《簡兮》以西周盛王為美人，《離騷》以君為美人，漢武以賢士為佳人，光武稱陸閎為佳人。而蘇蕙稱竇滔云：『非我佳人，莫之能解。』又婦人以男子為佳人矣。《九歌》：『思夫君兮太息。』指雲中君也。『思夫君兮未來。』指湘夫人也。孟浩然『衡門猶未掩，佇立望夫君』指王白雲也。夫，讀同扶音，猶『之子』之稱，非婦人目共所天之謂。

九十

樂府《鰕鉏篇》，鉏同鱓，水族之細者，從『旦』不從『且』。李于鱗誤用鰕鉏，押入魚、虞韻，後人讀同疽音，不知其非也。古人造字，有鉏無鉏，看《說文》等書自見。

吳地有鉏山，見《越絕書》，今亦誤為鉏山。

九十一

漕者，以水通輸之謂，讀去聲。昌黎：『通波非難圖，尺水乃可漕。善善不汲汲，後時徒悔懊。』可證也。惟《泉水》章：『思須與漕。』《載馳》章：『言至於漕。』屬衛邑者，當平聲讀。又『雍』字，如時雍、辟雍、肅雍，作和字訓者，俱平聲；雍州之雍，屬地名者，從去聲。

九十二

人以忙遽為『倉皇』，然古人多作『倉黃』。少陵：『誓欲隨君去，形勢反倉黃。』『蒼黃已就長途往，邂逅無端出餞遲。』柳州：『蒼黃見驅逐，誰識死與生？』又云：『數州之犬，蒼黃吠噬。』無作『倉皇』者。『倉皇』二字，應是後人誤用，因倉卒皇遽而連及之也。歐公《伶官傳》則云：『倉皇東出。』已屬宋人文集矣。

九十三

今人負恩為『辜負』。按：辜，辠也，絕非此意。少陵『孤負滄洲願』、昌黎『孤負平生志』、義山『映書孤志業』之類，無用『辜』者。又李陵《答蘇武書》，有『孤負陵心』、『陵雖孤恩』之句，更在唐人以前。

九十四

中興之『中』讀去聲。元凱《左傳敘》云：『祈天永命，紹開中興。』陸德明音：丁仲反。若當興而興，故謂之中，不必恰在中間也。杜詩：『今朝漢社稷，新數中興年。』『萬里傷心嚴譴日，百年垂死中興時。』餘不可悉數。中酒之『中』，讀平聲。《漢書・樊噲傳》：『項羽既饗軍士中酒。』師古註：『飲酒之中，不醒不醉，故謂之中也。』太白：『醉月頻中聖，迷花不事君。』東坡：『君獨未知其趣爾，臣今聊復一中之。』亦不可悉數。後人中興平讀，中酒仄讀，每每兩失。

九十五

張平子《歸田賦》云：『仲春令月，時和氣清。原隰鬱茂，百草滋榮。』明指二月。謝詩『首夏猶清和』言時序四月，猶餘二月景象，故下云『芳草亦未歇』也。自後人誤讀謝詩，有『四月清和雨乍晴』句，相沿到今，賢者不免矣。試思『猶』字竟作何解？

九十六

《楚辭》：『逢此世之劻勷。』注謂急遽意，勷，讀同穰。韓昌黎文：『新師不牢，劻勷將逋。』杜牧之詩：『參軍與尉簿，塵土驚劻勷。』白樂天詩：『委命不劻勷。』正得此意。後世誤同贊襄，凡所遣用，百不合一。

九十七

少陵《觀公孫大娘弟子舞劍器行序》云：『觀公孫氏舞《劍器》、《渾脱》音駝，瀏漓頓挫，獨出冠時。』按《樂府雜録》謂：『《劍器》，健舞曲名。』《唐書》：『中宗引近臣宴集，宗晉卿舞《渾脱》。』則知《劍器》、《渾脱》，皆舞名，後人誤以『劍器』為舞劍，而以『渾脱』二字與『瀏漓頓挫』並讀，未免使人笑粲。

九十八

《後漢·逸民傳序》引揚雄言：『鴻飛冥冥，弋人何篡焉？』註：篡，取也。陳射洪云：

『弋人何篡？』鴻飛高雲。』用揚語也。惟張曲江詩：『今我遊冥冥，弋者何所慕？』改『篡』為『慕』矣。然昌黎在曲江後，贈人詩仍云：『肯效屠門嚼？久嫌弋者篡。』前賢讀書，不肯一誤再誤如此。

九十九

詩人每用『爛熳』字，玩詩意乃淋漓酣足之狀。然考《説文》、《玉篇》等書，從無『熳』字，而王文考《魯靈光殿賦》有『流離爛漫』句，韓昌黎《南山詩》有『爛漫堆眾皺』句，皆爛旁從火，漫旁從水。改漫為熳，不知起於何時？焉烏成馬，習焉不覺，殊可怪也。

杜詩『眾雛爛熳睡』，俱從火傍，然是後代鐫本所訛，不可引以為據。以上偶舉大概，以枚數闖，何能遽盡，細心求之，其訛自出。

杜詩偶評

杜詩偶評序

杜詩無可選，亦不藉評，取杜詩而選之、而評之，凡以考一己所得之淺深，而亦爲學詩者道以從入之方也。

竊見往時讀杜諸家，貪多者矜奥博，事必泛引，語必捃摭，甚或僞造典故，以實其説。而一二鈎奇喜新之士，意主穿鑿，辭務支離。即尋常景物，亦必牽涉諷刺，附會忠孝，而詩人之天趣亡焉。又其甚者，强題就法，刻舟求劍，一繩以後代制義之律，而少陵之窮三才、母萬象者，遽變爲兔園邨夫子矣。嗟夫，學詩者，前望古人，方無所憑藉，忽得諸家之説，以横踞於其中，不有日讀杜詩，而去杜日遠者耶？

黄魯直云：予於杜詩，欲隨欣然會意處箋以數語。元裕之云：讀杜詩，當如九方皋相馬，得天機於滅没存亡之間。此真得杜之神解者也。予少喜杜詩，而未能即通其義。嘗虚心順理，密咏恬吟以求之，不堤泛濫，不蹈鑿空，尤不敢束縛馳驟，惟於情境偶會、傍通證入處，隨手箋釋。日月既久，漸次貫穿，即未必果有得於魯直、裕之之語，如與少陵揖讓晤言於千載之上，然舛陋踳駁之弊，差解免焉。以此自檢，前之所窒，後或漸通。而吾黨之士之問途者，或不至航斷港絶潢以望至於大海也矣。

全集一千四百餘篇，今録三百餘篇，皆聚精會神，可續風雅者。學者深潛而熟復之，以次遍覽全集，雖頽然自放之作，皆成大家。知杜詩本無可選，並不藉評，則此本爲得魚得兔之筌蹄可也。同邑潘子森千，予忘年友也。素嗜杜，與予同癖，任剞劂之資，並爲發凡起例，不欲使此本之湮没也。因牽連及之。若夫詩史之稱、詩聖之目，一飯不忘君心事，前人論之已詳，不復稱述云。

乾隆丁卯秋八月長洲沈德潛題於京師之澄懷園

杜詩偶評凡例

杜詩包含廣大，隨人自領。李九我取『一逕野花落孤邨』『春水生及渚蒲隨』『地有邨徑逐門成』等語，以王、孟律杜；陳繹曾取『子規夜啼山竹裂』『王母晝下雲旗翻』等語，以李長吉律杜。近日詩家專稱『重碧拈春酒，輕紅擘荔支』『競將明媚色，偷眼艷陽天』『楚江巫峽半雲雨，清簟疏簾看弈棋』等語，又引入温飛卿一路去也。歸愚先生不專一體，取其與風雅騷人相表裏者，獨得少陵性情面目。

讀杜詩者，取其格之高、辭之典、氣之昌、鋪陳排比之倫叙，而作詩之旨莫窺，猶未嘗讀也。欲知人論世，當於許身稷契、致君堯舜、念松柏於邙山、哭故交於旅櫬，與夫悵弟妹之流離、懷妻孥之阻絶，一切興觀群怨、事父事君之處求之。先生所選、所評，總之不失此意。

夔州以後詩，黄魯直盛稱，朱子比之掃殘毫穎，謂衆人見魯直説好也説好，直是矮人看場。蓋其生硬頹禿處，不礙其爲大家，然不善學者，專於此中求杜，恐失杜詩之真也。選中五言古體，夔州以後所收從略。七言近體，夔州後尤工，如《秋興》《諸將》《咏懷古迹》等篇，所云『老去漸於詩律細』也。此又不可一例。

五言長律，起於六韵，後漸次恢擴，至少陵，而滔滔百韵矣。然句意不無重複，兼有重韵，雖少陵之才大如海，不能成連城璧也。選中所收，皆二十韵以下者。

絶句以龍標供奉爲絶調，少陵以古體行之。倔强直憨，不受束縛，固是獨出一頭，然含意未申之旨漸以失矣。先生特取遠神遠韵數章。

詩貴不著圈點，不加評釋，然學詩者得之，正如疏通骨節，洗刷眉目，可從此悟入也。本中圈點，專取其精神團結處評釋，專標其段落分明、用意微遠，及與史書印證處，若句櫛字比，有錢曚叟、朱愚庵、張邇可、仇滄柱諸公本在。

杜詩辭句多兩見者，全集每并存於注，一作某字，一作某字，兹從各本參考，擇其善者從之，不必岐學者心目也。

字有一字幾音者，恐混。讀者多習焉不覺，兹隨四聲圈出，使讀者一覽了然。

字有向來誤書及混書者，如爛漫之誤爛熳，案：『爛漫』見王文考《魯靈光殿賦》，『熳』字遍考《説文》《玉篇》等書，無此字也。『剿絶』之『剿』，從刀，『勦説』之『勦』同『鈔』，從力，近人不復辨别矣。類此者甚多，已經一一校正。

去取評點，皆先生斟酌，兹特就平日與聞義論處申言之，惟校定字音，及訂正向時謬譌之字，承松於此少相助焉。

長洲潘承松森千氏識

杜詩偶評 卷一

長洲沈德潛碻士纂
後學潘承松森千校閲

五言古詩

遊龍門奉先寺即伊闕，一名龍門，非《禹貢》河東之龍門也。

已從招提遊，更宿招提境。陰壑生虚籟，月林散清影。天闕象緯逼，雲卧衣裳冷。欲覺聞晨鐘，令人發深省。

望嶽

岱宗夫如何？齊魯青未了五字是泰山。造化鍾神秀，陰陽割昏曉。蕩胸生層雲，决眥入歸鳥。會當凌絶頂，一覽衆山小。

奉呈韋左丞丈二十二韵

紈袴不餓死，儒冠多誤身。丈人試静聽，賤子請具陳。甫昔少年日，早充觀國賓。讀書破萬卷，下筆如有神。非公不足當此語。賦料揚雄敵，詩看子建親。二句古人。李邕求識面，王翰願卜鄰。二句時人。自謂頗挺出，立登要路津。致君堯舜上，再使風俗淳。此意竟蕭條，行歌非隱淪。騎驢三十載，旅食京華春。按公年譜，當作『十三』。朝扣富兒門，暮隨肥馬塵。殘盃與冷炙，到處潛悲辛。主上頃見徵，欻然欲求伸。青冥却垂翅，蹭蹬無縱鱗。天寶六載，詔天下有一藝者詣轂下。李林甫命尚書省皆下之，公乃退。甚愧丈人厚，甚知丈人真。每於百僚上，猥誦佳句新。竊效貢公喜，難甘原憲貧。焉能心怏怏，秖是走踆踆。今欲東入海，即將西去秦。尚憐終南山，回首清渭濱。有『三宿出晝』，『迟迟我行』意。常擬報一飯，況懷辭大臣。白鷗没浩蕩，萬里誰能馴。見公品量。

抱負如此，終遭阻抑。然其去也，無怨懟之辭，有『迟迟我行』之意，可謂温柔敦厚矣！作詩須得此意。末見浩然一往，雖知己亦不能留。感知與潔身，有竝行不悖者在矣。

同諸公登慈恩寺塔原注：時高適、薛據先有作。

高標跨蒼穹，烈風無時休。自非曠士懷，登兹翻百憂。方知象教力，足可追冥搜。仰穿龍蛇窟，是登。始出枝撑幽。七星在北户，河漢聲西流。羲和鞭白日，少昊行清秋。四句仰望。秦山忽破碎，涇渭不可求。俯視但一氣，焉能辨皇州。四句俯望。以下鬱鬱硉硉，不敢明言，故托隱語出之，所謂百憂也。然亦不必逐句指實，恐轉失之鑿。迴首叫虞舜，蒼梧雲正愁。惜哉瑶池飲，日晏崑崙邱。黄鵠去不息，哀鳴何所投。君看隨陽雁，各有稻粱謀。

示從孫濟

平明跨驢出，未知適誰門。權門多噂沓，且復尋諸孫。諸孫貧無事，宅〔一〕舍如荒邨。堂前

〔一〕底本做『客』，據杜詩改。

自生竹，堂後自生萱。萱草秋已死，竹枝霜不蕃。淘米少汲水，汲多井水渾。刈葵莫放手，放手傷葵根。四句有水源木本意。隨事比興，全得古樂府之神。阿翁懶惰久，覺兒行步奔。所來爲宗族，亦不爲盤飧。小人利口實，薄俗難具論。勿受外嫌猜，同姓古所敦。

前出塞九首應是哥舒翰征吐蕃時作。

戚戚去故里，悠悠赴交河。公家有程期，亡命嬰禍羅。君已富土境，開邊一何多。棄絶父母恩，吞聲行負戈。主意。

出門日已遠，不受徒旅欺。骨肉恩豈斷，男兒死無時。走馬脱轡頭，手中挑青絲。捷下萬仞岡，俯身試搴旗。

磨刀嗚咽水，水赤刃傷手。欲輕腸斷聲，心緒亂已久。丈夫誓許國，憤惋復何有。功名圖麒麟，戰骨當速朽。

送徒既有長，遠戍亦有身。生死向前去，不勞吏怒嗔。路逢相識人，附書與六親。哀哉兩決絶，不復同苦辛。

迢迢萬餘里，領我赴三軍。軍中異苦樂，主將寧盡聞。隔河見胡騎，倏忽數百群。我始爲奴僕，幾時樹功勛。

輓弓當挽强，用箭當用長。射人先射馬，擒賊先擒王。四語即寓不多殺傷意，所謂節制之師也。殺人亦無限，立國自有疆。苟能制侵陵，豈在多殺傷。漢魏歌謡。諸本『殺人亦有限』，惟文待詔作『殺人亦無限』，以開合語出之，較有味，文云古本皆然，從之。

驅馬天雨雪，軍行入高山。逕危抱寒石，指落層冰間。已去漢月遠，何時築城還。浮雲暮南征，可望不可攀。

前云『不復同苦辛』矣，此復遥望南鄉，有不能决絶者存也。

單于寇我壘，百里風塵昏。雄劍四五動，彼軍爲我奔。虜其名王歸，繫頸授轅門。潛身備行列，一勝何足論。有大樹將軍意度。

從軍十年餘，能無分寸功。衆人貴苟得，欲語羞雷同。中原有鬭爭，况在狄與戎。丈夫四方志，安可辭固窮。

不願苟得，不辭固窮，此儒將本願。卒伍中有此人耶。

合九章成章法，杜詩中多此體。

送高三十五書記十五韵

崆峒小麥熟，且願休王師。請公問主將：焉用窮荒爲？見此老胸中經緯。饑鷹未飽肉，側翅隨人飛。如見豪士。高生跨鞍馬，有似幽并兒。脱身簿尉中，始與捶楚辭。借問今何官，觸熱向武威？詩中問答，本古樂府。答云一書記，所愧國士知。人實不易知，更須慎其儀。十年出幕府，自可持旌麾。此行既特達，足以慰所思。男兒功名遂，亦在老大時。常恨結歡淺，各在天一涯；又如參與商，慘慘中腸悲。驚風吹鴻鵠，不得相追隨。黄塵翳沙漠，念子何當歸。邊城有餘力，早寄從軍詩。

奉同郭給事湯東靈湫作

東山氣濛鴻，宫殿居上頭。君來必十月，樹羽臨九州。陰火煮玉泉，噴薄漲巖幽。有時浴赤日，光抱空中樓。閬風入轍迹，曠原延冥搜。沸天萬乘動，觀水百丈湫。幽靈斯可怪，王命官屬休。初聞龍用壯，擘石摧林丘。中夜窟宅改，移因風雨秋。倒懸瑶池影，屈注蒼江流。味如甘露漿，揮弄滑且柔。翠旗澹偃蹇，雲車紛少留。簫鼓盪四溟，異香泱漭浮。鮫人獻微綃，曾曾，同層，猶重也。祝況豪牛。百祥奔盛明，字法。古先莫能儔。坡陀金蝦蟆，出見蓋有由。至尊顧之笑，王母不肯收。難顯言者，以隱語出之，詩人之體也。復歸虛無底，化作長黄虯。隱然禍不可測。飄飄青瑣郎，文彩珊瑚鉤。同郭給事意一點。浩歌渌水曲，清絶聽者愁。

後出塞五首 應是禄山搆禍奚契丹時作。

男兒生世間，及壯當封侯。戰伐有功業，焉能守舊丘？召募赴薊門，軍動不可留。千金買馬鞍，百金裝刀頭。閭里送我行，親戚擁道周。斑白居上列，酒酣進庶羞。少年别有贈，含笑看吴鈎。

朝進東門營，暮上河陽橋。落日照大旗，馬鳴風蕭蕭。平沙列萬幕，部伍各見招。中天懸明月，令嚴夜寂寥。悲笳數聲動，壯士慘不驕。借問大將誰？恐是霍嫖姚。

寫軍容之盛，軍令之嚴，如干將莫耶出匣，寒光相向。

古人重守邊，今人重高勳。豈知英雄主，出師亘長雲。六合已一家，四夷且孤軍。遂使貔虎士，奮身勇所聞。拔劍擊大荒，日收胡馬群。誓開玄冥北，玄冥北可開乎？持以奉吾君！

獻凱日繼踵，兩蕃奚與契丹爲兩蕃。静無虞。漁陽豪俠地，擊鼓吹笙竽。雲帆轉遼海，粳稻來東吴。越羅與楚練，照耀輿臺軀。悲憤。主將位益崇，氣驕凌上都。邊人不敢議，議者死路衢。隱有欲叛之勢。

我本良家子，出師亦多門。將驕益愁思，身貴不足論。躍馬二十年，恐孤明主恩。坐見幽州騎，長驅河洛昏。中夜間道歸，故里但空邨。惡名倖脱免，窮老無兒孫。

人人皆欲趨賞立功，而一人獨求脱惡名，願立節，不願從叛逆也。末章特表而出之。俗作『恐辜明主恩』，非『孤恩』。無『辜恩』，如『陵雖孤恩』可證也。

自京赴奉先縣咏懷五百字

天寶十四載冬十月，上幸華清宫。十一月，禄山反，詩應作於將反時。

杜陵有布衣，老大意轉拙。許身一何愚，竊比稷與契。居然成濩落，白首甘契闊。蓋棺事則已，此志常覬豁。

窮年憂黎元，嘆息腸内熱。取笑同學翁，浩歌彌激烈。非無江海志，瀟灑送日月。生逢堯舜君，不忍便永訣。當今廊廟具，構厦豈云缺。葵藿傾太陽，物性固莫奪。顧惟螻蟻輩，但自求其穴。胡爲慕大鯨，輒擬偃溟渤？以兹誤生理，獨耻事干謁。兀兀遂至今，忍爲塵埃没！終愧巢與由，未能易其節。沉飲聊自遣，放歌破愁絶。『窮年憂黎元』至『放歌破愁絶』，反反覆覆，淋漓顛倒，此古人不可及處。

歲暮百草零，疾風高岡裂。天衢陰峥嶸，客子中夜發。霜嚴衣帶斷，指直不得結。凌晨過驪山，御榻在嵽嵲。蚩尤塞寒空，蹴踏崖谷滑。瑶池氣鬱律，羽林相摩戛。君臣留歡娱，樂動殷膠葛。賜浴皆長纓，與宴非短褐。議衛之盛、賜予之濫、内戚之奢。從行路所經，傳出胸中鬱結、言外隱憂。

彤庭所分帛，本自寒女出。鞭撻其夫家，聚斂貢城闕。聖人筐篚恩，實欲邦國活。臣如忽至理，君豈棄此物？多士盈朝廷，仁者宜戰慄。况聞内金盤，盡在衛霍室。中堂舞神仙，烟霧蒙玉質。暖客貂鼠裘，悲管逐清瑟。勸客駝蹄羹，霜橙壓香橘。牧之云：『雨露偏金穴，乾坤入醉鄉。』事勢至此，雖欲不亂，不可得也。朱門酒肉臭，路有凍死骨。榮枯咫尺異，惆悵難再述。

北轅就涇渭，官渡又改轍。一路至奉先。群冰從西下，極目高崒兀。疑是崆峒來，恐觸天柱折。河梁幸未坼，枝撑聲窸窣。行旅相攀援，川廣不可越。涇渭之冰從隴西而下，故疑來自崆峒也。

老妻寄異縣，十口隔風雪。誰能久不顧？庶往共饑渴。潘岳云『誰與共歲寒』，此云『庶往共饑渴』，千古情至語。入門聞號咷，幼子饑已卒。吾寧舍一哀，里巷亦嗚咽。所愧爲人父，無食致夭折。豈知秋禾登，貧窶有倉卒。即『年豐啼饑』意。生常免租税，名不隸征伐。撫迹猶酸辛，平人固騷屑。默思失業徒，因念遠戍卒。憂國憂民，一齊皆到。憂端齊終南，五字平。澒洞不可掇。五字仄。

前叙抱負，次述道途所經，末述到家情事，身際困窮，心憂天下，自是希稷契人語也；中間叙事夾議論以行。此種詩深得變雅之體。

此篇及《北征》，因長篇，畫分段落。

述懷

去年潼關破，妻子隔絶久。今夏草木長，脱身得西走。麻鞋見天子，衣袖露兩肘。朝廷愍生還，親故傷老醜。涕泪受拾遺，流離主恩厚。柴門雖得去，未忍即開口。寄書問三川，不知家在否。比聞同罹禍，殺戮到鷄狗。山中漏茅屋，誰復依户牖？摧頽蒼松根，地冷骨未朽。幾人全性命，盡室豈相偶？嶔岑猛虎場，鬱結回我首。自寄一封書，今已十月後。反畏消息來，寸心亦何有？漢運初中興，生平老耽酒。沉思歡會處，恐作窮獨叟。

『反畏消息來』二語妙在反接，若云『不見消息來』，意淺薄矣。作詩須如此用筆。

陸德明釋《左傳》序中，興，丁仲反音衆，理當興也，前人俱作衆音。

塞蘆子 屯兵以塞此關也。

五城何迢迢，迢迢隔河水。邊兵盡東征，城内空荆杞。思明史。割懷衛，秀巖高。西未已。回略大荒來，崤函蓋虚爾。延州秦北户，關防猶可倚。焉得一萬人，疾驅塞蘆子？岐有薛大夫，景仙。傍制山賊起。近聞昆戎徒，爲退三百里。蘆關扼兩寇，思明、秀巖。深意實在此。誰能叫帝閽，胡行速如鬼！

結意見宜急爲制防，否則如鬼之速西來，恐不及禦也。

送長孫九侍御赴武威判官

驄馬新鑿蹄，銀鞍被來好。綉衣黄白郎，騎向交河道。問君適萬里，取别何草草。天子憂凉州，嚴程到須早。去秋群胡反，不得無電掃。此行牧遺甿，風俗方再造。族父杜鴻漸。領元戎，名聲國中老。奪我同官良，飄飖按城堡。使我不能餐，令我惡懷抱。若人才思闊，溟漲浸絶島。樽前失詩流，塞上得國寶。皇天悲送遠，雲雨白浩浩。接入送別，有力。東郊尚烽火，朝野色枯槁。西極柱亦傾，如何正穹昊。

送樊二十三侍御赴漢中判官

威弧不能弦，自爾無寧歲。比體，言不能早制防也。川谷血横流，豺狼沸相噬。天子從北來，長驅振凋敝。頓兵岐梁下，却跨沙漠裔。二京陷未收，四極我得制。蕭索漢水清，緬通淮河税。使者紛星散，王綱尚旒綴。南伯從事賢，漢中王瑀。君行立談際。坐知七曜歷，手畫三軍勢。冰雪净聰明，雷霆走精鋭。幕府綴諫官，朝廷無此例。諫官作判，見破例用。至尊方旰食，仗爾布嘉惠。補闕暮徵入，柱史晨征憩。正當艱難時，實藉長久計。迴風吹獨樹，白日照執袂。慟哭蒼煙根，山門萬重閉。居人自謂。莽牢落，遊子謂樊。方迢遞。徘徊悲生離，局促老一世。陶唐歌遺民，後漢更列帝。我無匡復資，聊欲從此逝。

送從弟亞赴河西判官

南風作秋聲，起勢奇杰。殺氣薄炎熾。盛夏鷹隼擊，時危異人至。令弟草中來，蒼然請論事。詔書引上殿，奮舌動天意。兵法五十家，爾腹爲篋笥。應對如轉丸，疏通略文字。經綸皆新語，足以正神器。宗廟尚爲灰，君臣俱下泪。崆峒地無軸，青海天軒輊。西極最瘡痍，連山暗烽燧。帝曰大布衣，藉卿佐元帥。坐看清流沙，所以子奉使。歸當再前席，適遠非歷試。須存武威郡，爲畫長久利。孤峰石戴驛，快馬金纏轡。黄羊飫不膻，蘆酒多還醉。踴躍常人情，慘澹苦士志。安邊敵何有，反正計始遂。吾聞駕鼓車，不合用騏驥。龍吟回其頭，夾輔待所致。

送韋十六評事充同谷郡防禦判官

昔没賊中時，潛與子同遊。今歸行在所，王事有去留。逼側兵馬間，主憂急良籌。子雖軀幹小，老氣橫九州。挺身艱難際，張目視寇讎。朝廷壯其節，奉詔令參謀。鑾輿駐鳳翔，同谷爲咽喉。西扼弱水道，南鎮枹罕陬。此邦承平日，剽劫吏所羞。况乃胡未滅，控帶莽悠悠。府中韋使君，道足示懷柔。令侄才俊茂，二美又何求。受詞太白脚，走馬仇池頭。古色沙土裂，積陰雪雲稠。羌父豪猪靴，羌兒青兕裘。吹角向月窟，蒼山旌旆愁。鳥驚出死樹，龍怒拔老湫。見屯兵之盛，鳥驚龍怒也。古來無人境，今代橫戈矛。傷哉文儒士，憤激馳林丘。中原正格鬭，後會何緣由。百年賦命定，豈料沉與浮。且復戀良友，握手步道周。論兵遠壑净，亦可縱冥搜。題詩得秀句，札翰時相投。

彭衙行

憶昔通首追叙，故用『憶昔』二字領起。避賊初，北走經險艱。夜深彭衙道，月照白水山。盡室久徒步，逢人多厚顔。參差谷鳥吟，不見遊子還。痴女饑咬我，啼畏虎狼聞。懷中掩其口，反側聲愈嗔。小兒强解事，故索苦李餐。一旬半雷雨，泥濘相牽攀。既無禦雨備，徑滑衣又寒。有時經契闊，竟日數里間。野果充糇糧，卑枝成屋椽。早行石上水，暮宿天邊煙。少留同家窪，欲出蘆子關。故人有孫宰，高義薄層雲。延客已曛黑，張燈啓重門。暖湯濯我足，翦紙招我魂。從此出妻孥，相視涕闌干。衆雛爛漫睡，唤起沾盤飧。誓將與夫子，永結爲弟昆。遂空所坐堂，安居奉我歡。誰肯艱難際，豁達露心肝。别來歲月周，胡羯仍構患。何當有翅翎，飛去墮爾前。末四句收出本意。

北征

公家鄜州在鳳翔東北，故云北征。

時諫房琯事後。北歸至鳳翔，墨制放往鄜州作。按鄜在鳳翔東北，故曰北征。

皇帝二載秋，閏八月初吉。竟用文筆叙起，老氣無敵。杜子將北征，蒼茫問家室。

維時遭艱虞，朝野無暇日。顧慚恩私被，詔許歸蓬蓽。拜辭詣闕下，怵惕久未出。雖乏諫諍姿，恐君有遺失。君誠中興主，經緯固密勿。東胡反未已，臣甫憤所切。揮涕戀行在，道途猶恍惚。此叙起身。乾坤含瘡痍，憂虞何時畢？

靡靡逾阡陌，人烟眇蕭瑟。所遇多被傷，呻吟更流血。回首鳳翔縣，旌旗晚明滅。前登寒山重，屢得飲馬窟。一段叙途中所經。邠郊入地底，涇水中蕩潏。猛虎立我前，蒼崖吼時裂。菊垂今秋花，石戴古車轍。青雲動高興，幽事亦可悦。山果多瑣細，羅生雜橡栗。或紅如丹砂，或黑如點漆。雨露之所濡，甘苦齊結實。緬思桃源内，益嘆身世拙。坡陀望鄜時，巖谷互出没。我行已水濱，我僕猶木末。一幅旅行畫圖。鴟鳥鳴黄桑，野鼠拱亂穴。夜深經戰場，寒月照白骨。潼關百萬師，往者散何卒？遂令半秦民，殘害爲異物。

况我墮胡塵，以下叙到家。及歸盡華髮。經年至茅屋，妻子衣百結。慟哭松聲回，悲泉共幽咽。平生所嬌兒，顔色白勝雪。見耶背面啼，垢膩脚不襪。床前兩小女，補綴〔一〕才過膝。海圖拆〔二〕波濤，舊綉移曲折。天吴及紫鳳，顛倒在裋褐。老夫情懷惡，歐〔三〕泄卧數日。那無囊中帛，

〔一〕綴，《全唐詩》等作『綻』，清代仇兆鰲《杜詩詳注》亦作『綴』。

〔二〕拆，應爲坼。

〔三〕歐，應爲嘔。

救汝寒凛栗。粉黛亦解包，衾裯稍羅列。瘦妻面復光，痴女頭自櫛。學母無不爲，曉妝隨手抹。移時施朱鉛，狼藉畫眉闊。到家後叙瑣屑事，從《東山》詩『有敦瓜苦，烝在栗薪』悟出。生還對童稚，似欲忘飢渴。問事競挽鬚，誰能即嗔喝？翻思在賊愁，甘受雜亂聒。新歸且慰意，生理焉得說？至尊尚蒙塵，到家後悲喜交集，詞尚未了，忽然入至尊蒙塵一語，直起突接，用筆不可捉摸。幾日休練卒？仰觀天色改，坐覺妖氛豁。陰風西北來，慘澹隨回紇。其王願助順，其俗善馳突。送兵五千人，驅馬一萬匹。此輩少爲貴，四方服勇決。此言借筆回紇，後有隱憂。所用皆鷹騰，破敵過箭疾。聖心頗虛佇，時議氣欲奪。虛佇，謂帝望回紇；氣奪，謂群議沮喪。

伊洛指掌收，西京不足拔。官軍請深入，蓄銳可俱發。此舉開青徐，旋瞻略恒碣。此公之將略，即所云『聞道河陽近乘勝，司徒急爲破幽燕』也，與李泌之議正同。昊天積霜露，正氣有肅殺。禍轉亡胡歲，勢成擒胡月。胡命其能久？皇綱未宜絶。

憶昨狼狽初，事與古先別：奸臣竟菹醢，同惡隨蕩析。不聞夏殷衰，中自誅褒妲。周漢獲再興，宣光果明哲。立言得體，歸美於君。褒妲，應是妹妲。桓桓陳將軍，仗鉞奮忠烈。微爾人盡非，於今國猶活。

凄涼大同殿，寂寞白獸闥。都人望翠華，佳氣向金闕。園陵固有神，灑掃數不缺。煌煌太宗業，樹立甚宏達！結意正大，即『五陵佳氣無時無』意，如此方收得足。

短篇突然而起，悠然而止，不必另綴起結。長篇必鋪叙有倫，起結整齊，方爲合格。讀杜詩須從此等大篇著意。

漢魏以來，未有此格，少陵特爲開出。公之忠愛、謀略具見，詩史、詩聖，應以此等目之。

玉華宫貞觀時建。

溪回松風長，蒼鼠竄古瓦。故宫凄凉之況。不知何王殿，遺構絶壁下。後廢爲寺，故云『不知』，且亦爲本朝諱也。陰房鬼火青，壞道哀湍瀉。萬籟真笙竽，秋色正瀟灑。美人爲黄土，況乃粉黛假。當時侍金輿，故物獨石馬。憂來借草坐，浩歌泪盈把。冉冉征途間，誰是長年者？

九成宫本隋仁壽宫，太宗修之以避暑，因更名。

蒼山入百里，崖斷如杵臼。曾宫憑風回，岌嶪土囊口。立神扶棟梁，鑿翠開户牖。其陽産靈芝，其陰宿牛斗。紛披長松倒，揭巘怪石走。哀猿啼一聲，客泪迸林藪。荒哉隋家帝，制此今頹朽。向使國不亡，焉爲巨唐有。有後車之戒意。雖無新增修，尚置官居守。巡非瑶水遠，迹是雕墻後。我行屬時危，仰望嗟嘆久。天王守太白，鳳翔有太白山。駐馬更搔首。

羌邨三首

峥嶸赤雲西，日脚下平地。柴門鳥雀噪，歸客千里至。妻孥怪我在，驚定還拭淚。驚定拭淚，最真。世亂遭飄蕩，生還偶然遂！鄰人滿墻頭，感嘆亦歔欷。夜闌更秉燭，相對如夢寐。不再添一二語，高絶。

晚歲迫偷生，還家少歡趣。嬌兒不離膝，畏我復却去。憶昔好追凉，故繞池邊樹。與『昔我往矣，楊柳依依』四語相同。蕭蕭北風勁，撫事煎百慮。賴知禾黍收，已覺糟床注。如今足斟酌，且用慰遲暮。

群鷄正亂叫，客至鷄鬥争。邨落景。驅鷄上樹木，始聞叩柴荆。父老四五人，問我久遠行。存問也。手中各有携，傾榼濁復清。莫辭酒味薄，黍地無人耕。荒亂之苦，從父老口中傳出。兵戈既未息，兒童盡東征。請爲父老歌，此少陵歌也。艱難愧深情。歌罷仰天嘆，四座淚縱横。

三章字字從肺腑鏤出，又似人人所能道者，變風之義歟，漢京之音歟！

義鶻行

陰崖有蒼鷹，養子黑柏顛。白蛇登其巢，吞噬恣朝餐。雄飛遠求食，雌者鳴辛酸。力强不可制，黄口無半存。其父從西歸，翻身入長煙。斯須領健鶻，痛憤寄所宣。細細摹寫，《史記》鉅鹿之戰，荆軻刺秦王，是此種筆墨。斗上捩孤影，噭哮來九天。修鱗脱遠枝，巨顙坼老拳。高空得蹭蹬，短草辭蜿蜒。折尾能一掉，飽腸皆已穿。生雖滅衆雛，死亦垂千年。物情有報復，快意貴目前。茲實鷙鳥最，急難心炯然。功成失所往，用舍何其賢。如魯連之却賞。近經潏水湄，此事樵夫傳。飄蕭覺素髮，凛欲衝儒冠。人生許與分，只在顧盼間。又如延陵掛劍。聊爲義鶻行，用激壯士肝。

畫鶻行

高堂見生鶻，颯爽動秋骨。初驚無拘攣，何得立突兀。乃知畫師妙，功刮造化窟。寫此神駿姿，充君眼中物。烏鵲滿樛枝，軒然恐其出。側腦看青霄，寧爲衆禽没。長翮如刀劍，人寰可超越。乾坤空峥嶸，粉墨且蕭瑟。緬思雲沙際，自有烟霧質。吾今意何傷，顧步獨紆鬱。

贈衛八處士

人生不相見，動如參與商。今夕復何夕，共此燈燭光。驚喜之句。少壯能幾時，鬢髮各已蒼。訪舊半爲鬼，驚呼熱中腸。焉知二十載，重上君子堂。昔别君未婚，兒女忽成行。怡然敬父執，問我來何方。問答未及已，驅兒羅酒漿。夜雨翦春韭，新炊閒黄粱。主稱會面難，一舉累十觴。十觴亦不醉，感子故意長。明日隔山嶽，世事兩茫茫。

新安吏 以下六詩皆言相州師潰後事。

客行新安道，喧呼聞點兵。借問新安吏：『縣小更無丁？』猶幾無丁也。『府帖昨夜下，古樂府題。次選中男行。』『中男絶短小，何以守王城？』唐制十八以上爲中男，二十二成丁。肥男有母送，瘦男獨伶俜。白水暮東流，言行者。青山猶哭聲。言居者。莫自使眼枯，收汝淚縱横。眼枯即見骨，天地終無情！我軍取相州，日夕望其平。豈意賊難料，歸軍星散營。就糧近故壘，練卒依舊京。此送行者寬慰之詞。掘壕不到水，牧馬役亦輕。況乃王師順，撫養甚分明。送行勿泣血，僕射如父兄。此指郭子儀。

諸詠身所見聞事，運以古樂府神理，驚心動魄，疑古疑神，千古誰能措手！

潼關吏

此相州敗後築潼關以備寇也。

士卒何草草，築城潼關道。大城鐵不如，小城萬丈餘。借問潼關吏，修關還備胡。要我下馬行，吏要問者。爲我指山隅。連雲列戰格，即戰柵。飛鳥不能逾。胡來但自守，豈復憂西都。丈人視要處，窄狹容單車。艱難奮長戟，萬古用一夫。哀哉桃林戰，百萬化爲魚。請囑防關將，慎勿學哥舒。言宜守，不可輕戰。

石壕吏

暮投石壕邨，有吏夜捉人。老翁逾墻走，老婦出門看。真、文、元、寒、删、先，本一韵，不必用叶。吏呼一何怒，婦啼一何苦。聽婦前致詞，三男鄴城戍。一男附書至，二男新戰死。死於鄴城之敗。存者且媮生，死者長已矣！室中更無人，惟有乳下孫。有孫母未去，出入無完裙。老嫗力雖衰，請從吏夜歸。急應河陽役，猶得備晨炊。以上老婦之詞。夜久語聲絶，如聞泣幽咽。天明登前途，獨與老翁别。老翁逃在前途，老婦隨吏去，公獨與翁别也。

古者有兄弟，始遣一人從軍，今盡役壯丁，及於老幼婦女，民不堪命矣。

新婚别

兔絲附蓬麻，引蔓故不長。起結皆興樂府體也。嫁女與征夫，不如棄路旁。結髮爲君妻，席不暖君床。暮婚晨告别，無乃太匆忙。君行雖不遠，守邊赴河陽。妾身未分明，以新婚故。何以拜姑嫜？父母養我時，日夜令我藏。生女有所歸，鷄狗亦得將。君今往死地，沉痛迫中腸。誓欲隨君去，形勢反蒼黄。蒼黄與倉皇同。勿爲新婚念，努力事戎行。婦人在軍中，兵氣恐不揚。用《李陵傳》中意。自嗟貧家女，久致羅襦裳。羅襦不復施，對君洗紅妝。即『誰適爲容』意。仰視百鳥飛，大小必雙翔。人事多錯迕，與君永相望。

與《東山》『零雨』之詩並讀，時之盛衰可知矣。

『君今往死地』以下，層層轉換，皆發乎情，止乎禮義之語，真得國風之旨。所謂言奪蘇李，氣吞曹劉者，洵非虚美！

垂老别

四郊未寧静，垂老不得安。子孫陣亡盡，焉用身獨完？投杖出門去，同行爲辛酸。幸有牙齒存，所悲骨髓乾。男兒既甲胄，長揖别上官。老妻卧路啼，歲暮衣裳單。孰知是死别，且復傷其寒。此去必不歸，還聞勸加餐。『孰』與『熟』同，『孰知』四語，互相慰藉，而又滅去問答之迹。土門壁甚堅，杏園度亦難。勢異鄴城下，縱死時猶寬。人生有離合，豈擇衰盛端？憶昔少壯日，遲回竟長嘆。萬國盡征戍，烽火被岡巒。積屍草木腥，流血川原丹。何鄉爲樂土，透過一層。安敢尚盤桓？棄絶蓬室居，塌然摧肺肝。結有敵愾勤王意。

魏公子救趙，令獨子無兄弟者歸養。今子孫亡盡，垂老從戎，世事亦可傷矣。

無家别

寂寞天寶後，園廬但蒿藜。我里百餘家，世亂各東西。存者無消息，死者爲塵泥。賤子因陣敗，歸來尋舊蹊。人行見空巷，日瘦氣慘凄。但對狐與狸，竪毛怒我啼。四鄰何所有，一二老寡妻。宿鳥戀本枝，安辭且窮栖。方春獨荷鋤，日暮還灌畦。縣吏知我至，召令習鼓鞞。雖從本州役，内顧無所携。無妻。近行止一身，遠去終轉迷。家鄉既蕩盡，遠近理亦齊。作寬假語，彌見沉痛。永痛長病母，五年委溝谿。無母。生我不得力，終身兩酸嘶。人生無家别，何以爲烝黎。

上章以忠結，此章以壽結，可以續《三百篇》矣。

夏日嘆

夏日出東北，陵天經中街。朱光徹厚地，鬱蒸何由開。上蒼久無雷，無乃號令乖。雨降不濡物，良田起黃埃。飛鳥苦熱死，池魚涸其泥。萬人尚流冗，舉目唯蒿萊。至今大河北，化作虎與豺。浩蕩想幽薊，王師安在哉。對食不能餐，我心殊未諧。眇然貞觀初，難與數子偕。

夏夜嘆

永日不可暮，炎蒸毒我腸。安得萬里風，飄飖吹我裳。昊天出華月，茂林延疏光。仲夏苦夜短，開軒納微凉。虚明見纖毫，羽蟲亦飛揚。物情無巨細，自適固其常。念彼荷戈士，窮年守邊疆。何由一洗濯，執熱互相望。歐陽詠雪，念及四十八萬屯邊兵，亦是此意。竟夕擊刁斗，喧聲連萬方。青紫雖被體，不如早還鄉。北城悲笳發，鸛鶴號且翔。况復煩促倦，激烈思時康。

留花門

花門堡在回紇地方，時回紇留兵沙苑，故以『留花門』爲題。

北門天驕子，飽肉氣勇决。高秋馬肥健，挾矢射漢月。自古以爲患，詩人厭薄伐。修德使其來，羈縻固不絶。胡爲傾國至，出入暗金闕。中原有驅除，隱忍用此物。公主歌黄鵠，君王指白日。連雲屯左輔，百里見積雪。長戟鳥休飛，哀笳曙幽咽。田家最恐懼，麥倒桑枝折。沙苑臨清渭，泉香草豐潔。渡河不用船，千騎常撇烈。胡塵踰太行，雜種抵京室。花門既須留，原野轉蕭瑟。

西枝邨尋置草堂地夜宿贊公土室二首

出郭眄細岑，披榛得微路。溪行一流水，曲折方屢渡。贊公湯休徒，好静心迹素。昨枉霞上作，盛論巖中趣。怡然共携手，恣意同遠步。捫蘿澀先登，陟巘眩反顧。要求陽岡暖，苦陟陰嶺沍。惆悵老大藤，沉吟屈蟠樹。卜居意未展，杖策回且暮。層巔餘落日，早蔓已多露。

大寒鳥已歸，月出山更静。土室延白光，松門耿疏影。躋攀倦日短，語樂寄夜永。明然林中薪，暗汲石底井。大師京國舊，德業天機秉。從來支許遊，興趣江湖迥。數奇謫關塞，從京師謫此。道廣存箕潁。何知戎馬間，復接塵事屏。幽尋豈一路，遠色有諸嶺。晨光稍朦朧，更越西南頂。

前首西枝邨尋置草堂地，後首夜宿贊公土室，此分章體也。

佳人

絶代有佳人，幽居在空谷。自云良家子，零落依草木。關中昔喪亂，兄弟遭殺戮。官高何足論，不得收骨肉。世情惡衰歇，萬事隨轉燭。夫婿輕薄兒，新人美如玉。合昏尚知時，鴛鴦不獨宿。但見新人笑，那聞舊人哭。在山泉水清，出山泉水濁。自寫貞潔，或以在山比新人，出山比自己，即詩人涇以渭濁意亦可。侍婢賣珠回，牽蘿補茅屋。摘花不插髮，採柏動盈掬。天寒翠袖薄，日暮倚修竹。不下議論，而言外可思。

夢李白二首此白長流夜郎後事。

死别已吞聲，生别常惻惻。江南瘴癘地，逐客無消息。故人入我夢，明我長相憶。恐非平生魂，路遠不可測。魂來楓林青，魂返關塞黑。點綴楚詞，恍恍惚惚，使讀者惘然如夢。君今在羅網，何以有羽翼。落月滿屋梁，猶疑照顔色。水深波浪闊，無使蛟龍得。

浮雲終日行，遊子久不至。三夜頻夢君，情親見君意。告歸常局促，苦道來不易。江湖多風波，舟楫恐失墜。『明我長相憶』『情親見君意』，此兩人精神感通處。出門搔白首，若負平生志。冠蓋滿京華，斯人獨憔悴。悲憤。孰云網恢恢，將老身反累。千秋萬歲名，寂寞身後事。

鐵堂峽一路自秦州赴同谷縣紀行。

山風吹遊子，縹緲乘險絶。硤形藏堂隍，壁色立積鐵。徑摩穹蒼蟠，石與厚地裂。修纖無垠竹，嵌空太始雪。威遲哀壑底，徒旅慘不悦。水寒長冰横，我馬骨正折。生涯抵弧矢，盜賊殊未滅。飄蓬踰三年，回首肝肺熱。

鹽井《蜀都賦》，家有鹽泉之井。

鹵中草木白，青者官鹽煙。官作既有程，煮鹽煙在川。汲井歲搰搰，出車日連連。自公斗三百，轉致斛六千。君子慎止足，小人苦喧闐。我何良嘆嗟，物理固自然。古今同嘆。喧闐，寫盡小人情狀。

寒硤

行邁日悄悄，山谷勢多端。雲門轉絶岸，積阻霾天寒。寒硤不可度，我實衣裳單。况當仲冬交，溯沿增波瀾。野人尋煙語，行子傍水餐。此生免苟殳，未敢辭路難。

法鏡寺

身危適他州，勉强終勞苦。神傷山行深，愁破崖寺古。嬋娟碧蘚浄，蕭摵寒籜聚。回回山根水，冉冉松上雨。泄雲蒙清晨，初日翳復吐。朱甍半光炯，户牖粲可數。拄策忘前期，出蘿已亭午。冥冥子規叫，微徑不復取。

青陽峽

塞外苦厭山，南行道彌惡。岡巒相經亘，雲水氣參錯。林迴硤角來，天窄壁面削。溪西五里石，奮怒向我落。險絶。仰看日車側，俯恐坤軸弱。魑魅嘯有風，霜霰浩漠漠。憶昨踰隴坂，高秋視吴岳。東笑蓮華卑，北知崆峒薄。超然侔壯觀，已謂殷寥廓。突兀猶趁人，及兹嘆冥漠。

石龕

熊羆咆我東，虎豹號我西。我後鬼長嘯，我前狨又啼。天寒昏無日，山遠道路迷。驅車石龕下，仲冬見虹霓。伐竹者誰子，悲歌上雲梯。爲官採美箭，五歲供梁齊。苦云直簳盡，無以充提携。奈何漁陽騎，颯颯驚蒸黎。

起勢突得，妙！若移在中間，只鋪排常語。見非暗也。謂思明餘孽。

鳳凰臺

臺在同谷東南十里。

亭亭鳳凰臺，北對西康州。西伯今寂寞，鳳聲亦悠悠。山峻路絶踪，石林氣高浮。安得萬丈梯，爲君上上頭。恐有無母雛，飢寒日啾啾。我能剖心血，飲啄慰孤愁。心以當竹實，炯然無外求。血以當醴泉，豈徒比清流。所重王者瑞，敢辭微命休。坐看彩翮長，舉意八極周。自天銜瑞圖，飛下十二樓。圖以奉至尊，鳳

意有托興。剖心瀝血，欲盡賢，以保護嗣君，贊中興之業也。

以垂鴻猷。再光中興業，一洗蒼生憂。深衷正爲此，群盜何淹留。復『心以當竹實』等句法，然應是明犯，古樂府中有此。

無母兒，指廣平王俶，時王母吴氏生子而亡也。肅宗聽張良娣言，已去建寧王倓矣，又欲動搖廣平，賴李泌言之，得免。詩意與泌同一指也。

萬丈潭

青溪含冥寞，神物有顯晦。龍依積水蟠，窟壓萬丈内。局步凌垠堮，側身下煙靄。前臨洪濤寬，五平。却立蒼石大。山色一逕盡，崖絶兩壁對。削成根虚無，倒影垂淡瀩。窅冥不測，幽險可畏。黑如灣澴底，清見光炯碎。孤雲倒來深，飛鳥不在外。此極形潭之深廣。高蘿成帷幄，此潭之外。寒木叠旌旆。遠川曲通流，嵌竇潛泄瀨。造幽無人境，發興自我輩。五仄。告歸遺恨多，將老斯遊最。閉藏修鱗蟄，出入巨石礙。五仄。何當暑天過，快意風雨會。

木皮嶺 一路自隴右赴成都紀行。

首路栗亭西，尚想鳳凰邨。季冬携童稚，辛苦赴蜀門。南登木皮嶺，艱險不易論。汗流被我體，祁寒爲之暄。遠岫争輔佐，千巖自崩奔。始知五嶽外，别有他山尊。仰干塞大明，俯入裂厚坤。孟東野所云『南山塞天地，日月石上生』，即此景。再聞虎豹斗，屢跼風水昏。高有廢閣道，摧折如短轅。下有冬青林，石上走長根。西崖特秀發，焕若靈芝繁。潤聚金碧氣，清無沙土痕。憶觀崑崙圖，目擊懸圃存。對此欲何適，默傷垂老魂。

桔柏渡

青冥寒江渡，駕竹爲長橋。竿濕煙漠漠，江永風蕭蕭。連笮動褭娜，征衣颯飄飖。急流鴇鷁散，絶岸黿鼉驕。西轅自兹異，東逝不可要。高通荆門路，闊會滄海潮。孤光隱顧眄，遊子悵寂寥。無以洗心胸，前登但山椒。

水會渡

山行有常程，中夜尚未安。微月没已久，崖傾路何難。大江動我前，洶若溟渤寬。月没復光景。篙師暗理楫，歌笑輕波瀾。霜濃木石滑，已渡矣。風急手足寒。入舟已千憂，陟巘仍萬盤。迴眺積水外，始知衆星乾。乾字不穩而穩。遠遊令人瘦，衰疾慚加餐。

飛仙閣即棧道。

土門山行窄，微徑緣秋毫。棧雲闌干峻，梯石結構牢。萬壑欹疏林，積陰帶奔濤。寒日外澹泊，長風中怒號。閣之外與中。歇鞍在地底，始覺所歷高。往來雜坐卧，人馬同疲勞。浮生有定分，饑飽豈可逃。嘆息謂妻子，我何隨汝曹。

龍門閣

清江下龍門，絶壁無尺土。長風駕高浪，浩浩自太古。危途中縈盤，仰望垂綫縷。滑石欹誰鑿，浮梁裊相拄。目眩隕雜花，頭風吹過雨。百年不敢料，一墜那得取。飽聞經瞿塘，足見度大庾。終身歷艱險，恐懼從此數。從此數，起也。

劍門

惟天有設險，劍門天下壯。連山抱西南，石角皆北向。兩崖崇墉倚，刻畫城郭狀。一夫怒臨關，百萬未可傍。珠玉走中原，岷峨氣凄愴。民苦悉索也。三皇五帝前，鷄犬各相放。后王尚柔遠，職貢道已喪。至今英雄人，高視見霸王。併吞與割據，如公孫述之類。極力不相讓。吾將罪真宰，意欲鏟疊嶂。恐此復偶然，恐復有竊據事。臨風默惆悵。

成都府

翳翳桑榆日，照我征衣裳。我行山川異，忽在天一方。但逢新人民，未卜見故鄉。大江東流去，游子日月長。曾城填華屋，季冬樹木蒼。喧然名都會，吹簫間笙簧。信美無與適，側身望川梁。鳥雀夜各歸，中原杳茫茫。以鳥雀有歸，興己之無家。初月出不高，衆星尚争光。自古有羈旅，我何苦哀傷。聊作自慰語，更苦。

自秦州至成都諸詩，奥險清削，雄奇荒幻，無所不備。山川詩老，兩相觸發，宜其有境必搜也。鬼斧神斤，至於此極。

遭田父泥飲美嚴中丞武爲京兆少尹兼御史中丞，故篇中屢稱尹。

步屧隨春風，邨邨自花柳。田翁逼社日，邀我嘗春酒。酒酣夸新尹，畜眼未見有。回頭指大男，渠是弓弩手。名在飛騎籍，長番歲時久。前日放嚳農，辛苦救衰朽。差科死則已，誓不舉家走。今年大作社，拾遺能住否。叫婦開大瓶，盆中爲我取。感此氣揚颺，須知風化首。語多雖雜亂，説尹終在口。朝來偶然出，自卯將及酉。久客惜人情，如何拒鄰叟。高聲索果栗，欲起時被肘。指揮過無禮，未覺邨野醜。月出遮我留，仍嗔問升斗。

傳出豐厚邨樸景象，而中丞之美自見，若專美中丞，便是後人酬應之作。

揚旗

原注：嚴公置酒公堂，觀騎士，試新旗幟。

江風颯長夏，府中有餘清。我公會賓客，肅肅有異聲。初筵閱軍裝，羅列照廣庭。庭空六馬入，駊騀揚旗旌。回回偃飛蓋，熠熠迸流星。來纏風飆急，去擘山嶽傾。材歸俯身盡，妙取略地平。虹霓就掌握，舒卷隨人輕。三州陷犬戎，但見西嶺青。公來練猛士，欲奪天邊城。此堂不易升，庸蜀日已寧。吾徒且加餐，休適蠻與荆。

形容數語，與《觀舞劍器》篇相似。

通泉驛南去通泉縣十五里山水作

溪行衣自濕，亭午氣始散。冬温蚊蚋在，人遠鳧鴨亂。登頓生層陰，欹傾出高岸。驛樓衰柳側，縣郭輕煙畔。一川何綺麗，盡日窮壯觀。山色遠寂寞，江光夕滋漫。傷時愧孔父，去國同王粲。我生苦飄零，所歷有嗟嘆。

過郭代公故宅

豪俊初未遇，其迹或脱略。代公尉通泉，放意何自若。及夫登衮冕，直氣森噴薄。磊落見異人，豈伊常情度。定策神龍後，宫中翕清廓。俄頃辨尊親，指揮存顧託。群公有慚色，王室無削弱。迥出名臣上，丹青照臺閣。我行得遺迹，池館皆疏鑿。壯公臨事斷，顧步涕横落。精魂凛如在，所歷終蕭索。高咏寶劍篇，神交付冥漠。

『俄頃辨尊親』二語，極狀其敏而能斷。杜詩出色處，必有此一二語壓服衆人。

山寺 原注：章留後同遊。

野寺根石壁，諸龕遍崔嵬。前佛不復辨，百身一莓苔。雖有古殿存，世尊亦塵埃。如聞龍象泣，足令信者哀。使君騎紫馬，捧擁從西來。樹羽静千里，臨江久徘徊。山僧衣藍縷，告訴棟梁摧。公爲顧賓從，咄嗟檀施開。吾知多羅樹，却倚蓮華臺。諸天必歡喜，鬼物無嫌猜。以兹撫士卒，孰曰非周才。窮子失浄處，高人憂禍胎。歲晏風破肉，荒林寒可回。思量入道苦，自哂同嬰孩。

以茲奉佛之心撫取士卒，豈非弘濟天下才乎，蓋引之於正也。

太子張舍人遺織成褥段

客從西北來，遺我翠織成。開緘風濤涌，中有掉尾鯨。逶迤羅水族，瑣細不足名。客云充君褥，承君終宴榮。空堂魑魅走，高枕形神清。領客珍重意，顧我非公卿。留之懼不祥，施之混柴荆。服飾定尊卑，大哉萬古程。今我一賤老，裋褐更無營。煌煌珠宫物，寢處禍所嬰。嘆息當路子，干戈尚縱横。掌握有權柄，衣馬自肥輕。李鼎死岐陽，實以驕貴盈。來瑱賜自盡，氣豪直阻兵。皆聞黄金多，坐見悔吝生。奈何田舍翁，受此厚貺情。錦鯨卷還客，始覺心和平。振我粗席塵，愧客茹藜羹。

李鼎之死，史未之載；來瑱之死，出於裴茂之誣。然侈肆不節，實有之也。借小物發出正論，儆戒不少。

草堂

昔我去草堂，蠻夷塞成都。今我歸草堂，成都適無虞。請陳初亂時，反覆乃須臾。大將赴朝廷，群小起異圖。嚴武入朝，徐知道反。中宵斬白馬，盟歃氣已粗。西取邛南兵，北斷劍閣隅。布衣數十人，亦擁專城居。其勢不兩大，始聞蕃漢殊。西卒却倒戈，賊臣互相誅。李忠厚殺知道。焉知肘腋禍，自及梟獍徒。義士皆痛憤，紀綱亂相踰。一國實三公，萬人欲爲魚。唱和作威福，孰肯辨無辜。眼前列杻械，背後吹笙竽。談笑行殺戮，濺血滿長衢。到今用鉞地，風雨聞號呼。鬼妾與鬼馬，色悲充爾娱。國家法令在，此又足驚吁。賤子且奔走，三年望東吴。弧矢暗江海，難爲遊五湖。不忍竟捨此，復來薙榛蕪。重歸。入門四松在，步屧萬竹疏。舊犬喜我歸，低徊入衣裾。鄰舍喜我歸，酤酒携胡蘆。大官喜我來，遣騎問所須。城郭喜我來，賓客隘村墟。木蘭詩句法。天下尚未寧，健兒勝腐儒。飄摇風塵際，何地置老夫。於時見疣贅，骨髓幸未枯。飲啄愧殘生，食薇不敢餘。

四松

四松初移時，大抵三尺强。別來忽三歲，離立如人長。會看根不拔，莫計枝凋傷。幽色幸秀發，疏柯亦昂藏。所插小藩籬，本亦有堤防。終然振撥損，得愧千葉黄。敢爲故林主，黎庶猶未康。希稷契語。避賊今始歸，春草滿空堂。覽物嘆衰謝，及兹慰淒凉。清風爲我起，灑面若微霜。足爲送老姿，聊待偃蓋張。我生無根蒂，配爾亦茫茫。有情且賦詩，事迹可兩忘。勿矜千載後，慘淡蟠穹蒼。

暇日小園散病將種秋菜督勤耕牛兼書觸目

不愛入州府，畏人嫌我真。及乎歸茅宇，旁舍未曾嗔。老病忌拘束，應接喪精神。江村意自放，林木心所欣。秋耕屬地濕，山雨近甚匀。冬菁飯之半，牛力晚來新。深耕種數畝，未甚後四鄰。嘉蔬既不一，名數頗具陳。荆巫非苦寒，采擷接青春。飛來兩白鶴，暮啄泥中芹。兼書觸目。雄者左翮垂，損傷已露筋。一步再流血，尚驚矰繳勤。三步六號叫，志屈悲哀頻。鸞凰不相待，側頸訴高旻。杖藜俯沙渚，爲汝鼻酸辛！

述古

市人日中集，於利競錐刀。置膏烈火上，哀哀自煎熬。農人望歲稔，相率除蓬蒿。所務穀爲本，邪贏無乃勞。舜舉十六相，身尊道何高。秦時任商鞅，法令如牛毛。

古今治亂，判於此議論之純乎純者。謂作詩必斥議論，豈通論耶？

送重表侄王砅評事使南海

砅，音傳，郭璞《江賦》云『砅崖鼓作』，又音厲。

我之曾祖姑，爾之高祖母。傳志體，作詩真大手筆。爾祖未顯時，歸爲尚書婦。隋朝大業末，房杜俱交友。長者來在門，荒年自糊口。家貧無供給，客位但箕帚。俄頃羞頗珍，寂寥人散後。入怪鬢髮空，吁嗟爲之久。自陳剪髻鬟，鬻市充杯酒。上云天下亂，宜與英俊厚。向竊窺數公，經綸亦俱有。次問最少年，虬髯十八九。子等成大名，皆因此人手。下云風雲合，龍虎一吟吼。願展丈夫雄，得辭兒女醜。風雲龍虎，從婦人眼中看出大識，見大文字。秦王時在坐，倒插秦王，史公筆力。真氣驚户牖。及乎貞觀初，尚書踐台斗。夫人常肩輿，上殿稱萬壽。六宫師柔順，法則化妃后。至尊均嫂叔，盛事垂不朽。以上叙親戚而追述當時之事，以下就王評事言見離別意。鳳雛無凡毛，五色非爾曹。往者胡作逆，乾坤沸嗷嗷。吾客左馮翊，爾家同遁逃。争奪至徒步，塊獨委蓬蒿。逗留熱爾腸，十里却呼號。自下所騎馬，右持腰間刀。點化參錯變化。左牽紫游韁，飛走使我高。苟活到今日，寸心銘佩牢。亂離又聚散，宿昔恨滔滔。水花笑白首，春草隨青袍。廷評近要津，接入使南海。節制收英髦。北驅漢陽傳，南泛上瀧舠。家聲肯墜地，家聲收，應前文，此作法也。利器當秋毫。番禺親賢領，籌運神功操。大夫出盧宋，寶貝休脂膏。大夫謂李勉，言勉可接盧奂、宋璟而出其上也。洞主降接武，海胡舶千艘。我欲就丹砂，因交趾有丹砂，故以遊仙作結，亦送人一體。跋涉覺身勞。安能陷糞土，有志乘鯨鰲。或驂鸞騰天，聊作鶴鳴皋。

按史，王珪母李氏非杜，而珪於建成亡後，太宗始召用之，後爲禮部尚書，與篇中所云絶不相合。起手云歸爲尚書婦，又是妻而非母，而貞觀時亦無他人王姓而踐台斗者。少陵述曾祖姑，不應不實，存以闕疑可也。

望嶽 此衡岳即岣嶁山也。

南岳配朱鳥，赤帝其精爲朱鳥。秩禮自百王。欻吸領地靈，鴻洞半炎方。邦家用祀典，在德非馨香。巡狩何寂寥，有虞今則亡。洎吾隘世網，行邁越瀟湘。渴日旱日也。絶壁出，漾舟清光旁。祝融五峰尊，峰峰次低昂。紫蓋獨不朝，争長業相望。恭聞魏夫人，晋司徒魏舒女。群仙夾翱翔。有時五峰氣，散風如飛霜。牽迫恨修途，未暇杖崇岡。歸來覬命駕，沐浴休玉堂。三嘆問府主，曷以贊我皇。封内山川府主祭之。牲璧忍衰俗，神其思降祥。

靈光縹緲，氣象肅穆，漢人《練時日》《帝臨》等章是此詩原本。

杜詩偶評卷二

長洲沈德潛碻士纂
後學潘承松森千校閱

七言古詩

兵車行

車轔轔，馬蕭蕭，行人弓箭各在腰。耶孃妻子走相送，塵埃不見咸陽橋。牽衣頓足攔道哭，哭聲直上干雲霄。道傍過者問行人，行人但云點行頻。設爲役夫問答之詞，聲音節奏，從古樂府得來。或從十五北防河，便至四十西營田。去時里正與裹頭，歸來頭白還戍邊。邊庭流血成海水，武皇開邊意未已。一語點破主意。君不聞，漢家山東二百州，太行山東，秦晋之地皆是。千村萬落生荆杞。縱有健婦把鋤犁，禾生隴畝無東西。况復秦兵耐苦戰，被驅不異犬與鷄。長者雖有問，役夫敢申恨？純於離披欹側處見行文之妙。且如今年冬，未休關西卒。縣官急索租，租稅從何出？信知生男惡，反是生女好。反人情之常，極寫苦情也。生女猶得嫁比鄰，生男埋没隨百草。君不見，青海頭，古來白骨無人收。新鬼煩冤舊鬼哭，天陰雨濕聲啾啾！以人哭起，以鬼哭結，有意無意，作法最奇。

此詩爲明皇用兵吐蕃而作，會古樂府變雅之神。縱筆所之，猶龍夭矯，可以泣鬼神矣。

玄都壇歌寄元逸人

故人昔隱東蒙峰，已佩含景蒼精龍。故人今居子午谷，獨在陰崖結茅屋。屋前太古玄都壇，漢武所築。青石漠漠松風寒。子規夜啼山竹裂，言其聲之哀。王母晝下雲旗翻。言仙真之載雲旗而下。知君此計成長往，芝草琅玕日應長。鐵鎖高垂不可攀，致身福地何蕭爽。

高都護驄馬行 高仙芝

安西都護胡青驄，聲價欻然來向東。此馬臨陣久無敵，與人一心成大功。與「真堪托死生」印證。功成惠養隨所致，飄飄遠自流沙至。雄姿未受伏櫪恩，猛氣猶思戰場利。腕促蹄高如踣鐵，交河幾蹴層冰裂。五花散作雲滿身，萬里方看汗流血。長安壯兒不敢騎，走過掣電傾城知。青絲絡頭爲君老，何由却出横門道？

通體極形神勇，末思馳驅戰場，隱然爲老將寫照，猶言『老驥伏櫪，志在千里』也。横，讀光，横門，出西域之路也。

天育驃騎圖歌 天育，厩名。

吾聞天子穆天子。之馬走千里，今之畫圖無乃是？是何意態雄且傑，駿尾蕭梢朔風起。毛爲緑縹兩耳黄，眼有紫焰雙瞳方。矯矯龍性合變化，卓立天骨森開張。伊昔太僕張景順，監牧攻駒閲清峻。遂令大奴守天育，别養驥子憐神俊。當時四十萬匹馬，張公嘆其材盡下。故獨寫真傳世人，見之座右久更新。年多物化空形影，嗚呼健步無由騁。如今豈無騕褭與驊騮？時無王良伯樂死即休！

目中無物，敢下此筆！摹寫入神。

醉時歌 原注：贈廣文館博士鄭虔。

諸公衮衮登臺省，廣文先生官獨冷。甲第紛紛厭粱肉，廣文先生飯不足。轉韵出韵，七言偶見。先生有道出羲皇，先生有才過屈宋。德尊一代常坎坷，名垂萬古知何用！杜陵野客人更嗤，被褐短窄鬢如絲。日糴太倉五升米，時赴鄭老同襟期。得錢即相覓，沽酒不復疑。忘形到爾汝，痛飲真吾師。清夜沉沉動春酌，燈前細雨檐花落。但覺高歌有鬼神，焉知餓死填溝壑？六語悲壯淋漓，學杜全在此處。相如逸才親滌器，子雲識字終投閣。先生早賦歸去來，石田茅屋荒蒼苔。儒術於我何有哉，孔丘盜跖俱塵埃。本《莊子·盜跖篇》意見，賢愚同盡，不如托之飲酒也。不須聞此意慘愴，生前相遇且銜杯！

醉歌行 原注：别從侄勤落第歸。

陸機二十作《文賦》，汝更小年能綴文。總角草書又神速，世上兒子徒紛紛。驊騮作駒已汗血，鷙鳥舉翮連青雲。詞源倒流三峽水，筆陣獨掃千人軍。只今年才十六七，射策君門期第一。舊穿楊葉真自知，預射策意。暫蹶霜蹄未爲失。頂驊騮。偶然擢秀非難取，言終當識拔也。會是排風有毛質。汝身已見唾成珠，汝伯何由髮如漆。春光淡沱秦東亭，渚蒲芽白水荇青。風吹客衣日杲杲，樹攪離思花冥冥。送别情景突然接入，開後人無限法門。酒盡沙頭雙玉瓶，衆賓皆醉我獨醒。乃知貧賤别更苦，吞聲躑躅涕泪零。醉歌意只一點，與贈鄭作各别。

送孔巢父謝病歸遊江東兼呈李白 浙江之東。

巢父掉頭不肯住，東將入海隨烟霧。詩卷長留天地間，釣竿欲拂珊瑚樹。深山大澤龍蛇遠，春寒野陰風景暮。東遊之境。蓬萊織女回雲車，指點虛無是征路。李杜多縹緲恍惚語，原本楚騷。自是君身有仙骨，世人那得知其故。惜君只欲苦死留，富貴何如草頭露？蔡侯靜者意有餘，在蔡侯席上。清夜置酒臨前除。罷琴惆悵月照席，幾歲寄我空中書？南尋禹穴見李白，道甫問訊今何如！望孔之别後寄書，只一點。

飲中八仙歌

知章騎馬似乘船，眼花落井水底眠。句費解。

汝陽三斗始朝天，道逢麴車口流涎，恨不移封向酒泉。

左相日興費萬錢，飲如長鯨吸百川，銜杯樂聖稱避賢。即用李適之詩句。

宗之瀟灑美少年，舉觴白眼望青天，皎如玉樹臨風前。

蘇晉長齋繡佛前，醉中往往愛逃禪。

李白一斗詩百篇，長安市上酒家眠。天子呼來不上船，自稱臣是酒中仙。

張旭三杯草聖傳，脱帽露頂王公前，揮毫落紙如雲烟。

焦遂五斗方卓然，高談雄辨驚四筵。

前不用起，後不用束，參差歷落，或多或少，似八章，仍似一章，古無此格。每人各贈幾言，故有重韵，而不妨礙。

貧交行

翻手作雲覆手雨，簡而盡。紛紛輕薄何須數？君不見，管鮑貧時交，此道今人棄如土。

曲　江

自斷此生休問天，杜曲幸有桑麻田，故將移住南山邊。短衣匹馬隨李廣，看射猛虎終殘年。

白絲行

繅絲須長不須白，越羅蜀錦金粟尺。象床玉手亂殷紅，萬草千花動凝碧。已悲素質隨時染，裂下鳴機色相射。美人細意熨帖平，裁縫滅盡針綫迹。春天衣著爲君舞，蛺蝶飛來黄鸝語。落絮遊絲亦有情，隨風照日宜輕舉。香汗清塵污顔色，開新合故置何許。君不見，才士汲引難，恐懼棄捐忍羈旅。

渲染之餘，即棄捐之漸，抱才之士所以甘忍羈旅也。

麗人行

三月三日天氣新，長安水邊多麗人。態濃意遠淑且真，肌理細膩骨肉勻。綉羅衣裳照暮春，蹙金孔雀銀麒麟。頭上何所有？翠微盍葉垂鬢脣。古樂府一環五百萬，兩環千萬餘。此其遺也。背後何所見？珠壓腰衱穩稱身。就中雲幕椒房親，賜名大國虢與秦。倒點法，本《史記》。紫駝之峰出翠釜，水精之盤行素鱗。犀箸厭飫久未下，形容無下箸處也。鸞刀縷切空紛綸。黄門飛鞚不動塵，御厨絡繹送八珍。簫鼓哀吟感鬼神，賓從雜遝實要津。後來鞍馬何逡巡，當軒下馬入錦茵。楊花雪落覆白蘋，此隱語，不求甚解。青鳥飛去銜紅巾。炙手可熱勢絶倫，慎莫近前丞相嗔！亦用倒點。

此秦、虢諸姨與國忠遊宴曲江而作也。極言姿態、服飾之美，飲食、音樂、賓從之盛，微指椒房，顯言丞相。意本『君子偕老』之詩，而諷刺較露。

樂遊園歌

原注：晦日，賀蘭楊長史筵，醉中作。

樂游古園崒森爽，煙綿碧草萋萋長。公子華筵勢最高，秦川對酒平如掌。長生木瓢示真率，更調鞍馬狂歡賞。青春波浪芙蓉園，白日雷霆夾城仗。閶闔晴開詄蕩蕩，曲江翠幕排銀牓。拂水低徊舞袖翻，緣雲清切歌聲上。《漢·禮樂志》：『天門開，詄蕩蕩。』卻憶年年人醉時，只今未醉已先悲。數莖白髮那拋得，百罰深杯亦不辭。聖朝亦知賤士醜，獻賦召試，爲宰相所忌。一物自荷皇天慈。言朝已共棄，而天猶見憐。一物，自謂也。此身飲罷無歸處，獨立蒼茫自詠詩。

極歡宴時不勝身世之感，臨川《蘭亭序》所云『情隨事遷，感慨係之』也。

渼陂行

岑參兄弟皆好奇，攜我遠來遊渼陂。天地黯慘忽異色，波濤萬頃堆琉璃。琉璃汗漫泛舟入，事殊興極憂思集。鼉作鯨吞不復知，惡風白浪何嗟及。此放舟入陂，陡遇風波也。主人錦帆相爲開，舟子喜甚無氛埃。此已風恬浪静矣。鳧鷖散亂棹謳發，絲管啁啾空翠來。沉竿續蔓深莫測，菱葉荷花净如拭。宛在中流渤澥清，下歸無極終南黑。半陂以南純浸山，動影裊窕冲融間。寫山影動揺，水波欲定之狀。船舷暝戛雲際寺，水面月出藍田關。此時驪龍亦吐珠，馮夷擊鼓群龍趨。湘妃漢女出歌舞，此是虚語，本之楚騷。金支翠旗光有無。咫尺但愁雷雨至，蒼茫不曉神靈意。少壯幾時奈老何，開一步結。向來哀樂何其多！

以『好奇』二字領起，中間鬼神風雨，恍惚萬狀，末用推開語作結，以『哀樂』二字總束全篇，章法奇詭，莫此爲甚。

秋雨嘆三首

雨中百草秋爛死，階下决明顔色鮮。著葉滿枝翠羽蓋，開花無數黄金錢。凉風蕭蕭吹汝急，恐汝後時難獨立。堂上書生空白頭，臨風三嗅馨香泣。

闌風長雨秋紛紛，四海八荒同一雲。奇語！去馬來牛不復辨，濁涇清渭何當分。禾頭生耳黍穗黑，農夫田婦無消息。城中斗米换衾裯，相許寧論兩相直。

長安布衣誰比數，反鎖衡門守環堵。老夫不出長蓬蒿，稚子無憂走風雨。雨聲颼颼催早寒，胡雁翅濕高飛難。秋來未曾見白日，泥污后土何時乾。

《唐書》，天寶十三載秋，霖雨害稼，六旬不止。帝憂之，楊國忠取禾之善者以獻，曰：『雨雖多，不害稼也。』公有感，作此詩。

驄馬行

原注：太常梁卿敕賜馬也。李鄧公愛而有之，命甫製詩。

鄧公馬癖人共知，初得花驄大宛種。夙昔傳聞思一見，牽來左右神皆竦。雄姿逸態何崷崒，顧影驕嘶自矜寵。似名士自負。隅目青熒夾鏡懸，肉駿碨礧連錢動。《赭白馬賦》十四字中該括。朝來久試華軒下，未覺千金滿高價。赤汗微生白雪毛，銀鞍却覆香羅帕。卿家舊賜公取之，天廐真龍此其亞。晝洗須騰涇渭深，夕趨可刷幽并夜。吾聞良驥老始成，此馬數年人更驚。豈有四蹄疾於鳥，不與八駿俱先鳴。時俗造次那得致，雲霧晦冥方降精。近聞下詔喧都邑，肯使麒麟地上行。言奇材當大用也，乃人馬雙關說。

老杜咏馬詩並皆絶妙，而用意、用筆無一處相似，此老胸中具有造化。

奉先劉少府新畫山水障歌

堂上不合生楓樹，突兀。怪底江山起烟霧。聞君掃却赤縣圖，乘興遣畫滄洲趣。畫師亦無數，好手不可遇。對此融心神，知君重毫素。豈但祁岳與鄭虔，與鄭虔同時。筆迹遠過楊契丹。

隋參軍。得非懸圃裂，無乃瀟湘翻。悄然坐我天姥下，耳邊已似聞清猿。反思前夜風雨急，乃是蒲城鬼神入。驚風雨、泣鬼神意，寫來怪怪奇奇，不顧世眼。元氣淋漓障猶濕，真宰上訴天應泣。即天雨粟、鬼夜哭意。野亭春還雜花遠，漁翁暝踏孤舟立。滄浪水深青溟闊，欹岸側島秋毫末。不見湘妃鼓瑟時，至今斑竹臨江活。劉侯天機精，愛畫入骨髓。自有兩兒郎，揮灑亦莫比。大兒聰明到，能添老樹巔崖裏。小兒心孔開，貌音莫。得山僧及童子。若耶溪、雲門寺，吾獨胡爲在泥滓，青鞋布襪從此始。見畫而思遊山，神往題外。

題畫詩自少陵開出異境，後人往往宗之。

悲陳陶

陳陶斜在咸陽縣東，又名陳陶澤，《唐書》作陳濤。

孟冬十郡良家子，血作陳陶澤中水。野曠天清無戰聲，四萬義軍同日死。群胡歸來血洗箭，仍唱胡歌飲都市。都人回面向北啼，日夜更望官軍至。

此悲房琯不知兵而輕敵取敗也。

悲青坂去陳陶不遠。

我軍青坂在東門，天寒飲馬太白窟。黄頭奚兒部落。日向西，數騎彎弓敢馳突。山雪河冰野蕭瑟，青是烽烟白人骨。焉得附書與我軍，結有持重意。忍待明年莫倉卒。

此陳陶既敗之後，又傷中官之促戰，再敗也。

哀江頭哀貴妃也。因帝與妃常遊幸曲江，故以哀江頭爲名。

少陵野老吞聲哭，春日潛行曲江曲。江頭宫殿鎖千門，二語説盡不堪。細柳新蒲爲誰緑。言無主也。憶昔霓旌下南苑，苑中景物生顔色。昭陽殿裏第一人，指貴妃。同輦隨君侍君側。曰同、曰隨、曰侍，似乎重複，然《詩》有『高朗令終』，左氏有『遠哉遥遥』等語，不必摘爲疵病。輦前才人帶弓箭，白馬嚼嚙黄金勒。翻身向天仰射雲，一箭正墜雙飛翼。明眸皓齒今何在，血污遊魂歸不得。清渭東流劍閣深，去住彼此無消息。妃子遊魂、明皇幸蜀，故兩無消息也。人生有情泪沾臆，江水江花豈終極。黄昏胡騎塵滿城，欲往城南望城北。

結出心迷目亂，與『潛行』意關照。

哀王孫

至德元載七月，禄山使人殺霍國長公主、王妃、駙馬等八十人，又殺王孫及郡縣主二十餘人，此詩所以作也。

長安城頭頭白烏，夜飛延秋門上呼。似謡、似諺，風人『莫黑匪烏』之意。又向人家啄大屋，屋底達官走避胡。金鞭斷折九馬死，骨肉不待同馳驅。四語言明皇出奔，棄王孫而去也。腰下寶玦青珊瑚，可憐王孫泣路隅。問之不肯道姓名，但道困苦乞爲奴。已經百日竄荆棘，身上無有完肌膚。高帝子孫盡隆準，龍種自與常人殊。豺狼在邑龍在野，王孫善保千金軀。四語恐其相貌不凡，爲賊所得也。準，音拙，鼻也。不敢長語臨交衢，且爲王孫立斯須。昨夜東風吹血腥，東來橐駝滿舊都。朔方健兒好身手，哥舒翰。昔何勇鋭今何愚。竊聞天子已傳位，聖德北服南單于。花門山名。剺面請雪恥，指回紇也。慎勿出口他人狙。哀哉王孫慎勿疏，反復丁寧之意。五陵佳氣無時無。以中興望之。

一韵到底，波瀾變化層出不窮，似逐段轉韵者，七古能事，至此已極。

蘇端薛復筵簡薛華醉歌

文章有神交有道，端復得之名譽早。愛客滿堂盡豪翰，開筵上日元日也。思芳草。安得健步移遠梅，亂插繁花向晴昊。千里猶殘餘也。舊冰雪，百壺且試開懷抱。垂老惡聞戰鼓悲，急觴爲緩憂心擣。少年努力縱談笑，看我形容已枯槁。坐中薛華善醉歌，歌辭自作風格老。近來海内爲長句，汝與山東李白好。何何遜。劉劉孝綽。沈沈約。謝謝朓。力未工，才兼鮑昭愁絶倒。詩家爲愁，不及也，然終是强押。諸生頗盡新知樂，萬事終傷不自保。氣酣日落西風來，突接。願吹野水添金杯。如澠之酒常快意，亦知窮愁安在哉。忽憶雨時秋井塌，古人白骨生青苔，如何不飲令心哀。

洗兵馬 原注：收京後作。

中興諸將收山東，河北。捷書夜報清晝同。河廣傳聞一葦過，胡危命在破竹中。只殘鄴城不日得，獨任朔方無限功。京師皆騎汗血馬，回紇餧肉葡萄宫。已喜皇威清海岱，常思仙仗過崆峒。三年笛裏關山月，萬國兵前草木風。此追思昔日播遷，故下言笛奏關山、兵驚草木，不忘起事之艱難也。

成王成王，廣平王俶也。功大心轉小，郭相郭相，子儀也。謀深古來少。司徒司徒，李光弼也。清鑒懸明鏡，尚書尚書，王思禮也。氣與秋天杳。二三豪俊爲時出，整頓乾坤濟時了。東走無復憶鱸魚，南飛覺有安巢鳥。比民皆安宅。青春復隨冠冕入，紫禁正耐烟花繞。鶴禁通霄鳳輦備，鷄鳴問寢龍樓曉。肅宗即位，下制曰：復宗廟於函洛，迎上皇於巴蜀，導鑾輿而反正，朝寢門以問安，朕願足矣。詩中指此意也。

攀龍附鳳勢莫當，天下盡化爲侯王。汝等豈知蒙帝力，時來不得夸身强。關中既留蕭丞相，謂杜鴻漸，時肅宗以蕭何比之。幕下復用張子房。子房，謂張鎬也。張公一生江海客，身長九尺鬚眉蒼。徵起適遇風雲會，扶顛始知籌策良。青袍白馬比之侯景。更何有，後漢今周喜再昌。

寸地尺天皆入貢，奇祥異瑞争來送。不知何國致白環，複道諸山得銀瓮。隱士李泌。休歌紫芝曲，詞人解撰河清頌。田家望望惜雨乾，布穀處處催春種。淇上健兒歸莫懶，城南思婦愁多夢。安得壯士挽天河，净洗甲兵長不用。結出題目。

四段每段平仄相間，各用六韵，對偶工整，此古風變體，有似長律者。

兩京克復，上皇還宫，正臣子欣喜之時，安有預探移宫之事，而加以誹刺乎？牧齋所箋，欲比之商臣楊廣，未免深文，少陵忠愛，必不如是。

瘦馬行

豈救房琯失職，故以之自比也。

東郊瘦馬使我傷：骨骼硉兀如堵墻。絆之欲動轉欹側，此豈有意仍騰驤？細看六印帶官字，衆道三軍遺路傍。皮乾剥落雜泥滓，毛暗蕭條連雪霜。去歲奔波逐餘寇，驊騮不慣不得將。

士卒多騎内廄馬，惆悵恐是病乘黄。當時歷塊誤一蹶，委棄非汝能周防。見人慘淡若哀訴，失主錯莫無晶光。天寒遠放雁爲伴，日暮不收烏啄瘡。誰家且養願終惠，更試明年春草長。

此公詩之一韵到底者。

乾元中寓居同谷縣作歌七首

有客有客字子美，白頭亂髮垂過耳。歲拾橡栗隨狙公，天寒日暮山谷裏。中原無書歸不得，手脚凍皴皮肉死。嗚呼一歌兮歌已哀，悲風爲我從天來！

長鑱長鑱白木柄，雜入『長鑱』一章，章法甚奇。我生托子以爲命！黄精無苗山雪盛，短衣數挽不掩脛。此時與子空歸來，男呻女吟四壁静。嗚呼二歌兮歌始放，閭里爲我色惆悵！

有弟有弟在遠方，三人各瘦何人强？生别展轉不相見，胡塵暗天道路長。東飛駕鵝後鶖鶬，安得送我置汝旁！嗚呼三歌兮歌三發，汝歸何處收兄骨？

有妹有妹在鍾離，良人早殁諸孤痴。長淮浪高蛟龍怒，十年不見來何時？扁舟欲往箭滿眼，杳杳南國多旌旗。嗚呼四歌兮歌四奏，林猿爲我啼清晝！

四山多風溪水急，寒雨颯颯枯樹濕。黄蒿古城雲不開，白狐跳梁黄狐立。亂世景象在目。我生何爲在窮谷？中夜起坐萬感集！嗚呼五歌兮歌正長，魂招不來歸故鄉！

南有龍兮在山湫，古木巃嵸枝相樛。木葉黄落龍正蟄，蝮蛇東來水上游。我行怪此安敢出，拔劍欲斬且復休。嗚呼六歌兮歌思遲，溪壑爲我回春姿！木葉黄落，冬日愁慘，陰勝陽微之狀，故望其『回春姿』云。

此咏萬丈潭之龍湫，言外有君子潛伏，小人横行之意。

男兒生不成名身已老，三年饑走荒山道。長安卿相多少年，富貴應須致身早。山中儒生舊相識，但話宿昔傷懷抱。嗚呼七歌兮悄終曲，仰視皇天白日速！

原本平子《四愁》、明遠《行路難》等篇，然能神明變化，不屑屑於摹仿，斯爲大家。後人學《七歌》者，未免邯鄲之步耶。

題壁上韋偃畫馬歌

韋侯别我有所適，知我憐君畫無敵。戲拈秃筆掃驊騮，欻見麒麟出東壁。一匹齕草一匹嘶，坐看千里當霜蹄。時危安得真致此？與人同生亦同死。

戲題王宰畫山水圖歌

十日畫一水，五日畫一石。能事不受相促迫，王宰始肯留真迹。壯哉崑崙方壺圖，掛君高堂之素壁。巴陵洞庭日本東，赤岸水與銀河通，中有雲氣隨飛龍。用一單句，便覺錯落。舟人漁子入浦漵，山木盡亞低也。洪濤風。尤工遠勢古莫比，咫尺應須論萬里。焉得并州快剪刀，戲題意作結。剪取吴淞半江水。

題李尊師松樹障子歌

老夫清晨梳白頭，平調亦近率。玄都道士來相訪。握髮呼兒延入户，手提新畫青松障。障子松林静杳冥，憑軒忽若無丹青。陰崖却承霜雪幹，偃蓋反走虬龍形。老夫平生好奇古，對此興與精靈聚。已知仙客意相親，更覺良工心獨苦。松下丈人巾屨同，偶坐似是商山翁。言外有羽翼太子意，此對畫而偶感也，觀『時危』二字可見。偶坐，并坐也。悵望聊歌《紫芝曲》，時危慘淡來悲風。

唐人題畫以工麗勝，少陵超然高古，其用心以獨造爲宗，不肯隨人步趨也。

戲韋偃爲雙松圖歌

天下幾人畫古松，畢宏已老韋偃少。絶筆長風起纖末，滿堂動色嗟神妙。兩株慘裂苔蘚皮，屈鐵交錯回高枝。白摧朽骨龍虎死，黑入太陰雷雨垂。沉鬱。松根胡僧憩寂寞，龐眉皓首無住著。偏袒右肩露雙脚，葉裏松子僧前落。韋侯韋侯數相見，我有一匹好東絹，重之不減錦綉段。已令拂拭光凌亂，請公放筆爲直幹。有寓意。

突兀起，不妨平接，如『堂上不合生楓樹』，下接『聞君掃却赤縣圖』是也。平調起，必須用警語接，如『天下幾人畫古松』，下接『絶筆長風起纖末』是也。學者於此求之，古風之法得矣。

柟樹爲風雨所拔嘆

倚江柟樹草堂前，故老相傳二百年。誅茅卜居總爲此，五月仿佛聞寒蟬。東南飄風動地至，江翻石走流雲氣。幹排雷雨猶力争，根斷泉源豈天意！滄波老樹性所愛，浦上童童一青蓋。野客頻留懼雪霜，行人不過聽竽籟。虎倒龍顛委榛棘，泪痕血點垂胸臆。我有新詩何處吟？草堂自此無顔色！

茅屋爲秋風所破嘆

八月秋高風怒號，卷我屋上三重茅。茅飛渡江灑江郊，高者掛罥長林梢，下者飄轉沉塘坳。寫風狂屋破如見。南村群童欺我老無力，忍能對面爲盜賊，公然抱茅入竹去。唇焦口燥呼不得，歸來倚杖自嘆息。俄頃風定雲墨色，秋天漠漠向昏黑。布衾多年冷似鐵，嬌兒惡卧踏裹裂。床頭屋漏無乾處，雨脚如麻未斷絶。自經喪亂少睡眠，長夜沾濕何由徹？安得廣厦千萬間，大庇天下寒士俱歡顔，風雨不動安如山！此老胸中有同胞同與之意。嗚呼！何時眼前突兀見此屋，吾廬獨破受凍死亦足！

杜鵑行

君不見昔日蜀天子，化作杜鵑似老烏。寄巢生子不自啄，群鳥至今爲哺雛。雖同君臣有舊禮，骨肉滿眼身羈孤。業工竄伏深樹裏，四月五月偏號呼。其聲哀痛口流血，所訴何事常區區。爾豈摧殘始發憤，羞帶羽翮傷形愚。蒼天變化誰料得，萬事反覆何所無。萬事反覆何所無，豈憶當殿群臣趨。

應爲李輔國遷劫上皇而作，時父子睽隔，而玉真公主又出居於外，所謂『骨肉滿眼身羈孤』也，用意顯然。

戲作花卿歌 花敬定。

成都猛將有花卿，學語小兒知姓名。用如快鶻風火生，見賊唯多身始輕。綿州副使著柘黄，段子璋。我卿掃除即日平。子章髑髏血模糊，手提擲還崔大夫。李侯重有此節度，崔光遠、李奂也。人道我卿絶世無。既稱絶世無，天子何不喚取守京都。見不宜留蜀以滋後患。

李奂出奔成都，後復鎮東川，故曰重有此節度也。

觀打魚歌

綿州江水之東津，魴魚鱍鱍色勝銀。漁人漾舟沈大網，截江一擁數百鱗。衆魚常才盡却棄，赤鯉騰出如有神。精神。潛龍無聲老蛟怒，迴風颯颯吹沙塵。饔子左右揮雙刀，膾飛金盤白雪高。徐州禿尾不足憶，漢陰槎頭遠遁逃。魴魚肥美知第一，既飽歡娱亦蕭瑟。功名富貴，何獨不然。君不見朝來割素鬐，咫尺波濤永相失。

又觀打魚

蒼江漁子清晨集，設網提綱萬魚急。能者操舟疾若風，撐突波濤挺叉入。小魚脱漏不可記，半死半生猶戢戢。大魚傷損皆垂頭，倔强泥沙有時立。東津觀魚已再來，主人罷鱠還傾杯。日暮蛟龍改窟穴，惡傷類也。山根鱣鮪隨雲雷。干戈兵革鬥未止，鳳凰麒麟安在哉。吾徒胡爲縱此樂，暴殄天物聖所哀。

前首爲老饕戒耳，此更及干戈兵革，悲痛愈深矣。洪鐘無纖響，信然！

越王樓歌

太宗子越王貞爲綿州刺史時作此樓。

綿州州府何磊落，顯慶年中越王作。孤城西北起高樓，碧瓦朱甍照城郭。樓下長江百丈清，山頭落日半輪明。君王舊迹今人賞，轉見千秋萬古情。

海棕行

左綿公館清江濆，海棕一株高入雲。龍鱗犀甲相錯落，蒼稜白皮十抱文。自是衆木亂紛紛，海椶焉知身出群。爲君子寫照。移栽北辰不可得，時有西域胡僧識。

光禄坂行

山行落日下絶壁，西望千山萬山赤。樹枝有鳥亂鳴時，暝色無人獨歸客。馬驚不憂深谷墜，草動只怕長弓射。安得更似開元中，道路即今多擁隔。

陪王侍御同登東山最高頂宴姚通泉晚携酒泛江

姚公美政誰與儔，不減昔時陳太丘。邑中上客有柱史，多暇日陪驄馬遊。東山高頂羅珍羞，下顧城郭銷我憂。清江白日落欲盡，復携美人官妓也。登彩舟。笛聲憤怨哀中流，妙舞逶迤夜未休。燈前往往大魚出，聽曲低昂如有求。三更風起寒浪涌，取樂喧呼覺船重。滿空星河光破碎，四座賓客色不動。請公臨深莫相違，回船罷酒上馬歸。人生歡會豈有極，無使霜露沾人衣。結出好樂無荒意，而措語蘊蓄。

短歌行 原注：贈王郎司直。

王郎酒酣拔劍斫地歌莫哀，感激豪蕩。我能拔猶振拔。爾抑塞磊落之奇才。豫章翻風白日動，鯨魚跋浪滄溟開。且脱佩劍休徘徊。西得諸侯棹錦水，欲向何門趿珠履？時王欲入蜀。仲宣樓頭送别之地。春色深，青眼高歌望吾子，眼中之人吾老矣！

上下各五句，復用單句相間，亦是創格。

應是王將遊蜀，公作歌以慰之，望其所之有合也。

桃竹杖引 原注：贈章留後。

江心蟠石生桃竹，蒼波噴浸尺度足。斬根削皮如紫玉，江妃水仙惜不得。梓潼使君章留後。開一束，滿堂賓客皆嘆息。憐我老病贈兩莖，出入爪甲鏗有聲。老夫復欲東南征，乘濤鼓枻白帝城。路幽必爲鬼神奪，拔劍或與蛟龍爭。用澹臺子羽拔劍碎璧事。重爲告曰：告曰，猶楚詞之亂曰。杖兮杖兮，爾之生也甚正直，恣肆！慎勿見水踴躍學變化爲龍。用費長房投杖葛陂化龍事。使我不得爾之扶持，滅迹於君山湖上之青峰。噫！風塵澒洞兮豺虎咬人，忽失雙杖兮吾將曷從？字字騰擲跳躍，何等筆力！

閬山歌

閬州城東靈山白，閬州城北玉臺碧。松浮欲盡不盡雲，江動將崩未崩石。那知根無鬼神會，已覺氣與嵩華敵。中原格鬥且未歸，應結茅齋著青壁。

閬水歌

嘉陵江色何所似，石黛碧玉相因依。正憐日破浪花出，更復春從沙際歸。巴童盪槳欹側過，水鷄銜魚來去飛。閬中勝事可腸斷，閬州城南天下稀。

韋諷録事宅觀曹將軍畫馬圖

國初已來畫鞍馬，神妙獨數江都王。霍王元軌之子。將軍得名三十載，人間又見真乘黄。曾貌先帝照夜白，先伏。龍池十日飛霹靂。言感動神物。内府殷紅瑪瑙盤，婕妤傳詔才人索。

盤賜將軍拜舞歸，輕紈細綺相追飛。貴戚權門得筆迹，始覺屏障生光輝。昔日太宗拳毛騧，近時郭家師子花。今之新圖有二馬，復令識者久嘆嗟。此皆騎戰一敵萬，縞素漠漠開風沙。其餘七匹亦殊絶，迥若寒空動煙雪。霜蹄蹴踏長楸間，馬官厮養森成列。可憐九馬争神駿，顧視清高言品。氣深穩。言穩。借問苦心愛者誰，後有韋諷前支遁。憶昔巡幸新豐宮，翠華拂天來向東。騰驤磊落三萬匹，皆與此圖筋骨同。自從獻寶朝河宗，用《穆天子傳》。無復射蛟江水中。借漢武事。君不見金粟堆前松柏裏，龍媒去盡鳥呼風。

因畫馬説到真馬，因真馬説到天子巡幸，故君之思惓惓不忘，此題後開拓一步法。

丹青引 原注：贈曹將軍霸

將軍魏武之子孫，於今爲庶爲清門。英雄割據雖已矣，割據不予以正統也，此爲史筆。文采風流今尚存。學書初學衛夫人，但恨無過王右軍。丹青不知老將至，富貴於我如浮雲。開元之中常引見，承恩數上南薰殿。凌煙功臣少顔色，從畫人引起。將軍下筆開生面。良相頭上進賢冠，猛將腰間大羽箭。褒公鄂公毛髮動，殷開山、〔一〕尉遲敬德。英姿颯爽來酣戰。先帝御馬五

〔一〕此處誤，應爲段志玄。

花驄，畫工如山貌不同。是日牽來赤墀下，迥立閶闔生長風。詔謂將軍拂絹素，意匠慘淡經營中。與『良工心獨苦』同意。斯須九重真龍出，一洗萬古凡馬空。神來之筆，紙上疑有堆阜突出。玉花却在御榻上，榻上庭前屹相向。至尊含笑催賜金，圉人太僕皆惆悵。弟子韓幹早入室，亦能畫馬窮殊相。反襯將軍之畫盡善，非必貶幹也。幹惟畫肉不畫骨，忍使驊騮氣凋喪。將軍畫善蓋有神，必逢佳士亦寫真。即今漂泊干戈際，屢貌尋常行路人。途窮反遭俗眼白，世上未有如公貧。貌尋常人已非其願，況遭俗眼白乎？但看古來盛名下，終日坎壈纏其身。推開作結，爲千古感慨！

畫人、畫馬，賓主相形，縱橫跌宕。此種篇法，得之於心，應之於手，有化工而無人力，觀止矣。

憶昔

憶昔開元全盛日，小邑猶藏萬家室。稻米流脂粟米白，公私倉廩俱豐實。九州道路無豺虎，遠行不勞吉日出。齊紈魯縞車班班，男耕女桑不相失。宮中聖人奏雲門，天下朋友皆膠漆。百餘年間未災變，叔孫禮樂蕭何律。豈聞一絹直萬錢，轉開未醒。有田種穀今流血。洛陽宮殿燒焚盡，宗廟新除狐兔穴。傷心不忍問耆舊，復恐初從亂離説。沉痛語，使人讀不得，若細數亂離，便平平語。小臣魯鈍無所能，朝廷記識蒙祿秩。周宣中興望我皇，灑血江漢身衰疾。前憶開元之盛，後叙吐蕃之亂，末望代宗之中興也。

冬狩行

原注：時梓州刺史張彝兼侍御史留後東川。

君不見，東川節度兵馬雄，校獵亦似觀成功。夜發猛士三千人，清晨合圍步驟同。禽獸已斃十七八，殺聲落日回蒼穹。幕前生致九青兕，駱駝曍峞垂玄熊。東西南北百里間，仿佛蹴踏寒山空。有鳥名鸜鵒，力不能高飛逐走蓬，肉味不足登鼎俎，何爲見羈虞羅中。小物必盡，可云淫於畋矣。春蒐冬狩侯得同，使君刺史。五馬一馬驄。侍御。况今攝行大將權，切留後。號令頗有前賢風。飄然時危一老翁，公自謂。十年厭見旌旗紅。喜君士卒甚整肅，爲我回轡擒西戎。吐蕃。草中狐兔盡何益，天子不在咸陽宫。朝廷雖無幽王禍，得不哀痛塵再蒙。言當敵愾勤王，不宜以校獵夸英武也。大聲疾呼，不止婉諷。嗚呼，得不哀痛塵再蒙。明皇已蒙塵，故云「再蒙」也。

折檻行

嗚呼！房魏不復見，秦王學士時難羨。即十八學士。青衿胄子困泥涂，白馬將軍若雷電。

千載少似朱雲人，至今折檻空嶙峋。婁公不語宋公語，尚憶先皇容直臣。

永泰二年，中官魚朝恩判國子監事，故作此詩。言當時諸臣不能力争，任其横行也。朝恩兼神策軍使，故以白馬將軍比之。

古柏行 夔州先主、武侯各廟，成都武侯祠附在先主廟中。

孔明廟前有老柏，柯如青銅根如石。霜皮溜雨四十圍，黛色參天二千尺。時有偶句，與《洗兵馬》格相似。君臣已與時際會，主意。樹木猶爲人愛惜。雲來氣接巫峽長，月出寒通雪山白。憶昨路繞錦城東，先主武侯同閟宫。此憶成都孔明廟柏。崔嵬枝幹郊原古，窈窕丹青户牖空。落落盤踞雖得地，冥冥孤高多烈風。扶持自是神明力，正直原因造化工。大厦如傾要梁棟，萬牛回首丘山重。不露文章世已驚，爲負才之士寫照。未辭翦伐誰能送？苦心豈免容螻蟻，中有比意。香葉終經宿鸞鳳。志士幽人莫怨嗟，古來材大難爲用。

縛鷄行

小奴縛鷄向市賣，鷄被縛急相喧争。家中厭鷄食蟲蟻，不知鷄賣還遭烹。蟲鷄於人何厚薄，吾叱奴人解其縛。鷄蟲得失無了時，注目寒江倚山閣。以不盡説爲高。

宕開作結，愛物而幾於齊物矣。

觀公孫大娘弟子舞劍器行 並序

大曆二年十月十九日，夔府别駕元持宅，見臨潁李十二娘舞劍器，舞名，非舞劍也，誤認者多。壯其蔚跂，問其所師，曰：『余公孫大娘弟子也。』開元三載，余尚童稚，記於郾城觀公孫氏，舞劍器渾脱音駝，渾脱舞名，人多點讀錯。瀏漓頓挫，獨出冠時。自高頭宜春、梨園二伎坊内人，洎外供奉，曉是舞者，聖文神武皇帝初，公孫一人而已。玉貌錦衣，中藏過一層。况余白首，今兹弟子，亦非盛顔。既辨其由來，知波瀾莫二，撫事慷慨，聊爲《劍器行》。往者吴人張旭，善草書書帖，數常於鄴縣見公孫大娘舞西河劍器，自此草書長進，豪蕩感激，即公孫可知矣。序古，同時惟元次山亦然。

昔有佳人公孫氏，一舞劍器動四方。觀者如山色沮喪，天地爲之久低昂。㸌如羿射九日落，矯如群帝驂龍翔。來如雷霆收震怒，罷如江海凝清光。絳唇珠袖兩寂寞，晚有弟子傳芬芳。臨潁美人在白帝，妙舞此曲神揚颺。與余問答既有以，感時撫事增惋傷。先帝侍女八千人，公孫劍器初第一。述事先帝一段。五十年間似反掌，風塵澒洞昏王室。梨園弟子散如煙，女樂餘姿映寒日。金粟堆南木已拱，瞿塘石城草蕭瑟。玳筵急管曲復終，樂極哀來月東出。老夫不知其所往，足繭荒山轉愁疾。臨去而不忍遽去也。

咏李氏，思及公孫；因公孫，念及先帝。身世之戚、興亡之感，交集腕下，若就題還題，有何興會？

後苦寒行二首

南紀巫廬瘴不絶，太古以來無尺雪。蠻夷長老畏苦寒，崑崙天關凍應折。玄猿口噤不能嘯，白鵠翅垂眼流血。安得春泥補地裂。

晚來江門失大木，猛風中夜吹白屋。天兵斬斷青海戎，殺氣南行動坤軸，不爾苦寒何太酷。巴東之峽生凌澌，彼蒼迴斡人得知。

李潮八分小篆歌

蒼頡鳥迹既茫昧，字體變化如浮雲。陳倉石鼓又已訛，大小二篆生八分。秦有李斯漢蔡邕，中間作者寂不聞。嶧山之碑野火焚，棗木傳刻肥失真。苦縣光和尚骨立，苦縣老子碑，光和三年立。書貴瘦硬方通神。惜哉李蔡不復得，吾甥李潮下筆親。尚書韓擇木，騎曹蔡有鄰。開元已來數八分，潮也奄有二子成三人。況潮小篆逼秦相，快劍長戟森相向。八分一字直百金，蛟龍盤拏肉倔强。吴郡張顛夸草書，草書非古空雄壯。豈如吾甥不流宕，丞相中郎丈人行。巴東逢李潮，逾月求我歌。我今衰老才力薄，潮乎潮乎奈汝何。

王兵馬使二角鷹

悲臺蕭颯石巃嵸，哀壑杈丫浩呼汹。中有萬里之長江，迴風滔日孤光動。四句不曾寫鷹，然隱隱有角鷹飛揚於前矣。作詩須如此入手。角鷹翻倒壯士臂，將軍玉帳軒翠氣。二鷹猛腦絛徐墜，目如愁胡視天地。杉鷄竹兔不自惜，溪虎野羊俱辟易。鞲上鋒稜十二翮，左右勁羽各六。將軍勇鋭與之敵。將軍樹勛起安西，崑崙虞泉虞淵，避高祖諱，改泉。入馬蹄。白羽曾肉三狻音酸。猊，敢决豈不與之齊。不犯句法。荆南芮公得將軍，亦如角鷹下翔雲。惡鳥飛飛啄金屋，安得爾輩開其群，驅出六合梟鸞分。主意。

魏將軍歌

將軍昔著從事衫，初爲幕府官也。鐵馬馳突重兩銜。被堅執鋭略西極，崑崙月窟東嶄巖。極西之地翻視爲東略，地之遠可知矣。君門羽林萬猛士，惡若哮虎子所監。猛！五年起家列霜戟，一日過海收風帆。歸自西海也。平生流輩徒蠢蠢，長安少年氣欲盡。不敢與校。魏侯骨聳精爽緊，華岳峰尖見秋隼。星纏馬飾。寶校校，當作鋄。金盤陀，夜騎天駟超天河。欃槍熒惑妖星。不敢動，翠蕤雲旓相蕩摩。吾爲子起歌《都護》，劉宋存《丁都護歌》。酒闌插劍肝膽露。鈎陳蒼蒼玄武暮，萬歲千秋奉明主，臨江節士安足數。漢有臨江王節士歌。

發劉郎浦 先主納吴女處。

掛帆早發劉郎浦，疾風颯颯昏亭午。舟中無日不沙塵，岸上空村盡豺虎。十日北風風未回，客行歲晚晚相催。白頭厭伴漁人宿，黃帽青鞋歸去來。

朱鳳行

君不見，瀟湘之山衡山高，山巔朱鳳聲嗷嗷。側身長顧求其曹，翅垂口噤心勞勞。下愍百鳥在羅網，黄雀最小猶難逃。願分竹實及螻蟻，盡使鴟梟相怒號。讀盡聽其怒號而已。

白鳧行

君不見，黄鵠高於五尺童，化爲白鳧似老翁。故畦遺穗已蕩盡，天寒歲暮波濤中。鱗介腥膻素不食，終日忍饑西復東。魯門鶢鶋亦蹭蹬，聞道如今猶避風。鶢鶋，今猶避風，黄鵠忍饑，所固然也。感慨中復能安分。

醉歌行贈公安顔少府請顧八題壁

神仙中人不易得，顔氏之子才孤標。天馬長鳴待駕馭，秋鷹整翮當雲霄。君不見，東吴顧文學，君不見，西漢杜陵老。詩家自謂。筆勢君指顧。不嫌，詞翰升堂爲君掃。是日霜風凍七澤，突接。烏蠻落照銜赤壁。酒酣耳熱忘頭白，感君意氣無所惜，一爲歌行歌主客。

夜聞觱篥

夜聞觱篥滄江上，衰年側耳情所向。鄰舟一聽多感傷，塞曲三更欻悲壯。積雪飛霜此夜寒，孤燈急管復風湍。君知天地干戈滿，不見江湖行路難。

本言行路之難，而以干戈之滿形之，則不見其難矣。此透過一層法。『家鄉既蕩盡，遠近理亦齊』，亦復如此。

追酬故高蜀州人日見寄 並序

開文書帙中，檢所遺忘，因得故高常侍適往居在成都時，高任蜀州刺史《人日相憶見寄》詩，泪灑行間！讀終篇，末自枉詩，已十餘年；莫記存殁，又六七年矣！老病懷舊，生意可知。今海内忘形故人，獨漢中王瑀與昭州敬使君超先在。愛而不見，情見乎辭。大曆五年正月二十一日，却追酬高公此作，因寄王及敬弟。

自枉蜀州人日作，不意清詩久零落。今晨散帙眼忽開，迸泪幽吟事如昨。嗚呼壯士多慷慨，合沓高名動寥廓。嘆我淒淒求友篇，感君鬱鬱匡君略。錦里春光空爛熳，瑤墀侍臣已冥寞。瀟湘水國傍黿鼉，公泊潭州。鄠杜高所居。秋天失雕鶚。東西南北更誰論？對針高句，古人酬贈體也。白首扁舟病獨存！遙拱北辰纏寇盜，欲傾東海洗乾坤。邊塞西蕃最充斥，衣冠南渡多崩奔。分説東西南北，本楚詞《招魂》句法。鼓瑟至今悲帝子，身在湘潭。曳裾何處覓王門？文章曹植波瀾闊，服食劉安德業尊。以曹劉比漢中王。長笛鄰家亂愁思，昭州詞翰與招魂！欲得敬書以招高魂。

杜詩偶評卷三

長洲沈德潛碻士纂
後學潘承松森千校閲

五言律詩

登兖州城樓

東郡趨庭日，公父閑爲兖州司馬。南樓縱目初。浮雲連海岱，平野入青徐。孤嶂秦碑在，荒城魯殿餘。從來多古意，臨眺獨躊躇。

三、四寫形勢，五、六寫古迹，下恰好接懷古。

房兵曹胡馬

胡馬大宛名，鋒稜瘦骨成。竹批雙耳峻，風入四蹄輕。所向無空闊，真堪托死生。十字流水法。驍騰有如此，句束住，下句推開。萬里可横行。

前半論骨相，後半並及性情。萬里横行，指房兵曹。不然句句説馬，有何意味？

畫　鷹

素練風霜起，蒼鷹畫作殊。即所謂『縞素漠漠開風沙』也。聳身思狡兔，側目似愁胡。絛鏇光堪摘，軒楹勢可呼。一聯説畫。何當擊凡鳥，毛血灑平蕪。懷抱俱見。

夜宴左氏莊

風林纖月落，衣露净琴張。暗水流花徑，春昨帶草堂。檢書燒燭短，看劍引杯長。詩罷聞吴咏，扁舟意不忘。

春日憶李白

白也詩無敵，飄然思不群。清新庾開府，俊逸鮑參軍。渭北春天樹，江東日暮雲。何時一樽酒，重與細論文。公在渭北，太白在江東，觸景而離情自見。

陪鄭廣文遊何將軍山林十首

不識南塘路，今知第五橋。名園依緑水，野竹上青霄。谷口舊相得，濠梁同見招。平生爲幽興，未惜馬蹄遥。

百頃風潭上，千章夏木清。卑枝低結子，接葉暗巢鶯。鮮鯽銀絲膾，香芹碧澗羹。翻疑柁樓底，此虛景，故云『翻雲』。晚飯越中行。

此章獨指異花。萬里戎王子，何年别月支？異花開絶域，滋蔓匝清池。漢使徒空到，徒、空並用，古人已有之。神農竟不知。露翻兼雨打，開拆日離披。

傍舍連高竹，疏籬帶晚花。碾渦深没馬，藤蔓曲藏蛇。詞賦工無益，山林迹未賒。盡捻書籍賣，來問爾東家。欲卜鄰也。

剩水滄江破，殘山碣石開。言園中山水乃滄江碣石所餘，總形園之廣大。緑垂風折笋，紅綻雨肥梅。緑垂、紅綻，乃倒折句法。銀甲彈箏用，金魚换酒來。興移無灑掃，隨意坐莓苔。

風磴吹陰雪，雲門吼瀑泉。疑吹陰雪，實吼瀑泉，以下句醒上句。酒醒思卧簟，衣冷欲裝綿。野老來看客，河魚不取錢。只疑淳朴處，自有一山川。

棘樹寒雲色，茵蔯春藕香。脆添生菜美，陰益食單凉。野鶴清晨出，山精白日藏。石林蟠水府，百里獨蒼蒼。

憶過楊柳渚，走馬定昆池。醉把青荷葉，狂遺白接䍠。此追憶昔游。凡數首中，得此一章，便不嫌其板實。刺船思郢客，解水乞吴兒。吴人善泅，故云解水。坐對秦山晚，江湖興頗隨。

床上書連屋，階前樹拂雲。將軍不好武，稚子總能文。醒酒微風入，聽詩静夜分。絺衣掛蘿薜，凉月白紛紛。

幽意忽不愜，歸期無奈何。出門流水住，不忍别也。回首白雲多。自笑燈前舞，誰憐醉後歌。只應與朋好，風雨亦來過。爲後游之地。

十首非杜詩之至者，須玩其章法，分之一章一意，合之十章如一章也。如此，則不犯重複，不嫌拖沓矣。近人知此者少。

重過何氏五首

問訊東橋竹，將軍有報書。倒衣還命駕，高枕乃吾廬。花妥以下三字注上二字。鶯捎蝶，溪喧獺趁魚。重來休沐地，真作野人居。

山雨樽仍在，沙沉榻未移。語語『重過』。犬迎曾宿客，鴉護落巢兒。雲薄翠微寺，天清黄子陂。向來幽興極，步履過東籬。

落日平臺上，春風啜茗時。石闌斜點筆，桐葉坐題詩。翡翠鳴衣桁，蜻蜓立釣絲。自今幽興熟，來往亦無期。

頗怪朝參懶，應耽野趣長。雨抛金鎖甲，苔卧緑沉槍。是將軍舊宅，作詩須得此點染。手自移蒲柳，家才足稻粱。看君用幽意，白日到羲皇。

到此應常宿，相留可判年。言舊年之游。蹉跎暮容色，悵望好林泉。何日沾微禄，歸山買薄田。斯遊恐不遂，把酒意茫然。恐不能踐卜鄰之約。

亦五首成一章法。

對雪

戰哭多新鬼，愁吟獨老翁。亂雲低薄暮，急雪舞迴風。瓢棄樽無緑，爐存火似紅。數州消息斷，愁坐正書空。

月夜

今夜鄜州月，閨中只獨看。遥憐小兒女，未解憶長安。只獨看，正憶長安，兒女無知，未解憶長安者苦心也，反覆曲折，尋味不盡。香霧雲鬟濕，清輝玉臂寒。何時倚虚幌，雙照泪痕乾。

春　望

國破山河在，城春草木深。感時花濺泪，恨別鳥驚心。濺泪、驚心，偏於花鳥見，可樂處皆悲也。烽火連三月，家書抵萬金。五、六二句直下。白頭搔更短，渾欲不勝簪。

喜達行在所三首肅宗時在鳳翔。

西憶岐陽信，無人遂却迴。眼穿當落日，心死著寒灰。霧樹行相引，蓮峰望忽開。二句途中。所親驚老瘦，所親，問辭。辛苦賊中來。

愁思胡笳夕，凄凉漢苑春。生還今日事，間道暫時人。伺間隙之道而行也。司隸光武行司隸校尉。章初睹，南陽氣已新。喜心翻倒極，嗚咽泪沾巾。

死去憑誰報，歸來始自憐。痛定思痛。猶瞻太白雪，喜遇武功天。影静千官裏，心蘇七校前。今朝漢社稷，新數中興年。

首章喜脱賊中；次章喜見主上；三章喜睹中興之業。章法井井。

收京三首

仙仗離丹極，妖星照玉除。須爲下殿走，不可好樓居。見奉仙無益。暫屈汾陽駕，言幸蜀將回。聊飛燕將書。依然七廟略，更與萬方初。

前半言陷京之由，後半言更新氣象。

生意甘衰白，天涯正寂寥。忽聞哀痛詔，又下聖明朝。十字成句。羽翼懷商老，文思憶帝堯。時李泌還山，故懷之，望其輔翼廣平也。叨逢罪己日，灑涕望青霄。

汗馬收宫闕，春城鏟賊壕。賞應歌《杕杜》，歸及薦櫻桃。雜虜横戈數，功臣甲第高。萬方頻送喜，無乃聖躬勞。

下半收京，而爲事後之慮也。恐虜横臣驕，復成蹂躪之患。反詞致諷，言外可思。

春宿左省門下省在東，故曰左省，亦曰左掖。

花隱掖垣暮，啾啾栖鳥過。星臨萬户動，月傍九霄多。不寢聽金鑰，因風想玉珂。明朝有封事，諫臣心事。數問夜如何。

晚出左掖

晝刻傳呼淺，春旗簇仗齊。退朝花底散，歸院柳邊迷。樓雪融城濕，宫雲去殿低。避人焚諫草，大臣心事。騎馬欲鷄栖。

送翰林張司馬南海勒碑

冠冕通南極，文章落上台。是宰相製文。詔從三殿去，碑到百蠻開。野館濃花發，春帆細雨來。不知滄海上，天遣即天府。幾時回。

端午日賜衣

宮衣亦有名，端午被恩榮。細葛含風軟，香羅疊雪輕。自天題處濕，當暑著來清。意内稱長短，終身荷聖情。

奉贈王中允維

中允聲名久，如今契闊深。共傳收庾信，不比得陳琳。一病緣明主，指維之詐瘖。三年獨此心。天寶末至乾元初，乃三年也。窮愁應有作，試誦《白頭吟》。

贈高式顔適之侄。

昔别是何處，相逢皆老夫。故人還寂寞，削迹共艱虞。自失論文友，空知賣酒壚。二語懷高適。平生飛動意，見爾不能無。

秦州雜詩

滿目悲生事，因人作遠遊。遲回度隴怯，浩盪及關愁。水落魚龍夜，山空鳥鼠秋。西征問烽火，心折此淹留。

秦州山北寺，勝迹隗囂宮。苔蘚山門古，丹青野殿空。月明垂葉露，雲逐渡溪風。清渭無情極，愁時獨向東。

鼓角緣邊郡，川原欲夜時。秋聽殷地發，風散入雲悲。抱葉寒蟬静，歸山獨鳥遲。萬方聲一概，言遍地皆鼓角也。吾道竟何之。

西使宜天馬，由來萬匹强。浮雲連陣没，秋草遍山長。聞説真龍種，仍殘老驌驦。哀鳴思戰鬬，迥立向蒼蒼。

莽莽萬重山，起手壁立萬仞。孤城山谷間。無風雲出塞，不夜月臨關。奇景偶然寫出，或以無風、不夜爲地名，穿鑿可笑。屬國歸何晚，樓蘭斬未還。烟塵獨長望，衰颯正摧顔。

聞道尋源使，從來此路回。牽牛去幾許，宛馬至今來。一望幽燕隔，何時郡國開。東征健兒盡，羌笛暮吹哀。

山頭南郭寺，水號北流泉。老樹空庭得，清渠一邑傳。秋花危石底，晚景卧鐘邊。俯仰悲身世，溪風爲颯然。身世之感以淡語出之。

東柯好崖谷，不與衆峰群。落日邀雙鳥，晴天卷片雲。野人矜絶險，水竹會平分。采藥吾將老，兒童未遣聞。

鳳林戈未息，魚海路常難。候火雲峰峻，懸軍幕井乾。風連西極動，月過北庭寒。故老思飛將，憂亂思良將也。何時議築壇。

唐堯真自聖，野老復何知。曬藥能無婦，應門亦有兒。藏書聞禹穴，讀記憶仇池。爲報鴛行舊，鷦鷯在一枝。

雜詩隨所見所觸而成，初無次第，此亦章法也。本二十章，今存十章。

天河

常時任顯晦，秋至最分明。縱被微雲掩，終能永夜清。含星動雙闕，伴月落邊城。牛女年年渡，何曾風浪生。

擣衣

亦知戍不返，秋至拭清砧。已近苦寒月，况經長别心。寧辭擣衣倦，一寄塞垣深。用盡閨中力，君聽空外音。君聽空外音否耶？

通首代戍婦之詞，一氣旋轉，全以神行。

促織

促織甚微細，哀音何動人。草根吟不穩，床下意相親。久客得無淚，故妻難及晨。故妻，猶寡婦。詩中須得空寫一聯，方見虚實相稱。悲絲與急管，感激異天真。

夕烽

夕烽來不近，每日報平安。塞上傳光小，雲邊落點殘。照秦通警急，過隴自艱難。聞道蓬萊殿，千門立馬看。恐邊警之猝來也。

送遠

帶甲滿天地，何等起手，他人斷斷不能。胡爲君遠行。親朋盡一哭，鞍馬去孤城。草木歲月晚，關河霜雪清。別離已昨日，因見古人情。

此既別後，作詩贈之，江淹《擬古別離》有『送君如昨日，檐前露已團』句，言別離之悲，古今有同情也。

天末懷李白時李竄夜郎。

涼風起天末，君子意如何。鴻雁幾時到，江湖秋水多。文章憎命達，沉著。魑魅喜人過。應共冤魂語，投詩贈汨羅。冤魂，指屈原，李投詩以贈之。

寓目

一縣蒲萄熟，秋山苜蓿多。關雲常帶雨，塞水不成河。羌女輕烽燧，胡兒制駱駝。自傷遲暮眼，喪亂飽經過。

螢火

幸因腐草出，敢近太陽飛。諷刺宦竪，詞義顯然。未足臨書卷，時能點客衣。隨風隔幔小，帶雨傍林微。十月清霜重，飄零何處歸。

蕃劍

致此自僻遠，五仄，只宜偶用起句。又非珠玉裝。如何有奇怪，每夜吐光芒。虎氣必騰上，龍身寧久藏。虎氣、龍身，亦用故實，而有生氣。風塵苦未息，持汝奉明王。

觀安西兵過赴關中待命二首

時李嗣業爲安西節度使，同郭子儀等將步騎二十萬衆，討安慶緒。

四鎮富精鋭，四鎮統於安西。摧鋒皆絶倫。還聞獻士卒，足以静風塵。老馬夜知道，蒼鷹饑著人。臨危經久戰，用急始如神。

奇兵不在衆，九節度兵潰於相州，固不善出奇耳，此豈經生家言？萬馬救中原。談笑無河北，心肝奉至尊。孤雲隨殺氣，飛鳥避轅門。竟日留歡樂，城池未覺喧。

送人從軍

弱水應無地，陽關已近天。西方地高，故云『近天』。今君渡沙磧，累月斷人烟。好武寧論命，封侯不計年。馬寒防失道，雪没錦鞍韉。

野望

清秋望不極，迢遞起層陰。遠水兼天净，練字。孤城隱霧深。葉稀風更落，山迴日初沉。獨鶴歸何晚，昏鴉已滿林。

有客

患氣經時久，臨江卜宅新。喧卑方避俗，疏快頗宜人。有客過茅宇，呼兒正葛巾。自鋤稀菜甲，小摘爲情親。

八句一氣直下，此是一格。

落日

落日在簾鈎，起超然。谿邊春事幽。芳菲緣岸圃，樵爨倚灘舟。名畫。啅雀争枝墜，飛蟲滿院遊。濁醪誰造汝，一酌散千憂。

春夜喜雨

好雨知時節，當春乃發生。隨風潛入夜，潤物細無聲。是春雨。野徑雲俱黑，江船火獨明。空寫夜景。曉看紅濕處，花重錦官城。

江亭

坦腹江亭暖，長吟野望時。水流心不競，雲在意俱遲。有理趣，無理語。寂寂春將晚，欣欣物自私。物各有得所。故林歸未得，排悶强裁詩。

後遊

寺憶曾遊處，橋憐再渡時。江山如有待，花柳更無私。與『水流心不競，雲在意俱遲』同。野潤煙光薄，沙喧日色遲。優遊觀此意。客愁全爲減，捨此復何之。

物自私物，各遂其性也。更無私，同適其天也。

不見 原注：近無李白消息。

不見李生久，佯狂真可哀。世人皆欲殺，沉著。吾意獨憐才。敏捷詩千首，飄零酒一杯。匡山讀書處，頭白好歸來。望其生還。

屏迹

晚起家何事，無營地轉幽。竹光團野色，舍影漾江流。失學從兒懶，戴石屏有『客遊兒廢學，身拙婦持家』句，從此化出。長貧任婦愁。百年渾得醉，一月不梳頭。

客夜

客睡何曾著，秋天不肯明。入簾殘月影，高枕遠江聲。計拙無衣食，途窮仗友生。老妻書數紙，應悉未歸情。

客亭

秋窗猶曙色，落木更高風。猶日高風。日出寒山外，江流宿霧中。聖朝無棄物，比『不才明主棄』蘊藉何如！老病已成翁。多少殘生事，飄零似轉蓬。

倦夜

竹凉侵卧内，野月滿庭隅。重露成涓滴，稀星乍有無。暗飛螢自照，水宿鳥相呼。萬事干戈裏，空悲清夜徂。

涪江泛舟送韋班歸京

追餞同舟日，傷春一水間。飄零爲客久，衰老羨君還。花遠重重樹，雲輕處處山。天涯故人少，更益鬢毛斑。

有感五首

將帥蒙恩澤，兵戈有歲年。至今勞聖主，可以報皇天。白骨新交戰，雲臺舊拓邊。思開國功臣。乘槎斷消息，無處覓張騫。

此慨節鎮擁兵，不能禦寇。

幽薊餘蛇豕，乾坤尚虎狼。諸侯春不貢，使者日相望。愼勿吞青海，無勞問越裳。大君先息戰，歸馬華山陽。

此言朝廷姑息。近在内地，不修職貢而勤遠略於青海、越裳乎？息戰、歸馬，婉詞以致諷云。

洛下舟車入，天中貢賦均。日聞紅粟腐，寒待翠華春。莫取金湯固，長令宇宙新。不過行儉德，盜賊本王臣。洛下，積粟之地，時議皆欲遷都，然轉粟以實京師，此上策也。人君欲固金湯，不過以儉德服天下耳。

時程元振勸帝遷都洛陽，公婉言時議之非，而末進以儉德，與郭子儀論奏之旨相合。

丹桂風霜急，青梧日夜凋。意比王室微、宗藩弱也。漢成時童謠云：『桂樹花不實，黄雀巢其顛。』由來强幹地，未有不臣朝。受鉞親賢往，卑宫制詔遥。終依古封建，豈獨聽簫韶。諷朝廷建立宗室，與房琯分鎮討賊之議相合。

盜滅人還亂，兵殘將自疑。登壇名絶假，言絶異於假攝也。報主爾何遲。領郡輒無色，之官皆有詞。願聞哀痛詔，歸重人君。端拱問瘡痍。因當時重節鎮而輕郡守，故云。後日藩鎮之亂，公先料之矣。

别房太尉墓

他鄉復行役，駐馬别孤墳。近淚無乾土，低空有斷雲。對棋陪謝傅，使事熨貼。把劍覓徐君。唯見林花落，鶯啼送客聞。

重題 前有《哭李尚書之芳》一首。

涕泗不能收，哭君餘白頭。兒童相識盡，兼哭衆友。宇宙此生浮。所云既嘆逝者，行自念也。江雨銘旌濕，湖風井徑秋。還瞻魏太子，賓客減應劉。李爲太子賓客。

移居公安山館途次所作。

南國晝多霧，北風天正寒。路危行木杪，身遠宿雲端。山鬼吹燈滅，廚人語夜闌。雞鳴問前館，世亂敢求安。

禹廟

禹廟空山裏，秋風落日斜。荒庭垂橘柚，古屋畫龍蛇。二語廟之内。雲氣生虛壁，江聲走白沙。二語廟之外。早知乘四載，疏鑿控三巴。

末意乘四載以治水，早知之矣。若疏鑿遺迹，必親至三巴，始知控引之方也。

旅夜書懷

細草微風岸，危檣獨夜舟。星垂平野闊，月涌大江流。名豈文章著，官應老病休。飄飄何所似，天地一沙鷗。

胸懷經濟，故云名豈以文章而著；官以論事罷，而曰老病應休。何其温厚也！

子規

峽裹雲安縣，江樓翼瓦齊。兩邊山木合，終日子規啼。眇眇春風見，蕭蕭夜色凄。客愁那聽此，故作傍人低。

此亦八句一氣直下格也。

刈稻了詠懷

稻獲空雲水，有此景。川平對石門。寒風疏草木，旭日散鷄豚。野哭初聞戰，戰敗信歸。樵歌稍稍字，見哭多於歌也。出村。無家問消息，作客信任也。乾坤。

暫往白帝復還東屯

復作歸田去，猶殘獲稻功。築場憐穴蟻，拾穗許村童。即寡婦之利意。落杵光輝白，除芒子粒紅。加餐可扶老，倉廩慰飄蓬。

西閣夜

恍惚寒江暮，逶迤白霧昏。山虛風落石，樓静月侵門。擊柝可憐子，無衣何處邨。時危關百慮，盜賊爾猶存。

瞿唐兩崖

三峽傳何處，雙崖壯此門。入天猶石色，狀其高。穿水忽雲根。狀其深。猱玃鬚髯古，蛟龍窟宅尊。羲和冬馭近，愁畏日車翻。

結意言兩崖高而日光不到，似羲和亦畏車翻而避之也。

灩澦堆

在蜀江中心，夏，水漲，半没；冬，水淺，出二十餘丈。

巨石水中央，江寒出水長。沉牛答雲雨，如馬戒舟航。天意存傾覆，神功接混茫。干戈連解纜，行止憶垂堂。

末意行則憂傾覆，止則憂寇亂，無往不存戒心也。

中宵

西閣百尋餘，中宵步綺疏。飛星過水白，落月動沙虛。擇木知幽鳥，潛波想巨魚。親朋滿天地，兵甲少來書。

洞房

洞房環佩冷，玉殿起秋風。秦地應新月，龍池滿舊宫。繫舟今夜遠，清漏往時同。萬里黄山北，園陵白露中。

此因舟中見月，感宫掖凄凉而作，故君之思溢於言外。

草閣

草閣臨無地，柴扉永不關。魚龍回夜水，星月動秋山。二語連讀乃妙。久露清初濕，高雲薄未還。泛舟慚小婦，飄泊損紅顔。

結意閣中所見也，泛舟小婦飄泊損顔，己之飄泊亦與相同，不覺其懷慚矣。

江　上

江上日多雨，蕭蕭荆楚秋。高風下木葉，永夜攬貂裘。勛業頻看鏡，行藏獨倚樓。時危思報主，衰謝不能休。

欲建勛業而鏡中之髮已白，或行或藏，倚樓時不勝躊躇顧慮也。下作轉語，雖衰謝而猶有報主之心，此杜老以天下爲己任處。

江　漢

江漢思歸客，乾坤一腐儒。片雲天共遠，永夜月同孤。著思歸説乃盡其咏。落日心猶壯，秋風病欲蘇。見猶可用世。古來存老馬，不必取長途。取其智。

吾宗 原注：衛倉曹崇簡。

吾宗老孫子，質朴古人風。純寫質朴之意，而人品自見。耕鑿安時論，衣冠與世同。在家常早起，憂國願年豐。語及君臣際，經書滿腹中。

秋野

秋野日疏蕪，寒江動碧虚。繫舟鑾井絡，卜宅楚村墟。棗熟從人打，葵荒欲自鋤。盤飧老夫食，分減及溪魚。物我一體。

易識浮生理，難教一物違。水深魚極樂，理趣。林茂鳥知歸。衰老甘貧病，榮華有是非。秋風吹几杖，不厭北山薇。

課小豎鋤斫舍北果林枝蔓荒穢净訖移床三首

病枕依茅棟，荒鉏净果林。背堂資僻遠，在野興清深。山雉防求敵，江猿應獨吟。泄雲高不去，隱几亦無心。

眔甃生寒早，長林卷霧齊。青蟲懸就日，朱果落封泥。薄俗防人面，全身學馬蹄。吟詩重回首，隨意葛巾低。

日暮

籬弱門何向，沙虛岸只摧。日斜魚更食，客散鳥還來。寒水光難定，秋山響易哀。天涯稍曛黑，倚杖更徘徊。

牛羊下來久，各已閉柴門。風月自清夜，江山非故園。遠客讀之，得毋泪下？石泉流暗壁，草露滴秋根。頭白燈明裏，何須花燼繁。

夜

絶岸風威動，寒房燭影微。嶺猿霜外宿，江鳥夜深飛。獨坐親雄劍，尚思救世。哀歌嘆短衣。不能庇身。烟塵繞閶闔，白首壯心違。

曉望

白帝更聲盡，陽臺曙色分。高峰寒上日，疊嶺宿霾雲。地坼江帆隱，天清木葉聞。荆扉對麋鹿，應共爾爲群。

月夜憶舍弟

戍鼓斷人行，邊秋一雁聲。與弟關合。露從今夜白，月是故鄉明。有弟皆分散，無家問死生。寄書長不達，况乃未休兵。

熟食日示宗文宗武熟食，即寒食也。

消渴遊江漢，羈栖尚甲兵。幾年逢熟食，萬里逼清明。松柏邛山路，故里。風花白帝城。客中。汝曹催我老，回首淚縱橫。望邛山也。

又示兩兒

令節成吾老，他時見汝心。言他日汝之思我，猶今我之思親也。浮生看物變，爲恨與年深。長葛書難得，指弟。江州涕不禁。指妹。團圓思弟妹，行坐白頭吟。

喜觀即到復題短篇

即到，尚未到也，玩詩中意自見。

巫峽千山暗，終南萬里春。病中吾見弟，十字成句。書到汝爲人。沉入。意答兒童問，公之子。來經戰伐新。即書中語也。泊船悲喜後，款款話歸秦。

第五弟豐獨在江左近三四載寂無消息覓使寄此

聞汝依山寺，杭州定越州。定者，不定之謂。風塵淹別日，江漢失清秋。影著啼猿樹，魂飄結蜃樓。明年下春水，東盡白雲求。歷盡雲水以求之。

孤　雁

孤雁不飲啄，飛鳴聲念群。誰憐一片影，相失萬重雲？望盡似猶見，傳神。哀多如更聞。野鴉無意緒，鳴噪自紛紛。

公安縣懷古

野曠吕蒙營，江深劉備城。寒天催日短，風浪與雲平。灑落君臣契，『灑落』二字是如魚得水注脚。飛騰戰伐名。維舟倚前浦，長嘯一含情。

泊岳陽城下

江國逾千里，山城近百層。岸風翻夕浪，舟雪灑寒燈。留滯才難盡，艱危氣益增。圖南未可料，變化有鯤鵬。

登岳陽樓

昔聞洞庭水，今上岳陽樓。吴楚東南坼，乾坤日夜浮。親朋無一字，老病有孤舟。戎馬關山北，憑軒涕泗流。

三、四雄跨古今，五、六寫情黯淡，著此一聯，方不板滯。比襄陽詩更高一籌。

舟中夜雪有懷盧十四侍御弟

朔風吹桂水，大雪夜紛紛。暗度南樓月，寒深北渚雲。燭斜初道見，舟重竟無聞。不識山陰道，聽鷄更憶君。

遣憂應是代宗陷吐蕃時作。

亂離知又甚，消息苦難真。受諫無今日，臨危憶古人。禄山亂而思曲江，亦是一證。紛紛乘白馬，攘攘著黄巾。隋氏留宫室，焚燒何太頻。不斥言，故云隋氏。

杜詩偶評 卷四

長洲沈德潛碻士纂
後學潘承松森千校閱

七言律詩

題張氏隱居即張卿也。

春山無伴獨相求，伐木丁丁山更幽。澗道餘寒歷冰雪，石門斜日到林丘。不貪夜識金銀氣，遠害朝看麋鹿游。乘興杳然迷出處，對君疑是泛虛舟。

『不貪』句，言其識之清；『遠害』句，言其識之曠，不必穿鑿。

九日藍田崔氏莊

老去悲秋强自寬，興來今日盡君歡。羞將短髮還吹帽，活用舊事。笑倩旁人爲正冠。藍水遠從千澗落，玉山高並兩峰寒。明年此會知誰健？醉把茱萸子細看。茱萸，酒名，言把酒而看藍水、玉山，不忍遽去也。若云看茱萸，有何意味？

崔氏東山草堂東山，即藍田山。

愛汝玉山草堂静，高秋爽氣相鮮新。有時自發鐘磬響，落日更見漁樵人。盤剥白鴉谷口栗，飯煮青泥坊底芹。何爲西莊王給事，柴門空閉鎖松筠。

此以古爲律，謂之拗體，可偶一爲之。

芹韵在十二文，應是『蕁』字。王維輞川在藍田之西，故云西莊。似有諷之歸來意。

紫宸殿退朝口號隨口行吟曰『口號』。

户外昭容紫袖垂，雙瞻御座引朝儀。香飄合殿春風轉，花覆千官淑景移。晝漏希聞高閣報，天顔有喜近臣知。宫中每出歸東省，會送夔龍集鳳池。

紫宸乃内殿，故所咏皆宫中之景，與大明宫自别。

曲江對雨

城上春雲覆苑墻，江亭晚色静年芳。林花著雨燕脂濕，水荇牽風翠帶長。龍武新軍深駐輦，芙蓉别殿謾焚香。何時詔此金錢會，暫醉佳人錦瑟傍。

前半寫雨景之寂静，後半懷南内之凄凉，不忘上皇也。末冀復見金錢之會，無限低徊。

上皇改龍武軍，從夾城達芙蓉園，今云『深駐輦』『謾焚香』，見不復檢閲臨幸也。金錢會，亦開元時事，會有教坊女樂。

送鄭十八虔貶台州司户，傷其臨老陷賊之故，闕爲面别，情見於詩

鄭公樗散鬢成絲，酒後常稱老畫師。萬里傷心嚴譴日，百年垂死中興時。蒼惶已就長途往，邂逅無端出餞遲。便與先生應永訣，九重泉路盡交期。

屈曲赴題，清空一氣，與『聞官軍收河南河北』同是一律。

至日遣興奉寄北省舊閣老兩院故人

憶昨逍遥供奉班，去年今日侍龍顔。麒麟不動爐煙上，孔雀徐開扇影還。玉几由來天北極，朱衣只在殿中間。孤城此日腸堪斷，愁對寒雲雪滿山。

此公出爲華州掾，故有此詩。

追憶去歲朝儀，而今不得與，惓惓有故主之思焉。

蜀相

丞相祠堂何處尋？錦官城外柏森森。映階碧草自春色，隔葉黄鸝空好音。三顧頻煩天下計，兩朝開濟老臣心。出師未捷身先死，長使英雄泪滿襟。

隱括武侯生平，激昂痛快。宗忠簡臨終誦此二語。

野　老

野老籬前江岸回，柴門不正逐江開。如畫。漁人網集澄潭下，估客船隨返照來。長路關心悲劍閣，片云何意傍琴臺。王師未報收東郡，城闕秋生畫角哀。

前寫晚景，後寫旅情，不必承接，杜詩偶有此格。

送韓十四江東覲省

兵戈不見老萊衣，嘆息人間萬事非。我已無家尋弟妹，君今何處訪庭闈。黄牛峽静灘聲轉，白馬江寒樹影稀。灘聲、樹影，寫離情鄉思，神致淋漓。此别應須各努力，故鄉猶恐未同歸。

前半言江東覲省，後半言蜀江送别。

野人送朱櫻

西蜀櫻桃也自紅，野人相贈滿筠籠。數回細寫愁仍破，萬顆匀圓訝許同。憶昨賜沾門下省，退朝擎出大明宫。開筆。金盤玉箸無消息，此日嘗新任轉蓬。闔筆。

『也自紅』『仍破』『訝許同』，俱對賜櫻桃著筆，下半流走直下，格法獨創。

南鄰

錦里先生烏角巾，園收芋栗未全貧。慣看賓客兒童喜，得食階除鳥雀馴。秋水才深四五尺，野航恰受兩三人。白沙翠竹江村暮，相送柴門月色新。

前半言造南鄰之居，後半言同舟送别也。

和裴迪登蜀州東亭送客逢早梅相憶見寄

東閣官梅動詩興，還如何遜在揚州。此時對雪遥相憶，送客逢春可自由？幸不折來傷歲暮，若爲看去亂鄉愁。無限屈折。江邊一樹垂垂發，朝夕催人自白頭。

客至 原注：喜崔明府相過。

舍南舍北皆春水，但見群鷗日日來。花徑不曾緣客掃，蓬門今始爲君開。盤飧市遠無兼味，樽酒家貧只舊醅。肯與鄰翁相對飲，隔籬呼取盡餘杯。

賓至

幽栖地僻經過少，老病人扶再拜難。豈有文章驚海内，自謙，實自任也。漫勞車馬駐江干。竟日淹留佳客坐，一語失粘，偶然變格。百年粗糲腐儒餐。糲，音辣。不嫌野外無供給，乘興還來看藥欄。

恨別

洛城一別四千里，胡騎長驅五六年。草木變衰行劍外，兵戈阻絶老江邊。思家步月清宵立，憶弟看雲白日眠。聞道河陽近乘勝，司徒急爲破幽燕。見公將略與李泌建議同。司徒，李光弼。若説如何思、如何憶，情事易盡。步月看雲，有不言神傷之妙。

秋盡

秋盡東行且未回，茅齋寄在少城隈。籬邊老却陶潛菊，江上徒逢袁紹杯。以鄭玄自比。雪嶺獨看西日落，劍門猶阻北人來。不辭萬里長爲客，懷抱何時得好開。

野望

西山白雪三城戍，南浦清江萬里橋。海内風塵諸弟隔，天涯涕泪一身遥。惟將遲暮供多病，未有涓埃答聖朝。跨馬出郊時極目，不堪人事日蕭條。

前半思家，後半思國。

聞官軍收河南河北兩河俱收，安史之亂始熄。

劍外忽傳收薊北，初聞涕泪滿衣裳。却看妻子愁何在？漫卷詩書喜欲狂！白日放歌須縱酒，青春作伴好還鄉。即從巴峽穿巫峽，便下襄陽向洛陽。預計歸程，如《禹貢》曰浮、曰逾、曰沿、曰達句法。

一氣流注，不見句法、字法之迹。

對結自是落句，故收得住。若他人爲之，仍是中間對偶，便無氣力。

送路六侍御入朝

童稚情親四十年，中間消息兩茫然。更爲後會知何地？忽漫相逢是別筵！不分桃花紅勝錦，猶不能分辨也。生憎柳絮白於棉。劍南春色還無賴，觸忤愁人到酒邊。

涪城縣香積寺官閣

寺下春江深不流，山腰官閣迥添愁。含風翠壁孤雲細，背日丹楓萬木稠。小院回廊春寂寂，浴鳧飛鷺晚悠悠。諸天合在藤蘿外，昏黑應須到上頭。

登　高

風急天高猿嘯哀，一句中三層。渚清沙白鳥飛回。無邊落木蕭蕭下，不盡長江滾滾來。萬里悲秋常作客，亦一句三層。百年多病獨登臺。好在無邊、不盡、萬里、百年。艱難苦恨繁霜鬢，潦倒新停濁酒杯。

八句皆對，起二句對舉之中，仍復用韵，格奇而變。

昔人謂兩聯俱可截去二字，試思『落木蕭蕭下，長江滚滚來』，成何語耶？

將赴荆南寄别李劍州

使君高義驅今古，與古並驅。寥落三年坐劍州。但見文翁能化俗，焉知李廣未封侯。路經灩澦雙蓬鬢，預道赴荆南之景。天入滄浪一釣舟。煉句、煉字。戎馬相逢更何日，春風回首仲宣樓。切荆南。

將赴成都草堂途中有作先寄嚴鄭公五首

得歸茅屋赴成都，直爲文翁再剖符。但使閭閻還揖讓，敢論松菊久荒蕪。承『再剖符』，言但望風俗之還淳，而草堂之荒蕪可不論也。魚知丙穴由來美，酒憶郫筒不用酤。五馬舊曾諳小徑，幾回書札待潛夫。

處處青江帶白蘋，故園猶得見殘春。雪山斥候無兵馬，錦里逢迎有主人。休怪兒童延俗客，預擬。不教鵝鴨惱比鄰。習池未覺風流盡，況復荆州賞更新。以山簡比鄭公。

竹寒沙碧浣花溪，橘刺藤梢咫尺迷。過客徑須愁出入，承『咫尺迷』。居人不自解東西。書籤藥裹封蛛網，野店山橋送馬蹄。公每下此等巧字而不入於纖。豈藉荒庭春草色，先拚一飲醉如泥。

常苦沙崩損藥欄，也從江檻落風湍。新松恨不高千尺，惡竹應須斬萬竿。言外有扶君子、抑小人意。生理只憑黄閣老，衰顔欲付紫金丹。三年奔走空皮骨，信有人間行路難。

錦官城西生事微，烏皮几在還思歸。昔去爲憂亂兵入，今來已恐鄰人非。側身天地更懷古，回首風塵甘息機。共説總戎雲鳥陣，不妨遊子芰荷衣。對結。

登樓

花近高樓傷客心，妙在倒裝，若一倒轉，與近人詩何異？萬方多難此登臨。錦江春色來天地，玉壘浮雲變古今。北極朝廷終不改，西山寇盜莫相侵。二語前人謂可抵一篇《王命論》。可憐後主還祠廟，日暮聊爲《梁甫吟》。望世有諸葛，其人何等抱負。

氣象雄偉，籠蓋宇宙，此杜詩之最上者。

宿府

清秋幕府井梧寒，獨宿江城蠟炬殘。永夜角聲悲自語，中天月色好誰看。風塵荏苒音書絶，關塞蕭條行路難。已忍伶俜十年事，强移栖息一枝安。

閣夜 此西閣夜中作。

歲暮陰陽催短景，天涯霜雪霽寒宵。五更鼓角聲悲壯，三峽星河影動摇。野哭千家聞戰伐，夷歌數處起漁樵。卧龍躍馬終黄土，人事音書漫寂寥。

結言賢愚同盡，則目前人事、遠地音書，亦付之寂寥而已。《蜀都賦》云『公孫躍馬而稱帝』，卧龍、躍馬，因夔州祠廟而及之。

白帝城最高樓

城尖徑仄旌旆愁，獨立縹緲之飛樓。峽坼雲霾龍虎卧，江清日抱黿鼉游。扶桑西枝對斷石，弱水東影隨長流。就東西言。杖藜嘆世者誰子，泣血迸空回白頭。

句法古體，對法律體，兩者兼用之。

秋興八首

潘岳有《秋興賦》言『因秋而感興』，重在興，不在秋也，每章中時見秋意。

玉露凋傷楓樹林，巫山巫峽氣蕭森。江間波浪兼天涌，塞上風雲接地陰。叢菊兩開他日淚，猶往日。孤舟一繫故園樊川。心。寒衣處處催刀尺，白帝城高急暮砧。客子無衣之感。

首章乃八章發端也。故園，與四章故國思隱隱注射。

夔府孤城落日斜，夔州暮景。每依北斗望京華。聽猿實下三聲淚，奉使虚隨八月槎。孤舟長繫，有似乘槎。畫省香爐違伏枕，以京華言。山樓粉堞隱悲笳。以夔府言。請看石上藤蘿月，已映洲前蘆荻花。近言石上，遠言洲前，下句虚擬之也。

望京華，八章之旨，特於此章拈出。身羈夔府，心戀京華，望而不見，不能不爲之黯然也。

千家山郭静朝暉，夔州朝景。日日江樓坐翠微。信宿漁人還泛泛，清秋燕子故飛飛。二句喻己之飄泊。匡衡抗疏功名薄，劉向傳經心事違。二句慨己之不遇。同學少年多不賤，五陵衣馬自輕肥。

以上就夔府言，以下就長安言，此八詩分界處也。或謂末句『五陵』逗起長安，此又失之於纖矣。

聞道長安似弈棋，百年世事不勝悲。王侯第宅皆新主，文武衣冠異昔時。直北關山金鼓振，回紇。征西車馬羽書遲。吐蕃。魚龍寂寞秋江冷，點秋意。故國平居有所思。結本章以起下四章。

前半指朝廷之變遷，後半指邊境之侵逼。北憂回紇，西患吐蕃，追維往事，不勝今昔之感。

蓬萊宫闕對南山，承露金莖霄漢間。西望瑶池降王母，東來紫氣滿函關。前對南山，西眺瑶池，東接函關，極言宫闕氣象之盛，無譏刺意。雲移雉尾開宫扇，日繞龍鱗識聖顔。指獻《三大禮賦》時事。一卧滄江驚歲晚，指夔府言。幾回青瑣點朝班。言立朝無幾日。

追思長安全盛時宮闕壯麗、朝省尊嚴，而末嘆己之久違朝寧也。

瞿唐峽口夔府。曲江頭，京華。萬里風烟接素秋。花萼夾城通御氣，芙蓉小苑入邊愁。珠簾綉柱圍黃鵠，錦纜牙檣起白鷗。回首可憐歌舞地，秦中自古帝王州。見『有德易以興，無德易以亡』意。

此追叙長安失陷之由。城通御氣，指敦倫勤政時；苑入邊愁，即所云『漁陽鼙鼓動地來』。上言治，下言亂也。下追叙避幸之時，見盛衰無常，自古爲然，言外有無窮猛省。

昆明池水漢時功，武帝旌旗在眼中。織女機絲虚夜月，石鯨鱗甲動秋風。波漂菰米沉雲黑，露冷蓮房墜粉紅。關塞極天惟鳥道，江湖滿地一漁翁。對結。

借漢喻唐，極寫蒼凉景象。結意身阻鳥道，迹比漁翁，見還京無期也。

中間故實，點化《西京賦》及《西京雜記》中語意。

昆吾御宿自逶迤，紫閣峰陰入渼陂。香稻啄餘鸚鵡粒，碧梧栖老鳳凰枝。二語倒裝句法。佳人拾翠春相問，城西泛舟事。仙侣同舟晚更移。與岑參兄弟遊渼陂事。彩筆昔曾干氣象，白頭吟望苦低垂。

此章追叙交遊，一結並收拾八章：所謂故園心、望京華者，一付之苦吟悵望而已。曰巫峽，曰夔府，曰瞿唐，曰江樓、滄江、關塞，皆言身之所處。曰故國、故園，曰京華、長安、蓬萊、曲江、昆明、紫閣，皆言心之所思。此八詩中綫索也。其才氣之大、筆力之高，天風海濤、金鐘大鏞，莫能擬其所到。

咏懷古迹五首

支離東北風塵際，飄泊西南天地間。三峽樓臺淹日月，五溪衣服共雲山。羯胡事主終無賴，詞客哀時且未還。漂泊。庾信平生最蕭瑟，暮年詩賦動江關。

咏懷古迹，猶云借古迹以咏懷也。謂首章咏懷，下四章古迹者，非。此章以庾信自況，非專咏庾也。五、六語已與庾信雙關。以上少陵自叙。

風塵。

摇落深知宋玉悲，風流儒雅亦吾師。悵望千秋一灑泪，蕭條異代不同時。流水對。江山故宅空文藻，雲雨荒臺豈夢思。最是楚宫俱泯滅，舟人指點到今疑。

謂高唐之賦乃假託之詞，以諷淫惑，非真有夢也。

懷宋玉亦所以自傷也。言斯人雖往，文藻猶存，不與楚宮同其泯滅，其寄慨深矣。

群山萬壑赴荆門，生長明妃尚有村。一去紫臺連朔漢，獨留青塚向黄昏。畫圖省識猶略識，臨去一見，略識其面也。春風面，環佩空歸夜月魂。千載琵琶作胡語，指吊明妃者。分明怨恨曲中論。

詠昭君詩，此爲絶唱，餘皆平平。至楊憑『馬駝弦管向陰山』，風斯下矣。

蜀主窺吴幸三峽，崩年亦在永安宫。翠華想像空山裏，玉殿虚無野寺中。古廟杉松巢水鶴，歲時伏臘走村翁。武侯祠堂常鄰近，一體君臣祭祀同。

曰崩、曰翠華，明以天子待之也。於魏武，則曰『英雄割據』，益知以正統予蜀矣。考亭、南軒以前，少陵已持此論。稱蜀主，因舊號也。

諸葛大名垂宇宙，宗臣遺像肅清高。三分割據紆籌策，萬古雲霄一羽毛。伯仲之間見伊吕，論斷。指揮若定失蕭曹。運移漢祚終難復，志決身殲軍務勞。所云鞠躬盡瘁。

雲霄、羽毛，猶鸞鳳高翔，狀其才品之不可及也。文中子謂，諸葛武侯不死，禮樂其有興乎？即失蕭曹之旨。此義論之最高者。後人謂詩不必著義論，非通言也。

諸將五首

漢朝陵墓對南山，胡虜千秋尚入關。昨日玉魚蒙葬地，言陵墓之被發。早時金盌出人間。見愁汗馬西戎逼，曾閃朱旗北斗殷。多少材官守涇渭，將軍且莫破愁顔。

此爲吐蕃内侵，諸將不能禦侮而作也，不忍斥言，故借漢爲比。

韓公本意築三城，張仁願。擬絶天驕拔漢旌。豈謂盡煩回紇馬，翻然遠救朔方兵。胡來不覺潼關隘，龍起猶聞晋水清。感傷目前，追憶盛時，龍跳虎躍之筆。獨使至尊憂社稷，諸君何以答升平。

此爲回紇入境責諸將不能分憂而言也。

築城本以禦寇，豈謂反賴回紇以平亂耶？故追思開創之主，以爵諸君。

八句中跳躍動盪，少陵外無第二人。

洛陽宫殿化爲烽，休道秦關百二重。滄海未全歸禹貢，薊門何處盡堯封。朝廷衮職雖多預，天下軍儲不自供。稍喜臨邊王相國，肯銷金甲事春農。其人只此一事可嘉，故曰『稍喜』。

起追憶安史陷京，下指河北餘孽。因傷轉輸不繼，而以王縉愧勵諸藩，其言微矣。

回首扶桑銅柱標，冥冥氛祲未全銷。越裳翡翠無消息，南海明珠久寂寥。殊錫曾爲大司馬，總戎皆插侍中貂。炎風朔雪天王地，只在忠良翊聖朝。

言南方不靖，貢獻久稀，由諸將膺異寵、擁高官，而不盡撫綏之道耳，故於忠良有厚望焉。

錦江春色逐人來，巫峽清秋萬壑哀。正憶往時嚴僕射，共迎中使望鄉臺。公爲幕佐，故云『共迎』。主恩前後三持節，軍令分明數舉杯。有雅歌投壺氣象。西蜀地形天下險，安危須仗出群材。

思嚴武，傷武後之鎮蜀者皆非其人也。

五章議論時事，感慨淋漓，而辭氣仍出以丁寧反覆，所云『言者無罪，聞者足戒』。

夜

露下天高秋氣清，空山獨夜旅魂驚。疏燈自照孤帆宿，新月猶懸雙杵鳴。南菊再逢人卧病，北書不至雁無情。步檐倚杖看牛斗，銀漢遥應接鳳城。即『每依北斗望京華』意。

杜詩中秀絶者。

暮歸

霜黄碧梧白鶴栖，城上擊柝復烏啼。客子入門月皎皎，誰家搗練風凄凄。南渡桂水闕舟楫，北歸秦川多鼓鼙。年過半百不稱意，明日看雲還杖藜。

此詩中拗體也，可偶一爲之，亦就生避熟之法。

返照

楚王宫在巫山旁。北正黄昏，白帝城西過雨痕。返照入江翻石壁，練字。歸雲擁樹失山村。衰年病肺惟高枕，絶塞愁時早閉門。不可久留豺虎亂，南方實有未招魂。己之驚魂，不能招之北歸。

九日

重陽獨酌杯中酒，抱病起登江上臺。竹葉於人既無分，菊花從此不須開。即註明『獨酌』，言弗與弟妹飲也。竹葉、菊花，真假對法。殊方日落玄猿哭，舊國霜前白雁來。弟妹蕭條各何在，干戈衰謝兩相催！

又呈吴郎 前有《簡吴郎司法》一首。

堂前撲棗任西鄰，無食無兒一婦人。不爲困窮寧有此？只緣恐懼轉須親。體貼屈折至此！即防遠客雖多事，便插疏籬却甚真。婦防遠客，因爲多事；吴插疏籬，未免任真矣。已訴徵求貧到骨，無食。正思戎馬泪盈巾。無兒。

痌瘝一體意，却不涉庸腐。末并見誅求之酷，亂離之慘，所謂『其言藹如』者耶！

吹笛

吹笛秋山風月清，誰家巧作斷腸聲。風飄律吕相和切，月傍關山幾處明。分頂。胡騎中宵堪北走，借笳比笛。武陵一曲想南征。笛中實事。故園楊柳今摇落，何得愁中麯盡生。笛中有《折楊柳》曲，故翻其意作結。

冬至

年年至日長爲客，忽忽窮愁泥殺人。江上形容吾獨老，天涯風俗自相親。所謂『入門各自媚，誰肯相爲言』。杖藜雪後臨丹壑，鳴玉朝來散紫宸。憶在朝。心折此時無一寸，路迷何處是三秦。

小寒食舟中作寒食次日爲小寒食，看首句自明。

佳辰强飯食猶寒，隱几蕭條戴鶡冠。春水船如天上坐，老年花似霧中看。娟娟戲蝶過閑幔，片片輕鷗下急湍。二語以往來自在，反興欲歸長安而不得也。雲白山青萬餘里，愁看直北是長安。

五言長律

冬日洛城北謁玄元皇帝廟原注：廟有吴道子畫《五聖圖》。

配極配北極也。玄都閟，憑高禁籞長。禁苑之遮衛。守祧嚴具禮，掌節鎮非常。碧瓦初寒外，金莖一氣旁。山河扶綉户，日月近雕梁。仙李盤根大，猗蘭奕葉光。世家遺舊史，道德付今王。《史記》不載於《世家》，在《列傳》中也。畫手看前輩，吴生遠擅場。森羅移地軸，妙絶動宫墻。五聖聯龍衮，高祖、太宗、高宗、中宗、睿宗爲五聖。千官列雁行。冕旒俱秀發，旌旆盡飛揚。翠柏深留景，冬日景。紅梨迥得霜。風筝吹玉柱，檐鈴類。露井凍銀床。身退卑周室，經傳拱漢皇。河上公授漢文《道德經》奥旨。谷神如不死，養拙更何鄉。

通體含諷，末尤婉曲見老子之學，以谷神不死爲主，如其果然，方養拙藏名於無何有之鄉，而豈以帝王崇祀爲榮耶？微而顯矣。

投贈哥舒開府翰二十韻

今代麒麟閣，何人第一功。入手要領得起。君王自神武，駕馭必英雄。開府當朝傑，論兵邁古風。先鋒百勝在，略地兩隅空。言隴右戰功。青海無傳箭，天山早掛弓。言息兵也。廉頗仍走敵，魏絳已和戎。每惜河湟棄，新兼節制通。言收復河西。智謀垂睿想，出入冠諸公。日月低秦樹，乾坤繞漢宫。胡人愁逐北，宛馬又從東。受命邊沙遠，歸來御席同。軒墀曾寵鶴，指禄山。畋獵舊非熊。指翰。茅土加名數，户籍也，見《漢書》。山河誓始終。策行遺戰伐，契合動昭融。言以計用兵，不假戰伐。勛業青冥上，交親氣概中。二語承上轉下。未爲珠履客，已見白頭翁。以下叙入自己，此投贈體也。壯節初題柱，生涯獨轉蓬。幾年春草歇，今日暮途窮。軍事留孫楚，行間識吕蒙。防身一長劍，將欲倚崆峒。收得有身分。

有氣象、有神力，開合變化，自中規矩。長律以少陵爲至，元、白動成百韻，頹然自放矣。

贈特進汝陽王二十韻名璡，寧王長子。

特進群公表，天人夙德升。霜蹄千里駿，風翮九霄鵬。服禮求毫髮，惟忠忘寢興。聖情常有眷，朝退若無憑。若無所憑藉，言不挾貴也。仙醴來浮蟻，奇毛或賜鷹。清關塵不雜，中使日相乘。晚節嬉游簡，平居孝義稱。自多親棣蕚，誰敢問山陵。寧王薨，謚讓皇帝，葬地名惠陵，琎上表辭。學業醇儒富，辭華哲匠能。筆飛鸞聳立，章罷鳳騫騰。精理通談笑，忘形向友朋。寸長堪繾綣，一諾豈驕矜。叙重文好士，接入自叙，不見痕迹。已忝歸曹植，何如對李膺。招要恩屢至，崇重力難勝。披霧初歡夕，高秋爽氣澄。尊罍臨極浦，鳧雁宿張燈。花月窮游宴，炎天避鬱蒸。硯寒金井水，檐動玉壺冰。瓢飲唯三徑，巖栖在百層。且持蠡測海，況挹酒如澠。鴻寶寧全秘，丹梯庶可凌。淮南王有枕中鴻寶。淮王門有客，終不愧孫登。

嵇康有愧孫登，以所遇非時；見己逢賢王，不同康之有愧也。

敬贈鄭諫議十韻

諫官非不達，詩義早知名。破的由來事，先鋒孰敢爭。比意。思飄雲物外，律中鬼神驚。毫髮無遺恨，波瀾獨老成。野人寧得所，天意薄浮生。自叙淪落。多病休儒服，冥搜信客旌。築居仙縹緲，旅食歲崢嶸。行踪無定意，卜居近宮觀。使者求顏闔，諸公厭禰衡。時薦而召試，試而不遇。將期一諾重，欻使寸心傾。君見途窮哭，宜憂阮步兵。望鄭薦引。

上韋左相二十韻見素。

鳳曆軒轅紀，龍飛四十春。從朝廷用人説起，與《投贈哥舒翰》篇同是高屋建瓴之勢。八荒開壽域，一氣轉洪鈞。霖雨思賢佐，丹青憶舊臣。應圖求駿馬，驚代得麒麟。沙汰江河濁，調和鼎鼐新。十字叙相業，簡老。韋賢初相漢，范叔已歸秦。盛世今如此，傳經固絶倫。豫章深出地，滄海闊無津。北斗司喉舌，東方領搢紳。持衡留藻鑒，聽履上星辰。獨步才超古，餘波德照鄰。聰明過管輅，尺牘倒陳遵。豈是池中物？由來席上珍。廟堂知至理，風俗盡還淳。才傑俱登用，愚蒙但隱淪。叙入自己，每用承上接下法。長卿多病久，子夏索居頻。回首驅流俗，爲流俗所驅。生涯似衆人。巫咸不可問，鄒魯莫容身。感激時將晚，蒼茫興有神。爲公歌此曲，涕泪在衣巾。

喜聞官軍已臨賊境二十韻

胡虜潜京縣，官軍擁賊壕。鼎魚猶假息，穴蟻欲何逃。帳殿羅玄冕，公卿服。轅門照白袍。回紇衣。秦山當警蹕，漢苑入旌旄。路失羊腸險，雲横雉尾高。五原空壁壘，八水散風濤。今日看天意，遊魂貸爾曹。乞降那更得，尚詐莫徒勞。元帥歸龍種，廣平王。司空握豹韜。郭子儀。前軍蘇武節，李嗣業。左將吕虔刀。僕固懷恩。兵氣回飛鳥，威聲没巨鼇。戈鋋開雪色，弓矢向秋毫。天步艱方盡，時和運更遭。誰云遺毒螫，已是沃腥臊。睿想丹墀近，神行羽衛牢。六軍。花門騰絶漠，回紇。拓羯渡臨洮。安西募勇健者爲拓羯，猶華言戰士也。此輩感恩至，羸俘何足操。鋒先衣染血，騎突劍吹毛。喜覺都城動，悲憐子女號。家家賣釵釧，只待獻香醪。

送蔡希魯都尉還隴右因寄高三十五書記原注：時歌舒入奏勒蔡子先歸。

蔡子勇成癖，彎弓西射胡。健兒寧鬥死，壯士耻爲儒。官是先鋒得，材緣挑戰須。身輕一鳥過，槍急萬人呼。警句。雲幕隨開府，指哥舒。春城赴上都。馬頭金匼匝，駝背錦模糊。咫尺雪山路，歸飛青海隅。上公猶寵錫，指留京師。突將且前驅。希魯先歸。漢使黄河遠，凉州白麥枯。因君問消息，好在阮元瑜。二句寄高書記。

遣興於賊中遥憶幼子。

驥子好男兒，前年學語時。問知人客姓，誦得老夫詩。世亂憐渠小，家貧仰母慈。鹿門携有處，鳥道去無期。天地軍麾滿，山河戰角悲。儻歸免相失，見日敢辭遲。

行次昭陵

舊俗疲庸主，群雄問獨夫。讖歸龍鳳質，威定虎狼都。隋主昏庸、群雄割據、唐宗受命，以四語了之。天屬尊堯典，以高祖禪位言。神功協禹謨。風雲隨絶足，日月繼高衢。『雲從龍，風從虎』意。絶足，馬名也。文物多師古，朝廷半老儒。直詞寧戮辱，以受諫言。賢路不崎嶇。往者灾猶降，蒼生喘未蘇。指麾安率土，盪滌撫洪爐。言天寶之亂同於隋末，安得如太宗神靈指揮盪滌之！壯士悲陵邑，幽人拜鼎湖。玉衣晨自舉，鐵馬汗常趨。松柏瞻虛殿，塵沙立暝途。二語猶《騷》所云『神之來兮夾兩旗』，言神靈陟降也。寂寥開國日，流恨滿山隅。

重經昭陵

草昧英雄起，謳歌曆數歸。風塵三尺劍，社稷一戎衣。翼亮貞文德，丕承戢武威。聖圖天廣大，宗祀日光輝。陵寢盤空曲，熊羆守翠微。再窺松柏路，還見五雲飛。

寄李十二白二十韻

昔年有狂客，賀知章。號爾謫仙人。筆落驚風雨，詩成泣鬼神。聲名從此大，汩没一朝伸。文彩承殊渥，流傳必絶倫。指見知於明皇。龍舟移棹晚，獸錦奪袍新。白日來深殿，青雲滿後塵。謂白辭歸後，兩人交與之情。乞歸優詔許，遇我宿心親。未負幽栖志，兼全寵辱身。劇談憐野逸，嗜酒見天真。醉舞梁園夜，行歌泗水春。才高心不展，道屈善無鄰。處士禰衡俊，諸生原憲貧。稻粱求未足，薏苡謗何頻。隱指永王璘事。五嶺炎蒸地，三危放逐臣。夜郎在南荒，故以五嶺三危爲比。幾年遭鵩鳥，獨泣向麒麟。蘇武先還漢，黄公豈事秦。楚筵辭醴日，用穆王事。梁獄上書辰。已用當時法，誰將此義陳。史公《報任安書》中意。老吟秋月下，病起暮江濱。莫怪恩波隔，乘槎與問津。欲上訴於天也！

太白一生，具見於此。『未負幽栖』『楚筵辭醴』，極辨其不受永王璘之污矣。

奉送嚴公入朝十韻

鼎湖瞻望遠，象闕憲章新。時肅宗晏駕。四海猶多難，中原憶舊臣。與時安反側，自昔有經綸。感激張天步，從容静塞塵。南圖回羽翮，北極捧星辰。漏鼓還思畫，宫鶯罷囀春。空留玉帳術，愁殺錦城人。閣道通丹地，江潭隱白蘋。此生那老蜀，不死會歸秦。自謂。公若登台輔，臨危莫愛身。古人直諒！

言嚴公入朝而蜀人失望。

傷春

日月還相鬥，星辰屢合圍。不成誅執法，焉得變危機。大角纏兵氣，鈎陳出帝畿。烟塵昏御道，耆舊把天衣。行在諸軍闕，來朝大將稀。賢多隱屠釣，王肯載同歸。

王閬州筵奉酬十一舅惜别之作

萬壑樹聲滿，千崖秋氣高。浮舟出郡郭，别酒寄江濤。良會不復久，此生何太勞。

要争此起手。

窮愁但有骨，群盗尚如毛。吾舅惜分手，使君寒贈袍。沙頭暮黄鵠，失侣亦哀號。

春歸

苔徑臨江竹，茅檐覆地花。别來頻甲子，歸到忽春華。倚杖看孤石，傾壺就淺沙。遠鷗浮水静，輕燕受風斜。鷗燕性情、形態以『静』字、『斜』字傳出。世路雖多梗，吾生亦有涯。此身醒復醉，乘興即爲家。

奉觀嚴鄭公廳事岷山沱江畫圖十韻

沱水流中座，岷山到北堂。竟以爲真，題畫要得此法。白波吹粉壁，青嶂插雕梁。直訝杉松冷，兼疑菱荇香。以下皆山水對言。雪雲虚點綴，沙草得微茫。嶺雁隨毫末，川霓飲練光。霏紅洲蕊亂，拂黛石蘿長。暗谷非關雨，丹楓不爲霜。秋城玄圃外，景物洞庭傍。繪事功殊絶，幽襟興激昂。從來謝太傅，丘壑道難忘。歸重鄭公。

謁先主廟

慘淡風雲會，乘時各有人。謂三分也。力侔分社稷，志屈偃經綸。復漢留長策，中原仗老臣。指武侯。雜耕心未已，歐血事酸辛。霸氣西南歇，雄圖曆數屯。言天命去蜀。錦江元過楚，劍閣復通秦。二句傷蜀之旋入於晉。舊俗存祠廟，空山泣鬼神。虚檐交鳥道，枯木半龍鱗。竹送清溪月，苔移玉座春。閭閻兒女换，歌舞歲時新。絶域歸舟遠，荒城繫馬頻。此謁先主而自抒懷抱。如何對揺落，况乃久風塵。孰與關張並，功臨耿鄧親。應天才不小，得士契無鄰。遲暮堪帷幄，飄零且釣緡。向來憂國泪，寂寞灑衣巾。

三分割據、君臣魚水，孔明之鞠躬盡瘁、後主之面縛出降，起數句中包括殆盡，何等筆力！『絶域歸舟』下純是自傷語。謂今風塵未靖，孰與關、張並其忠勇，而其功可與耿、鄧相親者乎？使有英主應天而出，得士相契，則吾雖遲暮，猶堪共謀帷幄。飄零不偶，所以憂國之泪不能自已也。若末段仍説向先主，不免前後重複。

南　極

南極青山衆，西江白谷分。古城疏落木，荒戍密寒雲。歲月蛇常見，風飆虎或聞。近身皆鳥道，殊俗自人群。睥睨登哀柝，蝥弧照夕曛。亂離多醉尉，愁殺李將軍。

東屯月夜

抱疾漂萍老，防邊舊穀屯。春農親異俗，歲月在衡門。青女霜楓重，黄牛峽水喧。泥留虎鬥迹，月掛客愁村。俊句。喬木澄稀影，輕雲倚細根。數驚聞雀噪，暫睡想猿蹲。日轉東方白，風來北斗昏。天寒不成寢，無夢寄歸魂。

五言絶句

絶　句

江碧鳥逾白，山青花欲然。今春看又過，何日是歸年。

復　愁

萬國尚戎馬，故園今若何。昔歸相識少，早已戰場多。苦在『早已』二字。先言今，追言昔，可會作法。

歸　雁

東來千里客，亂定幾年歸。腸斷江城雁，高高正北飛。故鄉之思在言外。

八陣圖

功蓋三分國，名成八陣圖。江流石不轉，遺恨失吞吴。

詩意謂陣圖本善，蜀之失計在於吞吴，見唇齒之國，宜協力，不宜并吞也。此意趙雲亦嘗言之，不必多爲曲説。

七言絶句

贈花卿

錦城絲管日紛紛，半入江風半入雲。此曲祇應天上有，人間能得幾回聞？

一氣相生，絶句正格。

花敬定恃平賊功，僭用天子禮樂，公作此詩以諷之。

戲爲六絶句

庾信文章老更成，凌雲健筆意縱横。今人嗤點流傳賦，不覺前賢畏後生。

楊王盧駱當時體，輕薄爲文哂未休。爾曹身與名俱滅，不廢江河萬古流。

縱使盧王操翰墨，劣於漢魏近風騷。言縱使盧王操筆，不如漢魏近古。龍文虎脊皆君馭，指四子。歷塊過都見爾曹。指今人。

才力應難跨數公，凡今誰是出群雄。或看翡翠蘭苕上，未掣鯨魚碧海中。詞人、大家之别，夫子自道。

不薄今人愛古人，清詞麗句必爲鄰。竊攀屈宋宜方駕，恐與齊梁作後塵。

未及前賢更勿疑，遞相祖述復先誰。别裁僞體親風雅，轉益多師是汝師。即『焉不學』意。

當時愚人，必有輕薄老成者，故發此以正之。論庾信、王楊四子，而少陵之詩品亦於是見。頻呼『爾曹』，蓋悲憫之也。

書堂飲既夜復邀李尚書下馬月下賦

湖月林風相與清，殘樽下馬復同傾。久拚野鶴如霜鬢，遮莫鄰鷄下五更。倒用法。

江南逢李龜年

岐王宅裏尋常見，崔九堂前幾度聞。正是江南好風景，落花時節又逢君。

岐王睿宗子。崔九崔滌。不言神傷，聚散古今之感，皆寓於中，此斷句，《正聲》、杜集中偶見者也。凄婉全在一『又』字。

浙江通省志圖説

浙江通省志圖説

長洲沈德潛確士稿
長洲周準欽萊評點

圖説叙

《周禮·土訓》："『掌道地圖，以詔地事。』職在稱説九州形勢，以告物土之宜，典甚重也。浙省爲東南要區，聖天子德教誕敷，既已置之仁壽之域，而郊圻封宇，山川民物，時欲登之圖籍，使地官稱説於殿廷之前。因掇全省諸郡，暨江海、湖山、巨鎮、關隘、名勝之地，繪圖陳説，凡有關治術者，著於篇。

全浙圖説

浙江古揚州地，東至海，西至江西，南至福建，北至江南。崇山巨浸，雄峙包絡。東晋時目爲今之關中，誠重乎地利也。領府十有一，省會曰杭州。次嘉興湖州，次寧波紹興，次台州金華，次衢、嚴、温、處四州。十一府中，州一，縣七十五，皆分隸焉。考之圖籍，疆宇之廣，不及川陝諸省。而杭稻桑麻之利，魚鹽蜃蛤之饒，金錫竹箭織文之美，足以均輸天府，利賴四方。且人文競秀，鼓歌誦讀之聲，徹於衢路者，無殊俗也，蓋駸駸乎甲於天下矣。

說者謂秦漢之世，兩浙猶在遠服中。聲教之開，應在六朝以後。不知禹會諸侯於會稽，執玉帛者畢至。是聖化廣被，自三代之初，以至於今，何其遠也！

國朝，聖聖相承，涵濡煦育，湛恩汪濊，浹於吴山越水之間，漸被暨訖，前後合符節焉。蓋紹一中之傳，即同文命之敷。東南兆姓何幸，而常被聖人之明德也？猗歟盛哉！

是十一府總領，後尋出塗山之會，見聖人之化，廣被遠服，眼光獨到。

會城圖說

會城左江右湖，廣袤四十里。爲門十，東城五，曰候潮、望江、清泰、慶春、艮山；西城三，曰清波、湧金、錢塘；南城一，曰鳳山；北城一，曰武林。西城一面，依吴山而築。祠廟之合祀典者，咸在山巔。城河五道，曰府學河，清湖河，小河，鹽橋河，東運河。

鳳山門左，建牙開府者爲總督署。北爲巡撫署，又北爲鹽院署。城之西，築内城而駐防者爲將軍府。織造府當城之中，督學署、藩署、糧道署在城之南，臬署在城之北，運司署在城之西，府縣署近清波門，府縣儒學署近清波、清泰二門，貢院介慶春、艮山二門。居民之廬井街巷，坊表廛市，鱗次櫛比。

登吴山西眺，湖波澄泓，金碧綉繪。東望，江流銀潮如馬，浩淼無極。而紅塵四合，萬家煙火，畢收之襟帶間，可謂盛矣。

居於斯者，食毛踐土，何以不媿爲盛世之民；官於斯者，儋珪析爵，何以不媿爲盛世之臣？惟尊君親上，化民成俗，履和樂，臻上理，以答天子仁育義正之心，庶足稱東南第一州云。

中點衙署一段，錯綜有法。後寫左江右湖、萬家煙火，令閲者如置身其間。

杭州府圖説

浙省爲天下隩區，領郡十一，而杭州爲首郡，屬縣九：錢塘、仁和，同在會城；海寧，郡東也；富陽、餘杭、臨安、新城，郡西也；於潛、昌化，郡西北也。郡之鎮山爲吴山，跨臨安、於潛，而爲一郡主山者爲天目。環海寧者爲大海，過富春經錢塘者爲錢塘江，負郭而西者爲西湖。形勢險要，幅員修廣。控制兩浙，如裘之有領焉。

而其地自武肅開鎮，南宋建都以來，日新月盛。至今人民之衆，財賦之充，城池井邑之壯，衣冠文物之華，與夫商賈百貨之交會者，冠於他州。談者與金陵姑蘇並稱，匪誇美也。

天子眷念東南，治益求治。務因其俗之美而紀綱化導之，故水利既興，江塘既築，海防既周。而於畎畝衣食、孝弟忠敬之最切者，尤欲其勤力敦篤，以厚其生而成其材。今樸者安於農桑，秀良之民，循習乎德行道藝之美。民風士俗，蒸蒸然進而益上焉。以是爲十一郡先，將兩浙之民，咸蹈德詠仁於太和之世矣。

嘉興府圖説

浙江十郡都以山爲界，而嘉興獨南控大海，北鄰震澤，古所稱澤國也。在春秋爲檇李，在秦爲由拳，在孫吴爲嘉興縣，後唐爲開元府，後晋爲秀州。而嘉興府之名，則更定於有明開國之時。縣之鄰震澤者，爲嘉興，爲秀水，爲嘉善，爲桐鄉，爲石門。而嘉善又連吴淞，桐鄉，石門又連清溪。縣之控大海者，爲海鹽，爲平湖，而平湖又引吴淞三泖之水。重湖疊漵，彌望平衍。陸游《入蜀記》謂『幾日夜行大澤中』，指此郡也。然地皆卑下，厥土塗泥，介在蘇杭，賦役繁重。

今天子七年，詔減浙省浮糧，而嘉興與湖州同被沾溉。歡聲雷動，遍於閭閻。自是東南澤國，日在春風化雨中矣。民之荷畚鍤、築場圃者，發爲耕田鑿井之謡。而是邦才俊之士，揚風扢雅，鋪陳盛美，可被金石、叶絃誦者，亦時聞於湖壖海澨之間。采民風者，行且憑輶軒而聽焉。

湖州府圖説

湖州，山爲天目、卞山，澤爲具區，川爲苕霅、餘不、前溪，蘇子瞻所謂『山水清遠地』也。安吉一州，舊改爲縣矣。其仍以州名者，明正德時始也。地足於稻、蟹、菱、芰、菰、蒲之屬，蠶桑之利，衣被遠邇，過於豳俗。而白蘋碧浪，左右瀠洄。人家倚樓憑檻，如在冰壺寒鑑中，尤爲他郡所尠。

蓋其地自東晋渡江以後，守郡者如謝安石、柳文暢之流，風流文雅，化導斯民。故清流美士，餘風相續。然自唐顔魯公爲刺史，朞年之間，德政遠洽。宋胡安定教授湖學，講明經術經濟之大，而東南文學之士，皆興起焉。大曆寶元以來，民風士俗，又蒸然一變矣。

今山川清淑之氣如故也，魯公之辟佐分理，不勞而治者，前事可師也。安定之經義治事，所以使學人明體達用者，正宜講求也。循良之吏，學校之師，其有繼二公而興起者乎？傳出山水清遠，孫蕢《湖州樂》詩不能到此。

寧波府圖説

寧波，古句章地也。緣海而郡，南界於台，西界於紹，東與北直以海爲界云。分縣五，附郭曰鄞。郡之西北曰慈谿，西南曰奉化，東北切於海岸曰定海，東南曰象山，前代所定之封域也。康熙二十六年，聖祖仁皇帝，念舟山爲古昌國衛，懸隔大海，島服之航海而來者，咸取道於此，命建城設官，增置防衛。因以舊定海縣更名鎮海，而定海之名，移之昌國。生聚富教，日久日繁，四十餘年於兹矣。

考前明洪武時，命信國公湯和，經略邊海，故寧郡海疆，添設衛所，較他郡獨多。然扞御稍弛，繹騷滋起。今則威以服之，恩以懷之，氛祲既息，驚波永寧。鎮海、定海之民，與鄞、慈諸邑，共享魚鹽之利，游文明之府。而瀕海之疆，安磐石，稱上國焉。蓋遠人之享王者，極之無雷左食之邦。聖人功德，超軼前古矣。《詩》云『海外有截』，功也，《書》云『海隅蒼生，萬邦黎獻，共惟帝臣』，德也。

紹興府圖説

凡州皆有山鎮，而《周禮·職方氏》首及會稽，以其獨尊於陽方也。會稽者，今之紹興府也。隸縣八，首山陰，次會稽，會稽，沿古郡名也，次蕭山，次諸暨，次餘姚，次上虞，次嵊縣，次新昌。而山陰、會稽，同在郡城中。其疆土帶海傍江，其名勝千巖萬壑，其君子好學篤志而立功名，其小人食物常足，勤力節儉而尚氣節。雖稟山川之氣固然，而觀感古人，其轉移實有力焉。

今試按圖而考，苗山，夏后氏於此會諸侯，同風氣也。蕺山，越王采蕺而食，以自勵苦辛者也。江名曹娥，孝女之神明在焉。

緬蘭亭激湍、鑑湖一曲，罣然懷右軍、賀監之清風。而中天高閣，王文成讀書講學之所，故老猶能道之，宜生其後者，奮興鼓舞，而不自知也。若夫名山有宛委之藏，物産有竹箭之美，須慮之船，疾於駛馬，堇山之銅，利於鑄劍，亦足雄視他方，考古者每樂道之。

中按圖而考，以下與蘇子瞻《超然臺記》『東望馬耳常山，出没隱見』一段，神理暗合。

台州府圖説

台州西北環山，東南距海。環山者，臨海也，仙居也，天台也。距海者，黄巖也，寧海也，太平也。州之山皆險峻，而天台山當牛、女之分，上應列宿，故州以名焉。

漢元封初，徙東越之民於江淮，而空其地，時台猶在荒服中。《晋・地里志》止稱水耕火耨，漁獵山樵，飲食頗給。六朝以後，封守日固，聲華漸開。蓋在上有風教，而後在下多秀民，非一朝一夕之故也。唐自鄭虔爲司户，選民間子弟教之。至宋南渡後，朱子以常平使者行部至台，表二徐中行庭筠。先生之墓，闡濂洛正學之傳。而交好如石𡼏，從遊如潘時舉、趙師邺、杜知仁、林恪輩，轉相授受。師友淵源，宛然鄒魯。迄今家誦讀而户絃歌，彬彬如也。則台之異於他郡，匪獨如孫綽所云『窮山海之瓌富，盡天人之壯麗』者矣。而探幽奥者，謂山水名區。慕二氏者，謂高僧化人，往往而有指爲仙佛之國，是亦淺淺之見也。

夫歸重理學，撇去山水名區、高僧化人，才是儒者持論。

金華府圖説

郡名金華，自梁武帝始，而秦時實會稽郡之一縣也。舊領縣七，曰金華，曰蘭谿，曰東陽，曰義烏，曰永康，曰武義，曰浦江。明成化時，割金、衢、處三府邊隅之地，置新縣，曰湯溪。共領縣八，地與温、處、三衢爲界。名山包絡，土物饒裕。凡江湘閩廣官吏之走集，食貨之轉輸，大抵由郡以達省會，蓋水陸衝要地也。

然郡之擅名於東南者，不以山川，不以財賦，而以人文。顔氏子孝感羣烏，古郡所由以烏名也。龍邱萇抱道不仕，伯夷、原憲之行，見重於當塗也。吕成公祖謙倡明正學，以後何基、王柏、金履祥、許謙，並以道傳。晋卿黄溍、潛溪宋濂，並以文著。道爲出治之本，文爲載道之器也。至宗忠簡澤之誓扶宋室，王忠文禕之守節不屈，浦江鄭氏之一門義行，非皆所以激忠藎、扶彝紀者乎？他如孝標劉峻授詩，山名講堂；隱侯沈約嘯歌，樓傳元暢，此文雅之餘，樸學者弗尚焉，詞華之士，應亦有取於此。

衢州府圖説

連饒信之肘腋，扼閩粤之喉吭，通黟歙之聲勢者，厥惟衢州。蓋嚴州居浙之上游，而衢又居嚴之上游。畫山爲界，依山作障，稱要地焉。領縣五，附郭爲西安。東去府治七十里爲龍游，西去府治八十里爲常山，西南去府治七十五里爲江山，西北去府治一百六十里爲開化。西安最要者曰峥嶸山，曰烏巨山，曰巖山。龍游最要者曰梅嶺，曰龍邱山，曰紫淵山。常山最要者曰木棉嶺，曰形弓山。江山最要者曰江郎山，曰星覷山。開化最要者曰芹嶺，曰遯嶺，曰蟠桃山。而仙霞一關，雄踞衆山之上，高峰插天，旁臨絶壑，飛鳥能度，匹馬難旋，昔人所謂『一夫當關，萬夫莫開者』也。

今值太平全盛，聖化翔洽，休養生息。商旅不閉關，士卒無烽儆，蓋已六十餘年。而當逆藩牙蘖時，重臣作鎮，守兹關隘，剪彼鯨鯢，是州實爲王師用武蕩平之地。覽其山川，可慨然而賦《常武》矣。

起首作高屋建瓴之勢，末歸本廟謨，得歐公《送田晝秀才序》意。

寧波一篇以海作主，此篇以山作主。

嚴州府圖説

嚴州在萬山之間，西至徽州，南至金華，東北並至杭州，即古睦州地也。宋徽宗時，始改名嚴，以嚴陵得名。屬縣六，曰建德，曰淳安，曰桐廬，曰遂安，曰壽昌，曰分水。而建德屬郡城中，尤爲一大都會。蔡天啓餞云：『溪壑縈迴，二江合而成字；山城閴寂，一葉動而亦聞。』《圖經》則云『錦峰綉嶺』。杜牧之則云：『越角吴根，山川清麗，如在畫圖矣』。過七里瀧，登嚴陵臺者，清風披拂，灑然思薄身厚志，樂道畏榮。東漢之節義，惟先生有以開之者乎？又蛟峰盤空，魚口聳秀，地靈人傑。方逢辰、商輅之科名出焉，亦前代之盛事也。然土非饒沃，粟米不多，而競資材木山蠶以爲生。歲或不登，轉粟常仰之衢、婺。調劑軫恤，宜因民俗而經理之也。昔范文正公出守睦州，謂民之豪者如虎，示之以法；弱者如鼠，示之以仁，而紛争之患息焉。是即寬猛相濟之方也，請以告司民社者。

温州府圖説

温州，古名東甌，即永嘉郡也。十一府中，去省會獨千有餘里。枕閩界括，依山阻海。土宜秔稻，魚鹽充斥，商賈交會，浙東西推沃壤云。縣凡五，永嘉附府城，名山爲華蓋；樂清濱海，名山爲雁蕩，爲西際，遥控者爲玉環；瑞安在府之西南，最勝者爲白巖山，亦瀕於海；平陽亦在府之西南，最勝者爲象灣山，去府漸遠；泰順在平陽之西，最勝者爲飛龍山，爲天關山，去府愈遠矣。

昔謝靈運典斯郡，徧歷永嘉諸山，輒爲詩以致其意。今讀《江中孤嶼》、《登緑嶂山》、《石門絶頂》諸詩，如見當年著屐尋幽之樂。名山遊宴，何超然於牒訴倥偬之餘也！至宋代以還，鄉先生如王景山、周行己之徒，講明程朱正學者，多至三十餘人，一時有小鄒魯之稱。而台州金華，素以理學聞者，直同鼎足矣。噫嘻，康樂風流，後世猶想慕焉，而況踐履篤實之儒？流風餘韻之垂於後者，爲何如哉！

處州府圖説

處州，古括蒼地，與閩壤相接。北界台、婺，東引甌越，西交三衢，浙之南鄙也。始領縣七，一麗水，一青田，一縉雲，一松陽，一遂昌，一龍泉，一慶元。後又增置雲和、宣平、景寧，爲縣凡十。宋楊億守州，嘗曰『引領西目，羣峰倚天，清溪南奔，深淺見底，亦東南形勝區』云。

獨是唐氏以前，卓犖不朽之人無聞。南宋以來，理學名者，有王光祖、龔原、葉味道、尹起莘諸人。功業政治傳者，有管師仁、鄧熹、閭邱觀諸人。元勳顯者，爲劉基。忠節稱者，爲姜綬、朱光、梅寬夫、劉璟。孝友一行，又不可悉數也。豈前此史傳失傳與？或山川光氣，鬱於前而顯於後與？抑唐自李繁建學，韓昌黎作記，而後聖教始尊。則後此之英賢接踵者，惟聖人之道開之也。文翁化蜀，常衮化閩，其功詎可泯與？

或云，上有處士星見，故以名州。而引左慈、王方平、帛道猷等以實之。然諸子非州産也，姑存其説。

錢塘江圖説

錢塘江，即浙江，一名浙河。《山海經》云：『禹治水至於浙河，亦名曲江。』枚乘云：『觀濤於廣陵之曲江，以江勢三折，故得曲名。』又桑欽《水經》名漸江，漸字近浙而變，如郲、鄒類也。又險不可犯，名羅刹江。江源發於東陽、新安之間，水入嚴州桐江。而衢州有水，自蘭溪來。金華之水至蘭溪，與衢水合，俱會於桐江。入杭之富陽曰富春江，至錢塘曰錢塘江，曲折而東歸於海，此由江入海之次第也。海潮入江，受龕赭兩山約束，與山争勢，拗怒不洩，聲馳萬馬，奔騰衝擊，一瀉千里，此由海入江之次第也。有唐以來，沙岸受齧，時見奔潰。

築塘捍江，著於錢武肅之强弩射潮。宋元及明，屢壞屢築，時有功叙。今天子御極，詔令歲修。又褒封伍相之神，俾素車白馬，効靈於銀濤雪浪之間。浙東西地俱受其福，江神懷柔，民奠厥居，聖人之澤，利賴無窮矣！

西湖圖說

西湖，即古明聖湖。方三十里，南西北三面環山，而會城適當東面之缺。泉自谿澗縷注，匯而成湖。引水入城，復自城分導。仁和海寧，仰以溉田。鹽漕商賈諸艘，賴以通達焉。中亘舊堤四，曰白沙，蘇公，趙公，楊公。新堤一，曰金沙。跨蘇公堤爲外六橋，跨楊公堤爲裏六橋，跨金沙堤爲玉帶橋。湖亦分裏外，孤山以西爲裏湖，孤山以東爲外湖。其間隱人之廬，佛子之宫，忠臣義士，暨功德在民者，祠宇相望。他如亭臺沿洄，樓館銜接，金碧照耀，倒影如畫。蓬萊瀛洲，近在人世也。

往者聖祖仁皇帝幸浙，覆載萬民，淪浹庶物。孤山屢駐警蹕，行宫在焉。近奉旨建聖因寺，爲崇奉神御之所，以廣聖孝。又建賢王祠，以崇德報功。湖濬而益深，堤增而益廣。桃李繽紛，芙蕖掩映。官民共樂，魚鳥泳游。眺覽者，際明良全盛之時，忠愛之心，可以油然而興矣。

如披小李將軍金碧山水。

天目山圖説

山高三千九百丈，廣五百五十里。或云聯杭、湖、宣、徽，周八百里。中爲仙頂，左右東西兩峰。峰各有湖，如左右目，故天目名焉。東目之脈，萃於餘杭，結穴於徑山。西目之脈，萃於錢塘，結穴於西湖。是天目者，杭之主山，而形家以爲『龍飛鳳舞到錢塘』者也。山多險潭，分上中下三級。最上潭，腥氣觸人，不可近。有犯之者，風雲雷電交作，蓋龍之靈氣也。山下有洗眼池，相傳梁昭明分經洗眼處。山半有瀋王峰，相傳高麗瀋王參禮中峰處。有昇仙峰，相傳徐仙鍊形上昇處。而仙鋸石二十餘扇，片片如鋸。或尺許，或六七寸、一二寸許。有未破者，亦繩墨縷縷，留痕宛然，神人狡獪乃爾。道藏列之太微元蓋洞天，洵不虚云。境過高過寒，登蓮花峰者，必繩引而上。十月後，天欲雪，羣猿繞屋而鳴，依人不去。蘇子瞻云：『自天目山上俯視雷雨，但聞嬰兒聲，不聞雷震。』宜寰中裹糧者少也。

狀出極高極寒，不必登陟，已覺毛骨俱聳。

烟雨樓圖説

宇内烟雨樓有四，一在竟陵，一在桂陽，一在括蒼，而最著者首稱檇李。樓在鴛鴦湖中，累土成洲，因洲建樓者，五代時錢元璙也。因舊址興復者，宋尚書王希吕也。前明時，知府趙瀛修之，兵備沈奎修之，知府龔勉、劉應鈳修之。入本朝，知府許焕修之。前爲魚樂國，後爲釣鰲磯。大士有閣，文昌有祠，凝露有臺，棲鳳有軒，浮玉凝碧有亭。波流迴環，中央聳峙，若君山之點洞庭也。雍正八年，總督臣李衛，慮歲久頹圮，無以繼前人、示後觀，乃撤舊材而新之。嘗偕民庶遊眺於此，澄湖鏡如，涵青洄碧。萬瓦鱗次，雉堞周遭，觸目如繡。而晨煙暮雨之時，杳靄空濛，不辨涯際。櫂歌漁笛，聲聞人隱。萬物滋潤，盎然榮鬯。誠以國家至治咸和，肖翹得所。而任封疆者，得以政治之餘，修廢舉墜，與民共樂於晴雨皆宜之境也。視元璙刱建以來，風物猶是，而太和氣象遠矣。

從烟雨空濛中涵泳治化，渾然無迹。

太湖圖説

太湖，一名震澤，一名具區，一名笠澤，一名五湖，古揚州巨浸也。跨江南、浙江二省，於蘇州屬吴縣、吴江，於常州屬宜興，於湖州屬烏程、長興。湖共五百里，周三萬六千頃，而烏程、長興獨有二萬頃，則屬湖州者爲尤多云。蓋州有四水，自廣苕山曰苕溪，自銅峴山曰前溪，自天目山曰餘不溪，自德清縣，北流至州，南興國寺前曰霅溪。霅合四水，東北流入太湖。復合三州之水，由蘇松分流以入於海。《經》所謂『三江既入，震澤底定』是也。烏程沿湖水口，共三十九。長興沿河水口，共三十四。沿堤爲溇，溇有斗門，門有版閘。旱則閉之，以防溪水之洩瀉，澇則閉之，以御湖水之暴溢。康熙四十六年，奉旨修建閘座，以固隄防。近又添設同知一員，專理湖務。既以職水利，亦以察匪人。誠以湖爲兩省重地，經畫宜周，制防宜密也。中有七十二峰，大者曰馬跡，曰東西洞庭。西洞庭，金房玉柱，神仙往來所也。界烏程、長興者，曰大雷山、小雷山。

海防圖説

兩浙瀕海者凡六府，杭則錢塘、仁和、海寧，嘉則海鹽、平湖。寧則奉化以外，五縣皆屬海濱。

而定海新邑，則又航海而治矣。紹則蕭山、山陰、會稽、上虞、餘姚，台則寧海、黄巖、太平，温則永嘉、樂清、瑞安、平陽，皆是也。

海之有防，漢以前無聞。陽嘉中，始議屯戍。宋南渡後，漸立禁防。明嘉靖中，倭人爲難，浙東西懂焉，而海防之法嚴矣。國家臣一區宇，鯨波不驚。海外萬國，皆航琛輂賮，聲教覃敷，無遠弗届矣。然驛騷永息，防制宜周。法在守各府之海口，以固門户；捍洋海之險要，以固藩籬。司以巡之，所衛以防之，提鎮以統之。量地分哨，而又會哨以聯絡之。修戰船，設墩臺，而於出口商船，又逐汛交替以稽察之。此防海之大略也。而地勢之要害，杭爲鱉子門，嘉爲澉、乍二浦，寧爲定海山、蛟門，紹爲泗門港，台爲海門港，温爲南麂、玉環。而定海山、蛟門，凡海舶之自浙而達遼海者，必經於此，尤爲全浙最要之地。設兵捍衛，蓋以得人爲重哉。

普陀山圖説

普陀山，亦名補陀洛伽山，華言小白華山，去定海縣約二百里。山周圍百里，孤懸海中，相傳大士示現地、善財南詢處也。寺舊名寶陀，聖祖仁皇帝改名普濟，又敕建雨花禪寺。寺凡兩處，在山之南，去寺三里爲潮音洞。洞顛通穴，濤浪衝擊，終古吼怒。相連爲龍女洞，西去爲善財洞。自山北轉，名石盤陀，平坦可坐百人。曉望扶桑，日輪從海底湧出，赤波吐吞，氤氳海面，晃耀心目。上有白華嶺，菩薩頂，達摩峰，紫竹林。下有蓮花洋，青螺礁，疑非人間世也。開山以來，孰不敬禮大士？然大士無形，誠動輒應。而天下在宥，佑民庇國者，尤足感通。我皇上海涵天覆，萬類是庇。詔發内帑，聿新殿宇，凡以爲民祈福。而天下之梯山航海，奔走祝釐者，誠知天子萬年，與佛力永永無量也。外更有小洛伽山，相望海中，亦大士示形地。

禹陵南鎮圖説

《周禮》，揚州之鎮山曰會稽，夏禹朝四方諸侯處也。西北五里爲禹陵，東有禹廟。改封會稽爲南鎮，自開元時始也。山有南鎮廟，廟在禹廟之右，禹陵可識者。會稽山之東，有隴，隱若劍脊。西下有窆石，狀若稱權。相傳禹葬會稽，取此石爲窆石也。司馬遷作《史記》，自序云『上會稽，探禹穴』，禹穴之在會稽，信矣。

考歷代尊禮，宋建隆二年，詔令州縣視守陵墓。乾道四年，詔立廟會稽，置守陵五户。明洪武九年，令五百步内禁人樵采，設陵户二人，其崇祀南鎮之神。唐天寶十年，封永興公。宋淳化二年，以立夏日祀南鎮。南宋及元，封王號。明洪武三年，正祀典，止稱會稽山之神。遇大禮，遣官致祭。此祀典之秩然者。國朝祀禹陵南鎮，遣官分祭，肅將典禮，視先代有加焉。蓋禹之明德若此其遠，而作鎮炎服者，功不在嶽瀆諸神下也。

或曰，禹穴在蜀，會稽禹穴，乃神禹得黄帝水經處。此前明楊慎好奇之論，不足據云。

天台山圖説

天台山，高一萬八千丈，周遭八百里。四面如一，山不下數十，總以天台冠之。山之門户爲赤城，石皆赭色，形如雉堞。右爲玉京洞，即道書所云第六洞天。東爲國清寺，山多精廬，此絶勝者。北爲清溪，爲桃源，綉壁夾澗，十里三折，仙蹤惚恍，難窮其奥。西北最高者爲華頂，山麓至絶頂，凡八重。登其巔者，大海錢塘，括蒼雁蕩，俱在指掌。俯瞰羣峰，或如蓮葉，或如花鬚，恍疑芙蓉一朵，浮動海上，真絶境也。西行爲瓊臺，對峙爲雙闕。臺當大壑之心，空際石起，浮嵐雲破，狀如削瓜。萬仞卓立，森倚相向。孫綽所謂『雙闕雲疏以界道，瓊臺中天而垂居』是也。過聖慈寺爲斷橋，厓石欲接，一罅中斷。飛泉噴射，猿鳥回蹤。又循鳥道西折，迴絶處爲石梁，峭壁如劍削。雙澗懸流，兩厓支石，危不受趾。孫綽所謂『跨穹窿之懸磴，臨萬丈之絶溟』是也。過此則應真五百所棲，兜羅綿現，宫闕縹緲。津逮者，蓋自厓而返矣。

造句得之《水經注》，一結意言不盡。

鴈蕩山圖説

鴈蕩，一名鴈湖。高四十里，頂上有湖。方十里，春鴈歸，每宿於此，故名。山之界，東至温嶺，西至白巖，南至玉環山，北至蒼坡山。唐一行畫天下山河爲南北兩戒，以南戒盡於鴈蕩。蓋謂巴蜀湖南之山，趨金陵，度錢塘，而結秀於此也。東西内外谷，包藏一百一峰，而剪刀、天柱最勝。剪刀峰，高數百丈，屹立澗水中，神才鬼削，兩股谺然。天柱峰，千仞壁立，儼然端人正士，執笏殿廷，令人肅然起敬。餘隨步换形，莫可名狀。瀑布凡三處，而大龍湫，自鴈湖合諸溪澗水，從凹中直下，疑天上傾瀉，砰雷轉轂，隨風作態，激射倒躍，霑灑及數里外。高約五千餘丈，小龍湫、上龍湫俱遜之。他如石梁之拔地梯天，常雲之晴空不散，梅雨泉之一絲摇漾，人喧則止，人寂則飛，皆變幻之尤者。開山者，爲諾詎羅師。賦《斤竹》《磵石門》詩者，爲謝康樂。以遊蹤著者，爲焦伯强、沈存中、王龜齡，後之遊東甌者可考焉。

寫瀑布一段，疑有神助。覺『海風吹不斷，江月照還空』猶是凡語。若『一條界破青山色』，真不免惡詩之誚也。

玉環山圖説

玉環山，舊名木嶼，亦名木榴，亦名地肺，宋以後改今名。山界温台，分屬樂清、太平二縣，共七百餘里。四面距海，外際大洋，温、台之門户，實全浙之藩屏也。明洪武時，徙民實内地，而是山孤懸海外，蒙茸盤結，歷有年所矣。

今上御極之五年，總督臣李衛，請命於朝，經營相度，因山築城，因城濬池。招徠民庶，迺壇迺廟，迺署迺營，迺廬迺倉。田從墾藝，賦則三壤。設官以撫之，駐兵以衛之。都鄙有限，斥鹵有利，巡哨有制，測潮占風有方。雞犬桑麻，熙熙攘攘。而玉環屹然爲島嶴間重地矣。蓋猶是山也，置之荒穢，則匪人伏莽；隸之疆索，則作鎮海邦。今際聖人之世，山效其靈，水呈其瑞。向等於珠厓之棄者，漸復爲衣冠文物之區。且四山環拱，若白龍湫、珠簾島、翠雲窩諸勝，儼然踴躍奮迅，以争奇競秀於天台鴈蕩之間。世有孫興公、謝康樂，其人尚操筆而賦之。

仙霞嶺圖説

浙爲東南屏蔽，衢又爲浙之重鎮，而仙霞嶺又衢州一府之扼要地也。嶺在江山縣南百里，爲級三百六十，爲曲二十有八，長二十里，重崖峭壁，因勢成關，實爲南服之險云。連仙霞之嶺六，曰窑，曰茶，曰大竿，曰小竿，曰梨，曰楓。過楓嶺，分浙、閩兩省界。連仙霞之關五，曰安民，曰六石，曰黄塢，曰木城，曰二渡。過二渡，爲江右廣信、永豐界。六嶺五關，並在百里内。而語險絶者，必以仙霞爲冠。浙之有仙霞，猶蜀之有劒閣也。宋建炎紹興間，諸將多轉戰於仙霞南北。史浩帥閩，甃以石路。本朝康熙十三年，逆藩梗化，鴟張豕突，謀出仙霞。制府李文襄之芳，秉受廟謨，置兵險隘。後設伏搗虚，殲厥渠魁。由守我之險，遏彼之勢，乘其弊而殪之也。《坎》之『彖辭』云：『王公設險，以守其國。』得人以守之，據有形之險，佈有孚之德，故往而有功。聖人所重，固在地利人和哉！

《舊唐書》考證

《舊唐書》卷一考證

清河賊帥竇建德僭稱長樂王。

臣德潛按：《建德傳》，大業十三年，建德自稱長樂王，歲在丁丑，故建元丁丑，《隋書·煬帝本紀》同。次年，稱夏王，乃武德元年。此云元年稱長樂王，三年稱夏王，俱誤。

《舊唐書》卷四考證

四年十一月，以邢國公蘇定方爲神丘道總管。

臣德潛按：《新書·本紀》，五年三月，大將軍蘇定方爲神丘道大總管，以伐百濟也。《定方本傳》，顯慶五年，拜熊津道大總管。考熊津在朝鮮城南，唐置熊津都督府於其地，定方以神丘道兼領之，兩書正相合也。且其時定方方討都曼，何以又有神丘道之命乎？疑屬下『五年』之文，錯簡於此。

五年六月，駕還東都。

臣德潛按：前夏四月，已書『駕還東都』矣，以後未嘗巡幸，何又書『還東都』耶？應即前『至自并州』文，重見於此。

《舊唐書》卷五考證

上元二年夏四月己亥，皇太子弘薨於合璧宫之綺雲殿。

臣德潛按：《新書》書『天后殺皇太子』，蓋顯言之，此則隱其惡也。

二年七月，相王輪改封豫王，仍名旦。

臣德潛按：相王至此始名旦，不得云『仍名』也，當依《通鑑》『更名旦』爲是。

《舊唐書》卷六考證

萬歲登封元年

臣德潛按：原本誤連於『證聖元年』之後，是合二年爲一年也。今已更正。

洛州百姓給復二年

臣德潛按：此因登封嵩嶽，大赦天下，而尤加恩於洛州百姓也。原本誤認爲元年後之二年，另行提起，是分一年爲二年矣。今已更正。

二年六月，内史李昭德、司業少卿來俊臣，以罪伏誅。

臣德潛按：當時昭德、俊臣同棄市，時人無不痛昭德而快俊臣。俊臣應書『伏誅』，昭德非其倫也。《新書》云『殺』。

長安三年秋七月，殺右金吾大將軍唐休璟。

《新書》：秋七月庚戌，檢校涼州都督唐休璟爲夏官尚書，同鳳閣鸞臺平章事。

臣德潛按：《本傳》，休璟未嘗被殺，且未嘗爲金吾大將軍。此於『殺金吾大將軍』下明有闕文，且並闕休璟之遷官，而以兩事混而一之也。

《舊唐書》卷八考證

『十八年，是春，及百僚，每旬暇日，尋勝地讌樂』云云。

臣德潛按：文在『夏四月』以下。四月不當云『春』，疑三月中事，誤書於此。

《舊唐書》卷九考證

《玄宗本紀》卷下：二十七年七月，辛丑，北庭都護蓋嘉運襲破突騎施于碎葉城，殺蘇禄。

臣德潛按：《新書》在八月乙亥。《突厥傳》，擒於二十六年，二十七年二月獻俘。《綱目》亦同《新書》。

十三載春，正月，安慶緒獻俘於行在。

臣德潛按：《綱目》，十三載春正月，安禄山入朝。《禄山本傳》，十三載正月，謁於華清宫。則獻俘者，乃禄山，非慶緒也，疑譌。

《舊唐書》卷十考證

至德二載五月，詰追贈故妃楊氏爲元獻皇太后，上母也。

臣德潛按：玄宗禪位稱誥，當云『皇后』，不當云『皇太后』。

上元二年九月，制自今已後，朕號惟稱皇帝，其年號但稱元年，去上元之號，其以今。

臣德潛按：『其以今』下屬闕文，闕以十一月建子爲歲首詔明年仍以建寅月爲歲首，及十二月建丑，並明年寶應元年建寅月事。

北庭潞儀隰等州行營、本管節度觀察等事，移鎮絳州。

臣德潛按：此寶應元年建卯月文也。上闕『庚午，郭子儀知朔方河中』凡十字，照《新書》添入『北庭』字上，則成文矣。

《舊唐書》卷十一考證

四年大曆**秋七月己丑，以澧州刺史崔瓘爲潭州刺史、湖南都團練觀察使。**

臣德潛按：本文下『自湖南鳳翔移鎮盩厔』至『以京西兵馬使李忠臣爲鳳翔尹，代皇甫温；温移鎮陝州』共二十三行，皆大曆五年事，誤入于此，今已訂正。

八年，李棲筠彈吏部侍郎徐闕

臣德潛按：本文下應接『丁卯，幽州節度使朱泚加檢校户部尚書。至戊子，詔京官五品以上各言封事』共二十三行，向俱誤入九年中，而『朱泚加檢校户部尚書』一行又復錯亂于中，今已訂正。

九年，戊子，以澧州刺史楊猷爲洮州刺史。

臣德潛按：本文下共二十三行，向誤入九年中，今已歸入八年下，接『夏四月丁丑月，入太微』，於義恰合。

《舊唐書》卷十二考證

二年十一月，己巳，詔『成德軍節度、都知兵馬使、恒州刺史，襲高麗朝鮮郡王李惟岳，隳墜父

業，蔑棄國恩」云云。

臣德潛按：此削惟岳官爵詔也。惟岳封隴西郡王，此『高麗朝鮮』四字顯誤。

二年八月，遣河中節度使駱元光鎮咸陽。

臣德潛按：《新書·吐蕃傳》，河中節度使渾瑊，華州節度使駱元光。是時，河中節度乃瑊，非元光也。此當有闕文。

《舊唐書》卷十三考證

《德宗本紀》卷下：貞元四年六月，封皇子皇弟邕王諒等七人爲王。

臣德潛按：代宗諸子，大曆中盡封，無至貞元中始王者。《新書·諸王傳》，是年封憲宗以下十三王。則『弟』當作『孫』，『七人』當作『十四人』。

《舊唐書》卷十四考證

《憲宗本紀》卷上：是歲，淮南、江南、江西、湖南、山東道旱。

臣德潛按：此元和三年十二月文也。下接『夏四月戊寅，國子祭酒馮伉卒』，明闕四年春正月至三月事矣，因原文所少，仍其舊。

《舊唐書》卷十五考證

《憲宗本紀》卷下：十年六月，捕得張晏等八人。

臣德潛按：此王承宗所使，刺殺宰相武元衡者也。《新書·元衡傳》：『張晏等十八人。』

《舊唐書》卷十六考證

《穆宗本紀》：八月甲戌，安南都護桂仲武斬叛將楊清首以獻，收復安南府。

臣德潛按：本年六月丁丑已書斬楊清事矣，此係重出。又《新書》：三月辛未，楊清伏誅。與此互異。

《舊唐書》卷十七下考證

二月，癸卯，京師地震。

臣德潛按：《新書》：三月乙卯，京師地震。《舊書·五行志》亦同。則二月癸卯之震乃錯簡也，當從《新書》。

三年，冬十月，以右金吾衛將軍高霞寓爲夏、綏、銀、宥節度使。

臣德潛按：高霞寓已卒於寶曆二年夏四月丙辰，此誤。

《舊唐書》卷十八下考證

七月，以兵部尚書李讓夷爲劒南東川節度使。

臣德潛按：《新書》，讓夷於三月拜司空，未嘗罷相，爲兵部尚書也。此處闕『同平章事』文。

四年冬十月，中書侍郎、同平章事魏扶罷知政事。

臣德潛按：《新書》：六月戊申，扶已書薨，則十月中不應罷知政事，兩書必有一誤也。而扶無傳可考，未知孰是。《綱目》與《舊書》同。

十年春正月，以華州刺史李訥檢校左散騎常侍，兼越州刺史、浙東都團練觀察等使。

臣德潛按：《新書》，九年七月，浙東軍亂，已逐觀察使李訥矣。而《舊書》於十年始遷浙東觀察使，未知孰是。《綱目》與《新書》同。

《舊唐書》卷十九上考證

郎知政事

臣德潛按：《新書》：三月，蕭寘薨。不應四月復轉中書侍郎，必有一誤，而兩書俱無寘傳，未知孰是。

十年春正月，中書侍郎兼户部尚書、同平章事蔣伸，爲太子太保，罷知政事。

臣德潛按：伸十二年九月已罷政矣，此疑錯簡於此。

《舊唐書》卷十九下考證

《僖宗本紀》：乾符元年二月，詔『具務多上之辨，寧亂整上之師』。

臣德潛按：二『上』字誤，以重點爲『上』。乃『多多之辨』『整整之師』也，已改正。

二月，以吏部侍郎裴坦爲兵部侍郎，充諸道鹽鐵轉運使。

臣德潛按：《新書》：坦於乾符元年二月入相，五月已薨，顯然互異。但兩書無傳可考，未知孰是。

三年春正月，浙西奏誅王郢徒黨。

臣德潛按：《新書》不著郢誅年月。《綱目》書：四年，閏二月，王郢衆降，郢走明州，敗死。則此時尚未平也。疑誤。

《舊唐書》卷二十上考證

天復元年春，正月，以孫德昭爲安南節度使。

臣德潛按：安南，即静海軍，前已書『以孫德昭檢校司空静海軍節度使』矣，此應重出。

《舊唐書》卷二十下考證

冬十月，削奪荆南留後趙匡凝官爵。

臣德潛按：前八月丁未，已書『削奪荆襄節度使趙匡凝在身官爵』矣，此應重出。

《舊唐書》卷二十一考證

自是五精之神，五神所奉矣。

臣德潛按：下應接『以其是人主之象』云云，原本以字譌矣。下誤接『其又以五方帝、五帝、五官從祀』云云，共誤二千三百餘字，今已訂正。

以睿宗配

臣德潛按：下應接『其五方帝、五人帝、五官從祀』，原本誤接『太常博士獨孤及獻議』共三千三百餘字，今已訂正。

詔百寮會議

臣德潛按：下應接『太常博士獨孤及獻議』至末，原本誤接『天是人王之象』云云，共四千二百餘字，今已訂正。

《舊唐書》卷二十二考證

取其正室則謂之太室

臣德潛按：《英華》上有二語，云：取其宗祀，則謂之清廟。宜補入。

《舊唐書》卷二十三考證

『則天證聖元年，將有事於嵩山』云云

臣德潛按：《通鑑綱目》俱垂拱四年，非證聖元年。况正月爲證聖元年，九月爲天册萬歲元年，即一年中事，下文不必云『至天册萬歲元年』矣，今已改正。

天册萬歲二年，臘月甲申，親行登封之禮。

臣德潛按：天册萬歲有元年無二年，明年爲萬歲通天元年也。今已改正。

中宗紹運，舊邦維新。

臣德潛按：《文粹》二語下有『睿宗繼明，天下歸仁』句。上文自高祖、太宗而下，歷叙功德，不應頌中宗而反遺睿宗也，明係闕略。

《舊唐書》卷二十四考證

三月壬子，親謁玄元宫聖祖母益壽氏，號先天太后。

臣德潛按：《本紀》追尊聖祖玄元皇帝父，周上御史大夫，敬曰『先天太上皇』，此祇及先天太后，疑闕。

《舊唐書》卷二十五考證

《禮儀志·五祭法》稱王立七廟，一壇之廟而七。

臣德潛按：《英華》云，王立七廟，一壇一墠。《王制》云：天子七廟，三昭三穆，與太祖之廟而七。『一壇』以下，共闕一十六字，應補入。

太祖東向，昭南向，穆北向，商之玄王，周之后稷是也。

臣德潛按：《英華》於『穆北向』下有『太祖者』三字，另用提起『與是也』，文義方順，應補入爲合。

《舊唐書》卷二十六考證

故堯之《書》『曰若稽古，帝堯……』，《孔氏傳》曰傅說佐殷之君，亦曰『事不師古，匪說攸聞』。

臣德潛：按『稽古』『帝堯』二語下應有闕文，以《孔氏傳》未明引，且與上『賢臣輔翼，順考古道』意無關合也。

昭公十年，齊歸薨，至十三年，喪畢，當祫，爲平丘之會。冬，公如晉。

臣德潛按：《通典》有『至十四年，祫，十五年，禘。傳云「有事於武宫」是也』。三語應補入。

司勳員外郎裴樞議曰『禮之主』，亦猶是也。

臣德潛：按『禮』之下有闕文。《文獻通考》引裴樞議曰『禮之必立宗子者，蓋爲收是族人』，東向之主亦猶是也。應補入。

《舊唐書》卷二十七考證

臣德潛按：卷二十七乃凶禮也，而惜乎未完。考成周五禮，凶禮居二。唐初徙其次第，居五。而李義甫、許敬宗以爲凶事，非臣子所宜言，遂删去。《國恤》一篇，國有大故，臨時采掇，凶禮無可徵矣。後開元制禮，亦未詳盡。至杜黄裳擇裴墐爲太常，羅絡古今，苞並百氏，成《崇豐二陵集禮》，議者稱近古焉。然王溥作《唐會要》，於《國卹》略無紀載；宋祁修《唐書》，亦第詳臣庶、喪葬、衰麻、哭泣之節，豈墐之書，至王溥、宋祁時不復存耶。至《舊書》所載凶禮，惟論同爨緦麻之恩、嫂叔無服、舅姨親疎。而於五服、隆殺、視疾、殯殮，及葬埋、祭祀之類，俱闕，又不獨散軼《國卹》而已。其爲殘闕卷帙，夫復何疑！

臣德潛按：有唐典禮，貞觀定後，顯慶修之，開元又復删改，禮莫備焉。今《志》所載，吉禮具存。餘賓禮，如通邦國、待四夷君長之類，俱闕；嘉禮，如皇帝加元服、皇太子加元服、臣庶冠、皇帝納后、皇太子納妃、臣庶婚、皇帝受朝賀、册立皇太子、養老、鄉飲酒之類，俱闕；軍禮，如親征、講武、蒐狩、習射、合朔之類，俱闕，不止凶禮爲未全之書也。必合《新書》詳考之，禮儀始備。

《舊唐書》卷二十八考證

十四年，有景雲見，河水清，張文收採古朱鴈、天馬之義，製《景雲河清》歌。

臣德潛按：此貞觀十四年也。然觀《通考》，以《景雲河清歌》《慶善樂》《破陣樂》《承天樂》《一戎大定樂》《八埏同軌樂》《夷美賓》七曲爲高宗朝所作，未知孰是。

《舊唐書》卷三十考證

《音樂志三》：《祀五方上帝於五郊樂章》四十首，貞觀中魏徵等作。

臣德潛按：《通考》作顯慶元年左僕射于志寧撰。

《舊唐書》卷三十一考證

《音樂志四》：『嗚球香瓚，大糦是承。』『香瓚』，誤，疑是『秉瓚』。臣德潛按：卷中所載樂舞詳矣，及觀《通典》《通考》，有：《薦獻玄元皇帝樂章》不詳撰者，《德明興聖皇帝樂章》吏部侍郎李紓撰，《穆宗皇帝樂章》中書侍郎牛僧孺撰，《敬宗皇帝樂章》中書侍郎韋處厚撰，《文宗皇帝樂章》中書侍郎崔珙撰，《武宗皇帝樂章》中書侍郎李回撰，《宣宗皇帝室舞號》《懿宗皇帝室舞號》《僖宗皇帝室舞號》《昭宗皇帝室舞號》俱不詳撰者。又有：《饗讓皇帝樂章》吏部侍郎李紓撰，《惠昭太子樂章》散騎常侍歸登撰，《悼懷太子樂章》不詳撰者，《莊恪太子樂章》給事中裴泰章撰，《祭風師雨師樂章》，皆秘書監包佶撰。《武成王樂章》原王傅于卲撰，《九宮貴神樂章》不詳撰者，以至《元日冬至皇帝朝會樂章》侍中源乾曜撰，《中宮朝會》《東宮朝會》樂章皆中書侍郎李義甫撰，《大射》《鄉飲》樂章皆不詳撰者，《志》中都未及載，今存其名，其辭均無可考焉。

《舊唐書》卷三十二考證

置有蝕之朔定小餘。

臣德潛按：曆法有大餘、小餘，太初以下皆然。舊本凡大、小餘俱作蝕，非也，今改。

《舊唐書》卷三十三考證

「没日法：一千七百」云云。

臣德潛按：此文舊本誤脱於前文「土王日」之下，今改正。

「歷變周四十四萬」云云。

臣德潛按：此文誤脱於前文。

「初行入春分」云云。

臣德潛按：求變度術中多闕文，以《新書》證之。此段乃言熒惑星，度「初行入春分」之上脱落甚多，又其前脱歲星一段。

《舊唐書》卷三十四考證

推月行與黄道差數。

臣德潛按：舊本作「月」，爲「月與黄道差數」，義不可解。又後文若「入春分交後行陽曆」，

『秋分交後行陰曆』，皆爲異名。舊本脱春分『春』字，又脱『陽曆秋分交後行』七字，今補正。

《舊唐書》卷三十五考證

《天文志上》在璿樞玉衡。

臣德潛按：以『璿璣』爲『璿樞』，避玄宗嫌名也。

假今學者，因二十里之高，以立句股之術。

臣德潛按：《新志》此文尚有登岱一事，故云『二十里之高』，謂自山麓至嶽頂二十里也，此處應脱一段。

《舊唐書》卷三十六考證

昴畢大梁之次。

臣德潛按：十二次各爲一段，舊本接連前文，非也，今提行改正。

四年，閏正月，丁卯朔。

臣德潛按：此貞觀四年日蝕之變也。考《本紀》，三年，閏十二月。則四年不當閏正月，應誤。

《舊唐書》卷三十七考證

昔大戊有異木，生於朝。伊尹戒以修德，厥妖用殄。

臣德潛按：《尚書》『君奭篇』，乃伊尹之子陟，非尹也，今已改正。

二十七年，八月，東京改作明堂。訛言官取小兒埋明堂下，以爲厭勝云云。

臣德潛按：前文俱志水溢，此條不類也，入訛言類中爲合。

上元三年，楚州刺史崔侁獻定國寶十三，其四曰西王母白環二，所在處，外國歸伏。六曰如意寶珠，形如雞卵。

臣德潛按：此明闕第五寶也。據《通鑑》，五曰碧色寶，圓而有光。《新書》亦沿舊《志》，闕第五寶。

《舊唐書》卷三十八考證

兖州武德五年，徐圓朗置兖州。

臣德潛按：武德五年乃平，徐圓朗因置兖州，非圓朗自置州也，已增入。

《舊唐書》卷四十一考證

韶州仁化、湞昌二縣，天寶後新置。

《新書》光宅元年析始興置。

臣德潛按：嶺南道中韶州，後應及潮州，《舊書》闕。

《舊唐書》卷四十四考證

左右衛至左右千牛衛。

臣德潛按：《舊書》俱大將軍，各一員，將軍各二員。《新書》大將軍上俱有上將軍一員。

左右神武軍。

臣德潛按：《舊書》闕官名、人數。據《新書》，大將軍各一員，正二品；統軍各一員，正三品；將軍三員，從三品，總衙前射生兵。長史、録事叅軍事、倉兵曹、三曹叅軍事、司階、中候、司戈、執戟、長上，人數、品秩，隨曹府史並如龍武軍，應補入。

元帥，舊無其名。安史之亂，肅宗討賊，以廣平王爲天下兵馬元帥，又以郭子儀、李光弼副之。

臣德潛按：《新書》，高祖定京師，置左右元帥、太原道行軍元帥、西討元帥，皆親領之，則知不始於安史之亂也。

臣德潛按：取士之制，莫詳於唐。由學館者曰生徒，由州縣者曰鄉貢，皆昇於有司而進退之。其科之目，有秀才、有明經、有進士、有俊士，明法、明字、明算，有一史、有三史，有開元禮、有道舉、有童子。而明經之别，有五經、三經、二經，學究一經，與三禮、三傳、史科。此歲舉之常也。而天子自詔曰制舉，所以待非常之才焉。載之《通典》《通志》《通考》，釐然具備也。《舊書》有《職官志》，無《選舉志》，明係殘闕，應条之《新書》，以得其大凡。

《舊唐書》卷四十五考證

二品以上，金鏤；三品，金銀鏤；四品，銀鏤；五品，綵鏤。

《新書》無五品。

臣德潛按：輿服中不及大駕鹵簿、皇后鹵簿、皇太子鹵簿，亦屬闕略。

《舊唐書》卷四十六考證

《經籍志上》：九日『圖緯』，以紀六經讖候；十日『經解』，以紀六經讖候；十一日『訓詁』，以紀六經讖候。

臣德潛按：『圖緯』乃紀讖候之書，『經解』『訓詁』，不得亦云讖候也。應謁五百七十五部六千二百四十一卷。

臣德潛按：止五百七十一部六千二百二卷。

《韓詩翼要》十卷，卜商撰。

臣德潛按：韓嬰，漢人，安得卜商爲撰？《翼要》，于《新書》無『韓詩』字，爲合。

《齊職儀》五十卷，范曄撰。

臣德潛按：范曄受誅於宋元嘉二十二年，不應著述《齊職儀》也。《新書》作王珪之，合。

《舊唐書》卷四十七考證

蓋佛老之書計於其間。

臣德潛按：丁部集録内，唐人自盧藏用後，遽接沙門、道士諸集。而開元以來，文如張説、蘇頲、陸贄、權德輿、韓愈、柳宗元、李翺、孫樵、劉蜕、杜牧諸人，詩如張九齡、王維、孟浩然、李白、杜甫、元結、李觀、韋應物、白居易、李商隱諸人，皆不與焉。其爲殘闕無疑也。又沙門中，無皎然、靈徹、貫休、齊己；道士中無吴筠、司馬承禎；婦人中無上官昭容，亦屬漏略。備觀《新書》，所載庶乎完善云。

《舊唐書》卷四十九考證

四年，度支侍郎趙贊議：常平事，竹、木、茶、漆，盡税之。

臣德潛按：《食貨志》中闕『百官俸料』一項，《新書》具載。

《舊唐書》卷五十考證

『其年，刑部斷獄，天下死罪惟有五十八人，大理少卿徐嶠上言』云云。

臣德潛按：兵、刑並重，而《舊書》獨闕兵志，雖節度、經畧、都護、守捉等官散見於《地理志》中，而唐初之制府兵，府兵廢而爲彍騎，彍騎廢而重方鎮，其始終、盛衰、治亂之迹，未之及也，亦屬殘闕無疑。

《舊唐書》卷五十一考證

《高祖太穆皇后竇氏傳》：后父毅於門屏畫二孔雀，諸公子有求婚者輒與兩箭射之，潛約中目者許之。前後數十輩，莫能中。高祖後至，兩發各中一目。毅大悦，遂歸於我帝。

臣德潛按：後代作史不應稱『我帝』，此仍唐人紀録，未曾删正者也，書中類此者極多。

《高宗廢后王氏傳》：『武昭儀令人皆縊殺之。』

臣德潛按：既云『武昭儀令人皆縊殺之』，後又云『截去手足，投酒甕中，數日而卒』，是一傳中自相矛盾矣。

《中宗韋庶人傳》：『中宗廢後，每聞制使至，惶恐欲自殺。后勸王曰：「禍福倚伏，何常之有？豈失一死，何遽如是也！」』

德潛按：《新書》：『禍福何常？早晚等死耳！』無遽及。語意較明。《舊書》『豈失一死』句，或有譌字。

《玄宗楊貴妃傳》：韓國夫人巽古壻字，祕書少監崔珣女，爲代宗妃。

臣德潛按：韓國夫崔峋，非崔珣，後《崔妃傳》甚明，已改正。

虢國男裴徽，尚代宗女延安公主。

臣德潛按：肅宗七女中，郜國公主下嫁裴徽。此誤作代宗，而代宗十八主中，又並無延安。延安乃穆宗女也。一語中凡有三誤。

《舊唐書》卷五十三考證

唐公見推，天下不足可定。

臣德潛按：《資治通鑑》及《綱目》皆云：密得高祖書，甚悦，示其部下，曰：『唐公見推，天下不足定也！』句意較明，今改正。

《舊唐書》卷五十五考證

《薛舉傳》：『其妻性又酷暴，好鞭撻其下，見人不勝痛而宛轉於地，則埋其足，纔露腹背，而捶之。』

臣德潛按：《新書》於其子仁杲傳中云：『其妻亦兇暴，喜鞭楚人，見宛轉於地者，則埋其足，露腹背受捶。』兩書互異。

《苑君璋傳》：君璋然其計，執我行人，送於突厥。

臣德潛按：『執我行人』，『我』字蓋從紀録原文，而未經改正者，如『我帝』之類是也。

《劉黑闥傳》：『爲王世充所虜。世充素聞其勇，以爲騎將。見世充所爲而竊笑之，乃亡歸。質其父蓋，而使世勣典兵，攻新鄉，詐以取信。遂虜黑闥，獻於建德，建德署爲將軍。』

臣德潛按：『乃亡歸』下明有闕文。據勣傳及《新書》，時世勣陷於建德，建德使攻新鄉，虜黑闥獻之。明是建德質其父蓋，而使世勣行詐謀也。闕數語，文義不明。

史臣總論：『破李贇甲兵，放還其衆。』

臣德潛按：《李軌本傳》，軌遣贇破薛舉兵，贇請坑之，軌不從。則『破李贇甲兵』一語乃誤認也。

見頡利歸朝，亦是見機者也。

臣德潛按：《苑君璋本傳》：見頡利政亂，竟率所部來降。論中『見頡利』下明脱落政亂意。

《舊唐書》卷五十六考證

初，伏威養壯士三十餘人爲假子，分領兵馬，唯闞稜、王雄誕知名。

臣德潛按：此《公祏傳》末語也。下應接闞、王二《傳》。向闞、王二《傳》在前，《公祏傳》在後，於文法不合。蓋傳以杜伏威爲主，輔闞王連類及之，故闞、王二《傳》附在《公祏》後也，今已更正。

《闞稜傳》：『善用大刀，長一丈，施兩刃，名爲拍刀。』

臣德潛按：《唐六典》，有陌刀長一丈，即斬馬刀也，今改正。

《舊唐書》卷五十九考證

遂擒通，送於長安。高祖謂曰：『何相見晚耶！』通泣，對曰：『通不能盡人臣之節，力屈而至爲本朝之辱，以愧相王。』

臣德潛按：當時無相王其人，前文云『義兵起，代王遣通進屯河東』，此必代王之譌也，已改正。

《舊唐書》卷六十考證

《長平王叔良傳》：武德元年，師鎮涇州，以禦薛舉。

臣德潛按：《綱目》：武德元年，唐將軍劉感鎮涇州，薛仁杲圍之，唐長平王叔良將兵至。是禦仁杲，非禦舉也，時舉已先卒矣。《新書》亦作『禦仁杲』。

《舊唐書》卷六十三考證

《蕭瑀傳》：遘疾，薨於宫所，年七十四。太宗聞而輟膳，高祖爲之舉哀。

臣德潛按：瑀之薨在貞觀二十一年，時高祖崩久矣，安得爲之舉哀？此必「高宗」之誤也。

《舊唐書》卷六十五考證

《長孫無忌傳》：七世祖道生，後魏司空、上黨靖王。六世祖旃，後魏特進、上黨齊王。

臣德潛按：《魏書》：長孫道生傳道生子抗。抗子觀無旃名且，抗早卒，觀襲祖爵。此云旃襲且、封齊，二史互異。

《舊唐書》卷六十七考證

《李勣傳》

臣德潛按：《新書》詳勣與李義甫、許敬宗，勸高宗立武后事，此生平大玷，不可不書也。《舊書》不及，是其識短處。

《敬業傳》：『蕃將號徐舍人者，環集漢俘於呼延州，謂僧延素曰：「師勿甚懼，予本漢五代孫也。」』

臣德潛按：『漢』字下有闕文，應是『予本漢徐敬業五代孫也』。

《舊唐書》卷六十九考證

《劉世讓傳》：高祖無可任者。

臣德潛按：上文世讓答高祖備邊之策，應是高祖曰『非公無可任者』，『高祖』二字下疑有闕文。

《舊唐書》卷七十一考證

《魏徵傳》

臣德潛按：新舊二書所載魏徵言行，去取各有所見。《新書》有『諫鄭仁基女』事，《舊書》無與封德彝論大亂易治，猶饑人之易食也，云云。《新書》有、《舊書》無論長樂公主資送倍於永嘉長公主事。《舊書》有、《新書》無帝於苑中作層臺，以望昭陵事。《新書》有、《舊書》無徵上四疏。

《舊書》全録、《新書》不載《十思》。『貞觀之初，導人使諫。三年以後，見諫者悦而從之。比一二年，勉强受諫，而終不平也』云云，《新書》有、《舊書》無。《十漸不終疏》，《新書》有、《舊書》無。《却封禪議》，《新書》有、《舊書》無。又《舊書》祇載停婚，而遺征遼還、重爲立碑之事，於君臣之義有遺憾也，必合二書參攷之，乃見完備。

《舊唐書》卷七十二考證

劉孝孫

臣德潛按：因《褚亮傳》中叙薛收卒，復徵東虞州録事劉孝孫入館，尋遺圖其狀貌，是因薛收而及其生平，不必更立傳也。今附亮傳末。

《舊唐書》卷七十七考證

史臣總論：楊素父子傾覆隋祚，醜聲流聞。雖弘禮、弘武之邪士，而元亨兄弟竟以兇族竄逐，古人守死善道，不無爲也。

臣德潛按：弘禮、弘武《本傳》：皆守正之士。弘武子元亨等，緣忤張易之兄弟，誣以楊素之後，俱遭斥逐禁錮。玩文義，『邪士』應是『正士』之譌，言守正如弘禮、弘武，猶以祖宗之不善累之也。今改正。

《舊唐書》卷七十八考證

《張行成傳》

臣德潛按：張易之、昌宗，行成族孫也。生平醜行，宜另立傳，不合附行成正人後。況既附易之兄弟，而論贊中又不之及，何也？

《舊唐書》卷八十三考證

《蘇定方傳》：『顯慶五年，從幸太原，制授熊津道大總管，率師討百濟。』

《新書》作『神邱道』。

臣德潛按：《新羅傳》云定方『爲熊津道大總管』，《實録》亦然。而《唐曆》則云『以定方爲神坵道大總管』，《舊書》據《實録》，《新書》本《唐曆》也。

《薛仁貴傳》：『明年，又與梁建方、契苾何力於遼東，共高麗大將温沙門，戰於横山。』

臣德潛按：上文『顯慶二年』，則明年爲三年也。而《通鑑》載於四年冬，蓋本之《實録》云。

其年，仁貴病卒。

臣德潛按：玩上文，乃開耀元年也。然據《綱目》，永淳元年，突厥骨篤禄寇并州，薛仁貴大破之。非卒於開耀中，明矣。《新書》在永淳二年爲合。

《舊唐書》卷八十五考證

《唐臨傳》：『宫殿廢，出爲萬泉丞。』

臣德潛按：『宫殿宇』，疑譌，應是『春宫』。《新書》：『太子廢，出爲萬泉丞。』可證也。

《舊唐書》卷八十六考證

《許王素節傳》：『永隆元年，轉岳州刺史。』

《新書》：儀鳳三年，裴居道傳。

臣德潛按：居道，係太子妃兄。附高宗諸子、孝敬皇帝弘下，殊不合體。《新書》入《外戚傳》中，爲允。

《舊唐書》卷九十二考證

《韋安石子陟傳》：太常博士程皓議謚爲『忠孝』，刑部尚書顔真卿以爲不合，二行殊高以成『忠孝』。

臣德潛按：『高』字應『難』字之譌也，已改正。

《舊唐書》卷九十三考證

證聖元年，與吐蕃大將論欽陵、贊婆，戰於素羅汗山，官軍敗績。

臣德潛按：《通鑑綱目》：素羅汗山之敗在萬歲通天元年三月，非證聖也。《新書·本紀》亦然，而《新書·本傳》亦作『證聖』，蓋承舊書之譌。

《舊唐書》卷九十六考證

《姚崇傳》

臣德潛按：崇上陳十事，使玄宗力行。此生平大節，而《傳》中不及。《新書》詳之，此足補

《舊書》之闕。

《舊唐書》卷一百二考證

《韋述傳》

臣德潛按：《傳》末附蕭穎士，而《文苑》中另有《蕭穎士傳》，此爲贅設。

《舊唐書》卷一百四考證

《高仙芝傳》：六月，『制授仙芝鴻臚卿、攝御史中丞，代夫蒙靈詧爲四鎮節度使』。

臣德潛按：此天寶六載六月也。而《封常清傳》又云：天寶六載，從仙芝破小勃律。十二月，仙芝代夫蒙靈詧爲安西節度使，便奏常清爲慶王府録事叅軍。二傳互異。

《舊唐書》卷一百六考證

《楊國忠傳》：『是日，貴妃既縊，韓國、虢國二夫人亦爲亂兵所殺。』

臣德潛按：《楊貴妃傳》：虢國至陳倉，爲縣令薛景仙所殺，未嘗從入蜀也。此顯誤。

《舊唐書》卷一百十考證

《李光弼傳》：『屬大風晦冥，諸將引衆而退，所在剽掠，惟光弼所部不散。』

臣德潛按：此乾元二年八月文也。《肅宗本紀》，相州之敗，在乾元二年三月。《通鑑》《綱目》俱同此，應誤。

『即日，懷州平，以功進爵臨淮郡王。』

臣德潛按：封王賜鐵券在寶應元年，此臨淮郡公非王也。

《舊唐書》卷一百十二考證

史臣總論：『初爲國忠所憎，終沮朝恩之勢。』

臣德潛按：《李峴傳》中乃爲李輔國掎摭，非魚朝恩也，應誤。

《舊唐書》卷一百十四考證

上元二年十日，與朔方節度使、司徒郭子儀等九節度同圍安慶緒於相州。

臣德潛按：九節度圍安慶緒乃乾元元年秋八月，非上元二年也。但上已書元年，此不當重書。

二年六月六日，賊將史思明自范陽來救，戰於安陽河北，王師不利。

臣德潛按：此二年三月事，誤作六月。

《舊唐書》卷一百十八考證

自以爲表入事行，潛遣所由吏於河中經營。節度寄理於涇州。

臣德潛按：『河中經營』，下應有闕文。據《新書》：『敕所由於河中經圖宮殿，築私第。帝聞，惡之，置其議。初，四鎮北庭行營節度使寄治涇州。』此另起文義也。書中闕『經營宮殿，築私第』等意。

《舊唐書》卷一百十九考證

《楊綰傳》：又奏進士加文，明經加闕。

臣德潛按：《新書·選舉志》：『進士加雜文，明經填帖。』照此增入。

《舊唐書》卷一百二十二考證

《楊朝晟傳》：十五年，免喪，加檢校工部尚書。來年正月卒。

《新書》：十七年卒於屯。據《德宗本紀》，十五年五月卒。當從《新書》。

臣德潛按：一百四十四卷中，復立《楊朝晟傳》。文中略有更易，惟前傳云：十年春，朝晟奏方渠、合道、木波皆賊路也，請城其地以備之。後傳云十三年，顯然互異。

《舊唐書》卷一百二十三考證

《班宏傳》：『滂至揚州按徐粲，逮僕妾子侄，得贓鉅萬，乃徙嶺表。故參得罪，宏頗有力焉。』

臣德潛按：『徙嶺表』下明有闕文。上初未明竇參之得罪，而以『故參』接下，殊不連屬。

宏頗有力焉，勤恪官署，晨入夕歸。

臣德潛按：『宏頗有力焉』，下亦不應如此接，疑有闕文。

《舊唐書》卷一百二十八考證

《叚秀實傳》

臣德潛按：柳宗元《叚太尉逸事狀》一載其屈服郭晞，見其剛正；一載其媿恥焦令諶，見其慈惠；一載其不受朱泚餽綾，見其清節。至於以笏擊賊，此殺身成仁大節，不在《逸事》内也。宗元上之史館，後作《唐書》時，仍逸之，何耶？

《舊唐書》卷一百三十考證

《李泌傳》

臣德潛按：泌爲童子時，賦「方圓動静」，斥蕭誠軟美，已見生平品概。至調護玄宗、肅、代父子間，後又保全順宗儲位，俱能言人所不敢言，此爲生平大節。他如建議令李郭制賊，辨盧杞奸邪，破桑道茂語，不使人君以命自諉，並識見之卓絶者，《舊書》都不之及。但叙其爲宰相後，長於鬼道，唯以神仙惑人。而論斷中，謂乃見狂惑浮薄之蹤，與王璵並論，爲左道惑衆者殺，非公論也，當以《新書》爲正。

《新唐書》考證

《唐書》卷七十六考證

從幸九成宫，方屬疾，會柴紹等急變聞，帝甲而起，后輿疾以從。

臣德潛按：『后從幸九成宫，屬疾』，此貞觀八年事也。《本紀》無『急變』事，《柴紹傳》亦然。此未詳何指，應有誤。

《中宗庶人韋氏傳》：『數改制度，陰儲人望。』

臣德潛按：上文乃神龍三年以後事也，而《綱目》在神龍元年。

《唐書》卷七十七考證

《肅宗章敬皇后吴氏傳》：『生代宗，爲嫡皇孫。生之三日，帝臨澡之。孫體攣弱，負姆嫌陋，更取他宫兒以進。帝視之曰：「非爾所知，趣取兒來。」於是見嫡孫，帝大喜，向日視之，曰：「福過其父。」帝還，盡留内樂宴具，顧力士曰：「可與太子飲，一日見三天子，樂哉！」』

臣德潛按：《玄宗紀》：開元二十五年，廢皇太子瑛。二十六年，立忠王璵爲皇太子。《代宗紀》：開元十四年十二月十三日，生於東都之上陽宫。則代宗之生先於肅宗，爲太子十有三年也。烏得云『一日見三天子』，預稱太子耶？且其事亦不經，其譌顯然。

《唐書》卷七十八考證

《長樂郡王幼良傳》：『帝遣侍御史孫伏伽鞫視，無異辭，遂賜死。』

臣德潛按：《舊書》：『帝令宇文士及代爲都督，並按其事。士及慮其爲變，遂縊殺之。』

《孝逸傳》：『以嘗有功，貸死，流儋州，薨。』

臣德潛按：《則天紀》：天授元年五月，殺梁郡公孝逸。似《紀》《傳》互異。

《唐書》卷七十九考證

《滕王元嬰傳》：『神龍初，更以修信子涉嗣。』

臣德潛按：《舊書》：『以循琦弟循琣子涉嗣。』而《新書・表》亦作『琣』。

《唐書》卷八十考證

凡戰大小三十二，取州五，縣二十，斬首三萬三千，禽生萬六千。

臣德潛按：《舊書》：『凡下州四，縣十七，大小十餘陣。』而韓愈《曹成王碑》敘討李希烈，云：『大小之戰三十有二，取五州十九縣。』與二書又不皆合也。

徙臯鎮山南東道，割隋、汝以益軍。

臣德潛按：《方鎮表》增『領唐鄧安』，與此異。

《唐書》卷八十四考證

密自謂主盟，遣將軍張仁則致書於帝，呼爲兄。帝令記室温大雅作報書，云云。

臣德潛按：此密棄倉守洛口時事也，時煬帝尚在江都。《舊書》作義寧二年事，互異。

《唐書》卷八十五考證

『武德元年，宇文化及至魏縣，建德謂納言宋正本』云云，引兵討化及，連戰破之。

臣德潛按：《舊書》：武德二年，宇文化及僭號於魏縣，建德討之。《綱目》書『夏王建德破宇文化及於聊城，誅之』，亦在二年，《新書》應誤。

《唐書》卷八十七考證

《輔公祏傳》：『六年，伏威入朝，留公祏居守。』

臣德潛按：《舊書》：『武德五年，伏威入朝。』而《綱目》書杜伏威入朝於唐，在五年秋七月，當從《舊書》。

《唐書》卷八十九考證

《段志玄傳・三世孫文昌》

臣德潛按：文昌，憲宗時人，命改作《平淮西碑》者，必非三世。

《唐書》卷九十二考證

《杜伏威傳》

臣德潛按：《舊書》，伏威與輔公祏並列，均入『竊據』例也。然伏威既歸順，則爲唐臣矣。故《新書》於『寇畔』中秖列公祏，而杜伏威、闞稜、王雄誕三人另叙，入唐臣中。

《唐書》卷九十七考證

徵五世孫謩，大中十年，以平章事領劍南西川節度使。

臣德潛按：《舊書·本紀》，在十一年。《綱目》，十一年十二月，魏謩罷爲西川節度使。《傳》中十年，誤。

《唐書》卷一百一考證

《蕭瑀傳》

臣德潛按：貞觀十七年，瑀與長孫無忌等二十四人，並圖形於淩煙閣，凡圖淩煙閣者，《傳》中皆載。此獨不載，似疎。

倣進中書侍郎、同中書門下平章事，再遷司空、蘭陵縣侯。卒年八十。

臣德潛按：《舊書》：「罷知政事，出爲廣州刺史、嶺南節度使。遇亂，不至京師而卒。」是《新書》薨於位，《舊書》卒於鎮也。玩《子廩傳》中「乾符中，以父出鎮南海，免官侍行」，則《新書》明缺罷相文矣。當從《舊書》。

《唐書》卷一百二考證

《褚亮傳》：「曾祖湮、父玠，皆有名梁、陳間。」

臣德潛按：《陳書·褚玠傳》「祖澐」，此作「湮」，而《宰相世系表》又作「漢」，應誤。

《唐書》卷一百七考證

《陳子昂傳》：『會父喪，廬冢次，每哀慟，聞者爲涕。縣令段簡貪暴，聞其富，欲害子昂。家人納錢二十萬緡，簡薄其賂，捕送獄中，死。』

臣德潛按：《舊書》：『子昂父在鄉，爲縣令段簡所辱。子昂聞之，遽還鄉里。因事收繫獄中，憂憤而卒。』據《舊書》，是子昂之歸，父未死也，且無廬冢事。兩書情事不一。

《唐書》卷一百九考證

乾元三年，拜蒲同絳等州節度使，俄以中書侍郎、同中書門下平章事。

臣德潛按：璵之入相，《紀》在元年五月。二年三月，罷爲刑部尚書。七月，出爲蒲同絳等州節度使，非自蒲州入相也。《傳》中顯誤。

璵曾孫摶别傳。

臣德潛、沈炳震曰：『别傳者，專立一傳。查新舊二書，摶皆附傳，未嘗專立傳也。』

《唐書》卷一百十一考證

《蘇烈傳》：『出爲神丘道大總管，率師討百濟。』

臣德潛按：《舊書》：『制授熊津道大總管，率師討百濟。』當從《舊書》。熊津，在朝鮮國城南百濟海口也。唐制，熊津都督府於此。

《唐書》卷一百二十五考證

蘇瓌子頲。帝不納其言。

臣德潛按：『不納其言』，謂玄宗不納頲諫立靖陵碑之言也。《舊書》：玄宗從其言，而止較合。

《唐書》卷一百三十考證

《李尚隱傳》：『刺史姚班説其能，器之。』

臣德潛按：《舊書》：『時姚珽爲同州刺史，甚禮之。』

東都留守爵高邑伯。

臣德潛按：《新書》在代王邱爲御史大夫後，《舊書》在代王鉷前。

《唐書》卷一百三十一考證

《李勉傳》：『明年至者，乃四千餘柁。』

臣德潛按：《舊書》：『末年至者四十餘。』『夷舶至者四十餘。』未見不暴征之效也，《新書》爲允。

《唐書》卷一百三十三考證

《郭知運子英傑》：『開元二十三年，長史薛楚玉遣英傑與裨將吴克勤、烏知義、羅守忠帥萬騎及奚衆討契丹。』

臣德潛按：《綱目》於開元二十一年書『幽州副總管郭英傑與契丹戰敗，死』。《舊書》亦作二十一年。《新書》誤。

《唐書》卷一百三十四考證

《宇文融傳》：『融乃奏慕容琦等二十九人爲勸農判官。』

臣德潛按：《舊書》『置勸農判官十人』，《通鑑綱目》俱作十人。

《唐書》卷一百三十八考證

出爲江西觀察使，以善治財賦稱。

臣德潛按：本文即蒙上永泰三年事也。《舊書》在大曆六年七月，而《舊書·本紀》則係七年正月。

有賈明觀者，素事魚朝恩。朝恩誅，當坐死。

臣德潛按：此爲朝恩坐死也。《舊書》云賈明觀者，事北軍都虞侯劉希暹。魚朝恩誅，希暹從死。此又爲希暹坐死也。

《唐書》卷一百四十考證

後泰芝終以贓徙死，承鼎追原其誣。

臣德潛按：此是承鼎之昭雪在泰芝死後也。而《舊書》則云『承鼎竟得雪，後泰芝竟以贓敗流死』，似雪罪以後泰芝始流死者然。

《唐書》卷一百四十一考證

《崔光遠傳》：『光遠乃募官攝府、縣，誰何宮闕，斬十數人，乃定。』

臣德潛按：『誰何宮闕』四字未明。《舊書》云：『募人攝府、縣官分守之，殺數十人方止。』較明白。

《唐書》卷一百四十六考證

李鄘子拭，歷仕宗正卿、京兆尹、河東鳳翔節度使，以祕書監卒。

臣德潛按：《舊書》又有『子柱官至浙東觀察使』，此《新書》所無，而《舊書》亦無子拭。

《唐書》卷一百五十一考證

以兵部尚書爲東都留守。

臣德潛按：此貞元九年事也。《舊書·德宗紀》：貞元十二年，晋爲東都留守。

《唐書》卷二百一考證

杜審言孫甫，嘗醉登嚴武牀，瞪視曰：『嚴挺之，乃有此兒。』武亦暴猛，外若不爲忤，中銜之。一日，欲殺甫，及梓州刺史章彝，集吏於門。武將出，冠鈎於簾三，左右白其母，奔救，得止。

臣德潛按：《舊書》：『武雖急暴，不以爲意。』今閱《甫集》，無論兩人贈答，劇見交誼。至武没後，甫《哭歸櫬》云：『一哀三峽暮，遺後見君情。』《八哀》中云：『空餘老賓客，身上媿簪纓。』欲殺甫事，恐好事者爲之，《新書》喜聞其説而採之也，當從《舊書》。

《唐書》卷二百六考證

《楊國忠傳》：『節度使張宥惡其人，笞屈之。』

臣德潛按：《舊書》『益州長史張寬惡其爲人』。

蜀大豪鮮於仲通頗資給之。

臣德潛按：鮮於仲通先資給之，復薦之。兼瓊得蜀貨百萬，乃之京師，見羣女，弟因以進身，此國忠得寵之由。而後之薦仲通討南蠻，以致喪師辱國，皆根於此也。《舊書》不之及，此《新書》周密處。

內閣學士臣沈德潛謹言：《新唐》一書，宋嘉祐中在廷諸臣奉詔纂修者也。歐陽修撰《紀》《志》，宋祁撰《列傳》，至十七年告成。其《進書表》曰：『事則增於前，文則省於舊。』固爲度越劉昫矣！然後代有作糾繆者、有作考異者，或仍欲以《舊書》入『十七史』中，而易去《新書》，何所見之齟齬也！今試精心考之，《新書》可議，惟傳中喜用僻澀，時類虬户銑谿之弊。又制詔、奏疏，改易原文，盡失唐代體裁，不無遺議。若夫明是非、正得失，叙次簡嚴，時寓筆削。或《紀》《志》未備，詳見於《列傳》之中；或彼傳闕略，互見於此傳之中。較之《舊書》，實得史法。蓋《舊書》以完善勝，故司馬氏作《通鑑》，往往取之；《新書》以識見勝，故朱子作《綱目》，往往取之。此各採所長，不得謂《新書》之轉遜於《舊書》也。臣等奉。

輯佚詩、文

佚　詩

序《寶坻志》寄懷洪明府

白下分張天各區，渠陽幾載綰銅符。
鑿山省役衛子産，腰笏引舟何易於。
耕稼共歡今有母，謳謡轉憶昔無襦。
聞君修乘希良史，直筆同商山澤臞。

（時邀蔡子芳三重修邑志。）

［見洪肇楙《寶坻縣志》卷十八『藝文』下，哈佛燕京圖書館藏本；又見《寶坻縣志》，《中國地方志叢書》，乾隆十年（一七四五）修民國六年（一九一七）石印本影印，臺北成文出版社一九六九年版，第一一五七頁。］

論詩絶句

眇木山人足性靈，詩盟寒後苦飄零。
後來誰吊荒墳者，只有吴江計改亭。

（見《清詩别裁集》計東《鄴城吊謝茂秦山人》小評。）

題《春江待渡圖》

萬樹桃花千載紅，僊源雲水隔空濛。
中流一葦如相引，便是蓬池一路通。

（輯自清戴璐《吴興詩話》卷五：『查查浦《題〈春江待渡圖〉》云：「春江花月近如何？檢點清游勝迹多。六客留題誰好在，重吟惟有一東坡。」沈歸愚題云……』民國嘉業堂刻《吴興叢書》本，中國國家圖書館藏。）

闕題

湖水渺無極，白雲清有餘。南州足高尚，太古静幽居。昔我靈巖隱，塵喧曾破除。以君能課讀，披卷愧難如。

（《（同治）蘇州府志》卷四五：『息舫在洞庭西山崦里，徐桂榮築。《金輅記》：沈德潛有《息舫課讀圖序》，王鳴盛有《息舫合刻序》。又沈德潛詩……』云云。）

題《聽雨詩》後

秋風昨夜生，凉氣集凋户。佳人日暮來，遠道合儔侣。同心訂金石，禮數忘賓主。窗外響瀟瀟，散絲灑庭宇。人生良覿難，百家聚幾許。天意且留客，今宵只處處。茶煙裊簾旌，幽蟲語荒圃。更深興未闌，坐聽空堂雨。

（《道古堂全集》詩集卷十《翰苑集》。）

闕題

玉室金堂有路通，樓船難任片帆風。細摹小李將軍筆，縹緲三壺一望中。

（《胡氏畫畫考三種·西清劄記》卷三。）

對聯

瓶添澗水盛將月，衲掛松梢惹得雲。

（《隨園詩話補遺》卷七。）

種樹樂培佳子弟，擁畫權拜小諸侯。

（《近代名賢翰墨初輯、二輯》。）

未見詩

江干月夜

《清詩别裁集》卷二八云："『康熙癸巳二月，省試，余與彌邵（孫璜）同泊江干，同賦是題（指《江干月夜》），余詩廢棄久矣，披讀孫詩，恍如塵夢。』可見此詩沈德潛本人没有保存下來。

擬劉安『桂樹叢生』

《歸愚文鈔》卷一五《答友人書》云："『承問近著，自慚荒落，寄到《擬劉安桂樹叢生》一首，《賦得山水有清音》一首，辭藻不文，聊資嘔噱。』

賦得『山水有清音』

《歸愚文鈔》卷一五《答友人書》云："『承問近著，自慚荒落，寄到《擬劉安桂樹叢生》一首，《賦得山水有清音》一首，辭藻不文，聊資嗢噱。』

妾薄命

《沈歸愚自訂年譜》：乾隆元年，由京返鄉，『同稼咸歸舟中，有附舟棄妾死……予與稼咸作《妾薄命》詩吊之。』

闕題

《胡氏書畫考三種·國朝院畫録》卷上：《準噶爾貢馬圖》一卷。乾隆……命西洋人郎世寧繪圖，並命内廷翰林梁詩正、汪由敦、蔣溥、莊有恭、嵇璜、張若澄爲之序贊，後復命沈德潛題什。

佚　文

《唐律清麗集》序

《國風》、楚《騷》、漢魏《樂府》、古詩，詩之源也；近體詩，詩之流也；近體中有長律，又其分支衍派也。爲體益變，去古益遠。然而格和以莊，律嚴以細，鼓吹休明，覘考蘊蓄，必資乎此。有唐用以試士，而一代公私永言之作，鏗鍧炳蔚，流傳至今，可覆按也。

丁丑春，皇上念科塲論、判雷同之弊，命改試五言八韵唐律。作人雅化，雲漢昭回，海宇喁喁，講求聲韵之學。而長律專選顧無善本，學者患之。

徐中翰商徵、族孫文聲，薈萃全唐詩，録其尤者，輯《清麗集》六卷。分應製、應試、酬贈、紀述四門，自六韵至百韵咸具。不獨資塲屋揣摩，亦以備館閣用也。

嘗論唐初長律，王、楊、盧、駱、沈、宋、陳、杜、燕、許、曲江，並皆佳妙。少陵出而瓌奇宏麗，變動開闔。後多作者，無能爲役。自選家或祖元、白，或推温、李，鋪排爲富，儷偶爲工，而長律正宗失矣。

是集詳初、盛，略中、晚，大篇多録少陵詩，以示模則，去取謹嚴。有與余曩日持論合者，蓋兩生從余遊久。才美學贍，力追古人，傑然爲吴中之秀，故識見之卓如此！又出其餘力，箋注評點，爲初學先路。明備而不煩，密察而不鑿，刷目洗眉，骨節疏通，視《瀛奎律髓》《唐詩掞藻》《近光》《韶濩》諸選，遠突過之。惜其從塲屋館閣起，見止論次長律一體也。然學者由是集以漸窺《風》《騷》、漢魏，譬猶溯逆河而上抵崑崙之墟、星宿之海，沿流討源，吾安見其自囿而返哉！

乾隆二十二年孟冬望日沈德潛書

［《唐律清麗集》六卷，清徐曰璉、沈士駿輯。清乾隆二十二年（一七五七）吴郡徐氏刊本。］

《青嶁詩集》序

詩人之詩，異乎文人之詩：文人之詩意在文，而兼及焉者也；詩人之詩意在詩，而專及焉者也。不見夫津人之操舟者乎？善遊者數能忘乎水也，忘乎水，唯其習乎水也。假而擅郵良造父之技者而操舟檝，以從乎江湖，彼第能防車之敗，而不能持舟之覆，其不爲津人竊笑者幾何矣。

吾友盛子庭堅，少即嗜有韵語。余嘗訪故友張子永夫於下沙，因與庭堅定交，得讀其詩。後余往來硯山，必與庭堅晤。每晤，讀其詩，輒工於前。後余移家硯山東隅，晨夕過從。後又同館舍於生田王氏，見其中有所得，一寓於詩。今已年四十餘，嗜之彌甚，於是知庭堅故以詩爲事，而文轉在所兼及者也。彼操舟之子，善游者數能，庭堅以詩自□〔一〕，其庭堅之善游乎波；善游者忌乎水，庭堅之冥心合節，其庭堅之忘水乎！而其少時操筆弄墨，幾於日課一詩者，庭堅之習乎詩，即操舟者之習乎水也，其爲詩人之詩而非餘事所及者，夫又奚□然吾□丈人之游呂梁者矣。弱水三千仞，涿沫四十里，而蹈水如無事然，以己之性順首水之性，而與齊俱入，與汨俱出，故遇人世之至險，而不知其險也。津人操舟者，曷試之呂梁，以及其蹈水之能乎？庭堅之詩，自王、孟、錢、劉、韋、柳以下至青丘、海叟之列，皆能咀其菁華而化其面目，已幾幾乎津人之能事矣。由此而上□少陵之壘，以直探乎典午、當塗、漢京之原。吾起涉呂梁之險者，迴視觴深之淵，真有履如乎地者也。庭堅其然吾言乎哉！

集以青嶁名，取硯山旁之小山以自況，蓋其謙詞云。

雍正甲寅小春既望，長洲沈德潛書於歸愚齋。

（盛錦《青嶁詩集》，清刻本，見《四庫未收書輯刊》第九輯第二七册，第五八四頁。）

校記

〔一〕□，此文多處空白，皆以「□」符號標志。

《貞一齋集》序

古來論詩家，主趣者有嚴滄浪，主氣者有楊伯謙，主格者有高廷禮，而近代朱竹垞則主乎學，四者均不可廢也。然不得才以運之，恐趣非天趣，氣非浩氣，格非高格，即學亦徒見其汗漫叢雜而無歸。蓋詩之爲道，人與天兼焉，而趣、而氣、而格、而學，從乎人者也，而才則本乎天者也。人可强，而天不可强，故從來以詩鳴者，隨其所長，俱可自見，而詩人中之稱才人者，古今來只數餘人，相望於天地之間。

玉洲李先生，今之才人也，少歲出語即能越俗。既與張匠門遊，匠門故以才自豪，即以才接引人者，兩才相遭，引而愈出。故玉洲之詩因得肆其才，於陶冶萬類，籠挫一切之餘。水銀硃砂，入其爐鞴，皆成丹也；麽弦雜韵，經其和調，皆成樂也。鮮如時花，嫭如美女，而怪奇兀奡，飄忽出没，比之絳蜺天際，神山海上，而不可端倪。前人所云曠世逸才，驚才風逸者，不是過焉。已先生家吴江，往來吴門。兩地多詩社，先生詩成，衆交口服。酒闌燈炧，出片辭單語，俱有才華流露其間。

既成進士，列侍從，鋪陳雅頌，淵涵金石，仍以才爲主，而不拘尋常應製格律，品極重焉。既又脱然去官，得以蕭閑無事之身，一肆其力於詩歌，以其獨得兼有衆長，求之趣，趣益以流；求之氣，氣益以盛；求之格與學，格益以老，學益以化。而總由於才之益，縱横自得，出天入淵而不可控制，蓋其得於蕭閑無事者爲已多，而天之與之有獨厚者也。

抑聞古人文章每得江山之助。先生之蜀，走棧道，入劍閣，經白鹽赤甲，吊屈原、武侯、杜老、蘇公遺迹，客山左，登泰岱，謁孔林，觀登萊天風怒濤、青紅海市諸幻境，今留關中，過秦、漢、唐之故都，覽潼關之防衛，望華岳、終南、武功之形勝，天授之才有擴之而無盡者。宜其詩之隨境變，運全乎天而自兼乎人也。

潛與先生以詩定交垂四十年，每相見，必示新詩。間有商権，欣然意得，然其詩終退讓爲不可及。莊生云：『送君者自厓而反。』君自此遠矣，潛與先生詩，其有自厓而反者乎？

乾隆歲次丙寅館後學長洲沈德潛撰。

（李重華《貞一齋集》，清刻本，見《四庫未收書輯刊》第九輯第二三册，第二三五頁。）

《綠溪詩鈔》序

詩有志、有品、有格。何爲志？温柔敦厚是也。何爲品？和平中正是也。何爲格？舒朗高暢是也。循是三者，而本乎遭遇，運以心思，緯以學殖，不求工而工自極焉。近代作詩者，舍志與品、與格之不問，而辭必求奇，才必求詭，學必求僻，曰匪是無以驚駭人之觀聽也。不知詩猶人之形體然，耳、目、口、鼻、手、足、軀幹，古今皆同，聖賢之出類拔萃，瞿聃之成僊作佛，未嘗别具夫耳、目、口、鼻、手、足、軀幹也。如以爲了不異人，而五官倒置，上下易位，於形體何嘗不奇，要適成爲帝江、刑天之屬而已矣。

同年友祝子豫堂，嗜有韻語，中有所得，每於詩焉發之。不佻不腐，不鄙野，不險怪僻澀，如春和之盎盎也，如周道之坦坦也，如波流之瀠洄旋折、而曲暢旁達也。無急言異論，而容容與與，令閲者有得於意言之外，於志、於品、於格，皆不戾乎古人。準之形體，其於耳、目、口、鼻也，端矣；其於手、足、軀幹也，安矣。抑又思之耳、目、口、鼻、手、足、軀幹，天之生是使同者也。而聖賢、瞿聃有獨成其爲聖賢、瞿聃者，非以賦於天者，獨絶於人，而成於己者，又有不苟同於人，而必造乎其至者耶？豫堂之詩，既卓然不惑流俗，而更能深沉浸淫於古，以冀獨開生面，則了不異人之中，自有獨成其爲豫堂之詩者。如是，即幾古作者不難，而豈肯與好求異人者争短長於一時之矜尚乎哉？

詩四卷中，一卷多出遊塞垣之作，激壯遒上，有燕趙音，所謂得江山之助者耶？倘遍遊宇内名山大川，發而爲詩，益正其志，益敦其品，益高其格，應必有進而彌上者，吾幾無以測其所至也已。

時乾隆己未秋長洲同年弟沈德潛題於隱拙齋。

［見祝維誥《緑溪詩鈔》卷首，道光二十四年（一八四四）淳雅堂刻本。］

《南雪草堂詩集》序

著雍敦牂之歲，故太史歸安吳牧園先生，來主吾吳紫陽書院講席。余以晚進謁先生，先生鴻儒長德，名重詞苑，而獨折節與余交。久之，先生以疾辭去，里居却掃，日與群從子弟稱詩苕霅間。余時通籍翰林，雖出處殊軌，然希風仰止，未嘗不在先生也。

今年春，吳生胥石過余於葑溪老屋，以其所作詩就質於余，余受而讀之。生，先生之從季也，少學詩於先生。先生於詩主三唐，斷斷不少假借。而吳生之詩，踔厲風發，掉鞅於少陵、昌陵之間，卓然成一家言，其斯爲善學先生者歟！尊所聞而高明，余以知風流之不墜也。往余有《國朝詩別裁》之選，窮搜博採，竊不自揆，輒附於微顯闡幽之義。因念牧園先生以詩文名海内者垂四十年，官京師時，所往還皆當時名宿。已而，過大梁之墟，浮二淮，逾漢沔，遊迹□[一]至，淋漓濡染。然性簡率，有作□[二]隨手散去，不自收拾，以故流傳者絶少。夫以余與先生生同時，所居相距百里，論文談藝，猶聞謦欬。乃手操鉛槧，而於先生之詩，至不能舉其一二，則夫窮巷悄然之士，抱其奇材，委翳於荒榛斷梗，以待論定於百年之後者，可勝道哉？

吳生篤學嗜古，博聞强識，又况岷山導江，源流具在，先生之詩，必有藏弆於什一者。余既得交吳生，或因生以重讀先生之詩，俾向者遺忘之愆，得有辭於當世，則生之所賜大矣，爰書之以爲序。

乾隆三十二年夏五月，歸愚沈德潛書，時年九十有六。

［見吴蘭庭《南雲草堂詩集》卷首，乾隆三十五年（一七七〇）刻本。］

校記

〔一〕〔二〕　此處挖版。

《國子先生全集》序

全椒，滁州首邑也。山有神山卧龍，水有迷溝、酇湖。唐韋司爲刺史，以詩化其邦人。宋王元之、歐陽永叔繼之。故前人若張洎、樂韶鳳、楊于庭，並以文章名。國朝吴編修默崖，與名流唱和，有聲於時。其兄山人，亦能詩，隱居學僊，王新城尚書和左司《寄全椒道人》詩贈之，至今風雅不絶。金子鍾越，全椒名流也，天才驚逸，少歲即以韵語見長，人謂生長名區，若天使之爲詩人者，其言固然。然吾謂鍾越之成材，天與人兼焉，而不徒借乎山川之鍾秀已也。

今年春，來遊吴門，以《棕亭小草》見示，余亟取而讀之。其凌空飛動，縱横變滅，如蛟龍之不可捕捉，此得之自天者也。若其使事典切，詞有根據，而一歸於劌心鉥肝，艱苦誠壹，以之戛戛而獨造，此得之於人者也。中間大半遊黄山作，狀峰巒之奇峻，肖雲物之變幻，詩與境副，尤見得心應手之樂。

昔張詹事南華，詩才敏捷。遊黄山，一日成數十首。後以見知聖主，洊歷卿貳。鍾越少年領鄉薦，方與計偕，詩才不讓南華，他日成就，豈出南華下哉？雖然，得之天者，不待勉也；得之人者，愈造愈深，而愈見其無窮。鍾越深不自滿，涵泳乎《風》、《騷》、『選體』，以浚其源；遍歷乎子、史、百家，以老其識；旁及乎《山經》《地志》諸書，以盡其變。由是底乎詩學之成，豈徒爲鄉國善士，較短長於張、樂諸人也耶？山川亦倍爲生色已。

乾隆乙亥秋日長洲沈德潛題於葑溪之歸愚齋，時年八十有三。

［見金兆燕《國子先生全集》，嘉慶十二年（一八〇七）至道光十六年（一八三六）贈雲軒刻本。］

《麻溪姚氏詩薈約選》原序

麻溪姚氏，桐城鉅族也。世傳理學，科甲聯緜，其間忠臣、孝子、高人逸士，不乏名賢。所著如林，筆難枚舉。

余操選政，既訂有《明詩别裁》，後復得《麻溪姚氏詩薈》。集内自明洪武朝始，作者以年編詩。乃知：洪武，在位三十一年；建文，在位四年；永樂，在位二十二年；洪熙，在位一年；宣德，在位十年；正統，改元天順，在位二十二年；景泰，在位九年；成化，在位二十三年；弘治，在位十八年；正德，在位十六年；嘉靖，在位四十五年；隆慶，在位六年；萬曆，在位四十八年；泰昌，在位四年；天啓，在位七年；崇禎，在位十七年。共十六傳，歷有二百八十七年。〔一〕吳興，人才代起，逐年成集，皆以詩紀年，以年編詩，實爲明時。年世考卷雖浩繁，而集集堪爲後學津梁。余愛莫能置，僅將諸名集中擇其膾炙人口者，重加評釋，遵姚氏絲、日、木、玉、希、虞、之、孫，輩分編次，約有八卷，以成一家言，名曰《麻溪姚氏詩薈約選》。集中古近體諸詩，清疏澹遠，義藴精深，超邁乎三唐，而直造晋人之詣，有非淺嘗所能窺其堂奥者。

余老拙已甚，自愧不文，聊弁數語，光諸梨棗，以鳴國家之盛，是余之厚望也夫。

長洲沈德潛歸愚氏序於燕京寶石山房之南窗下。

［沈德潛評《麻溪姚氏詩薈約選》，民國二十六年（一九三七）排印本，藏於安徽圖書館。卷首有『長洲沈德潛歸愚氏評訂』『麻溪姚氏裔孫有則敬校』的字樣。］

校記

〔一〕該文涉及明代史實的論述有明顯錯誤，如：明光宗年號泰昌，在位僅一年；明代從一三六八年朱元璋稱帝到一六四四年崇禎自縊，共計二七六年。

《虞東先生文録》序

同年友顧子備九，制義抉經之心，古文證據今古，既已推重一時矣。餘事成詩，凡得力於經、史、子、集者，悉流露於古今體之間。振高步於區中，結遥情於塵外，安和整飭，一循正軌，一切纖佻肥膩，與蕭索荒幻之狀，無自而中之，則詩雖備九之餘事，而一時專家轉未之或先也。

余曩者往來虞山，得詩友三人：侯貢士秉衡，以風神勝；汪廣文荼圃，以才情勝；陳少司成見復，以名理勝。見復不專以詩鳴者，備九師事見復，故於詩得其師傳，而風神才情，且兼有秉衡、荼圃之長。由植根者深，故名理足，而又工於變化也。邇者輔理天潢，身依日月，行與公卿大夫導豫鳴盛。發爲《雅》《頌》，以上追《文王》《清廟》《閟宫》《猗那》之作者，非猶永叔之於聖俞，許其才能而惜其不遇也。學力益老，詩品益高，又及不止求備九於風人中已。

乾隆壬午夏五長洲年眷弟沈德潛題詞於清曠樓時年九十。

［見顧鎮《虞東先生文録》卷首，道光十九年（一八三九）刻本。］

《雙樹軒詩稿》序

□在京師，與同年儲太僕梅夫、程少司馬聘三、裘少司農漫士、紐編修稼仙、舒進士雲亭，詩篇唱和，摩礪切磋，幾無虚日。梅夫寓廬望衡對宇，每逢下直，輒相過從，研『六藝』之旨，『四始』『五際』之變，至參横月落，然後去。故於梅夫尤密，所見梅夫詩尤多。

梅夫之詩，以和平爲旨，無志微噍殺之響。比興以定則，婉順以發情。淵淵者其體，泠泠者其風。味之澹澹，炙之温温。令讀者欲平躁釋，志氣正而性情調。竊嘆昌黎『歡愉之音難好，愁苦之言易工』，非篤論也。

歸田十載，稼仙、雲亭先後嘆逝。三君子皆以政務紛煩，未能郵筒酬答，不特雲散風流之感，時時棖觸於中，欲求向之摩礪切磋，此樂杳不復得矣。

春來，梅夫寄予新刻《雙樹軒稿》，展卷之下，如遇當時唱和之樂。而梅夫别後之詩，其力愈深厚，其神愈超逸。古體聯鑣鮑、謝，近體攀駕錢、劉。應製諸什，方宋之『臺閣體』，明之弘、正諸公，不是過也。自愧獨學無友，詩亦中落，即復合并，亦安能與梅夫角逐哉！

梅夫性恬退，恥凌競，交朋樂易。及爲諫官，於人品之邪正是非，彈射無所避，舉朝服其仁者之勇。梅夫論詩，謂：『人聲與天籟相應：天氣大和，故雷不迅而風不號；人心大和，故思不傷而怨不怒。』然則梅夫亦有時而雷迅風號乎？然事過而仍不傷不怒也。序其詩，兼及其品，使世知梅夫蓋和而介者。

庚辰春正長洲年眷弟沈德潛序。

（見儲麟趾《雙樹軒詩初稿》卷首，清木活字印本。）

《吴遊紀略》序

《吴遊紀略》者，南海馮君石門之所作也。君嘗别駕於吴之毗陵郡，後報最，僑寓於吴之山塘二年。至是，送其猶子正中赴選都門，因再遊吴。計其所歷山川都邑，吟咏殆無虚日。留題雖不專於吴，而舟楫所極，則止於吴，故悉以『吴遊』統之也。

先是，方氏蓂朔、東華昆季，馮君之鄉友也，悦吾吴而家焉。予與方氏交頗厚，而君又適際宦吴之日，故嘗遇之勺湖園廬，流連觴咏，得接言論云。然歲華荏苒，屈指二十餘載，君既往來粵壤，予亦奔走四方。閑嘗追維往事，私念勺湖兄弟墓草久宿，况在其家所嘗往來之朋，思之不啻夢寐。苟非斯集見寄，夫孰知君之猶眷眷於吴，又因吴而並及於予也哉？

從來留心於吏治者，則不能寄情於翰墨，以簿書錢穀日擾於胸，而不能及也。馮君筮仕以來，皆非閑曹，而詩學日進。展卷之下，諸體各臻其妙，令人讀之不忍去口。於是不特佩服馮君學問爲不可及，而且嘆服馮君作吏，而詩能巔峰造極，爲更不可及。抑吾聞馮君不第宦於吴也，又嘗以宦遊入秦、入閩、入黔，山水經歷，幾遍天下。而君之所思，獨有依依不釋於吾吴者，故所經行五千餘里，而止以『吴遊』統之也。若予者，生長於吴而遠宦京國，於故鄉山水徒深想像。讀馮君詩，不勝有羡焉，故樂爲之序。

乾隆八年歲在癸亥孟夏，長洲同學弟沈德潛拜題。

（見馮公亮《白蘭堂吴遊紀略》卷首，清乾隆刻本，國家圖書館藏。）

《米堆山人集》序

康熙甲午歲，謁徵君張樸村先生於水周林。時嗣君同夫侍左右，蘭茁玉立，以能詩聞。既徵君應詔入都，修《禮經》，同夫舉北闈，名聲藉甚，視功業可戾契致。後屢困春官試。徵君旋辭職歸，遂成古人，而同夫亦無心成進士第矣。里中故多詩人，如張宫詹南華、朱文學藥庭、張上舍擔伯，諸公其選也。

同夫披遺籍，偕二三同志倡和於荒江寂漠之濱，談討芝桂，觴取薜蘿。雖其間升沉得喪，不能一轍，而同夫孜孜矻矻研摩，日月必社，殖業之幾於大成。窺其心，以古賢自期，而惟懼或失乎家學也。

乙丑春，緣謁選來日下，與予會合。豐神面目，各不相識，至是距甲午三十有二年。此三十有二年中，人事變滅，等於雲煙。追話曩昔，不勝惘惘。蓋同夫既非盛季，而予之隤然老耄，蓋可知已。晤言頃出詩鈔八卷示予，中五言古格冲和夷愉，七言縱横奔放，乍陰乍陽，而律令妥帖，别於野戰，第其品格，洵能不失家學，而幾影追古人而從之者耶？同夫將之官，他日以庭訓所謂『出而拊循』，發爲咏歌，應有如元次山《春陵行》《示官吏》等作，少陵所謂『乃知正人意，不苟飛長纓』者，不第求工於對偶格律之間已也。予雖老髦，猶樂得而更序之。

乾隆十年夏五，長洲同學弟沈德潛題。

［見張揆方《米堆山人集》卷首，湖北省圖書館藏清乾隆二十年（一七五五）自刻本。］

《白華莊藏稿鈔》序

余觀國風所録《考槃》《衡門》諸詩，知賢者不遇於時，獨寐寤言，以自寫其樂。而後世梁鴻《五噫》之歌、公理《樂志》之論、夏統《小海》之唱、伯倫《酒德》之頌，則又悲憤激烈，果於忘世。蓋其性情胸臆，拔出囂塵之外，而其中無天爵自尊，隨所遇而安者也。

吾宗寄廬先生，讀書不遇，隱居東瀛。壯歲溯大江，入湘、漢，訪龐公之舊居，尋劉項之戰壘。復自閩入粤，探武夷、羅浮之勝。歸而遊齊山，觀杜牧題詩處。履迹所至，發爲咏吟，皆淵淵浩浩，一據其遁世無悶之懷。窺其旨趣，似無心於世者。洎乎晚季，杜門埽軌，益發故篋。上下千載，議論敷陳，闡天人之秘奥，探經學之本源，皆坐言起行，實有關於政治民物之大者。要其言紆徐和易，而一切鬱噫頹放之慨，不以流於胸次而形於筆端，洵乎其爲德人之言也。嗟乎！古人進退屈伸，一因乎時。時至而出，抱負應之，勛名功業，視爲故常。時不至，而卷懷以藏，優遊畎畝，没齒不悔。孟子論披髮纓冠而往救，與閉户不救者，誠爲易地皆然，而豈用世、忘世之判然兩途也耶？唯其然，故寄廬之詩，近乎堯夫《擊壤》之吟；寄廬之文，又近乎李泰伯之經術、司馬文正之經濟。每一展誦，使人矜平躁釋，而不敢輕爲放浪無實之言。寄廬之性情胸臆，有不同於伯鸞諸賢者矣。

或者謂以寄廬之藴蓄，使得行其所學，當有卓卓過人者，乃使之終老海濱，聽波濤以舒襟，攬雲物以適志，敝敝焉耗精神於筆墨之間，其亦深足惜也。然使寄廬而用行於世，執版馳驅，將勞心行役，縱未嘗無可見之業，然必不能享安閒，臻耄耋，分其才力以雕劖山水，鎔鑄古今。則不遇於時，倐然埃壒，正天之厚待寄廬，而使爲可傳之人也。

嗣孫宿發刻詩文集行世，問叙於余。余故表其志趣之高，與用世、忘世之合一者，著之卷端，俾讀其集者如見其人焉。

乾隆十六年歲在辛未秋九月，長洲德潛謹叙。

［見沈寓《白華莊藏稿鈔》卷首，復旦大學圖書館藏清乾隆十六年（一七五一）刻本。］

《橘巢小稿》序

吾鄉王文恪公以名德著，成、弘間，諸子姓彬彬繼起，以能文世其家。三百年來，吴中言文獻者，必首洞庭王氏。少詹事艮甫先生最後出，一出而大魁天下，領袖玉堂二十載。視學山左，以其家法化導，青齊文風丕變。先生少負雋才，所爲詞賦，儷於古人，而於詩尤工。當在館閣，應奉篇翰，咸出先生手。後進之士斂鍔摧鋒，莫敢抗衡。歐陽永叔評梅聖俞詩謂：『清麗閑肆，涵演深遠，使得見於朝廷，宜作爲《雅》《頌》，以歌咏功德；薦之清廟，而追商、周、魯《頌》之作者。』先生庶幾無愧歟！

相傳文恪公廷試時，當寧者以商文毅『三元』，嫌一時有兩，故抑之，因不得媲美王文正、宋莒公、馮當世諸賢，古今遺憾。乃先生以第一人登第，補文恪公闕，而又以其述作繼震澤之編，誦芬揚烈，可謂無忝爾祖者矣。

令子愷伯梓先生遺集，囑余論次。讀之，辭文而旨遠，規圓而矩方，高華蕴藉之中，寓和平温厚之意。惜余入翰林晚，弗克追隨禁近，相與鼓吹休明。子思子曰：『昔吾有先正，其言明且清。』不禁穆然三嘆云。

乾隆甲戌四月，館後學沈德潛題。

［見王世琛《橘巢小稿》卷首，國家圖書館藏清乾隆二十三年（一七五八）刻本。］

《蔗畦詩稿》序

國家旁招俊乂，著令直省每十二年，學臣會同督撫，考校州縣學生。先以經解、詩、賦，繼以帖括，拔其尤者貢於成均。典慎且重，非僅備州縣之選，將以儲館閣材，俾作爲雅頌，歌咏功德也。則士之應此科者，不徒工時藝，當究心於『五際』、『六義』間矣。

古者十三學樂誦詩，大師有『六詩』之教，大學《宵雅》肄三以官，其始無人而不學詩。唐代以詩取士，故聲韻之學爲盛。宋、元因之。前明中葉，舉業流傳，家師户説，屏他藝不爲。有身入館閣，始從事對偶聲律者，祖習西崑以求速化，而詩道凌微。故既工帖括，復以風雅自鳴，非極學之博、才之贍、力之勤者，不能也。

皇上御極之十有八年，江南省貢士京師，廣陵江子于九，以古今兼擅，在選中。于九，固所稱學之博、才之贍、力之勤者也。自少天資高朗，長益肆志於學，爲文章風發泉涌。歲科試，輒冠其儕。餘事爲詩，氣清才麗，法老格高。凡登臨憑弔，友朋贈答，以及小小賦物，胸襟所觸，咏嘆流連，灑然出乎塵埃之外，固所稱夙世詞客者。平居偕其兄賓谷，與前輩程洴江先生，更唱迭和。出而遊楚之漢上，登大別山，上晴川閣，眺鸚鵡洲、黄鶴樓諸勝。又嘗侍外舅吴慎堂太守之豫章，遊石鐘，上小孤，過彭蠡所在。得江山之助，宜其詩之進而日上也。

今將挾其行卷以入燕，如伯牙之琴，必有聞弦賞音者，從此針芥投合，出入承明，本其素裕之學，作爲雅頌，歌咏功德。視從前諸作，應更有金石奏而鈞韶鳴者，且使寓内爲士者咸思奮焉。學古勿囿於時文，以無負旁招之意，庶幾以於九爲之倡哉！

蔗畦詩若干卷，經陳竹町、厲樊榭兩君點定，皆深於風雅，其所見有獨高者，遂不復更定云。

乾隆十八年歲次癸酉春暮，長洲沈德潛題於紫陽書院，時年八十有一。

（見江恂《蔗畦詩稿》卷首，南京圖書館藏清乾隆刻本。）

《蘭溪棹歌》序

朱太史竹垞先生成《鴛湖棹歌》百首，同人和之，倚聲而歌，一時傳寫吴越間，成爲韵事。然所歌者，多流連光景之辭，於邑之志乘，少所關係。歙州汪生秀峰寓蘭溪者，經年於葺志，餘成《蘭溪棹歌》，亦如鴛湖之數。中間山川之明麗，人物之俊良，民風土俗之淳朴，與夫古迹之由興而廢，由廢而興，物産之昔有今無，昔無今多，以及前人所載，闕者補之，僞謬者訂正之。而其寄之聲歌，又皆語淺情深，興高韵遠。詞人咀而味出，棹郎習而成吟。準《鴛湖》，有殊其旨趣，而同其逸響者矣。

秀峰多藏古書，不拒借閲。嗜篆刻，金石、象犀略備。少喜結客，名流滿座，然以性剛直，不能俯仰，陋人多忌之者。今聞守佩韋之戒，涵咏風詩，且與漁人田父，取棹歌之類之優柔嘽緩者，時時把玩而吟唱之，亦足以和易其性情，而益歸中正也。

夫乾隆乙亥夏五，長洲友人沈德潛題於石門舟次。

（見汪啓淑《訒庵詩存》卷三，北京大學圖書館藏清乾隆間刻本。）

《立齋遺詩》序

有唐之季，餘杭羅昭諫以詩名天佑間，而不利塲屋，老居幕府，至今吴越間有羅隱秀才之稱，爲其不遇也。潤州郭君千里，以高才爲諸生祭酒。工帖括，兼擅篇章。八試棘闈，不售。乙酉秋，負病入塲，殁於號舍。遠近痛悼之，以高才終於諸生，有比之羅昭諫者。

難弟紱書，欲不死其兄，囑予作傳，表其生平，又排纘遺詩，問序於予。讀之，皆抒寫性情，不必追摹古人。而寄託之高，流韵之遠，沉吟凄斷，寥戾清空，比諸昭諫『嫦娥老大應惆悵，泣倚蒼蒼桂一輪』之句，異曲同工。使天假之年，當有出昭諫上者，乃才豐遇嗇，屯鬱以殁，殊可傷感已！

群謂千里之詩與昭諫同，千里之不遇與昭諫同，而其窮有加焉。昭諫雖不得一第，而錢鏐闢爲從事，授節度判官副使，魏博羅紹威表授給事中，年八十卒，有子蹇翁。今千里一生未逢知己，莫爲薦達，年僅四十有九，嗣子爲後，似較之昭諫爲可悲。予爲昭諫值唐末板蕩之秋，五代紛争，東西漂泊，雖暫依藩鎮，而憂懼危疑，幾同幕燕。千里身處太平，優遊林壑，與知交唱和。興至，遍遊名山，發爲咏歌，有較之昭諫而安者。且力行善事，矢欲顯彰兩世節孝，以副厥考介軒未竟之志。友於兄弟，睦於宗黨，孚於友朋，大江南北，無弗稱爲正人，此又昭諫所未聞者也。讀其詩，如見其人。

昔唐代追憫文士，加榮身後，當今之世，安得有如宰相張文蔚者，引方干十五人，例追賜及第，慰千里於九原，斯亦熙朝盛事也。至千里生平行事，詳見傳中，不復贅。

乾隆丙戌十月既望，長洲同學弟沈德潛題，時年九十有四。

初，千里之没也，友人歸自金陵者，爲予言之。予亟遣使至京口，偵其事，果傳聞不誣，則致言於千里之弟紱書，求其遺稿。越數月，紱書率其嗣君孝廉晋買舟見訪，以千里詩二册示予，予訝其少也。紱書乃爲予言：『千里生平作詩，概不存稿。殁後，始從所居小樓屏後，得草稿一簏。去其殘缺漫漶不可識者，録出若干首，略以己意，編次年月。其無可考者，則依類相附，訂爲六卷，如是而已。』言訖，嗚咽泣下。因問序於予，並乞予爲之傳。

嗚呼！予與千里往來二十餘年，見其詩多矣。今集中或存或否，予所不及見者，其缺軼又可勝道哉？然幸奪之於蟲鼠蠹蝕之餘，復不致爲忌者投諸溷厠，則及今表章之，固不在多也。余既爲之序，復詳述其顛末，如此庶世之讀千里詩者，並知難弟紱書之欲不死其兄，用意爲尤厚焉。

德潛又記。

（見郭家駒《立齋遺詩》卷首，廣東省立中山圖書館藏清乾隆間刻本，卷首另有沈德潛、貴中孚所作傳及蔣宗海所作像讚。）

《荔崖詩鈔》序

乾隆丁卯、戊辰間，余留京師，時龍溪黄君葉庵官中翰，每以韵語相商，欲余訂其是而去其非，深不自滿也。余略有殳剃，葉庵一從余言。

己巳，余予告歸，葉庵贈《佩文韵府》餞别，自是燕、吴雲樹，渺然天末。歐陽永叔嘆「交遊不常聚」，有同感也。

丁丑秋，葉庵將補官兵曹，道經吴中。既相見，道别離情事外，出詩數卷示余，索爲序。讀之，如名花艷、如美女嫭也；挺峙如山之立、奔放如水之涌也。嚴整如老吏之斷獄，無能出入也；平澹如名泉之煮宋樹茶，無味而中含至味也。視向時風格，又一變矣。昔閩中詩派，開於林子羽，佐以高彦恢，閩人守而勿失。錢牧齋訾其過拘，然終爲詩家正聲，弗能詘也。後謝在杭、曹能始，出新意，變化之，斯爲善學林、高者。今葉庵從林、高入，不從林、高出，視在杭、能始，有同心焉，是亦閩中詩人之杰出者也。由此根柢日富，涵養日深，本唐人而上溯當塗、漢京，所詣可涯量耶？葉庵行矣！金風徐動，努力前征；歌咏盛明，更成新帙。

乾隆丁丑中元日，長洲沈德潛趙，時年八十有五。

（輯自黄日紀《荔崖詩鈔》卷首，見周凱《道光厦門志》，福建圖書館藏鈔本。）

《守坡居士詩集》序

詩言志，視其性情，性情不具，雖學弗工也。其次，則視地邱壑之美、江山之助，古之咏歌見志者往往藉是。志足以宣，地足以輔，且優遊之以歲月。而後，發之於言，磅礴浩衍，欲遏而不能已，是天之所以啓詩人也。

高密宫子伯申，爲方伯怡雲先生之子。少好咏吟，揚《風》託《雅》，性情深矣。省親南北，黔山滇水，皆所經行；碧鷄金馬，無不探歷，襟懷放矣。故其爲詩，有磅礴浩衍之概。積久成帙，問序於予，閲之蓋瓣香東坡。

古來大家，稱李、杜、韓、蘇，東坡兼有衆長。其筆之超曠，等於天馬脱羈、飛仙遊戲，窮極變幻，而適如意中所欲出。

讀伯申《對月》《打河》諸篇，縱横排奡；《武侯祠》『滿目樓氣横』，語新堪與眉山比烈。而或者謂東坡長於七言，短於五言。然讀伯申《秋懷詩》，不減昌黎；《黑龍渾作》，仿佛子厚。則伯申雖以東坡爲宗，而唐代諸賢未嘗不以爲圭臬也。

青、齊之詩，皆以新城先生爲指歸。先生究心漢魏，而不廢宋，其題東坡詩有曰：『慶曆文章宰相才，晚爲孟博亦堪哀。淋漓大筆千年在，字字《華嚴》法界來。』傾倒東坡如此！

惜乎，伯申之生也晚，不及見先生！使先生而在，見其詩，未有不擊節嘆賞，謂繼東坡後塵者也。獨是，以伯申之才，早當珥筆螭坳，作爲《雅》《頌》，以鼓吹休明；即不然，而付以一道、一郡之寄，使之賦於《蕩歌》《春陵行》，以述民風土俗。乃需次選人，復以艱歸。殆天之於伯申，重予以文辭，靳予以富貴耶！然纓組之榮，何如書卷之長留天地間也？

集名《守坡》，或亦仰止坡翁之意云爾。

乾隆戊子首夏，長洲沈德潛時年九十有六。

［見宫去矜《守坡居士詩集》卷首，清乾隆三十三年（一七六八）頤志堂刻本。］

《賜書堂集》序

文章之要，在乎宗經，次則準之以史。昌黎韓子云『約六經之旨而成文』，又云『非三代兩漢之書不敢觀』。三代之書，六經也；兩漢之書，三史也。六經者，聖賢之心；復以史之是是非非證之。由是發而爲文，則言有根柢，而其言自我而立。

每慨世之作文者，根柢不求，而惟逐逐於聲華辭采之末。其有一二好奇喜僻之士，又或逃如二氏，稗販僻書；門類各殊，受病則一。譬猶引潢潦無根之水，而欲與江河并流也，亦立待其涸而已矣。

吾友翁子霽堂，少以文章鳴。始工對偶聲律，見稱於時；中歲以往，孜孜矻矻，日穿穴經、史之學，而於經學尤深。其治經也，博覽漢、魏、唐初諸賢之注疏正義，而折衷以《宋五子書》，故其見純粹而不流於踳駁；其治史也，以馬、班、范、歐陽爲主，取其議論之正、不繆戾於筆削之旨者，以爲依歸，故其識超軼，而不爲霸史、僞史、小史所惑。本所得者爲文，以之解經、以之論史、以之抒寫性靈。多見理親切，而不欲求工於語言文字之餘者。猶有徒傷辭費，而顯然與道摘裂者耶？！

前此，大學士嵇文敏公，以鴻博薦霽堂於朝，因病未與試。今大學士高公，復薦霽堂經學，而九卿無知之深者，未獲公薦。人以霽堂生值聖明而艱於遇合，深爲惋惜。不知不殖將落君子所患，遇與不遇，聽之命可也。霽堂益篤其學，益老其材，以終於樂天安命焉，斯亦無入不自得也已。

文凡十二卷，余爲删定。大約説經義者居多，論史事者次之，餘抒寫性靈。原本深厚者，略存焉。其賦爲古詩之流，足以宣上德，而抒下情者，亦與并存，不必仍《昭明文選》例，以賦爲主也。詩共四卷，予前已作序，不復更論定云。

長洲同學弟沈德潛題於紫陽書院。

（輯自翁照《賜書堂集》卷首，清乾隆刻本。）

《寶坻縣志》序

邑志之善者，舊推浦江、武功。浦江成於宋潛溪濂，武功成於康對山海。一典而核，一簡而法也。

夫九寓之大，何邑無志？而掌故可徵、義例可則者，卒未易多見。豈非所成之書，全視乎其人以爲重哉？

寶坻令洪君東閬，維揚名進士也。來知是邑，以文學潤飾吏治。凡五年，既政通人和矣。念邑志久闕未修，而雍正九年析梁城，設寧河，邑之東境隸焉，尤不可不重加修葺。爰敦請暨陽蔡子芳三，互加商榷。因前明《莊志》《唐志》，本朝《杜志》，爲之崖略，餘悉本正史、會典、文籍。搜羅采擇，凡六閱月，其書乃成，體例與他《志》略異。

自職方、建置、形勝、祀典、賦役、鄉閭，暨風物、職官、選舉、封表與夫人物、列女、拾遺、別録、集説、藝文，共一十八卷。每卷各統數項，訂訛補闕，鑒古準今，一歸雅正。可云文有其質、辭敷於事，足繼宋、康二書已。

按：寶坻縣設於金大定十有二年，即漢泉州地。魏晉以來，或稱廣陽，或稱涿郡，或稱范陽。安史竊據，劉守光置蘆臺軍，以備滄州，故用兵處也。後唐趙德鈞，因鹵地置鹽倉，歷代相因，鹽爲國寶。坻，取『如坻如京』之義。其地足開利源，而於聲名文物，未之備也。自我朝受命，聖聖相承，畿輔之地，德教首加，生息理極。今上自御極以來，省徭賦、屢蠲復、勸耕桑、興學校。一時被惠澤者。其君子，敦禮教而説《詩》《書》；其小人，勤力作而裕蓋藏。民生永永不見兵革，而相習逐利者，亦化其風，以漸歸於仁讓，共百有餘年於兹矣。

今是《志》所載，去古先王流風遺澤未遠也。而抑知上之人，涵濡滋液，如是之深且久，而後臻於是哉？晝功成，洪君晉磁州牧。行且去矣，以書來屬予作序。予惟今之莅民者，視一官爲傳舍然。雖通都大邑，未有成書，繇司是土者，苟焉從事，不必求可傳之績也。今君出，作史三長，偕名流，發凡起例，共成此書。以徵文獻、以尊朝廷、以信久遠，俾浦江、武功後，復寫典核簡法之書。洵乎，循良之爲政，異乎俗吏之爲之也！即其一事，志其大凡矣。因序而歸之，爲寶坻慶，且爲天下牧民者勸焉。

乾隆乙丑年孟秋月，賜進士出身通議大夫日講官起居注詹事府詹事兼翰林院侍讀學士長洲沈德潛撰並書（陰文『沈德潛印』，陽文『確士』）。

［見洪肇楙《寶坻縣志》卷十八『藝文』下，清乾隆十年（一七四五）刻本，哈佛燕京圖書館藏；

又見《中國地方志叢書》《寶坻縣志》，乾隆十年（一七四五）修民國六年（一九一七）石印本影印，臺北成文出版社一九六九年版，第二五至三三頁。］

《蒲溪吟社三家詩鈔》題識

苗君五言古，清曠絶塵；七言長短句，縱横變滅。風雨分飛，魚龍出没，神似太白。近體並佳，而七言峥嶸磊落，追逐盛唐，山右一詩人也。二張君古體明雋，七言近體登臨懷古之什，不落大曆以後，苗君之輔翼也。澤州公以後，可望替人。

長洲沈德潛識，時年九十有五。

（見顧貽禄《蒲溪吟社三家詩鈔》卷首，清平嵐書屋精鈔本，天津圖書館藏。）

《丹橘林詩》序

采玉於瑜次、秦冒之山，工人忽焉。雖有嬰垣璇藻，視之闇然也。再過得之，藏以華篋，襲以緹巾，而後群相珍重曰：『此嬰垣璇藻也。』豈玉之前惡而後美哉？亦其遇有不同，絀於前而見珍於後耳。

今天子稽古右文，凡會試所進士，復試以詩、賦、論、疏，儲館閣材，六藝之義，焕然光昭。恭遇六龍時巡，東南秀英之士，皆獻賦道左。蒙召試，擇其尤者，賜鄉舉，授中翰職。

真州吴子一山在試中，既列優等矣，忽偶失之。人爲一山惜，一山無幾微憾，閉户著述益勤。蓋一山具夙慧，承園次、仁趾、野人諸先生家學，目染耳濡；而又志專力奮。好遊陟，時扁舟大江南北，訪名公巨卿，訂縞紵交。且太夫人春秋高，循陔扶輿之暇，時以篇翰娱親。足於中，不重乎外，故人世之虧成得喪，一不介意也。

今春來吴中，與予會合，出其集，屬予爲序。披而讀之，高者若風雷之相擊，幽者若清泉之赴壑。抒慷慨憑弔之懷，流瀟灑自得之趣。此雖其禀賦之殊，抑亦自少至今，淵源有自，所得於江山之助、友朋磨切之功者，多也。

夫名山藴蓄，特患非寶玉耳。果其聚天地之精英，必顯爲瑚璉之重器。一山抱璞而居，雖不急急於用世，而廟堂需材，終必求之。行見登之石渠、天禄，以其文章作爲《雅》《頌》，咏歌太平，若嬰垣璇藻藏華篋、襲緹巾，爲人世之寶。一山雖欲優遊林泉，與二三知己嘯傲湖山，其可得耶？《棫樸之什》曰：『倬彼雲漢，爲章於天。周王壽考，遐不作人。』謂久道化成，而人才之光采，濟濟峩峩，近列左右也。一山懷玉以竢時可矣！

乾隆癸酉春暮，長洲沈德潛題於紫陽書院，時年八十有一。

（輯自吴楷《丹橘林詩》卷首，《清代詩文集匯編》第七九九册，上海古籍出版社二〇一〇年）

版，第四一五至四一六頁。）

題《南華山房詩鈔》

南華張先生官於朝矣，人因其氣之清，品□□□[一]之敏，以僊稱之。南華亦自以爲僊弗却也。愛□□□，裹糧往遊，糧盡而返，無係戀喜，亦勝人。客至堂，□□設脱粟飯；客辭，亦不强留。爲人作畫，十數紙頃刻盡，或終歲不可得。綜其生平，取適而已。長有韵語，興到，每得三四十篇。嘗偕衆詞臣，試殿廷。未亭午，有投卷者，衆曰『必南華也』。視之，果然。予偶於坐間，見其咏《雁字》律體詩，不半日，上下平韵俱就。不即不離，興寄微遠，即生平詩可知矣。

與人論畫，謂右丞董巨蕭散，□□全以韵勝，後代精工嚴整，無一筆無成出。然彌□彌遠，指點畫理，無非詩趣。自道所得，評者不能異□。或曰南華金門大隱，似東方生；或曰豪氣似太白，□□超曠似子瞻；而齊物我，忘寵辱，仍是漆園散仙。讀南華詩者，遇之人間煙火外可也。

乾隆五年春仲館侍沈德潛題。

（輯自張鵬翀《南華山房詩鈔》卷七，《四庫未收書輯刊》第九輯，第二五册，北京出版社一九九七年版，第一三六頁。）

校記

〔一〕本文多處挖版、漫漶不清，皆以「□」標出。

《槐江詩鈔》序

近時以詩鳴者，其弊有二：喜輕俊者，研辭琢句，以新麗爲宗。然或專工涂澤，纖佻側媚，而少陵所謂『鯨魚碧海』『前輩飛騰』者，未之見焉。而矯其失者，又謂非縱横剽悍不足以盡其才。於是，急言竭論，要逸前軌；大放厥詞，不留藴藉。有粗厲猛起之音，無順成和動之響。兩者相持，而卒莫能相救。無他，性情未真，學殖未醇，逐其流而不探其源也。

新安槐江程先生，以高明伉爽之胸，擅鴻博絶麗之學。往來道路，日老其才。中有所得，發爲詩歌。雖未得高位，而忠君愛國之思，時時流露於語言文字。其瓌偉雄傑，如翎騫海立，龍虎變化不測。而一切儷花偶葉之習，舉洗而空之也。其含吐醞釀，如良玉之温潤；縝密如古樂之太音聲希。而人世劍拔弩張、叫號撞搪之態，不得而犯之也。

蓋作詩之旨，以真至爲本，《風》《雅》爲實，而不妄分唐、宋。詩之畛畦，影掠宋、元、明之形似，故能不拘一家，而涵蓋衆人之家。今夫斷港潢污，其淪漣溶滴，非不可名爲水也。及與觀河之渾、濟之清、淮之浩瀚，不覺茫然，望洋而返。有源、無源，異也。讀先生詩，求其源焉可已。抑又聞文章之工，每得江山之助。司馬子長足迹幾遍天下，太白、子美遊覽齊、魯、秦、蜀、荆、湖之間，故其所成就，獨能跨越百代。

今讀先生詩，次其遊屐所經，攀黄山，陟白岳，覽采石，歷金、焦、北固。升蔣陵，上文選樓。經郯子國，登泰山，以曠望九寓。經趙北，過嶅陽，弔古戰争處。入都門，瞻帝王宫闡。憑高眺覽，遠見邊塞。南遊吴越，問蘇臺，泛西子湖，渡錢唐、桐江。逾仙霞嶺，入閩，訪黄華、白龍諸勝。南北往還，周遭數四；奇聞壯觀，胥入咏歌。

夫以性情之過人，學問之深厚，而江山之勝，又足以助之。宜其詩之包孕諸家，以自成其家也，是可爲真詩也矣！

潛素聞先生名，文與行，偕爲新安學者之冠。然亦境壤相隔，未及親接杖履，中心悢悢。今令嗣觀察君昆季匯先生遺稿，付工鋟版，而以書命潛爲序。因得盡讀先生詩，而知詩壇中風雅之宗，可以專集行世者，惟先生也。

噫嘻！詩道之雜，前所云二弊者，幾於没人咲溺，滔滔不返矣，自惟挽之無力。今得先生詩以正之，庶其知所以準繩，而又私幸言詩大指，或能窺見先生之萬一也夫。

乾隆二年中秋日，長洲後學沈德潛撰。

［見程端祊《槐江詩鈔》卷首，清乾隆二年（一七三七）賜書堂刻本，《四庫未收書輯刊》第二一八册。］

《秦存古先生詩》序

自古詩人，達而位於朝者無論，其窮而咏歌者，往往遁迹湖山，栖遲巖谷，而盛概亦借之以傳。一丘一壑，必有人焉。名山大澤，其氣盤鬱，尤多奇士。其性情所樂，又若與山水相默契者，殆有故歟！

秦存古先生，洞庭西山人。洞庭，臨太湖。湖中七十二峰，波瀾之瀠洄、巒嶂之層叠，而鬱積於吾吴。存古善詩，居於是間，此其性情，寧不甚遠哉！

存古，有明諸生，遭時坎壈，乃棄而隱。蓋其沉鬱於中，發爲逸響，遐思騰騫。又在銷夏灣，日遊石公、飄渺、橘社、龍渚及靈威丈人尋奇書處，所至必窮其勝。其詩幽曠恬逸，襟懷自見，不事藻繪涂澤。如秋山平遠，雖出峰巒，而隱約含飄渺之致。在唐大曆間，當屈一指矣。

洞庭詩人，唐、宋、元時，篇什寥寥。前明三百年，西峰則蔡九逵，東峰則葛震甫，提倡於前，一時詩學大昌。申西之交，東峰則吴不官一人。蔡、葛詩超軼不群，而不官則與存古相倡和，可稱九逵後勁。存古負絶人之資，守其貧窶，不務苟得。所與遊，多高人逸士。披其詩，使人得之言外，無感慨不平之鳴，抑何性與山水契合如是耶？

存古後人，方録其稿以行世，屬予爲叙。予將北行，扁舟湖邊，登高遠眺，引領七十二峰，覺存古詩如在左右也。

時乾隆戊午小春月茂苑沈德潛題。

［見秦嘉銓《既耕堂詩集》卷首，清乾隆二十六年（一七六一）刻本，蘇州圖書館藏。］

《沈氏詩集録》序

吴江家所撰，偕從弟冠雲，匯其先世詩集，鎸諸梨棗。前後凡十七公，附閨中廿一人，共一十二卷，名《沈氏詩集》。録既蕆事，命德潛序之。潛惟古人父子之能詩者，如魏徵西之有丕與植，庾肩吾之有信，蘇許公之有頲爲最著。兄弟則如應瑒、應璩，丁儀、丁廙，陸機、陸雲，至唐之五竇、宋之四韓，尤稱盛焉。而杜審言之有甫，則祖孫並著。王融前後四世，有籍廊廟，及孫、曾，俱以詩名於時。然求其萃於一家，歷數傳而未艾者，史書中亦不易得也。

今所撰兄弟所録，始前朝成化，逮國朝乾隆，爲時三百餘年，關十一世。人各有詩，詩各可傳。凡廟朝之忠愛、家庭之孝友、鞠躬接物之廉讓，與夫憑弔古人、登臨遊覽、吟風弄月，以及美人香草、嘆逝傷離，一一流露於楮墨間。匯而讀之，如與前民揖讓咏遊。而閨房林下，亦因言而見其貞静閒逸焉，是誠藝林之極盛也已！

前此，錢家叟選列朝詩，采及閨秀張碩人、宛君、安人輩十人。後朱竹垞《明詩綜》自檢討公以下，若通奉、光禄、食事、禮部、副使、副憲及君克、君庸、君張、君晦、君明諸公，皆得備載，閲者已嘆吴江沈氏風雅之盛！兹集自半閑公始，至裔孫元景止。詩之少者，并存之；多者，商榷而訂之。以成一家之言，以補前人選本闕略，可謂善述祖德者也。

且宇内推吴江沈氏，不獨以詩。如太常公之直言諫争，顛跌不悔；檢討公之根柢學術，發爲文章；光禄公之請立國本；僉事公之折獄平恕；副使公之端本化民；副憲公之撫馭方略。或載於《明史》，或載於明顯墓志、誄、狀，與學士、多聞者之傳述，俱有磊落不可磨滅者在。詩，特文辭之一也，而其可傳也如此。世之讀是編者，尚因詩而探其立言之本原也哉！

宗後學德潛撰。

［見沈祖禹《沈氏詩集録》卷首，乾隆五年（一七四〇）刻本。］

《白蒲子詩編》叙

康熙歲癸巳，潛與自芸姜先生相遇於義門書塾，時先生負高才，抱碩學，而又當壯盛之歲。發爲詩歌，一往縱逸，牢籠萬態。相與酬答，自顧如滕、薛、江、黄之遇齊、楚，無能爲役也。不數年，先生掇巍科，入辭館，元本《雅》《頌》，登歌廟朝，而先生之詩一變。既而天子重理民才，簡田廾劇邑，先生執法守官，得罪大吏。大吏加諸横逆，禍幾不測，賴天子神聖，察其非辜，而大吏卒以冰山傾崩，斃於詔獄，先生寃抑始白。

維時託諸詠吟，每有感憤結轖、磊落不平之辭，而先生之詩又一變。既而蕭然歸里，偕山農野老，譚討枌榆，較量晴雨，隨所感觸，無非自得。先生詩尤有純乎天趣者焉，而先生之年亦已老矣。

昔韓退之以言事得謗，斥守揭陽；蘇子瞻以觸忤權臣，竄逐海外。兩賢詩格，並勝於前。大抵遭放投，處逆境，有足以激發其性情，而使之怪偉特絶，縱欲自掩其芒角而有所不能者也。使先生爲達官於朝，出其文華，鋪張潤色，非不推爲一時之巨麗，而性情或幾於隱矣。惟顛跌撼頓，視古人更有加焉，其所成就，有於幽憂挹鬱之中，磨礪乎安命俟時之學者。則大吏之虐先生，適以玉成先生，而使其詩之可傳於後世也。宵人之謀，正爲君子之福，不信然乎！

潛於先生爲後進，而年差長於先生。向處於無能爲役者，益以齒髮日衰，殖業頹落。而先生道味充腴，詩境與年俱老，更有不能追望其後塵者也。憶義門書塾相過時，行及三紀，兩人之聚散離合，踪迹變幻，電光鳥影，如塵如夢，不有惘惘而莫能爲懷者耶！

乙丑春，嗣君静宰公交車北上，先生寄示全集，俾潛草序，因紀其相遇以來情事如此。他日，潛得請歸里，買扁舟，涉大江，謁先生於里門，歡焉道故，各寫天倪，其樂有莫可涯量者！區區境遇之得喪，付之一吷焉可也。先生聞是言，應有莫逆於心、囅然而笑者。

［見楊受廷《（嘉慶）如皋縣志》卷二十一，清嘉慶十三年（一八〇八）刻本。］

《碧簫詞》序

詞學備於宋，而浙東尤甚。錢唐則張炎、仇遠，秀州則吕渭老，永嘉則盧祖皋，四明則吴文英。國朝曹侍郎倦圃、朱檢討竹垞，相與倚聲於長水，一時名流從而和之。兩越之詞，聞於天下。張子商言移家於吴，其先越人也，工爲詞。夫詞之爲道，其辭微，其旨遠。詩所難於達者，假閨房女子之言，長短其句而以委曲通之，準諸《離騷》二十五之義，往往相合。前人之體制，不可逾也；一定之律吕，不可混也。

宋代以來，並推周、柳。蘇端明、辛稼軒以浩氣行之，姜白石以清才矯之，别開面目，風格故高，然終非詞之本旨矣。商言之詞，穠而不膩，鮮而不靡，巧而不佻，曲而不晦。其長調亦間入蘇、辛諸公，而裴回容與，温麗芊綿，終歸周、柳。其天才使然與，抑亦土風所遺也？

吾吴以詞鳴者，尤檢討西堂後寥寥無聞。商言以多情多才之人，發而爲詞，擅聲吴中。吴之多情多才者，復同聲而和，他日吴地名家亦繼兩浙而興起也，商言其先聲也夫。

乾隆丙子五日題於清曠樓，長洲友人沈德潛確士。

（見張塤《竹葉庵文集》卷首，清乾隆刻本。）

《補瓢存稿》序

予之識補瓢也，鵝湖李芥軒爲紹介。芥軒寓吴門，補瓢時就商榷風雅。芥軒不重人爵，傲睨一切，中有所得，信筆出之。補瓢年少自喜，謂功名可戾契致，盛氣豪情，勃勃紙上。兩人志趣不同，而詩篇往還不絶，合以風格也。

未幾，芥軒返鵝湖，補瓢獨學無友。常詣予紓溪老屋，袖所作相示。經月不見，則詩已成帙，予甚畏之。既予卜居瀆川，補瓢時爲尊人聲谷先生營生壙於香山。扁舟往還，遇香水溪，輒扣予門譚藝。後予之鹿城，之魚口，之錢唐，旋留滯日下，與補瓢踪迹漸疏矣。

歲庚申，予給假回里，補瓢邀同人觴讌舞彩，嘗舉先世所貽玩好及卉木之奇者，拈題分賦，稱尊人八十壽觴。予得『黄山松』，成五言古一章。維時一堂四世，春温盎然，三公之貴，無以易也。予年七十，補瓢作五言古四章寄予，予賦韵報之。歸田以來，方冀以其餘年與之重究『四始』『六義』之旨。未幾而補瓢病，病且殁矣。計其年，乍逾六十也。

論者謂補瓢具經濟才，宜有所施設，乃優於家庭而拙於朝廟，見之辭章而未措於民物，甚爲補瓢惜。不知《采薇》傷雨雪之繁，《四牡》深靡盬之慮，《祈父》嘆其屍饔，《北山》嗟其盡瘁。憂愁哀怨，後世頌之，猶爲憮然。何落《南陔》《白華》，孝子得遂其養，《由庚》《崇丘》，萬物各適其性！

父》《北山》之音。孰得孰失，豈待其智者始能辨之耶？

其憂其樂，不可數計也。補瓢之詩，多《南陔》《白華》《由庚》《崇丘》之什，而無《采薇》《四牡》《祁

哲嗣裕生昆弟刻其遺稿，問序於予。回憶初訂交時，補瓢才弱冠，乃忽焉而壯，忽焉而老。芥軒墓木久拱，補瓢亦旋然宿草。望九老人獨握管濡墨，序其卷端。友朋離合之感，身世盛衰之故，不禁腕下交集也。外詩餘一卷，多南宋人風味；古文一卷，出入八家門户。附於詩後，見補瓢之才，兼有衆人之長云。

乾隆丁丑蜡月，歸愚沈德潛題於葑水之清曠樓。

［見韓騏《補瓢存稿》卷首，清乾隆二十三年（一七五八）南蔭書屋刻本。］

《月滿樓詩集》序

司空圖之論詩也，曰：『梅止於酸，鹽止於咸，飲食不可無鹽梅，而其美常在鹹酸之外。』嚴滄浪之説詩也，曰：『妙處透徹玲瓏，不可湊泊，如空中之音、相中之色、水中之月、鏡中之象。』此其所主，俱在旨趣矣。吾謂詩之旨趣，必有才與學以運之，斯趣爲真趣。有以牢籠漱滌，而自進於古作者之林，然則才學兼，而旨趣從之，不可缺一也。

顧生景嶽，天才英卓，其學浩博無涯涘。所爲古文、詞、賦，跌宕沉鬱，而性好吟咏。嘗以其

所得，發之於詩。上自楚詞、漢、魏、六代、三唐，下至宋、元、明、國朝諸老之作，靡不綜其源流，研其義藴，别裁僞體，以庶幾乎風雅之宗。故其所造日精，而所著日卓。又時携筆床茶竈，載扁舟於大江南北，與當世賢豪間者遊。則江山之助，與友朋之切劘，更有以勵其才而老其學。夫是以卓然特絶，名盛江表，流輩中罕有儷者。余竊怪近代稱詩之家，非競纖濃，即趨險僻，而詩之正軌益遠。

取景嶽之詩閲之，其《滄浪》《半繭》諸集，則閉門覓句，與古爲徒，樂府之遺音也；《逾淮》《江館》《薊門》諸集，則俯仰深高，變化龍虎，唐賢之高格也；《南旋》《木葉》《栖霞》諸集，則陟水放山，古今寄感。深於情者無淺語，志於遠者無俗韵也。時不一時，地不一地，而才學所抒，趣以深焉。其於詩也，殆實有所得，異於時俗纖穠險僻之所爲，其亦中流之一柱耶！余復因景嶽之詩而重有感焉。

昔人云『詩人少達而多窮』，又云『和其聲，以鳴國家之盛』。斯二説者，各有所見，而余謂其間自有遇焉。景嶽以磊落抑塞之奇，自奮於文治聿興之世。凡宗工哲匠，俱以國士待之。壬午、乙酉兩年，天子巡幸東南，士人獻賦者，皆蒙召試。景嶽在試中屢得首選，乃得而復失，且兩次焉。人爲景嶽惜，以爲此其『少達』之徵矣，而景嶽無幾微見於顔面。今以拔萃科貢入成均，異日者，天子簡著作之才，必將賦明堂、歌寶鼎，鋪陳白麟赤鳳之奇，愈顯其才其學之異，所以和聲鳴盛者，實於是乎在，豈終嘯傲江湖，自抒逸趣而已耶！予雖老矣，猶望眼中人而深有以信之。

乾隆戊子歲秋日，友人沈德潛題於葑溪之清曠樓。

（見顧景嶽《月滿堂詩集》卷首，清乾隆刻本。）

《聯珠集詩》序

余束髮時，曾於同學汪子齋中見《珠樓集》一卷，閨秀作也。詩約百餘首，詞婉麗、意清真，絶無塵氛脂粉氣。於時，詢其所自來，汪子乃告以翁氏母姨之作，未嘗不嘆服其墨妙也！汪子從母適外氏，偶從母姨笥中携歸，旋以外祖之命，索而還之。余酷愛其詩，緣是故而交臂失之，遂未能竟讀也。

余困且老，將盡葺夫世之閨人君子，以及緇衣、黄冠、閨閣、掃眉之士，分别爲集。積歲累月，四方以詩投者日至，而余心亦厭且飫矣。

乙卯，洞庭周君蓮州，以母氏静如翁夫人遺稿問叙於余，方知即汪子所語之母姨也。但其作不概録，但録其晚年之所制。詞意簡約，體格高超，非潛心於卷軸者，顧不足以語於斯。

噫！夫人曩日方在閨中，見其詩而不獲罄其餘。今且逝矣，復歷二十餘年，無意於夫人而偏得窺其章什。向以不見爲憾，今以一見爲幸。前後五十年間，固有遇不遇哉！然又嘆婦人之詩存者絶少，今雖見、而猶憶其所未見，與向之見、而不克滿其所見者，皆若有格於其中也。蓋猶神龍之不可端尾也夫。

［見周克豫等纂《周氏家譜》，清嘉慶五年（一八〇〇）刻本。］

《國朝六家詩鈔》序

往余有《國朝詩選》之刻，網羅散佚，得無錫劉君于根《南榮集》，真醇高簡，亟登其古詩二首、近體一章，竊以爲梁溪風雅之宗在是矣。頃者，其賢子復燕有《六家詩》之選，鄭重寄示，且求爲序。余卒讀之，選擇謹嚴，箋解精當，知復燕淵源於家學者深矣哉。

我朝人文化成，力追《雅》《頌》，而執牛耳者宜推阮亭。讀其詩，明麗博雅，渾厚高華。『談藝四言』，阮亭直自道耳。與阮亭相後先者，則查初白磅礴巽兀，步武眉山；他如愚山之温柔敦厚，荔裳之雄健磊落，雖各樹壇坫，而生面獨開；竹垞詩格稍變，而言必唐音；秋谷抱負異才，高而不詭。之六家者，類皆胚胎於漢、魏、六朝，自成一家言，以鳴國朝之盛。學詩者從此求之，因其異以求其所以同，而不惑於歧路，不染於習氣，則此直可爲渡海之航，登山之屐。

余選國朝詩，以限於卷帙，割愛者甚多。今得是編，可補余之所未備矣。聞復燕以此《六家詩》教其鄉之子弟，門下士家寫一編。後來之秀，往往有佳句可傳誦者。兹復開雕，以廣其傳，吾知當如昌黎所云『景星慶雲』，必有争先睹爲快者，故樂爲之，書之簡端。

乾隆丁亥夏五，長洲沈德潛書，時年九十有五。

（劉執玉《國朝六家詩鈔》，清代光緒刻本。）

《十笏齋詩》叙

予家自始長諱壽四公從歸安徙居鮮溪後，遂與竹墩分支疏遠。迨綸翁兄訪予吴中，考核譜牒，爲兄弟行。綸翁詩出入眉山、劍南間，未有多讓，人輒稱弟坳堂不置。後永之侄，謂叔父坳堂詩，臺閣、山林兼備，言之尤詳。時予老於諸生，羈留故里，未及會合也。

及予入詞館，坳堂方爲諫垣，始叙兄弟誼。休沐下直，彼此過從，尊罍款洽，商榷篇章。見其韵語，縱横超忽，如柳惲才高，足了十人，未敢與角逐也。然雲散風流，古人竊嘆。未幾，而坳堂分巡畿輔，嗣由西粤歷轉楚、黔，予亦予告歸里，音問遂疏。

歲壬午，翠華南巡，遇坳堂於毗陵行在所。爾時兩地分歧，但與叙契闊、審毛髮而别，無暇知其造詣之工也。

今春，坳堂迎駕金陵，蒙恩宣召，清問政治外，兼問與德潛輩行何稱。坳堂以兄弟對，兩家宗譜並在聖人垂問中。旋觀察，復晋、楚臬矣。

將之官，裒其《行臺》《楚吟》《清籟》諸集爲《十笏齋詩》，屬序於予。予讀之，浩瀚奔放，追風掣電，而一歸於規矩繩墨之中，視往時日下所見，則又過之。窺其旨趣，殆欲由眉山、劍南而歸宿於昌黎、少陵，幾莫能量其所極。

夫作詩之道，貴才與學、與識兼。然才非特便利敏捷已也，學非特記問淹博已也，識非特通曉名物已也。必本人情，窮物理，通諷喻，發性靈，能麾斥八極，而後可以言才鎔冶六籍，而後可以言學融貫三才，而後可以言識。

坳堂遍歷中外，明達過人。治事之餘，不廢典籍。上下古今，卓立不移。三者具備，此其詩之所以日上也歟！他日擁旄節，理封疆，所任益大，詩品亦益高，應更有與燕、許、曲江分席者。予雖老耄，猶或及作叙叙之。

乾隆乙酉初夏，愚兄德潛題於清曠樓，時年九十有三。

（沈世楓《十笏齋詩集》卷首，清刻本。）

《蘭藻堂集》序

晉潘岳爲河陽令，種花滿縣，其詩頡頏張、陸，而政績不著；唐元德秀爲魯山令，民以德化，作《于蔿于》歌，玄宗嘆爲賢，而詩不傳。政事風雅兼之，若此其難也！

同年雲亭舒君，以名進士令桐鄉、平湖、山陰。所至問民疾苦，興利除弊，先撫字而後刑罰，不以刀筆筐篋爲能。暇則攬名區，訪舊迹，憑今弔古，一一形諸咏歌，間與邑之賢士大夫更唱迭和。所爲詩，原本三唐，仰攀晋、宋，而閒雅冲融，性靈自具。若雲亭者，非政事風雅兼之者邪！雲亭，長白世族，交親多榮顯。在京師，屏居委巷，硜硜誦習如寒素。然既仕，而浙東西誦其廉，傳其詩。則雲亭之績學砥行，有立乎政事風雅之先者矣！

抑吾謂天之待雲亭有獨厚焉！蓋不逢劇邑，則經緯不能展佈；不遇佳山水，則胸次不能開拓。二邑號稱難治，雲亭從容就理。其所遊歷，若文山、爛溪、東湖、弄珠樓，皆浙西名勝。至山陰，尤昔人所謂『千巖競秀，萬壑争流』者。陟宛委而探禹王之陵，泛鑒湖而尋知章之宅，皆足以發揮詩思，豈非天之厚雲亭，而以此獨顯其才乎！

今雲亭調繁海鹽。海鹽漢之武原，地廣人衆。山名秦駐，始皇嘗登此望海。有烏夜村、伯牙臺，可供眺覽。而曲江海潮，尤爲宇内之壯觀。發爲文辭，其奇傑奔放，應更有高出於從前者，予又將觀雲亭之政成而譜其新詩焉！

壬申秋日，長洲眷弟沈德潛題。

（舒瞻《蘭藻堂集》卷首，清刻本。）

《蓄齋二集》序

讀書所以明理也，明理所以適用也。故讀書不足經世，則雖極博綜典核，與不讀書同。蓋明理而適於用者，古之文章所由作之本也。唐杜牧之之《戰論》《原十六衛》，宋蘇明允之《權書》《衡論》，明艾東鄉之《請旌建文諸臣疏》《上陳雲怡書》，國朝顧亭林之《郡縣論》《天下郡國利弊書》，坐而言，即可起而行。此《日知録》云『文須有益於天下』，又云『立言不爲一時』也。後世不識經術，不通世務，而自命爲文人。於是言理性者，空虛無實；言經濟者，迂遠難行，文章因之而不貴。

蓄齋黄先生之文，可謂『明理而適於用』者矣。先生浸淫卷軸，抱負宏深，而濡遲藝苑，未得展布。所學發而爲文，皆關民生吏治，無非適用之作。《初集》久已行世，今文孫夢協偉伯刻其《二集》，請序於予。披而讀之，其《嚴父配天》《講學》諸論，得制禮之遺意，關理之大端；《讀商子》《韓子》，見不務德而尚刑之弊，立法必以仁義爲本；讀《社倉》《保甲》諸議，聽民之自便，而勿以科條擾民。皆切中機宜，其他皆言中有物。讀至予先太夫人《傳》，則又不禁盡然傷心，潸然流涕，慨然而嘆，其足以傳我先太夫人也。

蓋先生之文，長於議論，而其叙事之作，尤極謹嚴，一句一字不苟下。凡所稱述，必信而有徵，無飾詞，無曲筆，此予曩者所以求文於先生也。予年亞於先生，而先生引之朋友之列。每招予至棣花書屋，下簾談藝，月落參横乃别。當其酒酣耳熱，上下古今，抵掌掀眉，躍躍欲動。自言半生呫嗶，不爲時用，抱先人之遺經，安布衣於蓬户。激昂憤鬱，時見顔色。

嗚呼！虞卿非窮愁不能著書，士非文章不足傳耳。苟其可傳，如牧之僅官考功郎，明允止爲文安主簿，東鄉困於公車，亭林隱約終老，而文之不朽自在，何必盡歷通顯哉！且先生惟不爲時用，故能讀書明理，以成經世之文，使後之覽者嘆息愾慕於無窮。孰得孰失，必有能辨之者。

乾隆乙酉蜡月，同學小弟沈德潛題。

［黄中堅《蓄齋二集》卷首，清代乾隆三十年（一七六五）刻本。］

《虚白齋詩集》序

元次山結唐之詩人也，篇秩無多，□□□[一]韓子等量於陳子昂、蘇源明，間有不專以辭句爲長者。今讀其《春陵行》《示官吏》等作，惓惓於守官活人，持符節，寬追呼，至蒙愆戾而不顧。少陵所謂『乃知正人意，不苟飛長纓』者，誠重乎其人也。然則有能以守官活人爲心者，所重不專在詩，而人與詩俱可以傳。

欽幼畹先生以名進士宰劇邑，詩人也，實循吏也。計其前後出政，修城隍，建倉廩，興學校，築堤防。捍禦天灾，周恤民瘼，忘其身以赴之。至於屢仆屢起，起而復仆，枘鑿萬端。而其中定識、定力，操持益堅；而民之依戀之者，如赤子之於慈父母，而不能舍去。

迄今讀《留别南滙士民》《重築扞海塘》《舟行吴淞江》諸篇，較之《春陵行》《示官吏作》，何胸中鬱結，言外周防，古今人同一轍也。且綜其前後稿觀之，性情閒適，胸次浩然。寄興登覽，薄視纓芾。不必雕鏤涂澤，而言微旨遠，色澹味真。與次山之《遊退谷》、《泛杯湖》、大小《回中》、《喻瀼溪舊遊》諸詩，又殊其面貌而合其意趣也。性情如此，胸次如此，宜出而理民。其守官活人，幾刻刻不忘於懷抱者。樂天、濟時，並行不悖。有讀其詩，而如見其人者已。

抑又思幼畹，湖之長興人也。昔歸熙甫爲長興令，用古教化法治其民，民乃不冤，而大吏幾中以考功法。今幼畹之治，師乎熙甫，豈實心愛民者，應遭夫顛跌摧挫者耶？然熙甫終入掌制敕，而幼畹今亦洗湔枉抑，復膺民社，將守官活人，有初終不易者。即次山之綏定八州，功業可以追逐，而豈獨熙甫之掌除馬政云爾乎？讀幼畹詩而備論之，見予之重幼畹者，因其人而備珍其詩也。

乾隆乙丑春三月，長洲同學弟沈德潛題於虚白齋。

（欽璉《虚白齋詩集》卷首，清代乾隆刻本。）

校記

〔一〕此處三字漫漶不能辨。

《玉山詩鈔》序

政事與詩文兼長，自古難之。賈敦頤爲洛州刺史，百姓立碑頌德；袁滋爲華州刺史，迨去，耆老遮道，不得進。政事卓卓，而詩文不傳。韋應物爲蘇州刺史，白居易爲杭州刺史，皆有治行，詩亦著名一代，而其文不傳。甚矣，其難也！

鳳陽太守項君芝庭有兼長焉。君博雅好學，進士起家爲縣令。初任大竹，再任黄州、蒲州，政龢民洽，擢守鳳陽。興學校，振冤滯，寬徵惠民；救銅山水決，捕靈璧蝗灾；濬三河以洩泛濫，創書院以勖子衿。八邑之民，無不感戴。勤廉而樂愷悌，有賈敦頤、袁滋遺愛。政事之暇，研窮《風》《雅》。由蜀之楚，由楚之晋，經過劍山、五丁峽、太華、潼關、竹樓、赤壁、中條、雷首，到處留題。又來臨濠，登八公山，尋淮南僊迹；遊濠梁，眺莊惠觀魚處。招携賓從，宴集賦詩，神閑韵遠，不減左司之『兵衛森畫戟，宴寢凝清香』、白傅之『濤聲夜入伍員廟，柳色春藏蘇小家』也。遠近稱君爲循吏、爲詩人，無異辭。

而抑知君之文章，更有超出流輩者！觀其《序〈周易詳説〉》、《閑邪録補》、諸行略、傳記，質實似南豐，跌宕似廬陵。至《濬渠積貯議》《毛城鋪原委啓》，尤本學問、經濟出之。此前賢所不能兼者，而君兼之，不其難與！

天子省方南國，君兩次奏對，詳晰深契宸衷。將膺不次之選，建牙開府，當以勛業著聞，而詩文又其餘事也已。

乾隆壬午春仲，長洲沈德潛題於歸愚齋。

［項樟《玉山詩鈔》卷首，清代乾隆二十六年（一七六一）刻本。］

《香雪文鈔》序

戊辰春，予奉命典試禮闈，曹生震亭爲予門下士。廷試日，讀其制策與《御試保和殿》諸篇，皆剴切昌明，通達國體。及謁予邸舍，出所撰《香雪文鈔》，匯駢體、散體爲若干卷，而乞予一言以爲序。

予讀其全集，其沉博絶麗，若長卿；其幽幻空靈，若莊叟。如入多寶龍宫，光怪陸離，炫人心目。蓋本六朝之新艷，而運以史、漢，縱横變化之神者也。

震亭公車八上，垂二十年，始成進士。釋褐後，陛見，奉簡命，出宰於湖北之崇陽。人皆以震亭之才未獲讀書中秘、登石渠金馬之庭，爲震亭惜，而予謂震亭之所重不在是。太史公不云乎：『古者富貴而名磨滅者，不可勝記，惟倜儻非常之人稱焉。』

昔長卿令文園，其《諫獵書》《諭蜀檄》《上林》《子虚》諸賦，高文典册，詞采爛然。莊叟爲漆園史，而《南華》一經，洸洋自恣，王公大人莫能器之。今讀震亭文鈔，上自朝廷文德武功，禮樂、河渠諸大典，以及名公巨卿勛業文章，皆炳炳烺烺，頌揚得體。下逮草野之節孝、俠義、耆德、高隱、騷人、閨秀、僊佛、鬼神與琴書、醫卜、桑經、農譜、族志、印圖、優伶、歌舞之流，莫不闡發幽潛，沉吟唱嘆。外者名山大川、風月雲霞之勝，池亭臺館、蟲魚花艸之微，皆刻意雕鏤，傳神入妙。緣情體物，冥慮肖神，言情則纏綿歌泣，繪景則鮮秀如生。所爲籠天地於毫内，挫萬物於筆端，何多讓焉。

夫湖北爲屈宋風騷、江山文藻之舊。而崇陽環處萬峰中，張乖崖之政績、馬伏波之勛名、葛抱朴之僊踪、黄涪翁之翰墨，流風遺韻，照耀山川。震亭以聽政餘閑，與諸父老歌咏太平，傳宣德政，安見盈胸錦綉不散而爲弦歌學道之風也？又何必視草玉堂、燃藜天禄，然後足以重震亭歟！予老矣，感聖恩優渥，予告老還鄉。竹笠芒鞋，訪勝於鼃洞軒臺之地。惜乎，震亭遠宦，未暇從予遊也。

少陵有言：『千秋萬歲名，寂寞身後事。』蓋古人立説著書，期於傳世而行遠。而名位之顯晦，不足以動其心。震亭其勉之矣！

乾隆辛未桂月，長洲通家生歸愚沈德潛。

［曹學詩《香雪文鈔》卷首，清代乾隆十六年（一七五一）刻本，吉林大學圖書館藏。］

《西垣次集》序

吴賓賢，泰州詩人也。所爲詩以性情勝，不尚典實，一歸純樸，而專尚典實者，莫或過之。故新城王尚書阮亭學問淵浩，爲詩壇宗主，而時論於賓賢，獨許其相反、而實足相敵，服其詩之真也。賓賢以後，罕繼起者，今於保太守井公遇之。

井公以高才生，屢試不得至於有司。乃效力河堤，心殫身瘁。嵇文敏公相賞於衆人之中，力爲薦引。自淮而浙，官郡司馬，日在風波勞攘中，卒能著績河海，報最京師，超擢郡守，所遇與賓賢老於布衣異矣。然讀其詩歌，古體激昂頓挫，近體宕往風神。不餖飣、不荒幻、不依傍，一一從靈府中出。故所處之境地絶不同，而詩品略同。詩篇之面目亦不必同，而濬發性情則無不同，惟其詩之真也！真則可傳。故西垣之集行，見繼陋軒而興起矣。

井公四十以前，所著詩卷甚夥。今所鐫者，皆雍正乙卯後二十年中之作。年漸高，詩亦漸臻老境，猶少陵夔州以後作也。黄魯直讀杜詩，尤推夔州後作。今之論詩者，豈無魯直其人乎，應有聞伯牙之弦而醉心者！

井公，南通州人。通與泰鄰，而詩格之真，又復與賓賢相類，故予持以並論云。

乾隆乙亥季春，長洲弟沈德潛題於紫陽書院。

［保培基《西垣次集》卷首，清代乾隆二十年（一七五五）刻本。］

《孱守齋遺稿》序

吴興姚子玉裁，與其弟秉衡，並負俊才。好讀書，工詩歌、古文，時人以『雙丁』『二陸』目之，爲家綸翁太史之甥。綸翁嘗曰：『吾家師川、駒父也！』

秉衡前没，玉裁繪《夜雨傷神圖》，題詩哭之，語極悲楚，已黯然神傷矣。性嗜友朋、山水，於其鄉，與厲太鴻、金壽門稱莫逆；過江，則交西秦張喆士及馬嶰谷、佩兮昆仲。其老友，則宣城家樗崖翁，氣誼學問，相與劘切。興到，嘗扁舟泛苕霅；登妙山，觀潮錢塘；挂帆度京口；上蜀岡，攬平山諸勝。登臨、憑弔、友朋贈答，一一見諸詩文。

其詩，初則才情雋麗，格合聲諧。中年悒悒無所遇，加以鴒原痛切，後更凋喪弱女，多激蕩凄清之音。擬之哀猿啼嶺、秋蟲鳴夜，然亦不戾於和平。所謂備文質，兼雅怨者，非耶？

爲文章，貫串經史，磅礴閎肆。有所考訂，必詳核精當，而一嫻於法。别於贋秦漢，而失之襲；贋唐宋八家，而失之庸者。蓋卓然成一家之言者也！

予交玉裁垂四十年，雖南北離合，不能久聚，然重其文行，時往來於心。己巳歲，乞身歸里，經維揚，過喆士家。時玉裁爲西賓，相與劇飲呼嘯，訂卞山、峴山之遊，乃别。不一月，而玉裁遽成古人矣！悲夫，悲夫！夫天生玉裁之才，當置之石渠金馬，潤色宏業。不然，假以歲月，使優遊煙水凫魚之鄉，得竟其名山之業。乃年不老壽，而柏匱之詩，無人承受，玉裁可謂窮矣！

今喆士梓其遺集，問序於予，回念舊遊，益深感惻。讀其詩文，不啻重與晤言也！雖然，士窮愁著述，劌心鉥肝，不自愛惜者，冀以所作，傳之身後耳。然往往身没未幾，而殘編斷簡，澌化無餘，何可勝道。乃喆士欲不死其友，俾藝林共知其人。玉裁有知，其亦可自慰於黃壚也夫！

乾隆十八年癸酉秋八月，長洲沈德潛題於紫陽書院。

（姚世鈺《孱守齋遺稿》，清代乾隆刻本，遼寧省圖書館藏。）

《咏花軒詩集》序

有臺閣之詩、有山林之詩。鋪揚德業，典贍鴻麗，臺閣之詩也；裴回景光，雕鏤萬衆，山林之詩也。以臺閣稱者，於唐，如蘇許公、張燕公、權文公諸人；於宋，如晏元獻、周益公諸人。以山林稱者，於唐，如孟浩然、張籍、賈島、盧仝諸人；於宋，如林逋、魏野、真山民諸人。然既分擅二體，擅臺閣者，鮮清微窈眇之韵；擅山林者，又徒工於寫景賦物，而於美盛德之形容、效太平之潤色，或闕略焉，而未之有逮。求兩者之能兼，古人亦有難焉者矣。

維桐城張公則不然。公爲文端公哲嗣，耳濡目染，學殖自醇。文端公謝綸扉歸，逍遥林壑，垂十年。公無日不侍杖履，天倫之樂，非三公所能易也。年四十餘，始登進士第。自是，官侍從，備顧問，典成均，領宮詹。屢柄文衡，職掌邦禮。其得諸心，而發諸言者，宜於臺閣爲長。今讀《咏花軒詩集》，大者固得《明堂》《寶鼎》《長楊》《羽獵》之遺，即下及登臨酬答，隨物肖形，亦往往寫難狀之景，而言人情之所不能言。其志廉以達，其音和以舒，其氣寬厚宏博，而無急言竭論之態。金鐘大鏞、山泉松籟，時並奏於楮墨間。臺閣山林，公殆兼之矣！

抑思古今之稱詩者，必以少陵爲歸。而少陵所以勝人，每在綱常倫理之重。故每飯不忘君父之外，凡弟妹之分張、家人之懸隔，念驥子於鳥道、懷朋舊於江東，簡帙之中，三致意焉。公發爲有韵之語，其篤於五倫，不異於少陵。宜乎和平温厚，無意求工，而自不能不工也。夫豈規規焉，争奇標勝於臺閣山林之間者哉！昔文端公爲盛時宰輔，功在社稷，公之難兄少保公又繼之。公出膺造士之任，入爲心膂密勿之臣，紹揚前緒，矢詩遂歌，被管弦而奏朝廷，當有與召康公比埒者。而從前之標格，又不得以概之也。

潛以文字辱公之知，謂可進於有造，命草後序。深願挂名集末，得附公以不朽，故不辭而序之。若公取士之公、莅政之肅，持躬之峻、與物之和，有大江以南之公論在，不贅述云。

長洲門人沈德潛百拜撰。

（見張廷璐《咏花軒詩集》卷首，乾隆初年刻本，見《四庫未收書輯刊》第八輯第二五册，第六八四頁。）

《硯思集》序

乙卯夏，余之京師。以詩作合，得交於德州小山薑田先生。先生爲司農山薑之孫，而新城王司寇阮亭先生尊所聞以治詩者也。其爲詩，稱指也微，甘心也兴，取格也高，流韵也遠。挹之有神，索之無迹。得《唐賢三昧》風味，而人世纖穠綺靡之習不存焉。門風、宗法，兩有所得矣。

憶余年十五六時，即嗜有韵語。適山薑先生建牙開府於吴，然以年齒少，分屬卑末，無因緣進見。年三十餘，兩致書於新城先生，先生亦前後裁書作答。方思並世而生，何難走千五百里外，侍几杖於夫於亭間，以償生平之願？

而先生遽成古人矣！今幸得交於山薑先生之孫，尊所聞於新城先生者。挹其流風，聞其緒論，何啻親炙前賢？而惜乎齒頽心短，前望茫然，惟讀小山薑詩，而羡其漸於門風、宗法者，爲已深也。

小山薑嘗謂余曰：『前三四十年，無朝野内外，言詩者必以新城、德州爲歸。今猥薄後生，置德州不議，而竟思集矢新城，以快其口吻。甚有著爲論説，以排之者。而排之者，即曩日心摹手追之人，是世道人心之憂也。』余曰：『昔孔子論樂，首辨雅、鄭。新城之詩，雅宗也。今之排新城者，句佻字艷，以求工爲靡曼淫哇之辭。則彼之竭心殫力，以蘄勝與前民者，適爲孔子所放而已。

先生守而不變，是先生之定力也，於紛紜者眴怄焉？』小山董又曰：『子序我詩，不必別有稱引，惟述子曩時之向往，與好議論者之反覆，以及余之篤守門風宗法，而惟恐失墜，是我心也。』余曰：『唯唯謹承命。』遂不溢一語，序之。

長洲沈德潛拜題

［田同之《硯思集》，清康熙至乾隆間（一六六二至一七九五）德州田氏刻本，北京大學圖書館藏。］

《隨園雅集圖題咏》

隨園，在小倉山旁，前明焦弱侯故址，同年袁太史子才葺而新之者也。園依山締構，水木明瑟，樓閣亭臺埼畔，位置秋如，遊其地者，目爲『小栖霞』，不斷筇屐。子才奉母愉怡，暇常集友生，興高觴酌，拘忌之客不與焉。因仿西園雅集意，命薛生壽魚寫《隨園雅集圖》。昔王晋卿以天家懿戚，聚名流女士侍側，聲華耀艷。隨園擬之，何啻江黄仰視荆楚？

究之西園之傳，不以聲華，仍以文藻。則今之會合隨園者，或饜飫《風》《騷》；或穿穴經籍；或六法、八法，分擅人功；或觀魚、聽松，并涵天趣。古今人何不相及耶？

吾師望山尹公亦嘗遊憩於此，寫圖時適臨他郡，圖中闕如。然公之德言道範不遇於圖中，轉遇於圖外。遇圖中者，披卷而始得；遇圖外者，常在心遊目想間也。

歸愚沈德潛，時年九十有三。

［見袁枚所輯《隨園雅集圖題咏》一書。該書爲民國丙子年（一九三六）羅振常蟫隱廬刊本，見《叢書集成續編》第一五五册。］

《滄湄詩鈔》序

沈確士德潛曰：風雅與性情、學問三者難兼，滄湄前後諸詩可謂兼之矣。又曰：滄湄詩雅，兼該唐宋，萃衆家之美，而出以自運之工，極變化之能，而不見擬議之跡。其開合頓挫生動處自有神行乎其間，非時賢所可及。先生嘗言平日所作詩爲澤州、新城兩先生所稱許，梓以示後人，非欲徼詩名於一時也。又曰：詩家有宗盛唐者，有宗老杜者，集中兼而有，天分所至，出於自然，絶非有意摹仿而成。間及中晚及蘇陸，以極其變化，總不逾盛唐老杜，葉横山先生稱之曰大家，曰正始之音，非虚譽也。

（尤珍《滄湄詩鈔》清康熙間刻本，見《四庫未收書輯刊》八輯第二三册，第四七八頁。）

《分干詩鈔》序

予少從横山葉先生學詩，先生以杜、韓、蘇三家指授，謂杜之包羅古今，獨開生面，而不求工於語言、聲律間也；謂韓之骨相峻嶒，目空千古，如太華削成而不可攀躋也；謂蘇之凌空如天馬，遊戲如飛僊，解脱塵縛，空諸所有，無弗從華嚴法界中來也。師長舍是不可爲教，學者舍是不可爲學。

予時力薄才弱，遇五嶽之高而不敢登，遇環瀛之廣而不敢涉，側足屏息，末由前進；諸同學間多勇往問塗者，然或半路停車，中流迴楫，而先生猶子分干，慨然自命，因先生言而以杜、韓、蘇三家爲指歸。

後先生卒，諸弟子各散去，林園榛莽，小山零落，講堂吟席，時付諸想象間。先生子姓羣從，歲不一二晤，覺向之蘭芽玉立者，俱非盛年，而予學殖頹落，年亦忽忽其將老矣。獨分干年益高，學日益進，今讀其詩鈔，其規模宏闊，議論卓越者，發源於韓；嬉笑怒駡，無入不得者，發源於蘇；而其間規格最高，幾欲由韓、蘇以上窺少陵堂廡。蓋横山詩學遲三十餘年而代興者，不在弟子，而仍在家庭授受間也。

昔王融世世有集，推爲南朝盛事，今葉氏自虞部公以前，既以詩文集擅名，而先生子姓羣從，胥不墜家學，分干尤能傑起，以聲詩發聞於世，視王融爲並美矣。且其天爵自貴，無汲汲用世，心偕德配，負戴相樂，酬倡於荒江寂寞之濱，雖閨閣中亦得杜、韓、蘇三家遺法，此又王融累世所未聞也。

予屬通門世好，投分極深，故因序其稿而牽連及之。

長洲同學小弟沈德潛拜撰。

（葉舒璐《分干詩鈔》，戊午仲夏願學齋刊本，《叢書集成續編》第一二七册，第五一一頁。）

《遼詩話》序

唐、宋、元、明，俱有詩話，或專集，或散見，爲風雅故實；惟五代與遼未備，士林有餘憾焉。新城王尚書作《五代詩話》，以授北平黄侍郎崑圃先生，先生綴遺補漏，纂輯刊行，而遼猶闕如。遼自唐季基於朔方，雖地處北鄙，文墨非其所尚，在享年二百，聖、興、道三宗，雅好詞翰，感通音律，有國樂、雅樂、大樂、散樂、鐃歌、横吹樂。東丹王倍聚書萬卷，平王隆先著有《閬苑集》。文學之臣，若蕭韓家奴、耶律昭、劉輝、耶裏孟簡，皆淹通風雅，特以詩傳者罕，故無人焉爲之援述緒言，申譯遺句耳。

海寧周生芚兮，博采羣編，凡涉遼詩，無不摭入。以正史爲宗，以志乘、説類爲佐，上自宫廷，下及謡諺，事典而核，語贍而雅。白蕭后、文妃之誣，著張孝傑、趙良嗣之姦，可備勸懲，可昭法戒。洵一代風雅之故實，輔張舜民《使遼録》、許亢宗《使遼行程記》、史願《亡遼録》之略，芚兮可謂有功遼代者矣，昔吾鄉顧太史秀野刻《元百家詩》成，夢元人之徒，俛拜牀下。芚兮《詩話》之成，吾知遼代君臣，必有感謝入夢者。

乾隆己卯仲春，長洲沈德潛題。

（周春《遼詩話》，丁福保輯《清詩話》。上海古籍出版社一九八二年版，第七八七頁。）

《午夢堂集》序

詩教主於温柔敦厚，凡怨誹之音，兀寡之習，非詩之正也。而古今來言女德者，曰『婦順而婉』，又曰『幽閒貞静』，苟能以婉順幽貞之德，而發爲温柔敦厚之詩，斯固彤管之美譚，閨闈之盛事矣。特以『内言不出於閫』爲禮經之明文，故記載罕稱道之。然非在室奉長者之訓，於歸得倡隨之樂，則雖抱華含章，亦無以自見。故必有謝安石之風流，而道韞以咏絮者著；爲秦士會之寄贈，而徐淑以明鏡傳。夫豈易覯其人？

吴江之擅詩文者固多，而莫盛於葉氏。其最著者，如虞部、廷尉、横山、萊亭諸先生。而横山則出自虞部，爲余所師事。師門羣從，類長吟咏，雖閨閣中亦工風雅，郡志所載《午夢堂集》，婦姑姊娣，更唱迭和，久膾炙人口。師嘗出示，心竊契之，以爲《關雎》《樛木》而外，克繼母音者歟！及師卒，其猶子分干，係萊亭先生之長子，拈韵賦詩，歲數數晤，兼叙其稿，而横山家學之不墜，恃此一綫耳。既余仕宦馳驅，迹同萍梗，講堂吟席，特付諸想像間。

兹得恒椿字青巖，分干之長孫，虞部之曾姪元孫，好學砥行，英姿卓越，而所謹謹致意者，尤在表章先德，重將《午夢堂集》斟酌繁簡，匯爲八種，授諸梨氏，就余序之，批讀數過，詩詞歌曲，悉包唐宋金元之精，庶幾婉順幽貞，不拂乎温柔敦厚之音者。昔魏文貞推唐朝貴第，遞傳五世而遺書弗克守，今青巖將百餘年之斷簡殘編，赫然整理而重新，詎非賢裔哉！余屬通門世好，投分極深，不特幸遺集之足徵，更爲南陽繼述之爲人慶也。

長洲歸愚沈德潛叙，時年八十有六。

（葉紹袁原編，冀勤輯校《午夢堂集》，中華書局一九九八年版，第一〇九四頁。）

《南州詩略》序

詩人多權奇雄駿之姿，而天高其興，則又益以江山之助，此南州詩所由盛，而朱子樹堂《詩略》所由輯也。昔皇甫持正序顧逋翁詩，盛稱吴中景物，以爲鉤緜秀絶出其中間，翕輕清以爲性，煦鮮榮以爲詞，故非尋常所能及。南州山水，視吴中特瓌異，天門、采石、青山、白紵諸勝，得後先作者掉鞅詞壇，馳騁下上，以盡瀉其胸中之奇，宜其所作，時有出於輕清鮮榮之外，則信乎興之所激，與其境之所觸者之不同歟？

夫蛾眉不同貌，而俱動於魄；芳草不同氣，而皆悦於魂。樹堂承其家學，舉諸作者動魄悦魂之所在而裒集之，則江山之勝，如在目前，予雖老，猶能假詩人之興，以廣予之卧遊，豈不有厚幸哉？予故樂得而書之。

乾隆乙酉冬日歸愚老人沈德潛序，時年九十有三。

（朱滋年輯《南州詩略》卷首，《四庫禁毁書叢刊》集部第一〇〇册，第五一五頁。）

《周易詮義》序

綀水唐君桐園，密於治經，以《禹貢圖書指掌》屬余序矣。兹復示《周易詮義》一書。大《易》者，古聖人建天地陰陽之情而作也。卦六十四，分而爲上下，象陰陽也。陽故純而奇，上篇三十以象陽；陰故雜而偶，下篇三十四以象陰。通陰陽之變，莫靈於聖人，盡聖人之心，莫深於易象。旨遠詞文，言中事隱，固往哲之驪淵，而古今之義之奥藪也。商瞿以來，舛謬多矣。去聖彌遠，衆説騁詞，西漢有丁孟、田京，東漢有荀、劉、馬、鄭，大都互相祖述，而古經變於費氏。以彖、象、文言參入卦中，實自費始。而王氏弼傳之，孔氏穎達獨取其學。然弼好老氏，魏晉譚玄，弼實倡之，言理而涉空虛，與言數而入詭異，弊正相埒，俱無當於《易》之義者也。

夫義不精則不達，義不晰則終不精。桐園本宋程子之《傳》，朱子之《本義》，參考衆説，以折其衷，條分縷析，通幽洞微。於上下經之義，不啻了然於心手間。而該括以出之，殆欲窺陰陽之藴，而致《易》義之精者歟？

吾嘗怪夫治《易》學者，堅持理數兩説，劃爲鴻溝，入主出奴，均無一是。殊不知理外無數，數中有理，二者一而已矣。如乾之九二，豈必有學問寬仁之義，而孔子言之；咸之九四，豈必有日月寒暑之義，而孔子言之，可知假借旁通，即數即理。伊川因君子豹變，而發自暴自棄之論；因君子得輿，而發『匪風』『下泉』之論，此物此志也。桐園惟義之是詮，不斷斷於理數之異説，可謂有功於程朱者矣。朱子《易贊》曰：『象陳數列，言盡理得。』學者誠即是編以求理數之合，將先河後海，欲探《易》義，夫復何難？是爲序。

己丑夏五長洲學弟沈德潛題，時年九十有七。

（唐秉鈞《文房肆考圖説》卷八，清乾隆刻本。）

《香樹齋詩續集》序

乾隆辛未歲，少司寇錢先生鐫《香樹齋詩》十八卷進呈，上覽集中《夜紡授經圖》，題二斷句以賜，褒母德，嘉子孝，不止美詩格之高也。藝林重之，海宇傳之，共推標準圭臬矣。今將刊其壬申以後詩爲續集，凡四卷。潛伏而誦之，知前集中半屬應製賡和，持節四方，登臨懷古之作。而續集所編，多歸里燕居詩也。

先生於壬申秋因疾請假，天子賦詩餞送，舟行山左，中心戀闕，用古人韵，成詩以獻，九重嘉獎，亦仍元韵賜之。明良一德，古今罕遘。到家閒適，諸所咏吟，猶是林園養疴、寄興泉石，與夫友生會合，話桑麻課晴雨之作。而隨所感觸，永懷君恩，時時流露於載賓舒文之表，蓋由忠愛悱惻，原於性生，有不啻饑食渴飲之不知其然而然者也。

潛憶始官中朝時，隨先生步趨，惟恐或失。天子時命賡韵矢音，承恩優渥，亦得厠先生後。今退歸六年，雖間亦賦物寫情，眷懷主德，時深玉堂天上之感，然才力薄弱，止如候蟲之鳴，非復清廟明堂之響。讀先生詩，有爽然自失者已。先生天才踔越，根柢深厚，醞釀古人，而自開面目。序前集諸公備論之，不更陳也。

且先生暫假歸里，當寧虚席以待，他時孜孜日贊，出其餘力以闡揚功德，應有與二雅、三頌相表裏者。潛雖耄老，猶能操筆以序之。

甲戌冬日，長洲館後學沈德潛謹題。

（錢陳羣《香樹齋詩續集》卷首，《四庫未收書輯刊》第九輯，第一八册，三六五頁。）

《敬亭詩草》序

沈德潛序云：從來人之窮達，每因乎所處之境。故當其窮，即溺於窮，而不敢以行義達道爲己任；當其達，則又溺於達，而不能復處乎簞瓢陋巷楮冠藜杖之常。故措之於事，見之於言，戚戚乎不自得也，皇皇乎惟恐失也。此無他，心無主而境累之也。求其處窮達而超然於窮達外者，唯家光禄敬亭先生。

先生爲諸生，困場屋，幾於家無斗筲，而先生偃仰自得，若廟堂之上，海宇之大，無一非吾事者。故當日發爲詩歌，聲出金石，視東野食薺亦苦，强歌無歡之語，絶不類焉。此處窮而能任乎達者也。及乎入詞館，後典劇郡，陳臬事，任旬宣，國計民生，無一不關擘畫。而先生於勤理公務外，毫不爲身家子孫之計。繼而入長先禄，僦屋以居，蕭然故如諸生。其託之詞章，時得茂叔『窗前草不除』、明道『吟風弄月』之意，此處達而仍復能窮者也。

潛壯歲吟場接席，服先生之才華。既而或出或處，天各一方，服先生之政事。近者並官卿貳，時相過從，覺先生之言行氣象，油油感人，有如和風之動物，而不自知者，嗚呼！倘所謂介焉安其業，所樂非窮通者耶？宜其發言爲詩，以道爲歸，而不惟求工於聲華偶儷之末也。古今體詩幾若干卷，屬潛點定，因删而存之。其格高者，規撫杜陵；長篇百韵以下，俱近白傅；即小小咏吟，亦不入宋元纖佻之習。求其不合乎道者蓋鮮，殆幾乎德人之言矣。

大論詩於先生已爲第二義，而詩之可重如此。後之讀者因詩之近道，以求先生，庶其遇先生於窮達之外也耶？

潛憶辛卯歲，謁先生贈公於婁東，公亦訪潛於葑溪老屋，出《白漊集》見遺，並爲述詩學源流本末。公於潛爲諸父行，則先生爲昆仲列也。既晚入詞館，爲後進，而先生篤宗誼，仍以昆弟叙，且以潛亦能不累於窮達，稱同志云。

［《（嘉慶）直隸大倉州志》卷五四《藝文三》，嘉慶七年（一八〇二）刻本。］

《叢桂軒詩鈔》序

沈德潛序云：認庵爲侍御北廬先生孫，少工帖括，以雍正癸卯鄉試中式，乾隆壬戌始以明通榜選安徽婺源教諭。黄山三十六峯拱列几案，行坐臥對，矢諸吟咏。少暇遍探慈光、蓮花諸勝，且以往來宛陵敬亭，篇什遂富。秩滿，作令羅源，江山之勝，不殊黄海。三載，引疾歸，讀書課子，研窮風雅。歿後，令子若泉孝廉萃而梓之。

［《（嘉慶）直隸太倉州志》卷五四《藝文三》，嘉慶七年（一八〇二）刻本。］

《樸廬詩稿》《題畫詩鈔》《林屋詩餘》序

沈德潛序云：歲在丁亥，予年九十有五，王子存素少予二十七歲。存素淡於世氛，介然有守。予重其人，因重其詩。與書訂爲忘年友。楓江葑水，一棹往來，讀書談詩，怡然竟日，幾不覺揮麈之倦也。伏波矍鑠，予期自慰，亦以之慰存素焉。歲之季春，聞存素没，喪一良友，昕夕憮然。仲秋，令嗣廷銓來謁，出其尊甫遺稿，涔涔淚下，乞予一言弁其首。廷銓可謂善繼善述矣。撫今追昔，予又烏能已於言。

披而校之，都往時評點過者。五言古恬静雅音，不專鏤刻；七言古天籟自然，凌空飛動；五七言近體屬對工穩，風神宕逸；絶句語近情遥，韻流言外，泳嘆咀吟，如遇開元天寶諸名家，俯仰進退於堂户間也。嗚呼！存素其不朽矣。

婁東爲予舊遊地，他日挐舟往過，經佳城，攜尊酒，吊存素於蒼煙碧草間，復挾其詩稿，咏歌一二章，故人在焉，呼之欲出，又如覯天寶諸名家於松楸墓石間也。因序其詩，歸之廷銓。配毛孺人，詩有蘭蕙芬，無脂粉習，亦宜附鐫於後。

乾隆丁亥孟冬既望。

［《（嘉慶）直隸太倉州志》卷五四《藝文三》，嘉慶七年（一八〇三）刻本。］

《國朝練音集》序

沈德潛序云：《練音集》，前明翟博士校，纂輯嘉定諸人士詩也。翟爲成、弘時人，正、嘉以下闕如。如齋王先生續成十有二卷矣。既復輯《國朝練音》，成初集、二集，卷帙與前集同。

潛惟古人選詩之旨有二：有詩爲主而人從之者，重在詩也；有人爲主而詩從之者，重在人也。今先生所輯，於前明則戰功如任司馬，文章如歸太僕，忠貞如侯太常，節烈則若黄進士陶庵昆弟，而於國朝則如陸清獻，理學以下，多高文峻節，泉石激清之士，既以人爲重矣。而所選之詩，亦復舒文載實，而不惟緣情綺靡之是尚。蓋人爲主，而未嘗不兼重乎詩也。前明選一方之詩者，惟趙氏《中州風雅》爲最，以北地李氏、信陽何氏、望之孟氏、茂秦謝氏諸公皆深於詩教者也。然只及數公之詩，未足概中州人士之備。今集中采取，遍及諸賢，俾讀者俯仰憑弔，間有以知練川風土人物之厚，而當代重熙累洽，風教之遠被海隅者，一展卷而如或遇焉。視中州風雅，爲較賢已。至選詩體例，及發潛闡幽之旨，見於先生自序及凡例中，不附贅焉。

乾隆七年壬戌秋七月。

[《（嘉慶）直隸大倉州志》卷五六《藝文五》，嘉慶七年（一八〇三）刻本。]

《止心樓詩》序

古來文人詩人，每原於家學，如王融之代傳文籍，庾肩吾、蘇瓌之父子，杜審言之祖孫，皆是也。論者又謂謝康樂、張燕公、柳柳州之詩，高出衆人，得乎生平遊歷，則眺覽山川者貴焉。二者分之，固可名家，合之尤爲雙美。以家學本乎淵源，眺覽擴乎襟抱也。

維揚鄭子荆璞代有令人，曾大父俟庵先生博洽卷軸，以集陶集唐名家。大父晦中先生以名翰林爲侍御，聲震朝野，餘事作詩，包含今古。考懋嘉先生著聲西曹，兼擅風雅，鄭氏一門，水木本源，繩繩繼繼，宜荆璞之韻語，藴釀者深厚，發攄者光明也。

昔維揚鄭超宗家開黄牡丹，集名流賦詩，錢牧齋定廣南黎遂球第一，超宗鐫黄牡丹狀元金觥贈之，藝林傳爲佳話。竹西韵事，有專屬之鄭氏者歟？荆璞借累世之盛，賦二十四橋之明月，咏三百六十之紅欄，若山川之明麗，萃於斯矣。而其心深不以爲足也。於是由淮海詣吴越、金焦、九龍、鴛水、西湖，恣其攀涉，自越至豫章、棲賢、三峽、五老峯、萬松寺，無不窮其幽邃，以青鞋、布襪、軍持、漉囊爲行裝，以野人、逸士、高僧、羽衣爲伴侣，一已之性情氣韻，與山水之性情氣韵互相映發，宜其詩峯嶺回合，濤瀾汹涌，不求工而不能不工也。

予少嘗讀晦中先生試作，嘆爲金和玉節，昕夕呾誦，未能追逐。又嘗慕黄山、天台、廬山之勝，前者觀天都之雲海，與石梁之瀑布，而於雙劍、香爐徒縈夢想。讀荆璞詩，既承先德，亦遂壯遊，其能毋艶羡於中耶？因嗣君受天請序，序而歸之，並望鄭氏後人之能述祖、能得江山之助者。

［鄭慶祜《揚州休園志》卷三文，乾隆三十八年（一七七三）刻本。］

《國朝賦楷》叙

『六義』有賦，纔比、興之一耳，而三頌專以賦行。是知盛治敷揚，固與凡言之體物異也。自《楚騷》續《詩》命祖，後此，馬、楊、張、左之流，各抽秘思，以馳騁於四旁上下，其旨要歸於諷。至有唐妃詩以取士，厥典鄭重，始變其體而為律。題必成言，韻必限字，有美而無刺，有禱而無勗。正與《閟宫》之盛誇多祕，而並及三壽等。雖邊幅稍拘，抑亦志純而調正矣。

康熙四十五年，海昌陳宗伯奉旨會編《賦彙》一書，自袁周迄於前代，統計四千一百六十一首，而唐文居其半，其宗尚可知焉。

我國家重熙累洽，觀人文以化成天下，而尤以賦獨有功篇什。金版叮嚀，至通其事於選用。且援《尚書》敷奏之義，謂使唐虞在今，亦當不廢。由是，一時葩藻蔚起。甲辰丁未，兩選鴻博瓌璣，五、六兩題，均依唐人試格。若愚山之雄健，迦陵之綺繡，竹垞之潔，彭羡門、毛西河之典雅秀拔，麟麟炳炳，各能於楊、左諸家外别營杼軸，爲一朝巨製。嗣後廷試館程，日研月漬，法愈密，材愈富，其旁搜冥抉，蒙茸輝爗之長，又直駕三唐而上之。第向無成選，海昌所輯，既自啓禎而止，後此又無續纂，譬若涉海者，僅窺大樹洞淵，而未陟蓬萊之頂，匪云觀止也。

去年春，我皇上特允廷臣條奏鄉會場以詩更表，風行海内，不疾而馳。予既因張君晉康之請，爲選制帖諸詩以問世，又以詩賦原相表裏，復請廣選當今名劄，另爲專集，以補前所不及。於是搜采各家，共得若干首，注其目而謄之，玉堂之染翰，黄閣之竄卷，燦如略備。其間宏麗恣縱，亦有與西京伯仲者。顧彼事諷而此則一宗於律。律者，如師之有紀，官之有令，步伐章程一定，而無可易者也。臣子對揚君父，脩詞即以立誠，要貴有典有則，呼嵩尚有定數，矧其爲拜手所陳。且諷諭原爲譎諫，然《大人賦》乃以助天子之逸氣，而趙鬼之誦《西都》，適啓後人奢恣，其效蓋可睹矣。况聖世登三咸五，即使仿酌摹般推三頌，鋪張微旨，以揚厲盛治，尚猶捧塊礫而增泰山之高，又烏庸諓諓爲哉！

昔太史公撰《史記》，自黄帝迄於麟止，班孟堅謂大漢承神堯之統，當獨成一書，則予之以是選續《匯》者，亦此志也夫。

乾隆戊寅春修禊後五日長洲沈確士題於山莊之酬隱堂。

（沈德潛《國朝賦楷》，乾隆刻本。點校者按：《國朝賦楷》及此序編著者是否爲沈德潛，存疑備考。）

《賦鈔箋略》序

漢人謂賦家之心，包括天地，總攬人物，故古來賦手類皆耽思旁訊，鋪采摛文，元元本本，騁其勢之所至而後已。蓋導源於三百篇，而廣其聲貌，合比興而出之。登高能賦，可以爲大夫，誠重之也。兩漢以降，鴻裁間出，凡都邑、宮殿、遊獵之大，草木肖翹之細，靡不敷陳博麗，牢籠漱滌，蔚乎鉅觀。學者生古人後，體物之作雜然前陳，如扱衽而登鍾山，藍田瓌貨奇寶焜耀於碔夫碶石間，自非具眼別裁，鮮不顛矣。顧欲掇取菁英，綜核其義類而疏解之，若馬融、鄭玄、服虔、賈逵之爲六藝功臣，詎易易事。

雲間故稱才藪，自考功黄門後，爲詞章之學者接武，博雅閎達之士，書倉學海儷於前哲。而孝廉王子治堂以青緗世業，教授里黨，邇者有《歷朝賦鈔》一册，自周秦以迄本朝，去取詳慎，體制賅備，所以便來者之拾取，不啻求柴胡、桔梗於鄒嶧間，可卻車載矣。及門雷子曉峯、張子香圃於制舉之暇，又一一爲之箋釋，文則詁其義，事則詳其地，自經傳子史，洎乎叢稗所記載，罔不蒐羅遍觀。根據確當，而辭尚體要，如伐木者之必倚其理，即作者意趣可以涵泳而自得之。以視雜然徵引，不顧文義之安者，大相逕庭。蓋自五臣《選》賦注後，庶幾嗣音矣。

今天子雲漢作人，化成久道，海内懷鉛之子，靡不咿華佩實，騰聲蜚文以赴功名之會。誠得是書而服膺之，將由此以希風大雅，鼓吹休明，豈不偉歟！余嘉是書之爲學者指南，而知諸君子之可與道古也。於是乎書。

乾隆丙戌秋九月，長洲沈德潛撰，時年九十有四。

［清王治堂編，雷琳、張杏濱箋注《賦鈔箋略》，嘉慶二十二年據乾隆三十一年（一七六五）刊本重刻本。］

《賦匯録要箋略》序

注書之難也！顔師古注《漢書》，『長水校尉』，以長水爲胡名，不知《郊祀志》有涇渭長水。顔延年注阮籍《咏懷詩》，以『趙李相經過』謂趙飛燕、李夫人，不知《谷永傳》言『趙、李從微賤專寵』，成帝時自有趙、李。後世防考核之疏，故習見習聞者詳焉，人病其瑣；奥博者略焉，人病其漏。洵乎，注書之難也！

而注賦尤難！如張衡《兩京》、左思《三都》，皆積十年而成；木華、郭璞《海》《江》二賦，徵引幻妙。賦家之心，包絡天地，囊括古今，上而朝廟宫闕，下而城邑山川，以逮天喬肖翹之屬，無不畢備，非胸羅數千卷而欲箋釋之無訛，難矣！

聖祖仁皇帝欽定《賦匯》一書，自周秦以及元、明，合二千餘年之作，千百才人之思，部叙類居，略無遺闕。中間題之成處，幾有不能盡識者，况其文之徵引耶？

秀水吴子翼心，久以績學擅名，思《賦匯》繁重，學者不能盡讀，因與其及門陳子應雷節録諸賦警要者，博稽而詳識之。其所援據，一本經、傳、子、史，凡習見習聞者略焉，奥博者詳焉。事必探其原，詞必究其始，無時下數典忘祖之譏。每篇題下復箋其旨要，簡而明，典而核，使讀者一覽了然，誠作賦者之指南也。

相傳唐代試士，以『巵言日出』命題，一時士子至相率而叩殿檻，與張翰『黄花如散金』句，舉不知爲春花，有同一轍。今人能覽《録要箋略》一書，吾知其無是患矣。昔秀水朱檢討竹垞先生研經博物，人共推籛、眘、申、伏。翼心爲鄉之後進，乃能多聞强記如此，庶幾無愧前哲哉！

長洲歸愚沈德潛題。

（清吴光昭箋略，門人陳書同輯《賦匯録要》，汲古齋藏板。）

《四焉齋詩集》序

古人之作詩者，求達其意，而不惟語言之工。故詩之成，可以表性情，將忠敬，厚倫紀。而讀其詩者，有以覘其人品之立，與風俗之盛。又其甚者，薦之廟朝，於以成政治，格人鬼，而導一世於和平之中，蓋詩之教如此其大也。後之爲詩者，不探作詩之旨，而惟求工於一章一句一字之間，穩順體勢，稱量對偶，調和聲律，極生乎攻苦用心，非不戛戛焉異於衆人，而生平之攻苦用心者，祇以詩人自鳴，而詩外初無事在，則其自待者亦已小矣。

黄門曹濟寰先生，不以詩自鳴者也。窺其胸中抱負，静而淵涵，觸而攄寫，有藴蓄於未言之先，洞達於方言之時，遊演於既言之後者。以故無意爲詩，而不能不見諸詩；無意求工，而不能不出於工。今讀其擬古咏史，出門辭親，敷陳經濟之作，俯仰古今，目空四海，才高而心抑，氣雄而慮沉，小足以淑一身，大足以經邦國，近足以通幽明，遠足以垂天下後世，洵乎有得於詩人之教，而豈斷斷焉較量於三唐、兩宋、元明之升降也耶？

憶三十年前，予與先生常會合於暨陽、金陵間，尊酒談讌，先生酒酣耳熱，歌呼起舞，謂他日擔圭爵，立朝右，我輩當言天下不敢言之言，爲天下不肯爲之事，衆賓聞之，相視而嘻。後予晚而始遇，抽身早歸，無所建白，深用自慚。而先生官侍御，遷黄門，侃侃稜稜，不愧搴裾補衮之節。追念昔言，允能履蹈。宜其見之詩者，不欲小於自待而惟求工於一章一句一字之間也。令嗣菽衣昆季刻遺集成，屬予草序，因推詩外有事在之旨以序之。

乾隆庚午秋七月長洲館侍生沈德潛題。

［曹一士《四焉齋詩集》，清乾隆十五年（一七五〇）刻本。］

《石帆詩集》序

余於京口得詩人三。康熙戊戌歲，交余子江干於焦山古寺，江干詩兼善唐宋，隨其人變化應付之，比於扁鵲治病，不擅一長也。乾隆癸亥，鮑子步江來京師，投余以詩，讀之，矜高格律，句不妄下，近於雅音。又二年乙丑，讀張子石帆詩於馮司馬夢堂處，因與定交。石帆詩風格近步江，而造句又欲追逐江干，殆合之而非兩傷者也。

石帆素能述祖，曾大父則之公天爵自尊，潔身獨善，所爲詩希風陶令，一寫其放懷自得之趣。石帆不慕榮禄，與則之公同蟬蜕穢濁，與則之公同發而爲詩。則之公出於苦吟，石帆點筆立就，原本家學而變化出之，宜其於江干、步江外，拔戟自成一隊，不相侶而適相敵也。

予觀古人文章，每得之登臨憑弔之餘，太史公足跡半天下，張燕公得江山之助，其最著也。石帆家京口，嘗登金、焦、北固，泝大江，望海門，吊蔣陵遠近諸山，心猶不足。北走燕薊，傍塞垣。歸，將南遊吴越。吴中之山半歷杖履矣，猶以未經兩洞庭爲憾。明年春，將偕予泛五湖，並探天台、黄山之勝。石帆之遊踪不可羈，而詩中境地，可得而量其所造耶？惜乎！江干墓草已宿，不及見之，而步江留滯京口、維揚間，詩興雖同，踪迹或異，倘有聞其風而躍然欲興者也。予爲序其已往之詩，而將來之與年俱進者，俟其成帙，而更爲之序。

乾隆己巳初冬長洲沈德潛題於歸愚齋，是年七十有七。

［張曾《石帆詩集》，民國八年（一九一九）張雪華廣州刻本。］

陳弘謀《培遠堂偶存稿》序

古大臣垂紳朝寧，敭歷中外，功業被於當時，聲聞著於後世，大抵本誠一不欺之學，發而爲社稷不朽之勛。蓋誠則無僞，一則無貳，不欺則忠以處己，恕以待物，而心自定焉，氣自静焉，神自凝焉。施之家國，公而忘私。以立己者，即以立國。以壽身者，即以壽世。胥是道也。

榕門相國，以儒生起家，歷官内外四十餘載，其品望在鄉國，其恩威在宇内，其豐烈偉績在太史。固天所挺生以錫我國家，爲元老，爲純臣者也。公生平孝親、忠君、愛民、出政，大都以誠一不欺爲根本。由名解元入翰林，改吏部，選御史，經國要務，立誠無僞，見信上官。迨歷府道，洊擢督撫，閱江右、陝、甘、楚、豫、閩、吴諸省，悉以人心風俗爲兢兢，察吏安民，務期實效。而四至秦中，再撫江南，爲德尤大。蓋無日不爲小民計生全，無時不爲主上布恩德。九宇之内，多半被公之仁，即多半被公之誠。張文和公嘗薦公自代云：『能以民心爲己心，亦視官事如家事。』蓋實録也。洎乎晋掌銓衡，贊襄密勿，嘉謨嘉猷，悉以入告。

綜公生平大概，有所設施，無非精白一心，以至誠感動，措諸言行，即可質諸衾影。皇上灼見公誠一不欺，始終無倦，故信之篤，任之專。穆穆明明，主臣一德，盛時隆遇，自古無二。且公之誠一不欺，本乎性生，而尤深於學問。一生手不釋卷，研窮宋五子之奥義，遠紹薛文清、高忠憲之薪傳。刊刻《孝經》《小學》《近思録》《綱鑑》《正史約》《大學衍義補》諸書，用以省身，即用以勸學。

潛居吴下，親被德施，又忝主教紫陽，每當課士，輒與公接。公命題必爲講義，剖析聖賢精蘊，豪髪不爽，潛亦受公教益。程子曰：『不學則老而衰。』謂好不在學，則耳目心思轉移於奢欲聲色，及得失趨舍之途，志氣且日以衰頽也。公之勤學好問，至老不倦。公不輕著述，所刊書皆輯古先格言。間有請爲文者，久而抄積成部。潛嘗受而讀之，往往即一名一物之微，有以見精理入神之妙。其言之足以惠蒼生，行久遠，要皆本此誠一不欺之推，暨與古大臣公忠體國、精勤克己者，何多讓焉。

潛老矣，即窺公之政事，復讀公之文章，因爲摘其大略而記之。他日付剞劂，傳百世，得附名簡末，亦足爲榮幸云。

（《序文彙編》本，轉録自潘務正、李言編輯點校《沈德潛詩文集》二〇一一—二〇一二頁。）

《停雲集》序

古來以説詩著者，劉彦和之《明詩》，鍾仲偉《詩品》，上下千古，具見折衷。至唐如《河嶽英靈》《中興間氣》，以及《國秀》《搜玉》《極玄》《又玄》《才調》諸集，皆卓有可觀。近代如錢牧齋《吾炙集》、施愚山《藏山集》、葉訒庵《獨賞集》、王漁洋《感舊集》、陳義興《篋衍集》，或傳或不傳，而體例頗同，言詩之旨亦曲當。余選《國朝别裁詩》，與諸家略異，不操一律以繩衆人，惟取合乎温柔敦厚之旨，顧以詩存人，不專主交遊。所選者皆身後論定，而存者不與也。

顧子景嶽年方壯，學最優，古文詞賦探原於漢京、六朝、唐、宋諸賢，不苟爲炳炳烺烺，而平日陶寫情性，並邃於詩。所爲詩文集，余一再序之。數年來，屢遊吴越齊楚間，一時通都大邑賢俊之士，至未嘗不締交，以詩爲縞紵。昨歲之京師，作賦殿前，名推日下，故交益廣，詩益閎肆。而性喜蕭散，歸舟游大江南北，名流唱和，投贈日積。景嶽念友朋之升沉顯晦，離合死生，不一而足也。此間若有數焉，而惟詩可以不朽。因即篋中所藏，不論往者存者，隨次編纂，而新知契合，亦間登之。取陶集『停雲』之旨，爲《停雲集》，詩凡若干卷。余取而讀之，而心知其意也。

夫古之詩人，如『鷄鳴』『風雨』『蒹葭』『白露』諸什，於友朋間每三致意。至春秋士大夫賦詩觀志，吐納而成身文，酬酢以爲賓寵，是知深於詩者，必深於友朋之誼。景嶽本其騷雅之志，磊落抑塞之才，而於是集乎寄之，視當時《感舊》《篋衍》諸書，後賢何多讓前人也。

至其所選之詩，皆雅健深厚、致有神韻者録之，而纖穠怪僻者不入。亦猶余『别裁僞體』之意也。余年將百矣，喜景嶽之工詩，而又能以詩學廣爲昌明也，故樂得而序之。

乾隆三十四年二月望後五日歸愚沈德潛序。

[顧宗泰《停雲集》，乾隆三十四年（一七六九）刊本。]

《重刊石臼集》序

昔賢謂儒者著述，生時不宜遽出，蓋以其人學問所醞釀，性情所寄託，必既易世而衡，論始定。且亦俾知人論世之士循覽洛誦，輒不覺感慨欷歔。而如生其世，如遇其人，乃逾信筆墨貽留，文章投契，有非厚積遠施，歷久弗磨，未可輕言著述也。

高淳邢石臼先生之詩，其法經繩古，植旨崇詞，追溯建安而上，集中諸鉅公序之詳，評之確矣，復奚待予言？顧予每讀先生全編，竊服其一衿猶厭煩瑣，饑軀萍泛，甘蹭蹬以老，而乃醞釀深厚，寄託高遠如此。故風華氣骨，卒能岸然自成一家。即其婉轉附物，怊悵切情，一唱三嘆，餘音未竭。固實有與所遭之時、所履之地，邅回鬱勃，不得已而發爲長歌，以待後人之撫膺而悲悼者。在當時儕偶，已預信其久而必傳。由今論之，苟非專詣深造，本至性以展拓其學殖，夫豈易令生其後者高望遠志，神摩氣洽，恍接先生於荒江冷屋，淡月孤燈之下，有如是哉！

先生之詩，入本朝名家之選者，已各耀彩揚聲，彪炳藝苑。曩予有《别裁集》之役，亦求其精深遒古數篇登之。會今秋予將入覲，其姪孫復生、復誠、復易昆季檢前刊之編，猶微舛誤，抑尚有逸而未盡采者，因更爲訂補，來丐予言。予向爲邢君本岐文廟之建，曾撰文銘石道，揚厥功，兹益快先生之後，多嗜義篤學之材。信乎！儒者誠不在亟亟漁獵生前之名譽，必著述如先生，文詞品概並傳天壤，乃真堪不朽也。遂書以應之。

乾隆辛未季秋長洲沈德潛拜序。

（《明末邢石臼先生年譜》，臺灣商務印書館一九七八年影印本。）

《飛鴻堂印譜》序

秦漢印章有官爵印，有私印，無有取嘉言俊語鐫爲印記者。其印之質，有金有玉，有銀有銅，無牙、甆與石，取易於雕刻把玩者。至元代，吾士行、趙子昂諸人出，取牙於象，取甆於西江，取石於閩浙。名氏外，兼臚名韻語言，別成一格，聲華並著。明代三橋文氏繼述前良，而古風胥變矣。然體制雖殊，本原遥泝，談篆刻者必以秦漢爲宗，猶論文者必準則《左》《史》，論詩者必討源《風》《騷》，論書畫者必問途鍾、張、吴、顧諸家也。近日篆刻家但工妍媚，不求淳古，而故作怪異者，則又撫形似於剥蝕壞爛，致盡失古人之真。繇正傳漸熄，互入歧途，而性命與俱者，亦世無其人也。

同學汪子秀峯，喜聚書，陳古玩，於韻語、六經外，雅愛篆刻之學。秦漢以來印章，既彙萃成譜矣，又間關四方，訪精於此藝者，輒與定交。得一佳印，勝於得官。宗不一家，要歸渾厚。日月既多，已滿囊篋，因定《飛鴻堂印譜》四卷，世有同好，與之大公。苟無其人，獨契寸心，天下有慕悦如此之篤，而聚所好之物或不入於神妙者哉！

篆刻，小道也，而心力注之如是，則以此心而泳游乎六藝，咀味乎道腴，應有其樂可尋，而雖以語人者，吾即於其嗜篆刻者卜之也。若夫科斗蟲魚籀篆之升降，鐘鼎槃杅鐙權碑版之分别，諸公序之已詳，不更述云。

乾隆己巳七月同學友生沈德潛題。時年七十有七。

（汪起淑《飛鴻堂印譜》，上海古籍出版社一九九二年影印本。）

《文氏族譜續集》序

同學文子書深緝文氏族譜續集，蓋繼温州守交木先生、處士南雲先生二譜而續成之者也。交木先生所成爲衡山新譜，别於廬陵舊譜。自金紫公以下共八世，明占籍蘇州之始也。南雲先生所成爲蘇州新譜，較詳於衡山新譜，自存心公以下，共十一世，詳蘇州譜牒之盛也。書深所緝，一準前人之舊，而於誥敕、志狀、傳贊、述略及哀詞、壽序、詩篇，凡前譜所闕略者，補之。生配、卒葬、冢墓、祠宇、第宅、坊表，與夫選舉、載籍，凡前譜所未録者增益之，而閨秀、方外，亦得與焉。至是而文氏之譜燦然大備矣。

每慨近世不講譜系之學，名家舊族，往往以門第高人，而高曾以上，至得姓所自，有不能舉其名字者。而好爲牽連附會之人，雖千百餘年之久，遇有闕佚，必求其人以實之，每名字官爵牴牾正史，爲有識者所竊笑。是二者皆非名族之幸也。

今披覽續集，自祖考以上至存心公，世系詳明，而列蜀郡太守爲文氏所自出，泝本原也。蘇州世次以前，亦列廬陵、衡山世次，向疑闕而斷者，同於歐陽氏譜，中間兩失其次。後於廬陵族人處詳考，而向之失其名者，得以更定，闕者補之，斷者續之，核其真也。視近世名族之失，無或犯焉。以是收族，以是尊祖敬宗，比於康樂之述祖德，退傅之咏在鄒，意更有加，而遷固之作序傳，古今人同一轍也。是不獨可以覘文氏衣冠文物之熾，而先代和厚之德，清介之行，忠直弼亮之節，一一按集而得之，並有以補史氏之未備也夫。

雍正歲次癸丑五月朔，長洲後學沈德潛撰。

［《文氏族譜續集》，民國十八年（一九二九）木刻本。］

《洞庭明月灣吴氏世譜》序

洞庭西山明月灣，峯巒聳翠，溪流環碧，人煙鷄犬在花林中。其俗儉樸，敦禮讓。願者力田服賈，秀者勤誦經，人皆聚族而處。

有吴氏者，多行厚德，其世系出宋太傅四川宣撫使新安王謚武順，諱璘後。太傅仲子挺，字韞和，因兄子曦爲殿前都指揮使，賂韓侂胄出帥西蜀，有異志，懼禍及，携家竄於吴之晋陵。未幾，曦果以事敗見誅。時宋室日蹙，晋陵亦騷擾絡繹，聞具區境幽地偏，遂渡太湖至明月灣居焉。由太傅上訴泰伯，歷八十三世，由韞和公下傳二十世。

其譜牒，裔孫德初輯於元至正間，延琫繼訂於明嘉靖間，世渼再輯於康熙乙酉，國珩於乾隆丁丑纂續成書，未及付梓而没，其子世錠，從子世鏡、世鑰，從孫德音，刊刻以竟其緒。卷分爲四：首卷載舊序、跋、凡例、原系，二、三卷載遷山世系圖表，四卷載誥敕、記、序、志、傳。

按古小史之官，奠繫世系，辨昭穆，小宗伯掌三族之别，以辨親疏，凡以尊祖、敬宗、收族也。降及暴秦，富民有子則分居，貧民有子則出贅，宗法遂亡。五代以來，門望相高，遥扳遠引，有祖非其祖，而宗非其宗，族非其族者矣。吴氏之譜自泰伯至今閲三千餘年，一百二世，世遠人湮，文獻放軼，加以干戈侵擾，易姓改步而序次井然，昭穆不紊，詳而無訛，簡慤可稽，洵乎其爲譜牒之程哉。

吾願吴氏諸子姓於此念泰伯之讓德，太傅之忠忱，韞和公之思邇慮遠，明决見機，相與世其善，修其業，亢其宗，以繼美前哲。公侯之子孫，必復其始。予厚望焉。

乾隆辛巳六月朔日，賜進士出身誥授光禄大夫禮部尚書予告在籍食俸沈德潛撰，時年九十。

［吴榮落纂修《洞庭明月灣吴氏世譜》，民國十年（一九二一）木活字本。］

鄭節母高恭人五十壽序

吾讀《春秋左氏内外傳》，言婦女以百數，自魯敬姜、宋共姬、紀叔姬而外，名節完好可稱道者，曾無幾人。此歷代高門世閥，若王、謝、崔、盧之屬，男子多聞人，而中褁傳者絶少，豈女德無極，内行實有難能者歟？抑婦人名字不出閨門，即有之，而未必傳歟？

歲庚辰，予爲受天鄭子序其尊人箬溪《止心樓詩》，知鄭氏世有令德，自箬溪曾大父水部俟庵，與兄職方超宗，競爽幾社，傳子侍御晦中，及孫比部懋嘉，水木本源，文章經濟，皆確能專美一代。予故謂箬溪詩發源家學，政如杜審言之祖孫，庾肩吾、蘇瓌之父子，非盡芝草醴泉比也。及觀受天所葺《休園志》，則鄭氏自潔潭翁以來，家世相傳，率優内政，前此陳眉公、艾千子、王于一，諸所爲祝嘏之詞，各見於本集者，固指不勝屈。即近代侍御配雷恭人，箬溪妣仲恭人，清風亮節，亦已足相繼垂不朽。此則鄭氏家政整肅之效，能獨能古人所不能者。

今丙戌秋七月下浣，受天生母高恭人五十，受天列事實，具書幣，丐予一言侑壽觴。書稱恭人年十七歸，箬溪二十有二。箬溪不禄，恭人偕嫡李恭人同德一心，植節撫孤子。鄭雖代傳清白，不雄於貲財，較之桑户卷樞、朝不及夕者家，殊大温飽。又箬溪同乳止二人，弟昆貽業前出後叔氏。受天上有兄自申，又垂髫而夭。枝葉毗劉，衆凶凶謂是可將而有也。奮擊揎褏，思摩厲以須者，實繁有徒。此間左支右吾，自箬溪及李恭人先後下世，捍風雨，保牖户，恩明義美，蓋非一時一事，則高恭人隻手擋大厦，其有功鄭氏，爲不可忘。受天所由欲列狀籲當事上陳請旌，而特假介壽一言導之先路也。

予惟古來名公卿大儒，何嘗不禀父祖之教，以成學問，以就功業，而史册所載，若漢雋不疑、晋陶士行、唐柳仲郢、宋吕原明、歐陽永叔，率多成就於母氏教誨，則閨中師表，面命耳提，即具慶之家，恐父之尊有不若母之親者。況未離綉葆，遽稱藐孤如受天者耶？

方今聖天子在上，宏開鐵網，士但抱一材一藝，無不可騰驤皇路，受天承累葉通顯之後，即不必吾伊佔畢，與寒畯争尺寸之階，苟以其才，效能一官，于以上答主知，下承先業，其顯親揚名，慰母氏數十年飲冰嚙雪之苦者，豈獨區區張筵制錦已耶？予故因復鄭子書，身自勸爲之□，計老人通籍之歲，較受天此日年齒，不止加倍以長。受天苟用吾説，爲母氏跽進一爵，知必犂然有當於心，爲老人言，别浮一大白也。

［鄭慶祜《揚州休園志》卷二文，乾隆三十八年（一七七三）刻本。］

跋明仇實父文衡山《西厢傳奇》書畫合册

甲寅之歲，館於樂安閒圃。暇日，主人出是册示余，年久殘破，將事修整。見仇實父於尺幅中摹擬刻畫，一種矜貴流麗，直使兒女情態勃勃如生。至於宫殿廂廊，布置錯落，設色深淺，皆出自然。衡山先生從而寫其詞，銀鈎鐵畫，工緻絶倫，一筆不苟。余因録《會真記》以冠其首，又附以王範考訂及元集所載，證是爲微之所寄託，非獨志書畫之並喜，且以見悟於妄而返於真者，斯誠爲善補過者歟？

《詩》云：『靡不有初，鮮克有終。』又曰：『戰戰兢兢，如臨深淵，如履薄冰。』閲是册者，幸勿徒艷其事而三復焉。

長洲沈德潛書於閑圃之知止軒。

（方濬頤《夢園書畫録》卷一六，光緒刻本。）

跋冒闢疆姬人花卉册

余讀冒氏《同人集》，竊羨其一時壇坫之盛，甲於淮海間。其姬人並工繪事，見諸題咏者甚衆。每以未睹真迹爲憾。是册設色花二十種，用筆縱逸瀟灑，脱去閨閣習氣，宜蛟門先生愛之重之，其所倩題跋者皆當時巨手筆，洵可謂善美兼併，相得益彰矣。噫！佛氏之所謂因緣，即儒家之所謂遇合。世不乏抱絶藝以湮没，委珍物於塵土者，若水繪園安史等。是册豈非緣之所繫，得所遇而逾傳耶？

歸愚子沈德潛題於春田草堂。

（方浚頤《夢園書畫録》卷一六，光緒刻本。）

國朝沈德潛廣仁堂文昌閣碑記

文昌閣在清真觀東隅，居吴城中央。吴人士建惜字會於此，且爲會文講藝地也。閣前爲廣仁堂，凡故家舊族有墳塋而貧不能葬者，衆善士捐資財代謀歸藏。同人聚會於此，規模較大於閣，而文昌閣實爲主位焉。

按《史記・天官書》：『斗魁戴匡六星曰文昌宫：一曰上將，二曰次將，三曰貴相，四曰司命，五曰司中，六曰司禄。』魁建平旦主寅，寅於五行爲木，在東方爲文明之象，故儒者多尊禮之。或曰：文昌即張星也，而《化書》謂神爲張氏子，即周宣時張仲。又言神爲梓潼人，戰没爲神。唐玄、僖二宗入蜀，嘗陰相之。又言神世業儒，上帝使主士籍，似近附會，與張星之説不合。不知在天爲星辰，在地爲人，人没爲神，而神復爲星辰。如傳説爲箕尾，安知箕尾不仍爲傳説耶？歲星爲東方朔，長庚爲李白，安知東方朔、李白不復爲歲星、長庚耶？則文昌之爲星、爲人、爲神，凡以主文明而佑人文，吾儒虔而祀之也固宜。

先是，雍正二年，里人盛君師修偕其子謙，舉惜字會於清真觀中。十年春，城西僧舍創舉埋骼會，城東往者有阻長之嘆。是歲七月，會中有顧君進者，與盛君謀，移就清真觀，觀祀真武，後爲斗姆閣。月望日集兩會人士於閣下。盛君患宇少人衆，近於喧呶嘈囋也，謀諸同人，捐置閣外地，向係觀中基址，而民間廢爲荒穢者，建文昌閣。上供神像，下爲衆會所。協心殫力，將潰於成。歲乙卯，更埋骼爲廣仁會，推恩漸廣，執事者亦頗繁。因就文昌閣爲公所，而更加闢焉。丁巳春，里人朱君楫復捐資，倡率買閣前民居爲廣仁堂，門廡從屋具備。繇是另闢門仞，與清真觀爲二區矣。廣仁堂告成，凡五閱月，而追數置地建閣前後，共六寒暑云。

夫廣仁堂之設，借衆人之力，使爲子孫者俱得妥先人體魄，即古者不獨親其親之一端也。然使文教不明，將仁心漸熄，而不能感發興起，以垂諸久遠。今崇祀日虔，以興文教，以養仁心，而因廣《周禮》蠟氏置揭月令掩骼埋胔之義，文風仁風並歸文昌閣中，洵爲南國行仁敷文之善地矣。

里中諸君子屬予記之，因承命而書其顛末如此。閣基始闢於雍正九年辛亥二月，落成於乾隆元年丙辰十二月。至閣宇間架，及捐金襄事姓名，建造工料，並勒他石，而廣仁堂緣起規制，詳郡太守黄公記中，不復更述。

［《（同治）蘇州府志》卷二四，光緒九年（一八八三）刊本。］

國朝沈德潛安濟堂記

我國家子惠萬方，寰宇化洽，不使一物失所。於教民養民外，建設育嬰、普濟諸堂，幼有所長，老有所歸，恩至渥也。於是各直省大吏、士大夫聞風向義，從厥攸好，胥建堂以安天民之煢獨。然皆請之國帑所餘，成之衆力所助，未有傾囊橐竭心力獨創宏模，以拯一鄉之顛連無告者若屈傅野先生。

先以名進士出宰盧龍，擢景州牧。持己以廉，養民以惠，勸農桑，興學校，清訟獄，而於救灾恤患，尤日夕圖維。州縣民至今感之不忘。解組歸田，思以行之官者行之鄉，擇邑中平敞閑地，輸金三千五百兩，起造安濟堂；輸金四百兩，備什物器皿；又捐所置熟田一千畝於中。收養遠近鰥寡孤獨，時其飲食，給以衣被；病與藥，殁與棺葬。爲屋一百六間，設監堂一人，醫士二人，司牧養一人，司支給一人，司租税一人，司查勘一人，費皆於千畝之息。始工壬申七月，竣事癸酉十月，立以規條，申以約束，先生之用心勤，先生之爲功鉅矣。

昔漢文帝春和一詔，患百姓鰥寡孤獨窮困之人，阽於死亡，而不知省憂冀望，爲父母之賑貸，千載下讀之，如見其惻隱之念，而慨奉行者之無人。今先生仰體聖天子仁育至意，不費國帑，不借衆力，成永遠弗墜之善舉。南豐曾氏曰：『其施雖在越，其仁足以示天下；其事雖行於一時，其法可以傳後。』爲趙公救灾言也。先生此舉，允符斯言。則仁人義士之遺風餘思，庶幾可以被之奕祀哉。

堂成，請記於予。予惟匹夫爲善，慕名而捐其所恪。君子與之，以其於人，尚有所濟也。若先生者爲所欲爲，且無所爲而爲，準之張子『乾父坤母』之旨，深有合焉。蓋仁心爲質，自其性生者然也。因其利濟，思其爲政，則先生之惠澤，其普被於畿輔間者，爲如何哉？堂本高邱庵故基，毁於火，有僧盛修募緣興復，未成而卒。先生即其地成之，今以樓房三十餘間供佛像，居僧徒，蓋不没其舊云。

先生名成霖，虞山人。長子曾發，予戊午同年生。

［《（同治）蘇州府志》卷二四，光緒九年（一八八三）刊本。］

國朝沈德潛重建吕榮公東萊先生合祠記

宋吕榮公希哲爲文穆公蒙正從曾孫，文靖公夷簡之孫，正獻公公著之子。吕氏自文穆、文靖、正獻三世爲相，勛業冠於宋代，獨榮公以正獻故，久滯管庫。正獻嘆曰：『當世善士，吾收拾略盡，爾以吾故置不試，命也。』其夫人聞而笑曰：『是亦未知其子者矣。』擢右司諫，不拜。哲宗朝歷知懷州、唐州、太平州，並有善政。復直秘閣，歿贈太子太師。元孫祖謙好學博聞，從林之奇、汪應辰、胡憲遊，繼友張敬夫栻、朱徽國熹，講求性天之學，史傳之文，時號『中原文獻』。中博學宏詞科，除國史院編修。少卞急，一日誦《論語》『躬自厚而薄責於人』，平時忿懥，涣然冰釋。徽國每言，學如伯恭，方是能變化氣質者。類文海爲百五十卷，著史説云：編年與紀傳互有得失，論一時之事，紀傳不如編年；論一人之終始，編年不如紀傳。殁謚成公，學者稱東萊先生。世籍中州。東萊先生五世孫繼官長洲學訓道，遂家焉，因祀於長洲縣。

榮公祠在陽山，東萊先生祠在天慶觀東，載在祀典，給有編銀。康熙間，兩祠並鬻於人，木主寄奉異姓，春秋二祭設主以祀，過則懸之壁間。三十二世孫日起世居長元學宫明倫堂西偏，不忍祖宗之無所棲息，擴其室三楹，撤蠹榰傾，新厥塗塈，合而祀之。日起可謂孝子慈孫矣，在禮祖有功而宗有德，有虞三代，皆祖黄帝與嚳，尚功也。今世士庶之家，無百世不遷之宗，擇其遠祖之有功德者祀之，日起是舉合禮經焉。然日起家極貧乏，乃動於一本之誠，油然不能自已：竭蹷成之，世隔三十餘祀，時閲七百餘年，榱桷重新，俎豆弗替，要亦榮公之績在紹聖，東萊先生之澤在儒林，英靈未泯也。祠成，日起來請記，因著其緣起如此。嗚呼！人之言親盡則情盡者，其可信哉！

［《（同治）蘇州府志》卷二六，光緒九年（一八八三）刊本。］

國朝沈德潛廣鄉賢祠記

《記》曰：有道有德，於教學者死則爲樂。祖祭於瞽宗。故凡鄉先生殁，而清節可以風當時，厚德可以垂奕禩，經術足以繼往開來，政事足以澤民致主，則祀於學宫，俾士君子之遊於學者感慕興起，世世有所師法也。

長洲學宫舊有鄉賢祠，祀唐至今鄉先生五十三位。八十一年來，後之鄉先生祀典闕焉。乾隆三十年，余倡修學宫、文廟、啓塑祠、尊經閣、明倫堂，以次整葺，復於元和學署東建堂一楹，舉有道有德於教學者七人，設几筵祀焉。

七人者，尤侍講侗，司李永平，扶良懲暴，改入翰林，製作討論，皆出其手。汪編修琬，經學似鄭康成，豐標如李元禮，人士所宗。大宗伯韓文懿公菼，立朝無援，宏奬英才，有歐陽文忠愛賢之心，守司馬文正不黨之訓。宋教諭實穎宅心和惠，研説經籍，必盡源流，比於宋之胡安定，元之吴草廬。顧太學希哲，五經紛綸，有井大春之目，學老數奇，位不副德。張檢討大受，談經講藝，接引後生，視學黔中，廉介自持，黔士建立生祠於獨山州學。惠侍講士奇，通習三禮三傳，視學粤東，以之課士，士知實舉，粤人祀於韓山，以配昌黎，考成之日，鄉大夫士胥會祠下，再拜奠幣，如釋菜之儀，請予爲記。

嗚呼！如諸賢者，非所謂清節可以風當時，厚德可以垂奕禩，經術足以繼往開來，政事足以澤民致主者耶？

獨是歷八十年，而衹此七人，可見鄉有賢者之難。然兩邑而有七人，又可見鄉有賢者之盛。從此聳流俗，樹風聲，垂紳搢笏者，當思竭忠盡誠，膺人爵而勿棄天爵，用以光其俎豆。遇艱位卑者，當思讀書敦行，修天爵而毋倖人爵，亦可列於馨香，則鄉先生之禋祀，不絶於瞽宗矣。

乾隆三十一年歲次丙戌記。

［《（同治）蘇州府志》卷二六，光緒九年（一八八三）刊本。］

國朝沈德潛張孝子祠記

張孝子有孫曰聲蘧，余與聲蘧張君相識五十年於此矣，張君每爲余言乃祖孝行。乃祖自爲兒時，已能知孝養其親，里中莫不稱孝子焉。當明之季，土寇蜂起，吴中騷然，乃祖奉其母以行。將去之杭，道逢寇，相失，乃日號泣於路，足跡幾遍浙西地，竟於嚴州得母以還，奉養二十餘年而没。其他孝行不可勝紀也。實有類於史傳所云杜子春、滕曇公之爲人。

張君自傷祖父子孫三世皆處貧賤，雖欲表見於世，而其道無由。今上皇即位，詔天下舉節孝，許子孫得自請於官，於是巡撫都御史中州許公上孝子十有六人於朝，而張君乃祖與焉。既建坊於玉帶河之西，又立祠於長元學鄉賢祠之東偏，春秋祭祀，世出弗絶，亦榮遇也。

乾隆十一年冬，余自京師乞假歸，張君固請余文以爲記。

余觀世之衣冠而學者，容貌辭氣，亦既彬彬爾雅矣，至於家庭之内，骨肉之間，篤行如孝子者，亦無幾人。孝子區區在細民之列，未嘗學問，而能如此，豈非天性然與？昔者萬行君石奮以孝謹聞乎郡國，其時齊魯諸儒皆自以不及者，雖無文學，而篤行則過人矣。孝子其庶乎？孝子篤行，載之《江南通志·孝義傳》，既足以風世勵俗，而其孫聲蘧心存乎揚先祖之美，而事卒以成，亦可謂知所崇本矣。

孝子名文魁，字東溪。父一鵬，母沈氏，亦吴中舊族云。

［《（同治）蘇州府志》卷二六，光緒九年（一八八三）刊本。］

國朝沈德潛西山節烈祠記

洞庭西山，土厚而民淳，一切澆漓之風，未及漸染。人皆重倫教，尚廉耻，故孝子、弟弟、仁人、義士接時而生，而婦女之以節烈著者，時見於里黨之内。蓋先王之世，教化深而德澤厚，故妃匹之際，其貞一不渝者，如飲食日用之行所無事，是以前古民俗節烈不甚稱後世。先王之化既邈，民各肆其嗜慾，而不能自防。至夫婦之道日薄，有不能相保以不倍者，而後節烈之行特顯於衆人，因是著爲旌淑之典，爲之表厥宅里，更或崇其廟貌，凡所以正人心、厚風俗也。先是，雍正元年，詔天下守節婦女，窮擔蔀屋，俱得上陳。既又命天下有司，所治建祠，春秋致祭。聖天子崇獎人倫，無微弗顯，無遠弗徹，嗚呼！可謂極盛也已。

西山爲吴縣一隅，其節烈婦女俱經吴縣祠祀，然有潔白之行，皎如日月，而世代既遠，未及上陳，又其地距城百里，有波濤之險，狂飆怪雨，每至斷渡，春秋時享，子孫至不能瞻拜，於禮仍闕者。西山蔡子宏望與同志謀於本山公所别建一祠，自唐宋以來，史書志乘有可徵考，及見聞確實，幽抑未顯者，並得入祠。春秋致祭，同郡城例，而子孫將事其中，不致風濤間阻，此又補聖朝典禮之所未備者也夫。

西山俗尚淳樸，其地固多節烈。又累年以來，歷被褒崇旌勸，井里坊表，巍峩相望，而秉懿好德之士，復能推廣仁恩，以補典禮之所未備。將人心日正，風俗日厚，推而廣之，教化大行，五常惇叙，王政於是乎成矣。西山人士請志其建祠緣起。

案祠在石公山歸雲洞旁，屋凡十五楹，創始於乾隆戊午孟冬，落成於辛酉嘉平，共費白金一千二百六十兩。其經理董率者，蔡子宏望之功爲最，左右贊襄則王子爾份、凰子景韓、蔡子文元、黄子洪毅、鄭子洪文也。例得並書，以上祀典。

［六（同治）蘇州府志》卷三六，光緒九年（一八八三）刊本。］

國朝沈德潛顧貞孝先生祠田記

古者大夫三廟，一昭一穆，上士二廟，卿以下必有圭田。蓋廟與田相爲表裏者也。故《儀禮》，大夫有少牢饋食之祭，士有特牲饋食之祭，其禮皆極鄭重，而無田則不得行此禮。《記》云，士大夫宗廟之祭，有田則祭，無田則薦。田謂圭田，無田謂失位也。後世分田制禄之法不行，有身爲大夫、士，而少牢、特牲之祭不得伸其誠者矣。

吴中貞孝顧先生敦倫尚義，德懋學醇，久爲士林模楷。克昌厥後，孫曾蕃衍，仕宦者踵相接。乾隆二十二年，卜地齊女門之花溪，建立專祠。棟宇崇閎，榱題巍焕，妥神告虔，紳俊咸集，相與愾慕咨嗟，謂不愧鄉先生殁而祭於社者。

既竣事，其宗老復合子姓而謀之，曰一事之興，不爲之計久遠，其後漸淪於廢。今祖祠雖建，而春秋籩豆之有需，歲時瓦桷之宜葺，非置恒産，何以備物目前？一二世或猶勉而供事，其能保雲礽之無怠乎？吾子孫飽食煖衣，皆貞孝公積累所致，黍稷馨香，宜百世祀者也。則祭田急矣。子姓僉曰可。乃就貞孝公後有田者，割七十分之一捐於祠，共得腴田一百七十餘畝。歲稽出入，奉粢盛脩屋宇，載考譜牒遠宗，墳墓力不能祭者，代爲祭掃完賦，餘息置田以擴充之。

是舉也，有三善焉：敦水木而嚴守祧，於以教孝；永蒸嘗而行灌獻，於以觀禮；食舊德而服先疇，於以作忠。昔魯僖公復許田閟宫，作頌曰：居常與許，復周公之宇。僖公復其所固有，而詩人稱美之若是，况創始耶？祠以報本，田以追遠，從此三廟之馨香弗替，貞孝先生之靈澤可以垂奕祀矣。

［《（同治）蘇州府志》卷三七，光緒九年（一八八三）刊本。］

秀峯小像讚

無山而隱，不褐而禪。空諸所有，趺坐蒲團。以爲非僧，宛然釋樣。以爲是僧，未離儒相。出處一致，儒釋同源。静斸罣礙，動脱籬藩。神清氣和，淵默雷吼。誰傳衣鉢，乃輕組綬。快徹本來，剪除藤葛。風定澄波，雲開見月。題爲秀峯學侶印可。歸愚沈德潛。

（汪起淑《飛鴻堂印譜》，上海古籍出版社一九九二年影印本。）

未見文[一]

永仁堂記

《(同治)蘇州府志》卷二四：永仁堂在虎丘緑水橋，國朝乾隆十九年郡人張雲龍建，施棺代葬，沈德潛記。

同仁堂記

《(同治)蘇州府志》卷二四：同仁堂在甪直鎮，其地爲鄉約舊址。國朝乾隆二十六年建，舊在保聖寺内，名同仁局。乾隆五年，里人金三才創，至是始改建爲堂。施棺收埋，舍藥惜字。共置元、崑、新三邑田七百二十畝四分五厘四毫。沈德潛記。

〔一〕兹未見文目，多從潘務正、李言整理《沈德潛詩文集》所附録未見文中迻録，以備搜求。

水僊廟記

《(同治)蘇州府志》卷三六：水仙廟在閶門外，雁宕村南，唐末建。……國朝雍正十三年重建，沈德潛記。

徐靖節公祠記

《(同治)蘇州府志》卷三六：徐靖節公祠在陳千户橋……乾隆二十三年建，沈德潛記。

韓貞文先生祠記

《(同治)蘇州府志》卷三七：韓貞文先生祠在文二圖西，竹堂寺東偏，祀明大學生韓馨，子樵、孫騏祔。乾隆二十八年曾孫是升建，陳宏謀、沈德潛有記。

靈鷲教寺記

《(同治)蘇州府志》卷四一：靈鷲教寺在謝衙前，《吴郡志》：在長洲縣北。梁天監中建，初爲永光院。明隆慶六年火，崇禎二年重建，國朝乾隆中再建。沈德潛記。

怡雲山莊記

《(同治)蘇州府志》卷四五：怡雲山莊在堯峯麓，州司馬陳世漣别業。沈德潛記。

勺湖記

《(同治)蘇州府志》卷四六：勺湖在閶門東，廣東人方氏所築，沈德潛記。

松筠堂記

《(同治)蘇州府志》卷四七：松筠堂在城西南十里，西生田村徵士王之醇所居，中有夢花軒……長洲沈德潛有記。

月湖丙舍記

《(同治)蘇州府志》卷四八：月湖丙舍在姚田，贈南昌府通判王梁築。中有白華堂、深柳書堂、微尚軒、雲倶步、稻香亭、觀刈所、松閑草堂、静寄東軒、清凉塔、爻田偃、仰橋、指月庵、龍溪、月湖、金石局、篔簹棟、花阡、飲犢灘諸勝。沈德潛記。

鄉賢祠記

《(同治)蘇州府志》卷一四〇：《鄉賢祠記》，沈德潛撰並書。

七賢祠記

《(同治)蘇州府志》卷一四〇:《七賢祠記》,沈德潛撰並書。

重修虎丘天王殿記

《(同治)蘇州府志》卷一四一:《重修虎丘天王殿記》,沈德潛撰,乾隆三十二年。

李公徵漕紀德碑

《(同治)蘇州府志》卷一四一:《李公徵漕紀德碑》,沈德潛撰,蔣仙根書,乾隆十八年。

《四書釋義》序

周中孚《鄭堂讀書記》卷一三經部七之下:《四書釋義》十九卷,天賞樓刊本,國朝王鑄撰,門人李琮編。……前有乾隆甲戌沈德潛序。

《四書文稿》序

《（光緒）湖南通志》卷一八二『人物』二三，光緒十一年刻本，劉介煇字石岑，由選貢肄業成均。……著有《四書文稿》，長洲沈德潛爲之序。

《葉翥鳳詩》序

平步青《霞外攟屑》卷二埶香峪話，香雪庵叢書丙集：《鶴徵後録》云：葉翥鳳客遊晋，撫石麟幕中，方觀承壬子入平邸，翁照入嵇曾筠幕。《詞科餘話》云：入盧撫焯幕，沈德潛撰其詩序云入河督完顔偉幕。

《吾匏亭詩集》序

『查開，刻所著《吾匏亭詩集》，長州宗伯德潛爲之序。』見戰效曾《海寧州志·孝友》。

《揚州休園志》序

《清代禁毀書目四種》，光緒刻《咫進齋叢書》本：《古今小品》一部六本，閩章陳天定選；《詩苑天聲》一部八本，黄海范與良選；《恬齋詩鈔》一部二本，古歙汪玉樞著；《三修休園詩文集》一部一本，廣陵鄭俠如輯；《揚州休園志》一部四本，江都鄭慶佑輯。以上五種查有錢謙益、沈德潛序文，並列龔鼎孳、金堡諸人姓氏，應請抽毀。

《删餘詩草》序

《（光緒）湖南通志》卷二五七『藝文志』一三，光緒十一年刻本：《删餘詩草》卷首有乾隆辛巳臘月同門館侍沈德潛序於燕臺客寓，時年八十有九，小行書，八行十六格，似是親筆。序稱：予與峋嶁同爲竹君許師所得士，而峋嶁爲前輩。雖會合自今，而生平性情之曠，學問之博，文章之根柢深厚，許師時爲予言云云。

《龍山草》序

《蕪湖縣志》卷一四《人物志·義孝》：李兆衍，字蕃蒻，號沃野。由國學授階鹽大使，性醇厚。……著有《龍山草》，沈歸愚宗伯序而行之。

《李念慈詩》序

錢林《文獻徵存録》卷四，咸豐八年刻本：李念慈，字屺瞻，號敂庵，善繪事，順治十五年進士。授新城縣，詿誤免。滇軍事起，以才能薦補竟陵知縣，除河間推官，又補廉州缺。裁歸，薦鴻博不遇。尚書沈德潛序其詩曰：秦人自李空峒、文太清，皆有車鄰駟鐵之遺風。屺瞻行安節和，一唱三嘆，有蒹葭白露、美人一方意趣，非秦聲也。

《攬雲軒詩鈔》序

《兩浙輶軒録補遺》卷四，清嘉慶刻本：錢源來，字清許，嘉善人，諸生。著《攬雲軒詩鈔》。

沈德潛序略：清許詩取材淹雅，一歸繩墨。融融樂易，煖然如春。蓋詩品中之正者。

《陳養愚集》序

阮元《兩浙輶軒録》卷二二：陳鍔，字養愚，號白崖，錢唐籍，寄居吴中。乾隆進士，官襄陽知府。著《西清》《浮槎》《度遼》《含香》《南雍》等集。沈德潛序略曰：同年陳君白崖，寡嗜慾，好吟咏。初爲中翰，下直閑門，與同僚酌酒花前，拈題分韻，佳句紛葩，流傳日下。及成進士，官盛京，鞅掌部務。稍閑，驅車策馬，覽山川之形勢，考關塞之險隘，扈從謁陵，賦詩應製，風格視前較高。既而出守襄陽，務以德化民，不矜苛察，而民自不忍犯。每於韻語中流露之。

《蘇古儕詩》序

《（光緒）廣州府志》卷一百二列傳二一：蘇珥號古儕，碧江人。……乾隆十三年戊辰選衛千總，領江南漕運。以詩謁沈德潛，序而行之。

《秦嘉銓集》序

《（同治）蘇州府志》卷一三六：秦嘉銓《尺牘蒙詁》二卷、雜著二卷、《既耕堂詩集》二卷，潘耒、沈德潛序。

《餘閑草堂集》序

《（同治）蘇州府志》卷一三六：許璣《餘閑草堂集》，沈德潛序。

《餐霞閣詩集》序

《（同治）蘇州府志》卷一三六：錢廷熊《餐霞閣詩集》四卷，沈德潛序。

《迂村詩鈔》序

《(同治)蘇州府志》卷一三七：周準《虚室吟稿》又有瓢中、鶴阜、玉楮、人海、黄海等集，《迂村詩鈔》八卷，沈德潛序。

《竹素園詩集》序

《(同治)蘇州府志》卷一三七：許廷鑅《竹素園詩集》，沈德潛序。

《宋顧樂遺詩》序

《(同治)蘇州府志》卷一三八：宋顧樂……遺詩二卷，王峻、沈德潛序。

《易經簡易録》序

黄理《(同治)蘇州府志》卷一三八：《易經簡易録》，沈德潛序。

《沈氏詩集録》序

《(同治)蘇州府志》卷一三八：沈祖禹《沈氏詩集録》十二卷，沈德潛序。

《凌秀軒詩鈔》序

徐夔《凌秀軒詩鈔》，沈德潛序。

《馬鞍山懷舊詩》序

《(同治)蘇州府志》卷一三九：徐裕焜《馬鞍山懷舊詩》，得百二十首，蒐羅鄉先賢軼事，自爲注釋，沈德潛序。

《薩哈岱集》序

《（雍正）八旗通志》卷一二〇《藝文志》：《曉亭詩鈔》，宗室塞爾赫撰。……長洲沈德潛嘗序薩哈岱集，言於北地得晤三詩人，首數賽爾赫，次乃及於英廉、薩哈岱。

《唐八家詩》序

顧宗泰《宋金三家詩選序》：往者野航（陳明善）刻《唐八家詩》，先生序之。

《硯北詩草》序

江峯青《嘉善縣志·書籍》：《硯北詩草》，海昌查學著，一卷，後附半緣詞一卷。長洲沈德潛序。

黄子久《富春山居圖》跋

『乙丑夏，沈德潛進其所爲詩古文稿，幾暇披閲，則跋黄子久富春山居圖在焉，所記題跋收藏始末其詳』。見乾隆《黄子久富春山居圖真僞辨》，《御製文集初集》卷十四。

沈瑞文傳

《（同治）蘇州府志》卷九六：沈彦璋，字瑞文，古塘人。……長洲沈德潛爲傚傳，一時題贈盈卷軸焉。

俞永懷傳

《（同治）蘇州府志》卷九六：俞廷棟，字永懷，康熙己卯舉人，桐城教諭。務以名檢勵諸生，祛浮華，崇經術。每課士，鄰邑麕至，學舍幾不能容，陶鑄多成國器。性廉介，峻節自矢，常俸外不名一錢。郡守委修邑志，釐綱析目，具合史才。卒後，沈德潛爲立傳。

顧節婦傳

《（同治）蘇州府志》卷一一九：贈知縣申墉聘妻顧氏，孝子鼎榮女。年二十七，夫亡，衰絰奔喪，苦志守貞四十三年。撫嗣子贊皇登賢書，令玉屏，爲良吏，皆母教也，沈德潛傳。

朱節婦傳

《（同治）蘇州府志》卷一二一：處士孫文進妻朱氏，十九歸文進，事舅及繼姑以孝聞。二十九寡，撫子仁，能立行。雍正五年旌守節，五十一年年八十卒。沈德潛作墓志。

鄒節婦傳

《（同治）蘇州府志》卷一二一：徐春觀聘妻鄒氏，唯亭人。春觀嗜賭，負債自經。氏趨哭甚哀，願守節。父母曰：『春觀不齒於鄉，守之無名。』氏曰：『兒若改節，亦不齒於鄉矣。』舅姑死，厝柩舍傍隙地，日日捧土成小塚，年五十卒。沈德潛爲立傳。

陸節婦傳

《(同治)蘇州府志》卷一二一：申密臣聘妻陸氏，年二十余，夫殁，投繯，遇救，遂歸申奉事舅姑，撫伯氏子爲後。舅姑殁，喪畢，泣曰：『吾今可以死矣。』乘閒自縊，年三十三。沈德潛傳。

張節婦傳

《(同治)蘇州府志》卷一二八：殷焕妻張氏，夫病，刺血書疏，呼天，請代夫殁。慟哭，淚盡，繼以血，血又盡，喪其左目。性至孝，事太姑及舅姑，生養死葬俱盡禮。年五十六卒，乾隆二十一年旌。沈德潛傳。

徐述夔傳

《乾隆朝實録》卷一〇六五，乾隆四十三年八月甲申：繳出泰州徐述夔詩一本，沈德潛所撰《徐述夔傳》一本。

逸民李魁春墓志銘

《(同治)蘇州府志》卷四九：逸民李魁春墓……沈德潛志)。

趙錫禮墓志銘

阮元《兩浙輶軒録》卷一八：趙錫禮，字叔叙，蘭谿人，雍正庚戌進士。歷官淮徐海道。沈德潛墓志略曰：初涖宜興，舊有聖王廟，傳爲元末張士誠能移人禍福，姦巫往往假作神語，索祭禳，民至破家弗悟。公投像於河，焚其廟，淫祠遂絶。任武進，湀港河，通利河，收納海潮，以資灌溉。爲積漲所塞，歷請開浚，沿河數十里並沾樂利。其他如辨冤獄，究盜蹤，振飢民，恤商人，所紀不一。

山人王翬墓志銘

《(同治)蘇州府志》卷五〇：山人王翬墓在程家橋西，沈德潛銘。又卷一四二：《山人王翬墓銘》。沈德潛撰，陳祖范表。

僉都御史王材任墓志銘

《(同治)蘇州府志》卷五〇：僉都御史王材任墓在秦坡茅柴觀音堂西，沈德潛志。

贈杭州知府邵韡墓志銘

《(同治)蘇州府志》卷五〇：贈杭州知府邵韡墓在鳳皇山，沈德潛志。

贈文林郎陳時夏墓志銘

《(同治)蘇州府志》卷五〇：贈文林郎陳時夏墓在黎里北斗圩，沈德潛志。

州司馬陳公公搢墓志銘

《歸愚文續》卷十《學博陳君墓志銘》：歷十世，爲州司馬公措先生。……予與陳氏稱世好，嘗志公措先生墓。……公措先生卒，哭之。又三十年，爲草志石。又《陳處士墓志銘》云：憶癸丑歲，補志公措先生墓。

議叙助教贈中憲大夫蔣君墓表

《（同治）蘇州府志》卷一四一：《議叙助教贈中憲大夫蔣君墓表》，沈德潛撰。

《余韋齋詩》序

清刻本《歸愚文鈔餘集》卷三有目無文。

《徐友竹印譜》序

清刻本《歸愚文鈔餘集》卷三有目無文。

《百城樓記》

教忠堂本《歸愚文鈔餘集》卷四有目無文。

郭月巖太史墓志銘

清刻本《歸愚文鈔餘集》卷八有目無文。

許上舍墓志銘

教忠堂本《歸愚文鈔餘集》卷八有目無文。

吴濟儒《四書文》序

教忠堂本《歸愚文鈔餘集》卷八有目無文。